Fic
Ale

Alexandra, Belinda.
Bajo los Cielos de
Zafiro

Bajo los cielos de zafiro

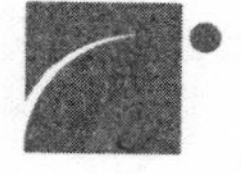

Bajo los cielos de zafiro

Belinda Alexandra

Traducción de Efrén del Valle

South Sioux City Public Library
2121 Dakota Avenue
South Sioux City, NE 68776

Rocaeditorial

Título original: *Sapphire skies*

© Belinda Alexandra, 2014

Primera publicación en inglés en Sídney, Australia, por HarperCollins Publishers Australia Pty Limited en 2014. Esta edición en lengua española está publicada en acuerdo con HarperCollins Publishers Australia Pty Limited.
El autor hace valer su derecho a ser identificado como autor de esta obra.

Primera edición: octubre de 2015

© de la traducción: Efrén del Valle
© de esta edición: Roca Editorial de Libros, S. L.
Av. Marquès de l'Argentera 17, pral.
08003 Barcelona
info@rocaeditorial.com
www.rocaeditorial.com

Impreso por EGEDSA
Roís de Corella 12-16, nave 1
Sabadell (Barcelona)

ISBN: 978-84-9918-954-3
Depósito legal: B-18.185-2015
Código IBIC: FA

Todos los derechos reservados. Quedan rigurosamente prohibidas, sin la autorización escrita de los titulares del copyright, bajo las sanciones establecidas en las leyes, la reproducción total o parcial de esta obra por cualquier medio o procedimiento, comprendidos la reprografía y el tratamiento informático, y la distribución de ejemplares de ella mediante alquiler o préstamos públicos.

RE89543

Para Halina y los trabajadores de la luz
de la Liga Mundial para la Protección de los Animales.
Que Dios os bendiga y os ayude en la angelical labor
que desarrolláis.

Uno

Orël Oblast, Rusia, 2000

Nunca había dejado de buscarla y había llegado el momento de la verdad.

Despuntaba el alba sobre el bosque de Trofimovski cuando el vehículo militar que había trasladado al general Valentín Orlov y a su hijo Leonid desde Moscú se detuvo al comienzo de un cortafuegos. Había una docena de personas, con palas y cubos junto a una excavadora, tomando té. Llevaban las chaquetas de verano y los pantalones arrugados; los hombres iban sin afeitar. Es probable que hubieran estado allí toda la noche, pensó Orlov al pasarse la mano por el cabello, que llevaba pulcramente peinado y con la raya en medio. Reconoció a su amigo Ilia Kondakov, arqueólogo de la Aviación.

Orlov respetaba a Ilia. Aunque sus búsquedas anuales en los viejos campos de batalla de Orël Oblast tenían motivaciones diferentes de las suyas, al menos mostraba consideración por la historia y por los veintisiete millones de rusos que habían perdido la vida durante la Gran Guerra Patria. Orlov había descubierto demasiadas tumbas y lugares donde se habían producido accidentes aéreos en los que los cazadores de reliquias se le habían adelantado. Se estremecía al recordar los esqueletos que habían quedado a la intemperie. Las cápsulas de identificación y los enseres personales robados significaban que aquellos soldados permanecerían desaparecidos para siempre, tanto en los registros militares oficiales como en la vida de sus seres queridos.

El conductor ofreció la mano a Orlov para ayudarlo a salir del coche. El gesto fue pura cortesía, pero le molestó. Puede que estuviera jubilado, pero no le gustaba que se lo recordaran. Él seguía viéndose como el joven de frente lisa y cabello castaño que se había enfundado por primera vez un uniforme militar hacía casi sesenta años.

—Buenos días, general Orlov —dijo un joven que lucía el uniforme de las fuerzas aéreas—. Soy el coronel Lagunov. Espero que el viaje nocturno no haya sido demasiado duro. El mariscal Sergeyev estaba convencido de que hoy querría estar presente.

El representante del Ministerio de Defensa ruso hizo que Orlov se diera cuenta de la seriedad con que se tomaban aquel descubrimiento. ¿Por qué estaban tan convencidos de que aquel era el lugar en el que se había estrellado Natasha? Gracias a sus búsquedas y a las de Ilia, muchos pilotos rusos habían sido recuperados, pero Natasha siempre les había resultado esquiva.

Ilia bajó la pendiente y estrechó la mano a Orlov y la de Leonid. Parecía que él y Lagunov ya se conocían.

—Me alegro de que haya venido. No sabía si sería demasiado pronto después de la operación —dijo Ilia a Orlov—. Estoy seguro de que este es el lugar.

—¿Por qué? —preguntó Orlov, ignorando la referencia de Ilia a su salud.

Ilia indicó el cortafuegos y Orlov echó a andar junto a él. Lagunov y Leonid los seguían unos pasos por atrás.

—Están estudiando la zona para construir una nueva carretera —explicó Ilia—. Este es un bosque virgen, y los árboles están tan juntos y el sotobosque es tan tupido que, si no fuera por el trozo de ala con el que tropezaron los topógrafos, dudo que hubieran encontrado el lugar.

—Sí, pero ¿qué le hace estar tan seguro de que es el... de la teniente Azarova?

Ilia se detuvo y miró fijamente a Orlov. Luego se metió la mano en el bolsillo y sacó un fragmento de metal retorcido.

—Realizamos una búsqueda en la parte superior del terreno. Entre los trozos de metal y polimetilmetacrilato encontramos la placa con el número 1445 inscrito.

Orlov retrocedió al ver la placa. Tuvo el impulso de arrodillarse, pero se resistió. En lugar de eso, hizo sobresalir la mandíbula. Estaba acostumbrado a dominar sus emociones. El número de serie del Yak que pilotaba Natasha cuando desapareció era el 1445. Aquello era prácticamente una confirmación.

—¿A qué profundidad se encuentra el avión? —preguntó Orlov.

Hubo cierto temblor en su voz. Ilia debió de percatarse, pero fue lo bastante prudente como para fingir que no lo había hecho.

—Por las lecturas de los detectores de metal calculo que está entre cuatro y cinco metros por debajo de la superficie —dijo—. No queríamos utilizar la pala mecánica hasta que usted llegara.

—Gracias —farfulló Orlov.

El bosque se cernía sobre ellos; los hombres recorrieron el sendero en silencio. El aroma balsámico de los abedules estimulaba las fosas nasales de Orlov. Al rozarle las piernas, notaba la hierba del sotobosque húmeda y mullida. Había algo reconfortante en los troncos blancos de los árboles, resplandecientes con su follaje estival. El bosque había retenido a Natasha todos esos años y le habría dolido saber que toda aquella belleza estaba condenada. En una ocasión, le había dicho a Orlov que la necesidad incesante que sentía la humanidad de estar en otro lugar destruiría el mundo. Natasha se refería a los alemanes que habían invadido su país en 1941, pero, a lo largo de los años, Orlov se preguntó con frecuencia qué habría dicho acerca de su carrera profesional. Se había pasado la posguerra entrenando a hombres y mujeres para que fueran más allá de las esferas de la experiencia humana.

Un poco más adelante crujió una ramita. Orlov alzó la mirada y, por un momento, las nieblas de confusión se disiparon..., y allí estaba Natasha, hermosa, con su cabello rubio blanquecino y sus ojos grises. La amaba con toda su alma.

«Sabría que vendrías... al final», la oyó decir al tiempo que esbozaba una sonrisa.

Notó un peso en el pecho.

«Te he echado de menos —dijo él—. ¡Cómo te he echado de menos!»

La imagen de Natasha se desvaneció. Orlov se descubrió observando a un ciervo. El animal, de un tono rojo dorado, se detuvo unos instantes, se erizó y huyó dando brincos. Orlov sacó del bolsillo el mapa de Orël Oblast, si bien durante años había llevado cada uno de los campos y arroyos del lugar en su memoria. En verano de 1943, el bosque de Trofimovski estaba en mitad de un territorio ocupado por el enemigo. ¿Qué había empujado a Natasha a desobedecer las normas y a adentrarse tanto en él? ¿Fue por lo que él le había dicho aquella tarde?

El canto de los pájaros y el sonido de los insectos veraniegos dio paso a unas voces humanas cuando se acercaron a un claro marcado con estacas y cuerda. Una periodista con el logotipo de *The Moscow Times* impreso en su cuaderno estaba hablando con uno de los voluntarios de Ilia mientras un fotógrafo tomaba instantáneas de la zona colindante.

—Cuando un caza como el Yak que pilotaba la teniente Azarova impacta en el suelo a toda velocidad, se incrusta en la tierra considerablemente —explicaba el voluntario a la periodista—. Si el terreno es blando, se forma un cráter que se llena con rapidez. A menos que haya restos apreciables en la zona, es posible que el lugar del accidente y el piloto nunca se encuentren. Hay tumbas secretas como esta por toda Europa.

La periodista solo escuchaba a medias y la distrajo la aparición de Orlov.

—¿Es quien yo creo que es? —preguntó.

Orlov miró hacia la línea de árboles y pudo distinguir el lugar en el que el avión había segado los troncos y donde nuevos retoños habían echado raíces. Comprobó con sus propios ojos lo cierto de la descripción de Ilia: uno podía acercarse a un metro de aquel lugar y no reparar en que allí había un avión enterrado.

El rumor de la excavadora, que se aproximaba por el cortafuegos, interrumpió sus pensamientos. Lo que habría dado por un momento de tranquilidad, para poder quedarse a solas con Natasha en la majestuosidad del bosque y recordarla tal como era antes de aquel espantoso suceso. Los otros voluntarios se situaron detrás de la excavadora. Orlov torció el gesto cuando vio a Klavdiya Shevereva con ellos. La directora de colegio, ya jubilada, había conseguido estar al corriente de todas las operaciones de recuperación del caza de Natasha. Klavdiya era responsable de recopilar recortes de periódicos sobre Natasha, e incluso había convencido a su madre de que donara los zapatos de baile y los álbumes de recuerdos de su hija al museo que regentaba en el Arbat. Orlov agradecía que Klavdiya mantuviera viva la memoria de Natasha —«Natalia Stepanovna Azarova es una heroína nacional que merece ser respetada como tal»—, pero a veces ese interés en su amada le resultaba desagradable, como el de un fan obsesionado que acosa a una estrella de cine.

Detrás de Klavdiya caminaba un grupo de colegiales, acompañados de un sacerdote vestido con el elegante atuendo dorado de la Iglesia ancestral. La presencia del sacerdote había sido algo muy meditado, sin duda obra de Klavdiya. Era algo que habría gustado a Natasha. Orlov lamentaba haber pensado mal de la directora. A Natasha, que también estaba obsesionada con las estrellas de cine, probablemente le habría caído bien. Pero Natasha poseía el don de llevarse bien con la gente. Orlov se apoyó en un árbol y reconoció que estaba irritado porque siempre la había querido para él solo. Ahora tenía que compartir aquel momento de intimidad con todo el mundo.

El sacerdote roció el lugar con agua bendita y bendijo la operación. Klavdiya pronunció su discurso habitual:

—Mujeres jóvenes como Natalia Stepanovna Azarova combatieron junto a los hombres en la Gran Guerra Patria para salvar la nación. No debemos olvidar nunca su último sacrificio.

Luego se aproximó la pala mecánica para cumplir con su labor. Mientras la tierra gris cedía a la potencia de la máquina, Orlov vio cómo pasaban por delante de él los ochenta y tres años de su vida. Tenía la sensación de que apenas había vivido antes de conocer a Natasha y, tras su desaparición, su vida se convirtió en un ejercicio de resistencia, pese a todos sus logros. Toda la razón de su existencia se había condensado en los meses que pasó con ella.

Cuando hubo excavado unos dos metros, la pala topó con algo metálico. Orlov retrocedió al oír el sonido. Ilia se aproximó. Al apartar el fango, asomaron los restos de la cola del avión. El hedor a combustible era muy intenso. Los voluntarios se dispusieron a buscar cualquier cosa que pudiera confirmar la identidad del piloto y el aparato. Para Orlov, después de todos aquellos años de espera, las cosas avanzaban demasiado rápido. Se pasó la mano por la cara y se dio cuenta de que estaba sudando.

Se descubrieron más fragmentos del armazón de la aeronave. Luego levantaron el fuselaje retorcido del suelo. Leonid se acercó a Orlov y lo cogió del brazo, como para reconfortarlo.

—¿Estás bien, padre? —preguntó.

Orlov no respondió. No podía apartar la vista del barro que se desprendía de la cabina. «Tiene que estar ahí», pensó.

De repente, sintió el impulso de huir, pero se quedó allí, mirando fijamente a los voluntarios que buscaban restos humanos en el terreno. Orlov sabía que el esqueleto estaría fragmentado. El avión había chocado de morro. Ningún piloto habría salido de una pieza tras semejante impacto. Tenía la esperanza de que Natasha hubiera fallecido en combate, de que ya estuviera muerta cuando el aparato impactó contra el suelo. Al menos no había indicios de incendio.

Cuando hubieron limpiado la cabina, Orlov se estremeció al ver lo bien conservada que estaba, con la salvedad de un pedal doblado y parte del instrumental destruido. Ilia señaló a Orlov la palanca de control.

—El botón de disparo está clavado —dijo.

Lo único que alcanzaba a oír Orlov era la sangre borboteándole en los oídos. Notaba una presión en el pecho. Leonid insistió en que se sentara en una roca situada cerca de allí. Aceptó un trago de la botella de agua de Leonid, pero tenía un sabor salado y no consiguió aliviar su garganta reseca. Su querido Leonid. Su hijo era un hombre canoso de cincuenta y siete años, también padre, pero Orlov seguía imaginándoselo como el dulce muchacho de ojos marrones que siempre lo había admirado. ¿Sospechó alguna vez Leonid que su madre no había sido para Orlov el amor de su vida?

Una de las voluntarias soltó un grito. Estaba lavando

algo en un cubo y corrió hacia Ilia sosteniendo en una toalla lo que había descubierto. ¿Qué había encontrado?, se preguntó Orlov al tiempo que el miedo se apoderaba de él. ¿Dientes? ¿Dedos del pie? ¿Un fragmento de cráneo con mechones de pelo todavía pegados a él? Se estremeció al recordar la excavación de un verano anterior, cuando Ilia y él descubrieron las botas del difunto aviador con los restos de los pies todavía dentro. Orlov no quería ni imaginarse el blanquecino cuerpo de Natasha apareciendo de aquel modo.

Volvió a cerrar los ojos y la recordó tal como era: apoyada en su avión y contemplando el cielo con aquella mirada tan intensa. Medía solo metro y medio, pero su manera de andar y su porte la hacían parecer una persona de una estatura mucho mayor. Aun siendo un anciano, seguía extasiándose al recordar la suavidad de su piel la primera vez que estuvo tumbada debajo de él.

«Lo importante es mantener la calma», oyó que le decía. Era su manera de mofarse de Orlov, porque ese era su dicho más famoso, producto de un ataque contra su aeródromo semanas después de que Natasha se incorporara al regimiento. Un hangar sufrió desperfectos y dos aviones fueron destruidos en la pista. Orlov y Natasha se habían arrojado a una trinchera segundos antes de que el suelo que pisaban sufriera un bombardeo. «Lo importante es mantener la calma», había dicho Orlov, y ella nunca permitió que se le olvidara.

—¿Podría identificar esto? Estaba en la cabina.

La voz de Ilia pilló a Orlov por sorpresa. Al alzar la mirada, vio a su amigo tendiéndole la toalla; se le cortó la respiración al darse cuenta de lo que le mostraba Ilia. No eran restos humanos, pero, aun así, al verlo se sobresaltó: era un neceser de maquillaje con filigranas doradas y un portapintalabios a juego. Eso identificaba a Natasha como piloto del avión de manera más inequívoca incluso que la placa informativa. Ante Orlov se desplegó una imagen de Natasha aplicándose colorete y lápiz de labios antes de partir hacia la batalla. El maquillaje iba totalmente en contra de los códigos de vestimenta de las fuerzas aéreas; como líder de su escuadrón, la había enviado en numerosas ocasiones al calabozo por ignorar las normas. A la postre, tras darse cuenta de lo absurdo que era encerrar a su mejor aviador cuando los buenos pilotos escaseaban, Orlov hizo oídos sordos a su desobediencia.

Orlov asintió en dirección a Ilia. A lo largo de los años, ambos habían excavado casi ochenta localizaciones juntos. Todos los pilotos les importaban, pero aquel lugar era el más relevante de todos. Sin embargo, pese a las pruebas que aportaban la placa y el neceser de cosméticos, a Orlov seguía costándole creer que hubieran encontrado por fin a Natasha.

—¡Es aquí! —les dijo Ilia a los voluntarios, que habían dejado sus quehaceres para observar la reacción de Orlov—. Este es el lugar donde se estrelló Natalia Azarova.

La excavación prosiguió. Los voluntarios, alentados por el hecho de que estaban excavando la tumba de una famosa heroína, redoblaron esfuerzos. Klavdiya, pese a estar encorvada y tener varices, era la que trabajaba con más ahínco y lanzó un grito triunfal cuando descubrió cajas de municiones y armas que llevaban el mismo número de serie que el avión de Natasha. Orlov ya no podía seguir actuando con pasividad. El médico le había desaconsejado que realizara demasiados esfuerzos físicos, pero ya no le importaba. Si aquel era su último día, que así fuera, se dijo a sí mismo al agacharse para rebuscar entre los montones de escombros. Por un momento le distrajo el estridente chillido de un águila que sobrevoló el claro con las alas extendidas. Era enorme, probablemente una hembra.

Orlov sintió algo afilado en la piel. Al mirar vio que

sostenía un objeto redondo y que le sangraba la palma de la mano. Sumergió aquella cosa en el cubo de agua. Cuando hubo limpiado la tierra y hubo reconocido el hallazgo, se sintió aliviado. Se sentó en el suelo y se tiró del cuello de la camisa. Leonid, asustado por que su padre pudiera estar sufriendo otro infarto, se acercó a toda prisa, pero se detuvo en seco al ver el delicado objeto que tenía Orlov entre sus dedos temblorosos: un broche de zafiro y diamante.

—Eran sus siglas de identificación, ¿verdad? —preguntó Leonid—. Cielos de zafiro.

—Era su amuleto de la suerte —respondió Orlov en voz baja—. Pero aquel día no la ayudó.

A última hora de la tarde, la pala mecánica había retirado todos los restos del avión y los voluntarios habían examinado un terreno más amplio del que se había marcado en un principio. Habían localizado gran parte del interior del aparato —el asiento, los mandos, los objetos personales de Natasha—, pero nada de la propia Natasha ni tampoco el paracaídas. Ilia deambuló por el lugar sumido en sus pensamientos y luego les indicó a los voluntarios que lo acordonaran y recogieran el instrumental de búsqueda. Klavdiya guardó el neceser y el broche en una caja metálica protectora y la apretó contra su pecho.

Leonid indicó a su padre que el vehículo militar estaba de vuelta para llevarlos al hotel.

Ilia se acercó a Orlov. Ambos se miraron fijamente. No era necesario decir nada. La excavación había resuelto el misterio del lugar donde se había estrellado el avión de Natasha. Pero no habían hallado sus restos, por lo que Orlov estaba inquieto. No quería mirar a Lagunov, el hombre de las fuerzas aéreas. Por el contrario, contempló la puesta de sol, como si las respuestas que buscaba pudieran aparecer allí. Durante años estuvo convencido de que su amada había muerto en un combate aéreo. No podía haber otra explicación para que no hubiera regresado con él. Sin embargo, lo que habían descubierto aquel día no dejaba lugar a dudas: Natasha no había caído con el avión.

Dos

Moscú, 2000

Lily estaba teniendo aquel sueño otra vez. Había caído por la borda de un barco y solo tenía un trozo de cuerda putrefacta a la que aferrarse. El mar se arremolinaba bajo sus pies. Si la caída de treinta metros no la mataba, lo harían las turbinas o los tiburones que acechaban bajo la superficie. Le latía el corazón como si fuera un émbolo. La cuerda rechinó y empezó a deshilacharse...

—¡No!

Lily se sobresaltó y abrió los ojos. *Pushkin*, que había estado durmiendo sobre sus piernas, parpadeó. Miró el despertador; eran las 6.30. Luego dirigió su mirada al techo y al portalámparas de latón que colgaba por encima de su cabeza como una guillotina.

—Venga —le dijo a *Pushkin* acariciándole la barbilla.

El viejo gato estiró las patas y bajó al suelo para unirse a los dos cachorros, *Max* y *Georgy*, que contemplaban a Lily con candidez. «Una de las cosas buenas de los gatos callejeros es que son pacientes», pensó Lily mientras buscaba las zapatillas a tientas. Recordaba a la gata de su familia, *Honey*, que no habría tolerado esperar tanto el desayuno.

Los gatos siguieron a Lily hasta la cocina; sus largas uñas repiqueteaban sobre el parqué. Lily llenó de agua embotellada el hervidor y lo puso en marcha. Después abrió una lata de comida para gatos y con una cuchara vertió el contenido en el plato. Lo colocó en el suelo y se apoyó en la nevera, observando a sus invitados felinos lamer la comida.

—Antes de acostarte —le había aconsejado el terapeuta en Sídney—, piensa en algo que te guste y evalúalo desde todos los ángulos. Un gato, por ejemplo: imagina el ronroneo de un gato; el olor almibarado de su pelo; el calor que transmite a tu mano cuando le rascas la barriga. Los gatos son terapéuticos.

Lily bloqueó el recuerdo de aquellas sesiones con el terapeuta. Si empezaba a pensar en ellas de nuevo, tendría problemas para sobrellevar la jornada, y había programado una reunión importante con la agencia de publicidad.

—Moscú en invierno no es un buen lugar para curarse la depresión —le había dicho su madre antes de partir del aeropuerto de Sídney siete meses antes.

Sin embargo, a Lily, la ciudad rodeada de nieve le resultó extrañamente reconfortante. Ahora era verano, y los árboles de la calle Tatarskaya, donde ella vivía, ya tenían todas las hojas. Pero Lily sentía la misma desesperación que cuando llegó. Tenía treinta y dos años y había perdido el norte.

Se había preparado una humeante taza de té ruso con limón y se la había llevado al salón. Se sentó en el sofá estampado de flores y miró el imponente mueble de caoba en el que había colocado el televisor y la colección de CD. Cada vez que se sentaba allí, se preguntaba cómo habían subido aquello hasta el cuarto piso: llegó a la conclusión de que lo habían transportado pieza por pieza. Todos los muebles eran demasiado grandes para aquel piso, lo que contribuía a la sensación de apiñamiento que se percibía en su interior. Era la antítesis de la relajada casa de campo junto a la playa que compartía con Adam al norte de Sídney.

Bebió un trago de té y, pese a sus intenciones, empezó a pensar en el día en que ella y su prometido habían organizado una barbacoa con amigos para celebrar que habían terminado las reformas de la casa, y también en la bomba que les cayó encima.

—Eh, Adam, tendrías que echarle un vistazo a esa mancha —le había dicho aquella tarde su mejor amiga, una enfermera del Royal North Shore Hospital.

Bradley señaló una ampolla rosa que Adam tenía en el hombro, pero era tan pequeña que hasta Lily, que conocía hasta el último milímetro de su piel, no la había visto.

—Te pediré hora yo misma —le dijo—. Seguro que no es nada, pero es mejor que te lo miren.

Lily se asustó cuando el especialista se puso serio al examinar la mancha con una lupa.

—Tendremos que realizar una biopsia y luego un análisis para ver si se han extendido las células —les dijo.

Volvieron al coche aturdidos. ¿Los melanomas no eran cosas negras, grandes y feas, como una especie de araña, que así denotaban que eran algo peligroso?

Pospusieron la boda para concentrarse en el tratamiento de Adam. Aunque los cirujanos le extirparon parte del hombro, Lily investigó terapias alternativas. Leyó libros sobre zumos de frutas y verduras, y sobre supervivientes de cáncer que habían desafiado diagnósticos de fase cuatro bebiendo bicarbonato sódico mezclado con melaza. Llevó a Adam a sus sesiones de reiki y reflexología. Ambos colgaban afirmaciones positivas en la nevera y en el espejo del cuarto de baño: «Estoy sano, curado y entero»; «Ahora pido una salud perfecta».

Al principio, el cirujano estaba convencido de que había desaparecido. Pero meses después le detectaron varios bultos en el cuello, ganglios linfáticos que había que extirpar.

Adam combatió su prognosis, cada vez más preocupante, con todo lo que tenía, y Lily luchó a su lado. Para sorpresa de la profesión médica, los escáneres y análisis de sangre de Adam empezaron a recobrar la normalidad. Al año siguiente, superó todas las visitas de seguimiento con nota.

Cuando todo hubo terminado, Lily se habría contentado con una sencilla ceremonia en la playa, pero Adam insistió en que disfrutara de su boda soñada, con cuarteto de cuerda, ramos de lilas y rosas, un pastel de color lavanda pálido, damas de honor y un vestido que siseaba cuando le rozaba los tobillos al caminar.

Habían reservado por segunda vez el local para la recepción en Bowral cuando Lily se despertó una noche y oyó que Adam estaba teniendo arcadas en el cuarto de baño.

—¿Ha sido el curry verde? —le preguntó—. ¿Te has intoxicado con la comida?

Una mirada de Adam bastó para que Lily comprendiera que no era la primera vez que tenía vómitos.

—Lo siento —les dijo el médico de Adam—. Parece que tiene usted tumores en el estómago y el intestino.

Aquella noche comenzó el sueño en el que Lily se veía precipitándose a un abismo. Ocho meses después, Adam falleció.

Max saltó sobre la estantería de pared, tiró al suelo algunos CD y apartó a Lily de sus dolorosos recuerdos. Cogió al gato y lo colocó sobre el alféizar. Luego consultó el reloj. Tenía que apresurarse si no quería llegar tarde al trabajo.

El cuarto de baño estaba entre el dormitorio y el estrecho pasillo de la entrada. Cogió una toalla del armario, oyó un rugido y saltó justo a tiempo para evitar la zarpa que la atacaba desde debajo de la mesita del teléfono. Se había olvidado de *Mamochka*, la madre de *Max* y *Georgy*. La gata tricolor era la última incorporación a su santuario de gatos, cortesía de Oksana, su casera, que aplicaba un descuento en el alquiler por acoger el excedente de felinos descarriados que ella rescataba. Lily tenía cuatro en el piso. En el de Oksana, que solo contaba con dos dormitorios más, vivían treinta.

—Lo siento —dijo Lily, dejando tanto espacio como pudo entre ella y la gata.

A diferencia de los otros gatos abandonados, *Mamochka* era salvaje. No salía a comer hasta que Lily se había acostado y cualquiera que se le acercara era repelido con un gruñido y un zarpazo.

—No te preocupes, cariño —había dicho Oksana a Lily para tranquilizarla—. Con amor y afecto, *Mamochka* se adaptará. Todos lo hacen.

Lily abrió el grifo de la ducha y se situó debajo del chorro. Cada verano, el Ayuntamiento de Moscú cortaba el agua caliente durante dos semanas para realizar el mantenimiento de las cañerías. Lily se había acostumbrado a la sensación del agua helada en su piel; era vigorizante y le entumecía los pensamientos igual que una bolsa de hielo entumecía un moratón. Después de la ducha, se vistió instintivamente con lo que sus amigas denominaban «el atuendo de princesa de Park Avenue de Lily»: un vestido con botones de Ralph Lauren, zapatos salón, pintalabios marrón rosado y un toque de rímel que acentuaba sus ojos color ámbar.

—Lily, te arreglas para todo —solía decir Adam con una sonrisa cariñosa—. ¡Hasta para ir a la playa!

Para Adam, que era diseñador de páginas web por cuenta propia y socorrista voluntario, «arreglarse» significaba cambiar las sandalias por unos zapatos cerrados. La madre de Lily trabajaba de periodista especializada en moda y belleza en un periódico y había heredado de ella el hábito de vestirse bien. Ahora, su elegante ropa y la melena castaña a la última se habían convertido en una manera de sobrellevar las cosas, de que el caparazón fuera presentable, aunque por dentro estuviera destrozada.

Antes de salir del piso, les puso un poco de agua fresca a los gatos. *Pushkin* se restregó contra sus piernas y ella se agachó para acariciarlo.

—Venga, cariño —dijo —. Me voy a trabajar.

Hasta que hubo cerrado la puerta y los tres cerrojos, no se dio cuenta de que le había hablado a *Pushkin* como lo hacía con Adam. La invadió la tristeza y se dio cuenta de que se avecinaba otra jornada difícil.

Ahora que muchos moscovitas estaban pasando el verano en sus dachas, se respiraba en la ciudad un ambiente más relajado. El tráfico era menos denso y, por primera vez, Lily tuvo la sensación de estar respirando oxígeno en lugar de los humos irritantes de la gasolina.

Un reguero de trabajadores se dirigía a la estación de metro de Paveletskaya. Lily se unió a ellos. Descendió la larga escalera mecánica de madera hasta el andén y consiguió hacerse un hueco en el siguiente tren. La primera parada era Novokuznetskaya. Un grupo de turistas observaba confuso los carteles en cirílico; no había ni uno solo en inglés. «¿Por qué los rusos ponen nombres tan largos a las cosas?», se lamentaba un turista.

La caída de la Unión Soviética había propiciado una afluencia de inversión extranjera y empresas internacionales, además de los turistas que llegaban en tromba a Rusia. Ese era el motivo por el que Lily, con su experiencia en márketing y sus habilidades bilingües, había encontrado trabajo en la ciudad con tanta rapidez. Consultó la guía de la estación de metro: Bagrationovskaya, Shchiolkovskaya, Krasnogvardeiskaya. Aunque uno leyera cirílico, debía ser capaz de hacerlo con presteza o se pasaba de estación.

Se apeó en la estación de Tverskaya y tomó el paso

subterráneo en dirección a la plaza Pushkin. El túnel era una especie de centro comercial en miniatura, donde había puestos incrustados en las paredes que vendían desde *piroshki* de patatas e iconos pintados en huevos de madera hasta CD pirata y relojes de imitación. El aire olía a *kvass*, la bebida fermentada hecha con pan de centeno que era popular entre los rusos aquel verano. A Lily la aterrorizaba aquella parte del trayecto hasta el trabajo. Sus padres le habían dicho que cuando viajaron a la Unión Soviética en 1969, el Gobierno se había cerciorado de que los borrachos y los indigentes permanecieran ocultos a los turistas extranjeros. Ahora estaban a la vista de todos. A Lily se le revolvía el estómago al ver a los hombres comatosos, pisoteados por la gente, o arrodillados con un vaso de cartón pidiendo monedas. La imagen que más la afectaba era la de las ancianas apostadas cerca de la salida. Algunas vendían patatas y remolacha para complementar sus exiguas pensiones, pero las muy mayores o impedidas simplemente extendían las manos. Lily sabía que eran las que habían sobrevivido al crudo invierno; muchas no lo habían logrado.

El rostro de su abuela, a la que Lily tanto amaba y a la que había perdido cuando tenía diecinueve años, le vino a la cabeza. El viaje que habían realizado sus padres en 1969 tenía por objeto sacar ilegalmente a su abuela del país. Si sus padres no hubieran emprendido aquella arriesgada aventura, Alina podría haber acabado como aquellas ancianas del paso subterráneo.

Cuando Lily pasó por allí por primera vez, sintió la tentación de buscar otro camino para cruzar los seis carriles de la calle Tverskaya y evitar ser testigo del sufrimiento de las ancianas. Pero encontró algo en su interior que no había mermado durante aquellos cuatro años espantosos y llegó a la conclusión de que hacer algo, por poco que fuera, era mejor que no hacer nada.

Había dejado de comprar capuchinos para llevar, CD y pintalabios que no necesitaba realmente y les daba los rublos que le sobraban a las mujeres pobres. Era el ritual de cada viernes, pero los demás días no era capaz de mirarlas a los ojos.

—¿Sabía que los mendigos de Moscú son los mejor pagados del mundo? —le había dicho el conserje del hotel Mayfair, donde trabajaba Lily, un día que la vio entregar el dinero.

Le sorprendió que aquel hombre pudiera ser tan insensible. Puede que fuera cierto en el caso de los jóvenes arrodillados con sus vasos de cartón en el paso subterráneo, pero ¿cómo iban a hacer tal cosa aquellas frágiles ancianas?

—¡Cójalo, por favor! —dijo Lily al ofrecerle los rublos a la mujer más anciana.

Cuando no le quedó nada más que dar, subió a toda prisa las escaleras y salió a la plaza Pushkin. Cerró los ojos y respiró hondo. Cuando los abrió de nuevo, se encontró cara a cara con una mujer mayor que sostenía un perro en sus brazos.

La anciana le mostró un cartel en inglés que decía: «Por favor, cómpreme la perra y cuídela bien. No tenemos nada que comer». A pesar de su edad, debajo de aquella piel manchada tenía unos pómulos altos y una barbilla bien perfilada. La blusa amarilla que llevaba estaba desteñida pero limpia y llevaba la cabellera blanca recogida pulcramente en un moño. El perro parecía un fox terrier y tenía el pelo suave y unos ojos brillantes. En comparación con las mujeres del paso subterráneo, aquella no parecía una indigente, pero su comportamiento dejaba entrever tal desesperanza que Lily se sintió consternada.

Aunque ya había repartido el presupuesto benéfico de aquella semana, se llevó la mano al bolso y sacó el monedero. Le entregó un billete de cincuenta rublos: a la mujer se le llenaron los ojos de lágrimas. Besó al perro y le susurró algo al oído.

—¡No, no! —protestó Lily en ruso cuando se dio cuenta de que la mujer pretendía darle el perro—. No lo quiero. Quédese con el dinero.

La mujer parecía sorprendida de que Lily hablara ruso.

—Pero debe llevárselo —dijo, ofreciéndole la pequeña criatura.

Lily retrocedió, abrumada por la situación, se dio la vuelta y echó a andar por la plaza. Estaba a punto de llorar. El mundo era un caos y se sentía incapaz de arreglarlo.

—¡Qué tontos sois los extranjeros! —gritó un borracho sentado en la base de la estatua de Pushkin cuando Lily pasó junto a él—. ¡Te ha engañado! ¡No pensaba darte el perro!

El hotel Mayfair era un establecimiento de lujo que ocupaba un palacio restaurado del siglo XVIII y que era frecuentado por gente del mundo de los negocios y viajeros adinerados. Lily pasó junto al centro de flores de la recepción, hecha de mármol, y saludó al jefe cuando se dirigía a la oficina de ventas. Se detuvo en el cuarto de baño del personal para ver si se le había estropeado el rímel.

—Venga, cálmate —le dijo a su reflejo.

Encima del lavamanos había una placa de latón que había colocado el jefe de Lily, director de Ventas y Márketing: «Nunca tendrás una segunda oportunidad para causar una primera impresión». Scott, que era estadounidense, nunca parecía tener un mal día, ni siquiera un día regular. Sus reuniones de motivación de los lunes por la mañana eran legendarias. Sus trabajadores no solo debían compartir sus objetivos para aquella semana, sino que asignaba a cada uno una afirmación personal que debían repetirle cada día la primera vez que lo vieran. Aquella semana, la afirmación que Scott había elegido para Lily era: «¡Mi vida es una historia de éxito increíble!».

—¡Qué ironía! —murmuró.

Vio que tenía pelos de gato en el vestido, se los sacudió e hizo rotar los hombros para aliviar la tensión. Respiró profundamente al salir del cuarto de baño. Realizar la transición entre su triste vida personal y la laboral se había convertido en algo natural, pero la pátina de compostura estuvo a punto de desmoronarse cuando la primera persona a la que vio en la oficina fue a Kate, la alegre coordinadora de Ventas.

Kate sonrió al verla.

—¡Buenos días, Lily!

Lily notó que su rostro irradiaba tristeza, pero intentó devolverle la sonrisa. A sus veinticinco años, Kate, una chica rubia y hermosa, se había enamorado de un compatriota inglés que trabajaba en el Departamento de Relaciones Públicas del hotel; en septiembre pensaba volver con él a Cornualles para casarse. Todo fue organizado por la madre, la tía y las tres hermanas de Kate, que estaban decididas a que la boda de Kate fuera «la más hermosa de todos los tiempos». Por la mirada de Kate, supo que tenía otro detalle «delicioso» que compartir con ella.

—¡Ya han encargado el pastel! —exclamó Kate, que se levantó de la silla y agitó una foto delante de la cara de Lily.

La tarta era espectacular. En el glaseado se apreciaban tonos marfil y moca, y estaba decorada con rosas de té y lirios del valle hechos de azúcar.

—¡Mira! —dijo Kate señalando el primero y el último piso—. El dibujo de encaje está inspirado en el vestido de novia.

Lily se sentía un poco mareada. No era culpa de Kate. No les había contado a sus compañeros lo que había sucedido en Sídney, el motivo de su huida a Rusia.

Por suerte, en aquel momento, Scott se levantó de la mesa y se acercó a ellas, lo cual brindó a Lily la oportunidad de escapar.

—¡Mi vida es una historia de éxito increíble! —exclamó cuando pasó a su lado.

Kate aportó su afirmación de la semana:

—¡Las exigencias de la vida despiertan al gigante que llevo dentro!

Lily aprovechó la interrupción para ir a la cocina y preparase una taza de café.

Cuando volvió a la oficina, Kate estaba mostrando la foto de la tarta nupcial a la jefa de Ventas. Mary tenía poco más de cincuenta años y estaba divorciada, pero emitía los mismos sonidos de sorpresa y admiración que Lily minutos antes.

Ella se sentó a su mesa y activó el ordenador. «¡Vamos!», murmuró a la pantalla cuando abrió el programa de correo electrónico. En Rusia, las conexiones de Internet eran frustrantemente lentas. Intentó ignorar las voces de las dos mujeres. ¿La felicidad de Kate le dolía tanto a Mary como a ella? Tal vez no. Mary había vivido la experiencia de un matrimonio, y su boda probablemente era tan solo un recuerdo lejano. En cambio, a Lily le habían robado su sueño.

El sonido de un correo entrante la devolvió al presente. Se llevó la mano a la frente y se forzó a seguir adelante con su jornada. El mensaje era de Betty, su mejor amiga. «¿Estás loca?», decía la primera línea. «¿Qué haces con todos esos gatos abandonados en el piso? ¿No sabes que en Rusia hay rabia?». A Lily la invadió la calidez de su amiga; la franqueza de Betty era legendaria. El mensaje era largo, por lo que Lily lo guardó para disfrutarlo más tarde.

Betty era hija de la mejor amiga de su madre. Ella y sus hermanos se habían convertido en los hermanos y hermanas que Lily nunca había tenido. Lily se estremeció. No tenía hermanos, pero antes de partir hacia Rusia había descubierto que, en realidad, tenía hermanastras ya difuntas, hijas de su padre y de su primera mujer. Los japoneses las habían quemado vivas a ella y a su madre durante la guerra, en un acto de venganza aleatorio contra la población rusa de Tsingtao. Lily siempre había creído que la cicatriz que su padre tenía en la cara era consecuencia de un accidente laboral. Cuando decidió irse a Moscú, su madre le confesó la verdad: Iván se había quemado cuando intentaba salvar a su familia.

Lily miró a Kate, que se había puesto manos a la obra. Qué diferentes eran sus familias, pensó. La de Kate había vivido en la misma aldea durante generaciones. En la casa parroquial habían encontrado incluso un árbol genealógico suyo que se remontaba a trescientos años, según le había contado Kate. Qué distinto de los padres de Lily, que habían sufrido revoluciones, guerras y exilio. Estaban agradecidos de haber acabado en Australia, pero aún los perseguían fantasmas, secretos y personas desaparecidas. En la escuela, rodeada de amigos con tías, tíos y primos por todas partes, Lily se sentía un bicho raro. Lo único que quería con Adam era una vida familiar arraigada. Ahora se preguntaba si llevaba la tragedia en los genes.

—¡Eh, Lily! ¿Soñando despierta otra vez? —Era Richard, el ayudante de Márketing, que le entregó un ejemplar de *The Moscow Times*—. El anuncio de las tarifas especiales está en la tercera página.

—Gracias —respondió Lily al coger el periódico.

¿Se había mostrado igual de petulante con su primera jefa? Lo dudaba. Por lo que recordaba, nunca se había dirigido a su supervisora en McClements Advertising por su nombre de pila.

Abrió el periódico para ver el anuncio del hotel que habían publicado y se fijó en el artículo que había al lado: «Hallado avión de una piloto cincuenta y siete años después, pero el misterio continúa». El texto iba acompañado de una fotografía en blanco y negro de una mujer con el pelo rubio y uniforme militar. Lily estaba encantada. La gente atractiva captaba la atención de los lectores.

—¡Dichoso tráfico! ¿No se había ido todo el mundo de vacaciones?

Al levantar la vista, Lily vio a Colin, el director de Publicidad, colgando la chaqueta en el respaldo de la silla, en la mesa situada delante de la suya.

—¡Eh, Colin! —gritó Scott desde su despacho—. ¡Las exigencias de la vida despiertan al gigante que llevo dentro!

—Sí, sí —dijo Colin, que saludó a Scott con la mano, pero sin ofrecer su afirmación semanal. Se sentó a la mesa y farfulló a Lily—: ¡Las exigencias de la vida me cabrean de la hostia!

Para Lily el humor cáustico era un salvavidas. Pese a la tristeza que sentía, sonrió al mirar el periódico.

Tres

The Moscow Times, ***4 de agosto de 2000***

HALLADO AVIÓN DE UNA PILOTO
CINCUENTA Y SIETE AÑOS DESPUÉS
PERO EL MISTERIO CONTINÚA

El Ministerio de Defensa ha confirmado hoy que un caza modelo Yak recuperado en un bosque de Orël Oblast la semana pasada es el de la as de la aviación desaparecida Natalia Stepanovna Azarova.

El hallazgo se produce tras varios años de controversia por la desaparición de la heroína de la Gran Guerra Patria durante una misión emprendida en julio de 1943. Los seguidores de Azarova argumentan que, debido a su estatus de celebridad, merece recibir la distinción de héroe de la Federación Rusa a título póstumo. Sin embargo, aunque el descubrimiento del pasado viernes ha arrojado un poco de luz sobre el misterio de la suerte que corrió Azarova, quedan muchas preguntas por responder. No se halló ningún cuerpo ni paracaídas entre los restos, lo cual alimenta la teoría de que Azarova era una espía alemana que había sido descubierta y que fingió su muerte para evitar que la detuvieran. A lo largo de los años, muchas personas han asegurado haber visto a Azarova en París y Berlín, pero no se ha confirmado en ningún caso.

El general Valentín Orlov, uno de los fundadores del programa Cosmonauta de la Unión Soviética y líder del escuadrón de Azarova cuando combatió en su unidad de cazas, ha rechazado desde hace tiempo la afirmación de que Azarova fuese una espía. Desde la guerra ha buscado incansablemente el lugar donde se estrelló, y en 1962 se unió a su búsqueda el arqueólogo de la aviación Ilia Kondakov.

El general Orlov, que ha tenido problemas de salud los últimos años, se negó a hacer declaraciones tras el descubrimiento de la semana pasada. Según manifestó, solo lo hará cuando el Ministerio de Defensa haya examinado los restos adecuadamente y cuando se haya realizado una evaluación exhaustiva del bosque.

Klavdiya Shevereva, que dirige un pequeño museo de recuerdos relacionados con Azarova en Moscú, asegura que la lucha por demostrar su inocencia continuará.

Orlov se sentó en el sofá de velvetón de su piso en el barrio de Presnenski y dejó sus medicamentos sobre la mesita de centro. El médico le había indicado que tomara las pastillas después de las comidas con abundante agua. A él no se le había ocurrido preguntar si a continuación podía tomarse un trago de vodka, pero se sirvió uno de todos modos. Encontrar el avión de Natasha después de todos aquellos años le había provocado una tensión en el pecho que nada tenía que ver con su edad o su estado de salud.

Tras beber un trago de aquel líquido ardiente, Orlov echó una ojeada al piso. Miró el papel de pared rojo, las mesitas de teca y el cristal de color ámbar que separaba el salón de la cocina. No había cambiado nada desde que su mujer, Yelena, falleció de una embolia diez años antes. Fue Yelena quien decoró el piso; Orlov estaba demasiado ocupado con su trabajo en el centro espacial como para prestar atención a la vida doméstica. Los hogares eran una creación femenina, aunque las mujeres de su vida tenían la costumbre de no quedarse tanto tiempo como a él le habría gustado. Tenía solo cinco años cuando su madre murió.

El cielo se oscureció y Orlov lo observó unos instantes, preguntándose si se avecinaba otra tormenta. Empezó a pensar en Leonid. Irina, la mujer de su hijo, había pedido a Orlov que fuera a vivir con ellos. Le preocupaba que estuviera solo con tantos problemas de salud. Orlov se había negado. ¿Qué bien haría un anciano a Leonid y su familia? Si fuera una mujer, sería distinto. Podría arreglar la ropa, preparar la comida y ayudar con la compra. Pero un anciano sin otra cosa que recuerdos supondría una carga.

Orlov a menudo habría deseado ser una de esas personas que se entregan sin ambages a sus seres queridos, cuya presencia ilumina una habitación. Pero toda una vida de secretos, guardándose sus pensamientos para él, le habían convertido en alguien demasiado introvertido. Yelena lo entendía y lo aceptaba. Ni siquiera Leonid parecía sentir rencor alguno por tener a un padre emocionalmente distante. Solo Natasha había sido capaz de abrir ese caparazón suyo. Natasha...

Orlov se levantó y fue hasta el aparador. Sacó un ejemplar de *Doctor Zhivago* del cajón y lo abrió por la página en la que escondía la fotografía. Era de 1943: él y Natasha junto al caza de Orlov. Estaban mirando a cámara; delante de ellos, sobre el ala del avión, tenían un mapa extendido. Ambos sonreían. Por un momento, le sorprendió pensar que el atractivo joven de cabello oscuro y facciones marcadas era él mismo. La foto se tomó durante la batalla de Kursk; la tensión de llevar a cabo varios vuelos al día los estaba agotando. Sin embargo, en la imagen, parecían radiantes de felicidad.

—Lo absurdo de la juventud y del amor —murmuró.

Ilia Kondakov le había dicho que ahora que habían recuperado el avión, el siguiente paso era buscar el cuerpo de Natasha en el bosque. Estaba esbozando planos para averiguar la distancia que pudo haber alcanzado con el paracaídas. No se juzgaba caballeroso disparar a un piloto cuando descendía en el paracaídas; derribar un avión era victoria suficiente. Pero la Gran Guerra Patria había sido una sangrienta batalla en la que ambos bandos cometieron atrocidades. La otra posibilidad era que el paracaídas de Natasha sufriera desperfectos cuando saltó del avión y que no se hubiera abierto. No le gustaba pensar demasiado en ello.

Volvió al sofá y se sirvió otro vaso de vodka. Cuando Natasha desapareció, fantaseaba con que se hubiera golpeado en la cabeza y sufriera amnesia. En sus ensoñaciones, estaba a salvo, viviendo con unos campesinos. Lo único que tenía que hacer era encontrarla. No aceptaba la idea de que hubiera sobrevivido y no volviera con él. Cada mañana se despertaba preguntándose si aquel sería el día de su regreso. Después de años esperando sin recibir señal alguna, Orlov había aceptado, poco a poco, que tendría que hacer las paces con lo que no se había resuelto y seguir adelante con su vida. Pero eso no le había impedido seguir buscando.

A medida que el vodka le iba quemando las venas, pensó en lo que había ocurrido el último día que la vio. Habían destinado su regimiento a Orël Oblast, donde se concentraban las fuerzas alemanas para una ofensiva planeada. Hacía un calor insoportable, así que, en lugar de sentarse en sus respectivas cabinas, los pilotos habían estado esperando en una choza. Pensaban que los alemanes iniciarían el ataque por la mañana, pero, por el momento, no había rastro del enemigo. Alisa, otra piloto del regimiento, estaba durmiendo. Filipp estaba leyendo un libro, pero no parecía pasar las páginas. Estos, junto con Natasha y Orlov, eran los pilotos que habían sobrevivido desde la batalla de Stalingrado. Los otros eran nuevos. Algunos decían que, cuanto más volabas, más posibilidades tenías de sobrevivir, pero había quienes aseguraban lo contrario.

Mientras esperaban la orden de despegue inmediato,

Orlov y Natasha solían guardar silencio, concentrados en lo que se avecinaba. A veces, cuando parecía improbable que esa orden fuese a llegar, se atrevían a mirar al futuro: cuántos hijos tendrían, a qué se dedicarían y cómo pasarían los veranos. Natasha le dijo que la guerra había destruido su amor por volar; cuando terminara, tan solo quería ser una buena esposa y dar clases de piano a niños. Orlov recordaba haber estudiado aquella tarde el rostro de su amante y las arrugas que tenía entre los ojos. Había cerrado los puños como si intentara contenerse. Normalmente tenía la habilidad de apartar la muerte de sus pensamientos. «No tiene sentido llorar a los caídos —solía decir—. Tengo que estar centrada para poder luchar por los vivos.»

La idea de que la Luftwaffe estuviera preparando una gran ofensiva aérea para poner freno al avance soviético ya resultaba lo bastante inquietante, pero Orlov intuía que la tensión de Natasha tenía otra raíz. Tal vez fuera porque su querido comandante de regimiento había muerto días antes. Natasha solía decir que su peor pesadilla había sido consumida por las llamas. ¿Era la muerte del coronel Smirnov lo que la turbaba?

A Orlov aquella crispación le preocupaba, pero cuando propuso sustituirla por otro piloto, ella lo rechazó de plano. Había forzado una sonrisa y había tratado de aligerar el ambiente contándole aquella vez que conoció a Stalin.

—Para mí fue el día más emocionante de mi vida. Tenía catorce años —le dijo.

Desde el momento en que Natasha entró en su vida, fue una luz deslumbrante para Orlov, toda paradoja y misterio cautivador, una piloto aguerrida a veces y, otras, tan inocente como una niña. Aunque nunca le había gustado que venerara a Stalin, había aprendido a tolerarlo. Pero tenía que decirle la verdad, y aquella podía ser su última oportunidad.

—Escucha, Natasha. Hay algo que deberías saber —dijo.

Cuando la expresión de ingenuidad se borró del rostro de Natasha, fue como si le hubiera robado a una niña su muñeca favorita y la hubiera pateado en el suelo. Pero antes de que tuviera la oportunidad de explicarse, sonó la alarma. Unos bombarderos alemanes los habían avistado y tuvieron que subirse a toda prisa a sus aviones. Fue la última vez que habló con ella.

A veces, Orlov se preguntaba si lo que dijo aquella tarde la empujó a pasarse al otro bando, a ayudar a los alemanes. Pero no podía ser. Natasha era profundamente leal. No habría traicionado a sus amigos. Puede que lo que había revelado destruyera lo que la convertía en un gran piloto: su determinación, su pasión y su concentración. Puede que le hubiera entrado el pánico y hubiera cometido un error fatal.

Hasta entonces, Orlov jamás había perdido a un aviador en combate. La primera vez, fue su adorada Natasha.

Se tapó la cara con las manos y lloró. Le temblaban los hombros y notaba sacudidas en el pecho; las lágrimas rodaban por sus mejillas. Todo aquello había pasado hacía más de medio siglo, pero era como si Natasha hubiera desaparecido el día anterior.

Cuatro

Moscú, 1937

Vi a Stalin una vez. Fue el día más fascinante de mi vida. Tenía catorce años.

«¡Natasha, estamos aquí!», gritó mi padre cuando el coche oficial en el que viajábamos pasó junto a la catedral de San Basilio y se acercó a la puerta de Spassky.

Observé por la ventana las torres y muros rojos del Kremlin. Había visto la fortaleza exterior de la vieja ciudad en numerosas ocasiones, pero aquella era la primera vez que estaba dentro. Apreté la mano de papá cuando el coche pasó por debajo del arco y vi los jardines secretos. Las cúpulas doradas de las catedrales relucían en la menguante luz otoñal. El campanario de Iván el Grande dominaba el resto de los edificios. Decían que era el centro de Moscú. La gente ya no iba a rezar a la catedral de la Asunción y la del Arcángel, pero en el ambiente se respiraba aún parte de la grandeza de las coronaciones y los funerales imperiales del pasado. Me emocionaba al imaginar a las damas vestidas de terciopelo y engalanadas con joyas mientras observaban el desfile de los soldados. Pero me refrenaba. Por supuesto, la vida era mucho mejor ahora que el camarada Stalin llevaba las riendas. El zar Nicolás y sus predecesores no habían hecho nada por el pueblo ruso, salvo explotarlo.

El coche se detuvo delante del gran palacio del Kremlin y el chófer nos abrió la puerta.

—Venga, no te entretengas —bromeó papá mientras me ayudaba a salir del automóvil.

—¿Así que aquí es donde vive el camarada Stalin? —susurré.

—No exactamente, Natasha —repuso mi padre con una sonrisa—. Creo que sus aposentos están en el palacio de las Facetas.

Mi abuelo había sido confitero oficial de la Casa Imperial y papá lo había acompañado en numerosas ocasiones al gran palacio del Kremlin. Después de la Revolución, cuando Lenin llegó al poder, mis familiares se convirtieron en «enemigos de clase» y, desde entonces, ninguno de nosotros había vuelto a visitar el Kremlin. Ahora que gobernaba Stalin, las cosas habían cambiado de nuevo. Papá y yo íbamos a asistir como invitados a una cena de gala en honor del aviador Valeri Chkalov y su tripulación, que habían realizado el primer vuelo transpolar ininterrumpido hasta América.

Me alisé el vestido de seda, que mi madre había confeccionado especialmente para la ocasión, y seguí a mi padre para unirnos al resto de los invitados que esperaban a la entrada. Reconocí algunas caras de las páginas de *Pravda*: había famosos jugadores de ajedrez, futbolistas y bailarines del ballet del Bolshói, además de célebres trabajadores y campesinos. Espié a Olga Penkina, una ordeñadora que había recibido la Orden de Lenin por cumplir a rajatabla la normativa de producción de su granja.

—¿Crees que Marina Raskova también vendrá? —le pregunté a mi padre.

La pared de encima de mi cama estaba cubierta de fotografías de aviadores famosos. Raskova ocupaba un puesto de honor junto a mi retrato de Stalin. Siempre que un piloto batía un récord, tanto yo como mi familia nos uníamos a la multitud que lo vitoreaba mientras desfilaba por la calle Tverskaya. Ese era el motivo por el que mi madre había renunciado a la invitación, para que yo pudiera acompañar a mi padre.

—No permitiré que te lo pierdas, Natasha. Por nada del mundo —había dicho.

Mi padre me dio un golpecito con el codo.

—Hay una persona a la que te interesará ver.

Me di la vuelta y vi a Anatoli Serov, que salía de un coche. El elegante piloto era un héroe de la guerra civil española. Me emocioné aún más cuando vi que había llevado a su mujer, la actriz Valentina. Era bellísima. Había intentado copiar su imagen rociándome el pelo rubio con zumo de limón y sentándome al sol, pero nunca había podido conseguir el tono platino de Valentina. En ese momento, apareció un guardia y nos invitó a entrar en el palacio. Alborotados, subimos las escaleras que conducían al salón San Jorge. Los campesinos pisaban tímidamente la alfombra roja y se interponían en el camino de las bailarinas que se pavoneaban detrás de ellos. Los futbolistas hablaban a voz en grito mientras los trabajadores de las fábricas contemplaban los apliques de bronce. Mi padre y yo seguimos a Serov y a su esposa. ¡Con qué elegancia se movía Valentina! Había algo felino en ella. Observé cada uno de sus movimientos y traté de imitar sus andares.

Al llegar al final de la escalera nos condujeron a la sala de recepción, donde suspiramos todos al mismo tiempo. Las paredes de un blanco níveo, iluminadas por lámparas de araña, eran deslumbrantes; las filigranas del suelo de madera tenían un dibujo tan intrincado que por un momento me pareció una magnífica alfombra. Una orquesta de cámara interpretaba *Nocturno en re menor*, de Chaikovski. Me sorprendió que el jefe de comedor nos llevara a mi padre y a mí a una de las mesas situadas en la parte delantera.

Cuando estuvimos todos sentados, uno de los guardias se dirigió hacia las puertas dobles y anunció la llegada del camarada Stalin. Nos pusimos en pie y me percaté de que el trabajador que se encontraba delante de nosotros estaba llorando, con sus manos temblorosas apoyadas en el regazo.

—No te pongas nerviosa —advirtió mi madre sobre el momento en que conociera a Stalin—. Deja que hable él y no expreses tus opiniones… sobre nada.

Stalin entró en el salón acompañado de tres guardias uniformados. Llevaba un uniforme gris de mariscal y el cabello peinado hacia atrás. Se movía de forma deliberadamente lenta, aguantando la mirada a cualquiera que tuviese la osadía de alzar la vista. Agaché la cabeza cuando miró en dirección a nosotros. Stalin irradiaba autoridad, aunque era más bajo y viejo de lo que parecía en los retratos. Detrás de él iban los héroes Valeri Chkalov, su copiloto Georgi Baidukov y el navegante Alexánder Beliakov, además de varios comisarios. Ocuparon sus puestos. Viacheslav Molotov, presidente del Consejo de Comisarios del Pueblo, nos dio la bienvenida y propuso un brindis por «nuestro gran líder y profesor de todos los pueblos», al que siguió otro dedicado a Chkalov y a su tripulación, a quienes tildó de «caballeros de la cultura y el progreso».

Entonces comenzó la cena. El festín que desplegaron ante nosotros incluía ensalada Olivier, ensalada de remolacha, caviar y verduras encurtidas de entrante, seguida de sopa de setas y pescado. Lo que más me impresionó no fue la variedad y abundancia de la comida, ni tampoco el champán y los excelentes vinos que sirvieron en copas de cristal, sino la calidad del pan. Los bollos eran tan blandos y dulces que se me deshacían en la boca: no hacía falta añadir mantequilla o aceite para que fueran comestibles. Jamás había probado un pan así. Nuestra familia se ahorraba las colas para conseguir raciones de pan porque, gracias al cargo que ocupaba mi padre, recibíamos paquetes especiales de productos que no siempre se encontraban en las tiendas. Aun así, el pan solía ser duro y amargo. Su escasez, según intuí por las conversaciones susurradas que se mantenían a mi alrededor, guardaba relación con los campesinos, ya que sus granjas habían sido colectivizadas. Cuando pregunté a mi madre al respecto, obtuve una respuesta misteriosa: «No se puede preparar una tortilla sin romper huevos».

Después del primer plato, a base de pechugas de pollo y pastel de verduras, nuestro líder se levantó para pronunciar un discurso sobre la aviación y su importancia para la Unión Soviética.

—Grandes extensiones de nuestro gran país siguen sin estar comunicadas por carreteras y líneas ferroviarias —dijo con voz atronadora—. El medio aéreo es la solución más prometedora a este problema. La madre patria necesita pilotos valientes y decididos.

Hablaba igual que se movía: sin prisa y con intención. Cada una de sus palabras se coló en mi conciencia. Pero no necesitaba convencerme. Ya tenía la ambición de aprender a volar igual que mi hermano, Alexánder, que era cadete de las fuerzas aéreas. Gracias a la instrucción había aprendido que, en la Unión Soviética, las mujeres eran iguales a los hombres, a diferencia de Occidente. Incluso aquellas pertenecientes a familias pobres podían ir a la universidad y estudiar ciencias o ingeniería, o llegar a directoras de fábrica.

Valery Chkalov fue el siguiente en levantarse a hablar. Aunque había leído los apasionantes detalles sobre su vuelo transpolar en *Pravda*, era fascinante oír la historia de boca del hombre que la había vivido. Presté atención a cada una de sus palabras mientras contaba que la brújula del avión había dejado de funcionar cuando la tripulación se aproximaba a la región polar y que Beliakov tuvo que guiarse por estima y una brújula solar. Respiré hondo igual que todos los demás cuando Chkalov explicó que el viento en contra y las tormentas incrementaron el consumo de combustible más de lo previsto y mermaron las limitadas reservas de oxígeno de la tripulación. Luego relató que el general George C. Marshall fue a recibirlos a su llegada a Estados Unidos y describió a la multitud que los vitoreaba mientras desfilaban por Nueva York. Me imaginaba cada escena como si fuera yo quien la había vivido. Me vi saludando a la ferviente muchedumbre desde el coche descapotable, enfundada como Valentina Serova en un vestido con hombreras y sandalias de tacón. Mi cabello rubio platino relucía al sol cuando el presidente Roosevelt me estrechó la mano y los reporteros se acercaron a hacerme fotos. Estaba absorta en la gloria de la celebridad cuando papá me dio un golpecito con el codo. Chkalov había propuesto un brindis.

—Por el camarada Stalin, que nos enseña y nos educa como si fuéramos sus hijos. Incluso en las situaciones más peligrosas, sentimos su mirada paterna sobre nosotros.

Me puse en pie como el resto y alcé la copa.

—¡Por el camarada Stalin!

Los camareros nos trajeron el postre: compota de melocotón y helado de frambuesa. Los sabores afrutados me recordaban a los días de verano que pasábamos en nuestra dacha.

Anastas Mikoyán, el comisario del sector alimentario, que estaba sentado a nuestra mesa, se inclinó en dirección a mi padre.

—Antes, los trabajadores y su familia solo podían comer helado, de chocolate y demás, en festividades especiales —le dijo—. Ahora los producen en masa unas máquinas. ¿Por qué iba a querer alguien comer helado o chocolatinas artesanales cuando pueden producirlas unas relucientes máquinas modernas?

—Por supuesto —contestó mi padre.

No estaba segura de que papá coincidiera con los sentimientos de Mikoyán. Antaño, su familia había sido famosa por sus excelentes chocolates y pasteles artesanales. Pero mi padre no era un hombre de inclinaciones políticas. Se había pasado años sin encontrar empleo después de que su familia cayera en desgracia, y ahora disfrutaba de su trabajo en la fábrica de chocolate Octubre Rojo, donde gozaba de libertad para inventar nuevas recetas. Mientras le permitieran hacer cosas que gustaran a la gente, era feliz.

Me di cuenta de que Stalin estaba observándonos. Se levantó lentamente y alzó su copa en dirección a mi padre.

—Ahora propongo un brindis especial por el camarada Azarov, chocolatero jefe de la fábrica Octubre Rojo —anunció—. La fábrica no solo ha cumplido con creces su plan anual durante los últimos dos años, sino que, gracias al camarada Azarov, también ha mejorado la variedad y calidad de los chocolates que se ofrecen al pueblo soviético. Ha inventado doscientos tipos de chocolate nuevos.

A papá lo cogió desprevenido; no se esperaba un brindis en su honor. Se ruborizó y, aturullado, se llevó la mano a la garganta; con su habitual modestia, intentó desviar las alabanzas hacia otros.

—Gracias, camarada Stalin —dijo mientras se ponía en pie con una copa de champán en la mano—. Y me gustaría proponer un brindis por el camarada Mikoyán, que no solo ha sido responsable de nuestro éxito al garantizar el suministro de las materias primas necesarias, sino que también ha puesto el champán al alcance de todos, hombres y mujeres.

Stalin entrecerró los ojos un momento, como si intentara discernir un significado oculto en las palabras de mi padre. Pero entonces sonrió y volvió a levantar la copa.

—¡Desde luego, camaradas, la vida es más alegre ahora! ¡La vida es más divertida!

Se volvió hacia la orquesta, a la que se habían unido un saxofonista y un bajista de jazz, y asintió. Al instante empezaron a tocar un *foxtrot*.

Papá se quitó la vergüenza de encima y me llevó a la pista de baile. Dimos vueltas y vueltas al son de la música de jazz, que había sido aprobada oficialmente. Éramos buenos bailarines. Teníamos que serlo por fuerza: mi madre era profesora de bailes de salón. Se había formado como cantante de ópera, pero, después de la Revolución, las cosas cambiaron. Durante los años de penurias, cuando nacimos mi hermano y yo, y mi padre y otros artesanos no tenían trabajo, mantenía a la familia dando clases de piano, danza y arte a un reducido número de estudiantes. Ahora que la suerte de mi padre había cambiado, también lo había hecho la de mi madre. Según pude leer en *Pravda*: «Antaño, la buena vida era dominio de zares y nobles. Con el camarada Stalin, todo hombre, mujer y niño puede vivir bien». Mi madre no solo daba clases de bailes de salón a parejas de clase obrera, sino que también les enseñaba modales, a hablar bien y a apreciar la buena música. Stalin alentaba a su pueblo a probar cosas nuevas y a mostrar la alegre vida de los soviéticos, que vivían ajenos a la explotación del sistema capitalista.

Mientras papá y yo bailábamos, vi que Stalin, que se movía entre los invitados, vaso de coñac en mano, no dejaba de mirarme en ningún momento. Para ser más exactos, no dejaba de observar mis pies. Era como si no le gustaran mis zapatos. Lo cierto es que no hacían juego con mi vestido. Eran negros, de corte salón; los había heredado de mi madre y los guardaba para ocasiones especiales. Los lustramos lo mejor que pudimos, pero no había forma de disimular que eran viejos. Los zapatos eran lo más difícil de conseguir, incluso para una familia como la mía, que podía acceder a tiendas especiales. De vez en cuando nos llegaba el rumor de que había zapatos en una tienda, pero, después de hacer cola durante horas, descubríamos que eran número único o de tan mala calidad que se caerían a trozos después de llevarlos una sola vez. Mi hermano me explicó que era una cuestión de oferta y demanda, y de escasez de materia prima. Pero cuando le pedí más detalles, mi madre nos interrumpió de inmediato. «¡Jamás, jamás digáis nada que pueda interpretarse como una crítica a nuestro Estado», advirtió.

Papá y yo volvimos a la mesa. Me sorprendí al ver que Stalin se nos acercaba.

—Camarada Azarov —dijo—, debo felicitarlo por su hermosa y joven mujer.

—¡Oh, no! —repuso mi padre, sonrojándose de nuevo sin darse cuenta de que Stalin bromeaba—. Es mi hija, Natalia.

—Mi madre se ha puesto enferma, así que he venido en su lugar —le dije a Stalin, repitiendo la mentira piadosa que me habían dicho que contara si alguien preguntaba por qué no había asistido mi madre.

—Natalia es una piloto en ciernes —apostilló mi padre—. Tenía que traerla esta noche.

—¿De verdad? —preguntó Stalin, que ocupó el asiento que Mikoyán había dejado libre para ir a bailar. Se atusó el espeso bigote y estudió mi rostro.

Recordé que mi madre me había aconsejado que no hablara mucho, pero el interés de Stalin en mi ambición pudo conmigo.

—Sí, camarada Stalin —dije, escondiendo los pies debajo de la silla para que mis zapatos no volvieran a distraerlo—. Algún día espero ser una de sus águilas y aportar gloria a la Unión Soviética.

Stalin sonrió y asintió con aprobación a mi padre.

—Cada vez que visitamos el parque Gorki quiere ir

al salto en paracaídas —le dijo mi padre a Stalin—. Esperamos que pueda empezar en la escuela de pilotos de planeadores el año que viene.

—¿El año que viene? —Stalin sacó un paquete de cigarrillos Herzegovina, rompió los extremos y utilizó el tabaco para llenarse la pipa.

—En diciembre cumplirá quince años, camarada Stalin —explicó mi padre—. Ha de esperar a los dieciséis para poder matricularse.

—¿Solo tiene catorce? —Stalin arqueó las cejas, se encendió la pipa e inhaló profundamente. El aire se llenó de aroma a tabaco—. Su hija parece más madura.

—Desde luego —coincidió mi padre—. Ha estudiado todos los libros de aviación que hay en la biblioteca.

Stalin observó su pipa como si estuviera meditando sobre algo.

—A mis hijos les digo que para mejorar tienen que estudiar, estudiar y estudiar —afirmó—. Yo ya soy mayor y, sin embargo, todavía intento aprender algo nuevo cada día.

Estaba encantada de mantener una conversación personal con Stalin. Cuando me disponía a preguntarle qué le gustaba estudiar, uno de sus guardias se acercó y le susurró algo al oído. Stalin asintió y se volvió hacia nosotros.

—Debo irme, pero ha sido un placer conocerla, Natalia. Su padre debe de estar orgulloso de usted.

En el coche, de vuelta a casa, reproduje cada una de las palabras de Stalin. No era la figura enigmática que me había parecido a primera vista. Era amable y paternal, tal como lo había descrito Chkalov, aunque más serio y considerado que mi padre, una persona que siempre estaba de buen humor. Me sentía más decidida que nunca a convertirme en uno de sus leales pilotos.

Cinco

Moscú, 2000

Después de la reunión con la agencia de publicidad, Lily trabajó en un folleto promocional para el restaurante del hotel. Leyó la información del *chef* francés, en la que hablaba con entusiasmo del «estudio científico de lo exquisito», y se preguntaba si debía utilizar el término «gastronomía molecular» del *chef* para describir sus platos.

—¿Tú qué opinas? —preguntó a Colin.

Él se dio la vuelta y pareció meditar unos instantes.

—Déjalo —propuso—. A los yanquis les encantará. Y si puedes meter la palabra «gastrofísica», también tendrás a los alemanes de tu parte.

Lily no sabía si hablaba en serio o si todavía estaba de mal humor por el tráfico matinal. Volvería a preguntarle más tarde, para comprobar si la respuesta era la misma.

A las cinco, Lily imprimió el correo electrónico de Betty, cogió el bolso y se dirigió hacia la puerta. Kate y Richard estaban hablando de un nuevo restaurante de sushi con terraza al que querían ir aquella noche con Rodney, el prometido de Kate, y otros amigos del trabajo.

—¿Te apuntas? —le preguntó Richard a Lily.

—Gracias, pero tengo un compromiso esta noche.

Kate sonrió.

—¿Tienes una cita? ¡Mira que eres reservada, Lily!

—Lo sé —coincidió Richard, guiñando un ojo a Kate—. ¡Es una mujer misteriosa!

Lily les deseó que lo pasaran bien y fue a recepción, esquivando a un grupo de turistas estadounidenses con los carros llenos de maletas de diseño italiano y bolsos de mano. Cuando salió a la calle, pensó en lo que le habían dicho sus compañeros: ¡una mujer misteriosa! ¿Qué dirían si supieran lo que iba a hacer aquella tarde?

Cuando llegó a la plaza Pushkin, buscó a la mujer que llevaba el perro, pero no la vio. Quizá lo que había dicho el borracho era cierto y el perro era un ardid para sacarle dinero a la gente. Pero a Lily le había parecido que la mujer estaba desesperada.

Puso rumbo al bulevar Tverskói, un parque situado entre dos carriles y jalonado por las antiguas mansiones de la aristocracia. Las mujeres que paseaban sus pomeranios y perros salchicha a la sombra moteada de los limeros y los clientes vestidos de Versace que comían dulces en el café Pushkin, inaugurado recientemente, contribuían a dar al ambiente un toque de modernidad. Pasó junto a un músico callejero que tocaba un *bayan*, un acordeón ruso, y se detuvo delante de una mansión de estilo imperial con muros de color amarillo y una columnata blanca. No era el edificio más extraordinario del bulevar, pero las ventanas con arco y los dos ángeles heráldicos del frontón lo hacían elegante. Era la casa en la que vivió su abuelo materno, Víctor Grigorievich Kozlov, un coronel del Ejército Blanco, antes de huir a China tras la guerra civil. Lily se sentó en uno de los bancos de hierro forjado del parque a admirar la casa. Se imaginó a su abuelo de joven, saliendo por la puerta con sus dos hermanas para dar un paseo por el bulevar con las otras familias nobles.

Después de la guerra civil, detuvieron a la familia de

su abuelo; nunca más se supo de ellos. Un año antes de que Lily llegara a Moscú, la casa había sido convertida en pisos de lujo. Un agente inmobiliario se los había enseñado y le explicó que, cuando los soviéticos requisaron el edificio «para el pueblo», se transformó en una vivienda comunal. Robaron las ventanas de vidrio tintado y arrancaron los alféizares de roble tallado, que emplearon como leña. El contratista había restaurado el exterior, pero Lily se sintió decepcionada al descubrir que los pisos eran ultramodernos, con comedores diáfanos, acabados cromados y plafones de luces halógenas. No abrigaba el menor deseo de volver a entrar en el edificio; prefería sentarse enfrente, cerrar los ojos e imaginarse a sí misma habitando el cuerpo de su abuelo. Entraría en la sala de baile, con sus cornisas doradas y sus estatuas a tamaño natural, y se dirigiría a la biblioteca, donde se sentaría en una silla con reposabrazos en forma de cabeza de cisne y contemplaría las estanterías, llenas de libros con hermosas encuadernaciones, así como las extrañas tallas de las paredes.

Lily no había llegado a conocer a Víctor Grigorievich ni había visto una foto suya. Todas las instantáneas familiares habían sido destruidas en Harbin después de la Segunda Guerra Mundial, junto con la casa que su abuelo había construido allí. A su abuela no le permitieron llevarse nada cuando la deportaron de nuevo a la Unión Soviética, ni tampoco a su madre, Ania, cuando huyó a Shanghái. Aun así, Lily sentía una conexión con su abuelo. La primera vez que fue a ver la casa, se sintió colmada de felicidad. Le gustaba pensar que, en cierto modo, estaba llevando de nuevo a Víctor Grigorievich hasta allí.

Cuando volvió al piso, dio de comer a los gatos, se puso unos vaqueros y unas zapatillas de deporte y se dejó caer en el sofá con una taza de té. Eso de mostrarse animada en la oficina, todo el santo día, la agotaba. Se suponía que los directores de márketing debían ser entusiastas, no melancólicos. Sería más fácil ser contable, pensó, y esconderse detrás de presupuestos y números, en lugar de hablar animadamente de nuevos mercados potenciales y percepciones del consumidor. Apuró el té y cogió una bolsa de lona que guardaba cerca de la puerta y volvió a salir.

Mientras que el bulevar Tverskói había conservado buena parte de su belleza histórica, el resto de Moscú estaba transformándose en una metrópolis moderna y no del todo atractiva. En el barrio de Zamoskvorechie, cerca de donde vivía Lily, estaban derribando las pintorescas casas de tonos pastel, que reemplazaban por colosales bloques de apartamentos y oficinas de cristal y acero. La madre de Lily tenía un dicho: «La belleza no lo es todo. Es mucho más importante que eso». No se refería a la belleza física o a la moda, sino a la belleza de la naturaleza o de algo de extraordinaria factura, la clase de atractivo que tenía la habilidad de tocar el alma humana. La destrucción que veía Lily en Moscú la hizo estremecerse igual que le ocurría siempre que visitaba la casa de sus padres en los bosques de Narrabeen y descubría que habían talado más árboles del caucho ancestrales para hacerle hueco a casas de cemento y jardines de gravilla con plantas en macetas de cerámica.

Se acercó a una zona de obras. En la parte frontal había un cartel que anunciaba un bloque de pisos con el «nuevo y característico estilo de Moscú»: una mezcla espantosa de neoclasicismo y neoestalinismo, a lo cual se sumaban cúpulas y torretas neomedievales, si es que existe tal término. Observó la casa de color verde menta con cenefas rosa pálido que se alzaba detrás. Los trabajadores ya habían terminado, pero los daños que había causado la última embestida de sus martillos neumáticos apenaron a Lily. Solo quedaban los muros exteriores; con la última oscilación del martillo de demolición, el que fuera hogar de su abuela materna habría desaparecido. Alina había nacido en China, donde su padre trabajaba de ingeniero en el Transiberiano, así que nunca había visto la casa. Lily la descubrió investigando en los archivos municipales: era la casa en la que los antepasados de Alina habían pasado de ser campesinos emprendedores a prósperos comerciantes del algodón y, más tarde, ingenieros. Contempló los restos de la valla de hierro forjado y la fuente rota, y decidió que sería la última vez que iba allí. Se despidió de la casa que había sido testigo de tantos momentos de la historia, pero que ahora estaba destinada a convertirse en otra víctima del progreso.

Aquella noche, Lily no tenía intención de visitar lo que quedaba de la casa. Su destino estaba a unas pocas calles de distancia: otra obra en la que una vivienda prerrevolucionaria había quedado reducida a escombros meses atrás. Una disputa de planificación estaba demorando la construcción de un rascacielos y había concedido un poco de tiempo a los residentes que quedaban allí. Lily volvió la cabeza para asegurarse de que no había nadie mirando en el edificio de viviendas de enfrente, trepó rápidamente la valla de seguridad y corrió hasta la furgoneta del portero. Abrió la bolsa y sacó una lata y una cuchara. Golpeando con suavidad la lata, emitió suaves «clinc, clinc, clinc». Como si fuera un brujo invocando a los espíritus, aparecieron gatos de todas partes: de las tuberías, entre las grietas y detrás de montones de basura. Había gatos pelirrojos, atigrados, negros, de rayas e incluso algunos siameses y gatos azules rusos. Todos se acercaron a Lily, que vertió en platos de papel la comida de las latas que había traído. Sacó una botella de agua y rellenó una bandeja escondida debajo de la furgoneta.

Cuando la colonia de gatos hubo terminado de comer, Lily recogió los platos y los metió en una bolsa de plástico que llevaba consigo. Oksana le había inculcado la importancia de alimentar a los gatos con discreción, para no llamar la atención de la gente que los odiaba y podía sentir la tentación de envenenarlos. Cuando empezaran las obras, los gatos no tendrían adónde ir. Lily estaba ayudando a Oksana y a otros voluntarios de Animales de Moscú a atrapar a las criaturas para someterlas a esterilización y luego domesticarlas y buscarles un hogar. Pero solo Lily y Oksana podían llevarse a los felinos a sus ya abarrotados pisos, así que los progresos eran lentos: solo unos cuantos gatos cada vez. Entre tanto, cuatro voluntarios, entre ellos Lily, alimentaban a los gatos salvajes.

—¡Venga, marchaos! ¡Fuera! ¡Escondeos! —les dijo Lily a los gatos mientras volvía a colgarse la bolsa de lona del hombro.

Escaló la valla y, al caer al suelo, oyó una voz detrás de ella:

—Te gustan los animales… y tienes buen corazón.

Se dio la vuelta y vio a la anciana con el perro.

—¿Eres extranjera? —preguntó la mujer—. Hablas ruso con un acento muy elegante.

—Mis padres son rusos —contestó Lily.

Estaba a punto de añadir que era australiana, pero no creyó conveniente revelar nada sobre sí misma a una desconocida. En una ocasión, su madre le había contado que un adivino la había drogado y le había robado cuando vivía en Shanghái.

—¿Puedes quedarte con mi perra? —preguntó la mujer— ¿Puedes cuidar de ella? Desde el momento en que te vi supe que podía confiar en ti.

—¿Ha estado vigilándome? —dijo Lily.

La mujer asintió.

—Todas las mañanas. Hasta hoy no he sabido que

hablabas ruso. Tenía que encontrar a alguien que pudiera escribirme un cartel.

—¿No le ha ofrecido el perro a nadie más?

La mujer acarició al animal en la cabeza con tanto cariño como una madre protegería a su hijo.

—No, claro que no. No voy a dársela a cualquiera.

Su respuesta removió algo en Lily, que miró a la perra. El animal le devolvió la mirada con una expresión esperanzada. Lily sacudió la cabeza.

—No tengo donde alojar a un perro —dijo con sinceridad—, pero tenga esto.

Sacó las latas de comida para mascotas que no había utilizado. Siempre podía comprar más de camino a casa.

La anciana la miró a los ojos como pidiéndole cooperación. Lily se sintió abrumada por la tristeza. Las calles estaban llenas de desempleados e indigentes. Hacía solo dos años que los bancos habían quebrado y la clase media había caído también al perder los ahorros de toda su vida. Lily había oído historias de mujeres que habían sido profesoras y doctoras y que habían tenido que recurrir a la prostitución para alimentar a su familia. El viejo sistema «de cada uno según su habilidad, a cada uno según su necesidad» se había desmoronado. Ahora todos estaban solos.

Miró de nuevo a la mujer y le vino a la mente una imagen de su abuela. Alina había tenido una vida difícil en la Unión Soviética, pero, una vez que los padres de Lily la rescataron, pasó el resto de sus días en el seno de una familia que la adoraba. ¿Por qué estaba sola aquella mujer, pidiendo generosidad a desconocidos? ¿Dónde estaba su familia?

—Por favor, reúnase conmigo en el paso subterráneo de Tverskaya el lunes por la mañana —le dijo Lily a la mujer—. Puedo traerles algo más a la perra y a usted. Puedo ayudarla de esa manera.

A la mujer se le llenaron los ojos de lágrimas.

—¿Cómo se llama su perra? —preguntó Lily tratando de aliviar la tensión.

—*Laika*.

Lily sintió una punzada en el corazón. ¡Qué nombre! Ahora era ella quien corría el peligro de echarse a llorar.

—¿El lunes? ¿Sí? —le repitió a la mujer, sabedora de que debía partir antes de derrumbarse y, con una absoluta falta de criterio, aceptar llevarse a una perra a un piso que ya estaba abarrotado de gatos.

—Gracias —repuso la mujer en voz baja.

De camino a casa, Lily pensó en el nombre de la perra. *Laika* era la perra callejera que los soviéticos habían enviado al espacio en 1957 sin esperanzas de regreso. Su cara aparecía en el logotipo de Animales de Moscú. Lily no podía olvidar la foto que había visto de *Laika* sentada en la cápsula espacial y tendiendo una pata a uno de los científicos. La inocente confianza del animal en los hombres que la traicionarían la llenaba de rabia hacia la raza humana.

Respiró hondo y se dio cuenta de que había caído de pleno. Por mucho dolor que sintiera, debía encontrar la manera de ayudar a aquella mujer y su perrita.

Seis

Moscú, 2000

Cuando Adam estaba vivo, Lily siempre esperaba con impaciencia los fines de semana. Ahora los detestaba. El sábado se distraía visitando estaciones del metro de Moscú. Había leído que transportaba a más de siete millones de personas al día, lo cual lo convertía en uno de los medios urbanos más utilizados del mundo. Era también uno de los más bellos. Stalin había ordenado que reflejara la gloria de la Unión Soviética. A Lily la maravillaba cuántas estaciones parecían grandes salas de baile con sus muros de mármol, sus altos techos abovedados y sus ostentosas lámparas de araña. Sus favoritas hasta el momento eran la de Novoslobodskaya (con sus vidrieras de temática floral, iluminadas por detrás y con grabados de cobre) y la de Ploschard Revoliutsii, donde las arcadas están flanqueadas por estatuas de soldados, obreros y agricultores colectivos. Fotografió una estatua de un partisano con su perro para enviársela a sus padres. A todo el mundo debía de gustarle, pensó; habían frotado tanto la nariz del perro que relucía.

La estatua le hizo pensar de nuevo en la anciana y en *Laika*. ¿Dónde vivía? Se dio cuenta de que había preguntado cómo se llamaba la perra, pero no cuál era el nombre de su dueña. No se trataba de algo inusual en Rusia: a la gente no le gustaba que les hicieran preguntas. Los rusos podían parecer reservados, pero era consecuencia de muchos años ocultando sus verdaderos sentimientos. Si uno era capaz de atravesar aquella capa exterior, según había descubierto Lily, normalmente eran sinceros y afectuosos.

Cuando volvió a su piso, la luz del contestador parpadeaba. Un mensaje de su padre: «No es nada urgente —decía—. Mamá y yo llamábamos para ver qué tal estás». Lily consultó el reloj. Era demasiado tarde para devolver la llamada a Sídney. Se tumbó en el sofá y la asaltó un sentimiento de culpabilidad. Sus padres le habían pedido fotos del piso, pero ella les había mandado panorámicas exteriores del atractivo edificio de estuco rosa y el parque que había enfrente. El interior era demasiado sombrío y desentonaba en exceso con sus gustos minimalistas como para que sus padres no se preocuparan. Aunque Oksana se había ofrecido a pagar cualquier reforma que quisiera hacer, Lily no lograba reunir las fuerzas necesarias para redecorar la vivienda.

Recordó el correo electrónico de Betty y fue a buscarlo al bolso. Después de sus teorías sobre los gatos y la rabia, le contaba cómo estaba todo el mundo en Australia: «Te echamos muchísimo de menos, por supuesto. Le he dicho a mamá que el año que viene iría a visitarte y se ha vuelto loca. Estoy intentando entender la relación que tienen nuestros padres con Rusia. Parecen reverenciarla como si fuera una tierra mágica, pero también la temen».

Lily sabía exactamente a qué se refería. Cuando anunció a sus padres que se iba dos años a trabajar a Rusia, su padre la apoyó, pero su madre se puso histérica. La aterrorizaba que pudiera detenerla la policía secreta: «Lo que hicimos tu padre y yo fue muy peligroso e ilegal. ¡Sacamos a un ciudadano soviético del país! No olvides que tu nombre también aparecía en mi pasaporte y que nunca cogimos el vuelo de regreso».

Lily quería a su madre y jamás le habría hecho daño a propósito, pero se mantuvo firme respecto del viaje a Rusia. Era una nueva época en la historia del país y estaba convencida de que nadie la arrestaría. Después de la muerte de Adam, ya no sabía quién era. Necesitaba huir a alguna parte; no podía quedarse en Sídney y ver a sus amigas casarse. Por alguna razón que no acertaba a explicar, Rusia la atrajo. Tal vez llevaba el país en los genes. Al fin y al cabo, se había criado hablando ruso en casa y entre la comunidad rusa de Sídney.

Betty terminaba su correo electrónico con preguntas sobre Moscú. ¿Qué tal se había adaptado Lily? ¿Eran simpáticos sus compañeros de trabajo? ¿Estaba haciendo nuevas amistades? «Por favor, escríbenos más de una línea. Quiero saber cómo estás de verdad.»

Un golpe en la puerta la sobresaltó.

—Soy yo, Oksana —dijo su casera.

Lily abrió la puerta y la invitó a entrar. Antes de conocerla, imaginaba que alguien que vivía con treinta gatos debía de ser como la anciana loca de *Los Simpson*, una solterona cuyas decepciones vitales la habían llevado a rehuir a la gente y hacer acopio de gatos. Esa descripción no podía ser más errónea en el caso de Oksana. Escultural, con el cabello de color caoba y las uñas largas pintadas de rojo, había ido a la universidad y era una mujer culta. Tenía casi sesenta años, pero en su pálida piel no se apreciaban arrugas y su estilo era elegantemente moderno. Aquella tarde llevaba una blusa de flores arrugada, mallas negras y zapatos planos de color rojo. Olía a Allure, de Chanel.

—Cariño, espero que hayas salido hoy —dijo—. Hace un día precioso. Ya sabes que el invierno no tardará en llegar y volveremos a encerrarnos en casa.

Lily puso en marcha la tetera. Oksana la siguió a la cocina.

—Tengo que pedirte un favor —dijo—. Hay que llevar a *Afrodita* y *Artemisa* a esterilizar el miércoles por la mañana, pero tengo una reunión del comité de Animales de Moscú por la tarde y no puedo recogerlas. ¿Podrías ir tú después del trabajo? Puedes llevarte mi todoterreno. Yo iré a la reunión en metro. El miércoles es el único día que puede atenderlas el doctor Yelchin.

—Claro —respondió Lily.

El doctor Yelchin tenía una consulta cerca del parque Filevski y Lily sabía que esterilizaba los gatos rescatados de Oksana por un precio simbólico.

—Gracias —dijo Oksana—. También he venido a preguntarte si quieres venir al teatro Bolshói esta noche: *El lago de los cisnes*.

Lily no tenía otros planes; quedarse en casa dándole vueltas a la cabeza no le iba a hacer ningún bien.

—Me encantaría —dijo—. Pero ¿cómo has conseguido las entradas tan tarde?

Oksana le guiñó un ojo.

—Tengo mis contactos.

A Lily no le cabía la menor duda. Su casera vivía bien. Alojaba a treinta gatos en un piso que siempre estaba escrupulosamente limpio. Aunque no parecía rica, sí transmitía la sensación de llevar una vida acomodada: vestía ropa moderna, conducía un buen coche y una vez al año se iba de vacaciones al extranjero. Por lo que Lily había podido deducir, cuando en Rusia legalizaron la propiedad privada, su hermano, que era ministro del Gobierno, le compró cuatro pisos en el edificio, lo cual debía de procurarle unos ingresos razonables.

Oksana se terminó el té y consultó el reloj.

—Tengo que irme —dijo cuando se dirigía hacia la puerta—. Vendré a recogerte a las seis. La función es en la sala principal. Pongámonos guapas. Será una gran noche.

Y

No era la primera vez que Lily iba al teatro Bolshói. Cuando sus padres vinieron a Moscú, la llevaron con ellos. La salida al ballet había sido una maniobra para no levantar las sospechas de la KGB. A Ania e Iván los acompañaba Vera, una guía de Intourist, que también era amiga de la abuela de Lily. Había sobornado a un portero para que dejara pasar a Lily, que era solo un bebé, ya que el plan los incluía a todos, también a Alina, que abandonaría el país aquella misma noche. Cuando la orquesta empezó a tocar y se alzó el telón, Lily volvió a pensar en su madre. Finalmente, tras ver su determinación y darse cuenta de que necesitaba curar la tristeza que anidaba en su interior, Ania había aceptado su decisión de ir a Rusia. «Pero, por favor, no busques a Vera ni al general. Nos ayudaron, corriendo grandes riesgos, y no quiero ponerlos en peligro», le rogó. El general era el compañero de Alina. Había evitado que la enviaran a un campo de trabajo y se había puesto en contacto con los padres de Lily en Australia para explicarles cómo rescatarla.

Lily trató de imaginar todo lo que debieron de sentir su madre y su abuela aquella última noche en Moscú. Mientras veía al príncipe Sigfrido llegar a su fiesta de cumpleaños rodeado de cortesanos y princesas, se preguntaba hasta qué punto habría asimilado su madre el ballet. «Tengo la madre más valiente del mundo. Es sensible, pero siempre logra reunir el valor necesario. ¿Alguna vez seré capaz de hacer yo lo mismo?», se preguntó.

Lily se recostó en el asiento y dejó que la inundara la belleza del espectáculo que se desarrollaba sobre el escenario.

El lunes por la mañana salió pronto a trabajar para tener tiempo de reunirse con la mujer y la perra. Esperó hasta las nueve y cuarto en la salida del paso subterráneo, pero no aparecieron. «Debí imaginarlo», pensó Lily al dirigirse al hotel. Tal vez no fuera una mendiga, puede que fuera todo una farsa. O tal vez le había ocurrido algo durante el fin de semana. Esperaba que no.

—Los padres de Rodney nos han regalado una luna de miel en las Seychelles —le anunció Kate—. Supuestamente era una sorpresa, pero luego pensaron que sería mejor decírnoslo para que nos lleváramos la ropa adecuada —añadió entre risas.

Lily hizo todos los comentarios entusiastas que pudo antes de excusarse para ir al baño. Por suerte, estaba vacío. Apoyó la cabeza en aquella fría pared. Ella y Adam habían planeado ir de luna de miel a Francia. Iban a ser cuatro días románticos en París; luego se alojarían en una villa en Saint-Rémy-de-Provence.

Pasó el resto del día corrigiendo carteles para ascensores, así como los textos de la página web para el programa de viajeros frecuentes. No quería pensar mucho en el pasado ni preocuparse por la anciana y *Laika*.

El martes por la mañana fue distinto. Lily llegaba tarde al trabajo cuando vio a la mujer y a la perra cerca de la salida de plaza Pushkin. La mujer tenía la cara gris y se balanceaba de un lado a otro. Cuando la cogió del codo para sostenerla, notó la piel fría y húmeda.

—¿Qué le ocurre? —preguntó—. ¿Está enferma? ¿Quiere que la lleve al hospital?

La mujer sacudió la cabeza.

—No, por favor. Llévese a *Laika* hoy. Se lo ruego. Llévesela.

Cerca de allí había un puesto de flores con una silla para los clientes que esperaban. Cuando la vendedora vio a Lily tratando de sostener a la anciana, señaló la silla. Lily la ayudó a sentarse. Quizá no había comido nada en toda la semana; además volvía a hacer calor. A lo mejor estaba deshidratada.

—Espere aquí —le dijo Lily a la mujer.

Corrió por el paso subterráneo hasta un quiosco que vendía bebida y comidas ligeras. Compró un par de botellas de agua y un bocadillo de huevo.

Cuando volvió, la mujer bebió agua y vertió un poco en la palma de la mano para que Laika la lamiera. Lily esperó hasta que se hubo comido el bocadillo y se alegró al comprobar que recobraba el color de la tez.

—Debo irme a trabajar —le explicó—. Tengo reuniones todo el día, pero termino hacia las cinco y media. Hace demasiado calor para estar sentada en la plaza. Si me espera aquí, le prometo que esta noche me llevaré a *Laika* todo el tiempo que necesite.

—Gracias —respondió la mujer.

Lily se volvió hacia las escaleras de salida y se detuvo.

—No sé su nombre —dijo—. Yo me llamo Lily.

La mujer se miró las manos. Lily pensó que no la había oído. Sin embargo, dijo en voz muy baja:

—No hace falta saber cómo me llamo. No soy nadie.

A Lily le resultó difícil concentrarse en la reunión de Ventas y Márketing de aquella mañana. No dejaba de pensar en la anciana. Le habría gustado hablar con Oksana, pero cuando intentó hacerlo, durante la pausa para el té matutino, saltó el contestador.

Volvió a la sala de reuniones, donde Kate estaba sirviéndoles vasos de agua mineral a todos los asistentes. Llevaba un vestido de tubo plateado que se complementaba a la perfección con sus ojos azules y su bronceado. Era una persona agradable, pero Lily dudaba que hubiera alterado su hermosa vida para ayudar a una anciana y un perro. ¿Qué le atraía de los animales necesitados, y ahora de las personas? ¿Por qué se sentía obligada a ayudar aun cuando ella estaba triste y sus compañeros de trabajo parecían más interesados en el nuevo restaurante que querían visitar?

A la hora de comer, volvió a toda prisa al paso subterráneo, pero la mujer y *Laika* habían desaparecido. La vendedora de flores la vio y le dijo:

—Esa mujer con la que estaba usted esta mañana me pidió que le dijera que tenía un asunto que atender, pero que la esperará aquí a las cinco y media.

Lily le dio las gracias y compró un ramo de lirios para animarse. Cuando regresó a la oficina, llenó un jarrón de agua y se percató de que la vendedora había cometido un error y le había dado seis flores en lugar de siete. Los números pares eran para los funerales, y los rusos tenían la superstición de que tanto quien las regalaba como quien las recibía tendrían mala suerte si el número era par en cualquier otra ocasión. Se planteó devolver los lirios, pero, como todo el mundo estaba yendo a la sala de reuniones para la sesión vespertina, declinó la idea. Antes de ir a la sala, dejó el jarrón cerca de su ordenador. No era supersticiosa. Además, lo que la vendedora no supiera no podía hacerle daño.

Scott inició una presentación en PowerPoint al ritmo de Kool & the Gang y afirmaciones de éxito que aparecían en la pantalla a intervalos aleatorios, pero el resto de la reunión resultó bastante aburrida. Lily no dejaba de pensar en lo que le había dicho la anciana: «No soy nadie».

Cuando terminó la última reunión, a las cinco, volvió a su mesa y la ordenó. Preparó la lista de quehaceres para el día siguiente. Estaba a punto de irse cuando Scott los llamó a ella y a Colin a su despacho. Se quedó de pie delante de la mesa de Scott con la esperanza de que la reunión fuera breve, pero, cuando Colin se sentó, no tuvo más opción que hacer lo mismo. Scott les sonrió.

—Tengo grandes noticias. El hotel Mayfair va a abrir

una sucursal en San Petersburgo. Me han dado permiso para ampliarte el contrato, Lily. Nos encantaría poder contar contigo para el proyecto.

Lily no sabía qué responder. Era un cumplido que el hotel quisiera ampliarle el contrato, pero solo pensaba quedarse allí dos años. Era imposible saber cómo se sentiría cuando venciera el contrato original. ¿Querría quedarse o volver a casa? En aquel momento cambiaba de parecer sobre Rusia de un día al otro.

Scott la miraba expectante, pero antes de que pudiera responder, Kate llamó al panel de cristal que había junto a la inexistente puerta.

—Siento interrumpir. Ya tengo esos números, Scott. Podemos echarles un vistazo a primera hora de la mañana.

—Gracias, Kate —respondió Scott—. ¿Haces algo interesante esta noche?

Kate sonrió.

—Tengo que ir a buscar unas entradas para el teatro. El mes que viene es el cumpleaños de Rodney y quiero llevarlo a ver *La gaviota*.

Lily pensó en la anciana esperándola a la salida del paso subterráneo y consultó el reloj: las cinco y media. Esperaba que la mujer siguiera allí. No quería volver a perderla y pasarse toda la noche preocupada por lo que hubiera podido ocurrirles a ella y a *Laika*.

Kate se fue y Scott volvió a centrarse en Lily y Colin. No añadió nada más sobre el contrato de Lily, sino que pasó a describir el edificio que había adquirido el hotel en San Petersburgo.

—Es una antigua mansión barroca en la avenida Nevski. El plan es incorporar el interiorismo original al nuevo diseño.

Lily ya no sabía cómo ausentarse cuando el propio Scott se dio cuenta de la hora que era.

—¡Dios mío! ¿Ya son las seis menos veinte? Melanie tiene función hoy y he de recoger a los niños en la escuela de música.

—Pues será mejor que vayas tirando —dijo Colin—. A esta hora de la tarde hay mucho tráfico.

Cuando se hubo despedido, Lily salió a toda prisa del hotel y caminó hacia la plaza Pushkin. Seguro que la mujer estaba esperándola. El ruido de lo que parecían dos coches chocando la cogió por sorpresa. Se detuvo y miró en derredor. No se veía ningún accidente y tampoco había oído chirrido de frenos. ¿Qué había provocado aquel ruido entonces?

Cuando llegó a la plaza Pushkin, Lily paró en seco. Tardó un momento en comprender la escena que tenía ante sí. Varias figuras se tambaleaban cubiertas de hollín. De la salida del paso subterráneo salía a borbotones un humo negro y gente sangrando, con la cara quemada y la ropa hecha jirones.

—¡Traedles agua! —gritó una mujer a los ocupantes de un edificio cercano que observaban desde la ventana.

De la salida empezó a brotar más humo. ¿Qué estaba ocurriendo? ¿Era un incendio?

Lily pensó en la mujer y en *Laika*. «¡Dios mío!», gritó, y echó a correr hacia la salida, pero todo iba a cámara lenta. Notaba las piernas como si fueran de plomo. Recordó el rostro de la mujer y la expresión confiada de *Laika*. Le había pedido a la anciana que la esperara dentro y no en la plaza.

Un hombre con un corte en la frente agarró a Lily antes de que llegara a las escaleras.

—¿Está loca? —gritó—. ¡Acaba de estallar una bomba! ¡Hay un incendio! ¡Ahí abajo solo encontrará cadáveres!

A varias manzanas de distancia se oían las sirenas de los vehículos de rescate que trataban de sortear el tráfico. No podía pensar con claridad. Se le había entumecido el cuerpo y se apoyó en una farola.

Cuando llegó la policía, acordonó la zona. Al otro lado de la calle Tverskaya se reunieron grupos de curiosos que intentaban ver qué había sucedido. Del paso subterráneo salía más gente ensangrentada y quemada, tambaleándose o transportada por otros. Los enfermeros tumbaron a los más graves en camillas mientras otras víctimas se desplomaban en el suelo. Un joven empleado de oficina llegó con un carrito del correo lleno de botellas de agua. Lily lo ayudó a repartir agua entre las víctimas para que se la vertieran en las quemaduras. Era incapaz de saber cuántos heridos había, eran demasiados.

«¿Ha visto a una anciana con un perro?», preguntaba Lily a todas las personas que salían mientras les ofrecía agua: o bien sacudían la cabeza, o bien la miraban inexpresivas, demasiado conmocionadas para entender la pregunta.

Entonces llegaron los bomberos y agentes de seguridad, que se dirigieron a toda prisa al túnel. Lily comprobaba cada camilla que subían por las escaleras. No sabía quién estaba vivo y quién no. Algunas de las víctimas habían sufrido quemaduras de tal gravedad que costaba creer que fuesen humanas.

«¿Ha visto a una anciana con un perro?», siguió preguntando. Entonces se dio cuenta de que su pregunta se repetía por toda la plaza. «¿Ha visto a mi hermana? Vende cosméticos en el paso subterráneo». «¿Ha visto a un hombre con un niño en un cochecito?»

Se sentó en la acera y rompió a llorar. ¿Quién podía hacer algo así? La policía desvió el tráfico y ordenó a todos los que no participaban en la operación de rescate que se alejaran. Lily no quería irse. Miró hacia el túnel humeante con la esperanza de ver a la anciana y a *Laika* saliendo sanas y salvas. Un policía la apartó de allí y echó a andar aturdida por la calle Tverskaya. Entonces la vio delante de un McDonald's. Estaba sentada y un hombre con uniforme de farmacéutico le tapaba con una tirita un corte que tenía en el cuello. La florista estaba allí cerca. *Laika* esperaba a su lado, escrutando a su dueña con preocupación.

—¡Gracias a Dios! —exclamó Lily, que corrió hacia ellas—. ¿Se encuentra bien? —preguntó a la vendedora.

—No es grave —dijo para tranquilizarla—. Solo un corte grande en el cuello. Después de la explosión se apagaron las luces del paso subterráneo. Solo oía cristales rotos y gritos. Pude agarrarlas a ella y a la perra, y subirlas por las escaleras.

—¡Gracias! —dijo Lily—. ¡Pensaba que estaban muertas!

El farmacéutico cerró el maletín de primeros auxilios y se puso en pie.

—El corte es profundo, pero lo he limpiado —explicó a las dos mujeres—. Si le duele o se pone rojo, llévenla al médico.

Después se dispuso a ayudar a otras víctimas.

—Será mejor que vaya a llamar a mi marido —dijo la florista a Lily—. Debe de estar histérico.

—¿Puedo hacer algo? —preguntó Lily—. Estará usted nerviosa.

La vendedora hizo un ademán negativo.

—Estoy inquieta, pero es peor para los ancianos como ella, que vivieron la guerra —respondió señalando a la mujer—. Este tipo de cosas hacen que revivan todo aquello. Cuando mi abuela oía un coche petardear, se metía debajo de la cama —añadió la florista, justo antes de irse.

Lily se sentó junto a la anciana y la rodeó con el brazo. Con el caos que las rodeaba, estaba agradecida de que la mujer y su perra siguieran vivas. «¿Y ahora qué?», pensó. Había prometido llevarse a *Laika,* pero no podía dejar sola a la mujer.

Siete

Moscú, 1937

—¡Venga, corre! —grité a mi amiga Svetlana cuando bajamos del trolebús en la calle Arbat—. ¡Seguro que mi madre nos ha cocinado algo delicioso!

Svetlana y yo llevábamos los libros de texto debajo del brazo y esquivamos a los transeúntes a través del laberinto de calles retorcidas. En el barrio de Arbat solían vivir los artistas e intelectuales de Moscú mezclados con la burguesía. Ahora todo el mundo parecía vivir aquí, ya que estaban derrocando antiguas iglesias para construir residencias para las autoridades del partido y las mansiones de los aristócratas eran divididas en pisos comunales. El elegante edificio Filatov solía dar cabida a doscientas personas. Ahora vivían allí tres mil. Aquello era necesario, por supuesto. Lo sabía.

Cuando llegamos al número 11 de Skatertni Pereulok, donde vivía con mi familia, nos detuvimos para recobrar el aliento y subimos a todo correr los cinco pisos hasta el apartamento 23. Amalia, nuestra vecina armenia, salió de su piso en la primera planta con su bebé recién nacido en brazos. Ella y su marido habían obtenido permiso para trasladarse a Moscú después de sobresalir en su papel como altos cargos del partido en Ereván. Ahora su marido era ingeniero del Ministerio de Defensa.

—¡Ah! ¡Aquí están las gemelas! —exclamó Amalia al vernos.

Svetlana y yo no éramos hermanas, por supuesto, pero teníamos un físico similar, con la cara redonda, como la de una muñeca. Éramos las más pequeñas de la clase, pero éramos las campeonas de patinaje sobre hielo y gimnasia. Nuestra complexión compacta nos brindaba una fuerza y una velocidad explosivas. Pero, mientras que yo era rubia y con el pelo largo y liso, Svetlana tenía problemas para que sus rizos castaños no se zafaran de las trenzas. A mis catorce años empezaban a crecerme unos prometedores senos bajo la sarga negra del uniforme escolar, cosa de lo que los chicos se daban cuenta, mientras que Svetlana seguía plana como una tabla de planchar.

—Espera un momento —dijo Amalia con un brillo en los ojos—. Tengo un regalo para tu madre, Natasha.

Desapareció en el interior de su piso y volvió con algo envuelto en un paño.

—Los melocotones secos que tanto le gustan —explicó—. A cambio de la mermelada que me regaló el otro día.

Le di las gracias a Amalia, y Svetlana y yo seguimos nuestro camino. Cuando llegamos a la puerta del piso, me sorprendió oír a mi madre tocando el piano. Normalmente ponía el gramófono cuando daba clases de baile. Abrí la puerta y, con un gesto, le indiqué a Svetlana que me siguiera. El aroma a jengibre, canela y nuez moscada nos envolvía. Svetlana y yo nos sonreímos. Mamá había cocinado sus deliciosas galletas.

Nos quitamos los zapatos y nos pusimos las zapatillas que mamá guardaba en una estantería situada junto a la puerta. Dejé los melocotones en la cocina, al lado de las galletas. Svetlana y yo recorrimos el pasillo en dirección al salón, donde mi madre daba clases durante el día. Por la noche se convertía en el dormitorio principal.

El piso era pequeño, pero al menos era para nosotros solos, un privilegio concedido a mi padre por su cargo en la fábrica de chocolate.

Mamá estaba interpretando a Chopin cuando entramos en el salón. Mi hermano, Alexánder, que trabajaba en las fuerzas aéreas y estaba de permiso, estaba bailando un vals con Lidia Dmitrievna, la madre de Svetlana. El padre de Svetlana era director de una fábrica y alto cargo del Partido. Lidia asistía a clases de baile y modales con mi madre. Todos se detuvieron al vernos.

—El gramófono está estropeado y no hemos podido arreglarlo —explicó mi madre.

Al igual que yo, mamá era rubia, con la cara redonda y los ojos grises. Llevaba un vestido azul Francia con falda acampanada y corpiño a medida. Siempre iba bien vestida y maquillada, incluso cuando hacía las labores domésticas.

Svetlana miró hacia el gramófono.

—Que intente arreglarlo Sveta —le dije a mi madre—. Ella sabe arreglar cualquier cosa.

Svetlana pensaba ir al instituto de Aviación de Moscú cuando terminara el colegio. La fascinaba el funcionamiento de las cosas.

—He desenroscado la parte superior —dijo Alexánder, a quien mi padre describía como una versión más alta, más esbelta y más elegante de sí mismo—, pero no acierto a ver el problema.

Svetlana cogió el destornillador que había junto al gramófono y examinó los componentes. Pidió a Alexánder que le trajera un trapo; fue a buscarlo a la cocina.

Mamá empezó a tocar el piano de nuevo y Alexánder y Lidia retomaron su baile.

—¡Arreglado! —exclamó Svetlana, que inclinó hacia arriba el gramófono y observó el disco girando—. Había demasiada grasa alrededor del resorte.

—¡Maravilloso! —dijo Alexánder—. ¿También sabes arreglar aviones? A lo mejor puedo llevarte a la base conmigo.

Svetlana sonrió.

—Puede que algún día diseñe aviones y que Natasha los pilote.

—Ya de niña, mi hija prefería los juegos de construcción a las muñecas —dijo Lidia con orgullo.

Lidia tenía los ojos verdes, como Svetlana, pero los suyos no irradiaban tanta bondad. Mi madre le había enseñado a empolvarse la cara y a crear una marca en la sien para hacer destacar los ojos, pero la infancia pobre de Lidia era evidente en las cicatrices de viruela de las mejillas y las manchas de los dientes. Aunque siempre me sonreía, sabía que no le caía bien. No sabía por qué. Tal vez no le gustaba compartir a Svetlana. Igual que mi madre y yo, ellas dos estaban muy unidas.

—Os he preparado galletas, chicas —nos dijo mamá—. Coméoslas y haced vuestros deberes mientras terminamos aquí.

Camino de la cocina, dejé salir a *Ponchik* del cuarto de baño. Era un perro callejero con abundante pelo blanco y negro; mi padre lo había encontrado deambulando por el metro. Mamá lo encerraba cuando daba clases para que no hiciera tropezar a nadie. Me lo llevé a la cocina y cerré la puerta. Nos comimos las galletas y bebimos una taza de té con una cucharada de mermelada. Luego empezamos con nuestros deberes de álgebra. Noté la delgada arruga que aparecía entre las cejas de Svetlana cuando se concentraba y la observé anotar sus cálculos en la libreta. Su caligrafía era tan pequeña, pulcra y científica que le cogí el cuaderno para admirarlo.

—¡Ah, Sveta, qué perfeccionista eres!

—¿Y tú? —respondió, cogiendo a *Ponchik* y poniéndoselo en el regazo—. ¡Practicas al piano durante horas! ¡Cuando tocas, podría haber un incendio en el edificio y ni te enterarías!

Era verdad. Desde que era niña, tocar era mi pasión; tenía pensado estudiar en el conservatorio. Sin embargo, en aquel momento, lo que más me interesaba era volar. Svetlana y yo habíamos terminado los deberes cuando entró Zoya, la sirvienta, con el paquete de comida especial que recibíamos dos veces al mes. Nos sonrió, dio unas palmaditas a *Ponchik* y tarareó en voz baja mientras llenaba las estanterías de queso, caviar, azúcar, harina, té, verdura enlatada y huevos. Sacó un frasco de salsa roja.

—¿Qué es eso? —preguntó Svetlana.

—Se llama kétchup —respondió Zoya, entrecerrando los ojos para leer la etiqueta.

—Ah, sí, lo he visto anunciado en el periódico —tercié—. Es un condimento que nunca falta en la mesa de cualquier familia estadounidense.

Zoya seguía desempaquetando cuando aparecieron mamá y Lidia en la puerta.

—Venga, Svetochka —dijo Lidia, utilizando la forma familiar del nombre de Svetlana—. Tenemos que irnos a casa para que puedas estudiar para el examen de historia de mañana.

Lidia miró el montón de jabón molido que Zoya estaba apilando en la banqueta de la cocina. Por lo que yo sabía, aunque la familia de Svetlana podía comprar en establecimientos de distribución cerrada, nunca recibía paquetes especiales, como nosotros. Aunque también tenían piso propio, era más pequeño que el nuestro. Asimismo, era más oscuro, porque todas las ventanas daban al muro de un edificio adyacente. Tenían que compartir el baño con un hombre de Georgia que, según Lidia, era vil, sucio y escupía en el suelo.

Cuando mamá se dio cuenta de lo que Lidia estaba mirando, cogió una pastilla de jabón y se la tendió.

—¡No, no! —protestó Lidia.

—Insisto —dijo mi madre, que le puso el jabón en la mano—. Huele muy bien y te deja la piel suave.

Cogí otra pastilla de la banqueta e inhalé antes de ofrecérsela a Svetlana para que la oliera. En efecto, la fragancia era celestial; olía a miel y almendras.

—Tengo otra cosa para Svetlana —dijo mamá, que desapareció por el pasillo y volvió con una pieza de lana—. Se lo compré el otro día a la vecina. Le he hecho una falda a Natasha. Queda suficiente para que le hagas una a Svetlana.

Mamá había conseguido el material a través de una mujer que vivía en nuestra calle, Galina, cuyo marido había muerto en la guerra civil. Cuando se enteraba de que había material disponible, lo compraba para venderlo luego y obtener así un pequeño beneficio. La especulación, tal como se sabía, era un delito, pero a menudo no había otra manera de obtener ciertos productos. A veces, el Estado producía rollos de material, pero no botones, cremalleras o agujas e hilo. En otras ocasiones, sucedía lo contrario. Por supuesto, nada de aquello era culpa del camarada Stalin, sino de espías y saboteadores que no querían que la Unión Soviética prosperara.

—En serio, Sofía, sabes que no puedo aceptarlo —dijo Lidia—. Podría meter en un lío a Piotr.

—Sí, sí que puedes —repuso mi madre—. Le dará calor a Svetlana.

Lidia accedió. Ella y mi madre se besaron en la mejilla. Svetlana y yo hicimos lo mismo.

—Nos vemos mañana —dije a Svetlana.

Cuando se fueron, Alexánder —nosotros lo llamábamos Sasha— entró en la cocina y se sirvió unas galletas de jengibre de mamá.

—Escuchadme los dos —dijo mamá—: tengo un mensaje de vuestro padre. Hoy ha recibido un paquete en la fábrica y quiere que vayáis a recogerlo. ¿Por qué no vais ahora mientras Zoya y yo preparamos la cena?

—¿De verdad? —respondí yo, despabilándome—. ¿De quién es el paquete?

Mamá me sonrió.

—Del camarada Stalin. Natasha, creo que a nuestro líder le causaste una buena impresión cuando lo conociste, la semana pasada.

La fábrica de chocolate Octubre Rojo estaba en la isla de Bolotni, frente al Kremlin. Mamá nos dio unas bolsas de la compra hechas de cuerda. Ahora todo el mundo llevaba ese tipo de bolsas y las llamaba «bolsas por si acaso». Aunque había elementos habituales en los paquetes que recibíamos, ciertos productos —queroseno y cerillas, cucharas y tenedores, pintura, clavos— siempre eran difíciles de conseguir. Si una persona veía una cola delante de una tienda, se unía a ella. Una vez que les llegaba el turno, preguntaban qué se vendía.

En la calle Vozdvizhenka, había un grupo de gente apiñada alrededor de un escaparate, admirando los productos expuestos en unas cajas rojas y doradas. Eran las cosas que nosotros recibíamos en aquellos paquetes: tazas y platillos, huevos, queso, plumas y rulos para el pelo. Un cartel que había en la puerta de la tienda decía: *Vendido*.

—¿No te parece injusto que recibamos cosas de las que tienen que prescindir el resto de nuestros camaradas? —le pregunté a Alexánder.

Este frunció el ceño y se detuvo en la esquina.

—El sacrificio es necesario para construir el Estado socialista, Natasha —dijo—. El que recibe los paquetes especiales no es una persona con privilegios de nacimiento. Es nuestro padre, un ciudadano de a pie que ha procurado un éxito extraordinario a la madre patria gracias a su entrega al trabajo. Lo que hoy reciben él y otros innovadores, líderes y pioneros, pueden esperarlo todos los ciudadanos mañana.

Mi hermano hablaba con elocuencia, pero, por su manera de mirar hacia abajo, me preguntaba si se creía lo que decía. Yo sí. Era un sueño hermoso y tenía fe en él. Una vez que se hubiera construido un Estado socialista en Rusia, la vida sería más parecida a como el camarada Stalin la había descrito: más divertida y alegre para todos.

Sabía a qué distancia estábamos de la fábrica de chocolate por el olor a cacao y a frutos secos asados que flotaba en el aire. Además de chocolate, la fábrica producía caramelos, turrón y praliné. Pero el Departamento de Chocolates era el que hacía tres turnos en lugar de dos. Mi padre y los directores de la fábrica trabajaban duramente desde última hora de la tarde hasta primera hora de la mañana. Esos eran los horarios que mantenía Stalin y nadie se arriesgaba a ausentarse por si llamaba para preguntar por una nueva exquisitez o sobre qué tal funcionaban las máquinas importadas. Aunque mi padre era el chocolatero jefe y no el responsable de producción, Stalin solía preguntar por él. Hablaba con papá sobre cosas cotidianas: la vida familiar y los desafíos de la vejez. A papá le parecía que Stalin se sentía solo; tenía la impresión de que nuestro líder no podía confiar en los miembros del Politburó. Mi padre le contaba chistes para animarlo, y Stalin se reía y le decía que le gustaba hablar con él. Aunque papá nunca pedía privilegios, gracias a que le caía bien a Stalin teníamos un piso cómodo, y en verano podíamos utilizar una dacha en el bosque de pino de Nikolina Gora.

Los procesos de la fábrica de chocolate eran secretos, pero como hijos del chocolatero jefe, gozábamos de acceso especial. El guardia que ocupaba la caseta situada delante de la fábrica nos indicó que pasáramos. María, que estaba sentada en otra cabina cerca de la oficina, nos abrió la puerta. Pasamos por delante de las máquinas de fichar y de los vestuarios, y llegamos a la fábrica propiamente dicha.

Por más veces que la visitara, nunca me cansaba de la magia de aquel lugar. El delicioso olor a azúcar quemado me hacía cosquillas en la nariz. Abría los ojos maravillada ante las cintas transportadoras que llevaban puros de chocolate y galletas rellenas de fruta de un extremo a otro. El taller era como una cocina para gigantes, con calderos que precisaban escaleras y pasarelas para llegar hasta ellos, con enormes tinas donde hervían siropes de cereza y vainilla. María nos guio por el Departamento de Embalaje, donde unas mujeres que llevaban pañuelos rojos colocaban las chocolatinas en cajas, y después por el Departamento de Diseño, donde los artistas preparaban bocetos para las cajas; las escenas con trineos y los gatitos en cestas eran los temas más populares para Año Nuevo. Pavel Maximóvich, el director general de la fábrica, pasó a toda prisa junto a nosotras. Solía pararse a saludar, pero papá nos había avisado de que últimamente estaba preocupado. Después de exceder su objetivo de los últimos cinco años, la fábrica hacía frente a una escasez de materias primas, en especial en relación con las semillas de cacao y el aceite de coco. María nos dejó en la puerta de la cocina-laboratorio de papá. Si la fábrica era un país de cuento de hadas, mi padre, con su bata blanca y sus gafas de montura gruesa, era su hechicero. Estaba desarrollando una nueva trufa con corazón de crema de caramelo. Durante el proceso de invención, se obsesionaba con él; incluso en casa seguía pensando en su creación. Nunca fumaba ni comía cosas picantes para que no interfirieran en su sentido del gusto. Cada innovación era fruto de semanas, y en ocasiones meses, midiendo, valorando e hirviendo, no solo para encontrar las combinaciones adecuadas de sabores, sino para perfeccionar las variables de temperatura, presión y enfriamiento.

Cuando papá nos vio, dejó el cuaderno y se quitó las gafas.

—Bien, aquí tenemos a los dos hijos de los que el camarada Stalin me ha ordenado que me sienta orgulloso.

Eché a correr hacia mi padre y lo abracé; después él y Alexánder hicieron lo mismo. Papá se acercó al armario y sacó un paquete envuelto en papel marrón.

—Aquí tenéis —dijo al entregármelo—. Hay algo para los dos.

En el paquete se podían notar dos bultos. Desaté el cordel y se lo di a Alexánder para que lo enrollara; no podía desperdiciarse nada. Resollé de gusto cuando abrí el paquete y vi un par de zapatos de baile. Estaban hechos de satén plateado con cintas estilo D'Orsay y rosas en la punta. Junto a los zapatos había una caja con una pluma estilográfica. Se la di a Alexánder, cogí los zapatos y los sostuve a contraluz. Los artículos llegados del extranjero estaban mal vistos, pero ¿de dónde iban a venir unos zapatos tan hermosos sino de algún lugar exótico y lejano? Me quité el calzado del colegio y me los probé. Me iban perfectos.

—La pluma es buena —dijo Alexánder admirando el plumín dorado—. Me pregunto por qué el camarada Stalin ha elegido esto para mí.

—Para que escribas a tu madre más a menudo —respondió papá, dando una jovial palmada a Alexánder en la espalda—. Los zapatos no son lo único que te manda el camarada Stalin, Natasha —metió la mano en el cajón de la mesa y me tendió un sobre.

—¿Qué es esto? —pregunté, demasiado hipnotizada por mis hermosos zapatos como para imaginarme qué más podía depararme el futuro.

—¡Ábrelo!

Abrí el sobre con el dedo y vi que contenía una carta

firmada por el mismísimo camarada Stalin. Miré la dirección del remitente —el Osoaviajim de Moscú— antes de examinar el contenido. Cuando comprendí su significado, salté tan alto que estuve a punto de tirar un frasco de papá; tuve que sujetarlo rápidamente.

—¿Qué dice? —preguntó Alexánder.

Le pasé la carta y grité:

—¡Dice que me admiten inmediatamente en la escuela local de aviones sin motor!

De vuelta a casa, iba bailando alrededor de las farolas y extendía los brazos, fingiendo ser un avión sin motor. ¡Stalin se había acordado de mí!

—Parece que impresionaste mucho al camarada Stalin —dijo Alexánder con orgullo—. En la escuela solo admiten a niños de tu edad si son excepcionales. Espero que no te alistes en las fuerzas aéreas e intentes excederme en rango. He trabajado duro por todo lo que tengo. Tú te llevaste todo el talento musical. Déjame a mi proteger a la patria.

Entrelazamos los brazos y respiré el aire fresco de la tarde. De repente, la felicidad que había sentido se desvaneció. El Gobierno no solo alentaba a los jóvenes a aprender a pilotar y saltar en paracaídas por diversión, sino también para cualificar a los ciudadanos para formar un ejército en la retaguardia.

—Sasha, ¿de verdad crees que estallará una guerra con los fascistas? —pregunté.

Alexánder desvió la mirada. Era obvio que sabía algo que no quería contarme.

—Creo que el camarada Stalin hará todo lo que pueda por evitarlo —dijo finalmente—. Pero Hitler..., bueno, es una incógnita. La Unión Soviética es rica y tenemos muchos enemigos: la Alemania nazi, los países capitalistas y Japón.

—Si entramos en guerra —dije con sobriedad—, serviré mucho mejor al país si sé pilotar aviones que tocando el piano.

Alexánder se detuvo y me puso las manos en los hombros.

—Natasha, la guerra no es agradable. Si estalla, el mundo necesitará belleza desesperadamente. Las cosas bonitas como los zapatos que te ha regalado el camarada Stalin pueden parecer triviales, pero mira lo feliz que te han hecho. Los soldados que combaten necesitan gente que pueda darles esperanza.

Hicimos el resto del camino en silencio, sumidos en nuestros pensamientos. Aunque entendía el argumento de Alexánder sobre la necesidad de belleza de las personas, pensaba que, si estallaba la guerra, lo más importante sería proteger el estilo de vida soviético. Luego podríamos volver a preocuparnos de la música y el arte.

Cuando nos acercamos a nuestro edificio, vi una furgoneta negra y un coche oscuro aparcados delante. En la primera planta había cierta conmoción. Reconocí el sonido de muebles arrastrándose y el contenido de cajones cayendo al suelo. Conté las ventanas para determinar qué piso estaba siendo registrado. Era el de Amalia y su marido. ¡No, no era posible!

Estaba a punto de contar de nuevo las ventanas cuando Alexánder me agarró del brazo.

—¡Rápido! —dijo, y me empujó hacia una portería.

No entendía por qué teníamos que escondernos. No habíamos hecho nada malo. El Gobierno estaba exponiendo a los enemigos del pueblo, a cualquiera cuyas actividades sabotearan a la Unión Soviética para debilitarla en caso de guerra. Habían detenido a gente en nuestra calle. De repente se abrió la puerta del edificio y aparecieron Amalia y su marido escoltados por agentes del NKVD. El marido de Amalia caminaba con los hombros caídos y la cabeza gacha. Amalia lloraba. Otra mujer, una vecina a la que solo había visto unas pocas veces, sostenía al bebé de Amalia en el umbral. Los agentes metieron a la pareja en la furgoneta y Amalia intentó mirar por última vez a su hijo, pero los hombres la empujaron y cerraron la puerta.

—Cuide del niño esta noche —ordenó uno de los agentes a la mujer—. El representante del orfanato estará aquí mañana por la mañana para recogerlo.

Se encendieron los motores y los vehículos empezaron a circular calle abajo. Alexánder esperó hasta que hubieron desaparecido y me permitió salir de nuestro escondite. Dentro del edificio todo estaba en calma. Cuando pasamos por delante del piso de Amalia vi que habían precintado la puerta. ¿Quién hubiera imaginado que Amalia y su marido eran enemigos del pueblo? Parecían muy agradables.

En el piso encontramos a mamá y a Zoya arrodilladas frente al icono de santa Sofía, que normalmente permanecía oculto en un armario. Alexánder se apresuró a correr todas las cortinas.

—¡Mamá! ¡Zoya! —susurró —. Tenéis que ir con más cuidado. Ahora más que nunca.

—¡Solo Dios puede ayudarnos! —exclamó mamá—. Sasha, ¿es que no sabes que ahora detienen a la gente por nada? ¡Amalia y su marido eran ciudadanos perfectos, mientras que, en su día, nosotros fuimos relegados!

Alexánder me llevó a nuestro pequeño dormitorio. Antes de cerrar la puerta, me dijo que leyera un libro. Yo quería oír la conversación que mantenían él, mi madre y Zoya, pero susurraban y no acertaba a distinguir lo que decían. Supuse que a Alexánder le preocupaba el icono. La religión y la Iglesia eran las corruptas, las que oprimían a los pobres, y no Dios o los santos. Yo era fiel al Estado, pero pensaba que creer en algo más elevado que yo misma me convertía en mejor ciudadana.

Desde que Alexánder había vuelto a casa de permiso, había hecho muchas cosas raras. Tiró unos prismáticos que mi padre utilizaba para observar pájaros y obligó a mi madre a deshacerse de su máquina de escribir. Decía que ese tipo de cosas podían utilizarse como pruebas de espionaje. ¿Espías nosotros? ¿Qué agente del NKVD iba a pensar eso? ¿Un chocolatero, su mujer artista y dos niños modélicos?

Abrí el paquete que nos había enviado Stalin y me tumbé en la cama con los zapatos de baile en la mano. Alexánder y yo compartíamos una habitación, que estaba dividida por una cortina colgada de una cuerda. Su lado estaba ordenado; la cama estaba hecha y había una mesa con solo un cuaderno y un bolígrafo encima. Mi lado era bien distinto. Me encantaban las cosas bonitas y las exhibía. Aparte de las fotografías de Stalin y de los héroes y heroínas de la aviación que tenía colgadas en la pared, mi escritorio estaba abarrotado de ornamentos de pájaros, ranas y osos. Siempre que mamá me hacía un vestido nuevo, lo colgaba por fuera del armario para poder admirarlo y se quedaba allí hasta que Zoya se quejaba de que estaba cogiendo polvo y me pedía que lo guardara.

Deslicé los dedos sobre el material satinado de los zapatos y luego los colgué en el poste de la cama por las cintas para que fueran lo primero que vería por la mañana y lo último que vería por la noche.

En el salón, oí a Alexánder decir «papá», pero volvió a bajar la voz.

Mamá había dicho que el NKVD estaba arrestando a gente por nada, pero eso no podía ser cierto. Stalin no lo permitiría. Pensé en Amalia. Me pregunté qué siniestro secreto se ocultaba tras aquellos ojos relucientes. ¿Difundían ella y su marido material subversivo o mantenían contacto con agentes extranjeros? Crucé los brazos por detrás de la nuca y volví a admirar las zapatillas, y después el techo. Me invadió el recuerdo del rostro atemorizado de Amalia, pero cerré los ojos con fuerza para que aquella imagen se disipara.

No, Amalia y su marido tenían que ser culpables. Al fin y al cabo, las cosas malas solo les sucedían a las malas personas.

Ocho

Moscú, 2000

Lily estaba viendo la televisión con el volumen bajo. En la pantalla aparecieron imágenes de la atrocidad de la tarde anterior: gente cubierta de sangre y hollín; enfermeros trabajando a toda máquina. Habían muerto siete personas. Sesenta estaban en el hospital, muchas de ellas con lesiones graves. «Vi a una joven morir delante de mí —relataba un testigo a un periodista—. Tenía unas quemaduras espantosas y lloraba. Los médicos no llegaron a tiempo.»

Nadie había reivindicado la responsabilidad de la explosión, pero todo el mundo culpaba a los chechenos. Los atentados de los bloques de apartamentos cometidos en Moscú y otras ciudades el septiembre anterior estabam muy vivos en el recuerdo de todos. Aunque existían teorías de la conspiración sobre los ataques, la mayoría de la gente creía que los chechenos estaban involucrados y habían apoyado la segunda guerra de la Federación Rusa contra Chechenia. Lily se frotó los ojos. No había dormido y todavía llevaba la ropa del día anterior. Al llegar a casa se había encontrado con cinco mensajes cada vez más desesperados de su madre en el contestador. Llamó a sus padres y habló con ellos más de una hora para asegurarles que las autoridades municipales estaban respondiendo con rapidez a la crisis y que la bomba no iba dirigida a extranjeros.

También había un mensaje de Betty. Lily llamó al Departamento de Recursos Humanos del banco en el que trabajaba su amiga. Betty se ausentó de una entrevista para hablar con ella. Solo pudieron charlar unos momentos, pero le gustaba que hubiera gente que se preocupaba por ella.

Su mirada se desvió hacia la habitación en la que la anciana dormía con *Laika* a su lado. ¿Por qué no tenía a nadie que cuidara de ella? Seguía negándose a decirle su nombre, así que Lily había empezado a llamarla Babushka, abuela.

A sus padres y a Betty no les había hablado de Babushka. Si Betty la consideraba una loca por rescatar gatos callejeros, ¿qué habría opinado de que diera cobijo a una desconocida y a su perra? Pero, tras ser testigo del horror que podían infligirse unos seres humanos a otros, a Lily la invadió el deseo de tender una mano a alguien. Babushka estaba conmocionada y confusa. Necesitaba atención. Darle cobijo era como hacer algo para contrarrestar todo aquel sinsentido.

Alguien llamó a la puerta con los nudillos. Era Oksana. Después de acostar a Babushka, Lily había ido a verla la noche anterior para contarle lo que había pasado.

—¿Sigue durmiendo? —preguntó Oksana, que llevó una bolsa de comida a la cocina.

—No estaba nada nerviosa —le dijo Lily.

—Pobrecita —respondió Oksana, que sacó un paquete de trigo sarraceno tostado y buscó una cacerola en los armarios de Lily—. Y pobrecita tú también.

Lily se encogió de hombros. En comparación con lo que estaban sufriendo otros aquel día, no creía tener derecho a quejarse.

—Veo que los gatos están tranquilos —observó Oksana señalando a *Pushkin*, *Max* y *Georgy*, que dormían en el alféizar. *Mamochka* ocupaba su lugar habitual debajo de la mesita del teléfono—. ¿No han reaccionado al tener un perro en casa?

—De momento no —contestó Lily.

—Los gatos callejeros son así —dijo Oksana, que vertió el trigo en una olla con agua hirviendo—. Son corteses. Cuando hubo aquellas inundaciones el año pasado, recorrí Moscú en coche y recogí todo lo que seguía vivo. Aunque al poco rato mi todoterreno estaba lleno de perros y gatos, no hubo un solo bufido ni gruñido.

—Probablemente estaban agradecidos —dijo Lily.

Oksana tocó la mejilla a Lily con aire maternal.

—Antonia vendrá a cuidar de Babushka esta mañana; luego la vigilaré yo, hasta que vuelvas. ¿Te sigue yendo bien ir a recoger a *Afrodita* y *Artemisa* esta tarde? Si no te apetece, dímelo.

Le apetecía. Quería hacer cosas, incluso ir a trabajar. Cualquier cosa por quitarse de la cabeza aquellas imágenes espantosas. Tenía miedo de coger el metro, pero sabía que, si no volvía a la rutina habitual lo antes posible, el temor se apoderaría de ella. «Un rayo no cae dos veces en el mismo sitio», les había dicho a sus padres la noche anterior; el metro y las calles de Moscú estarían llenos de policías, agentes federales y soldados.

Mientras Oksana preparaba la *kasha* de trigo sarraceno, Lily se duchó y se vistió. Cuando extendió el brazo para ponerse maquillaje, se dio cuenta de que le temblaba la mano.

Oksana había dejado un poco de *kasha* para cuando Babushka despertara. Ella y Lily se sentaron en el sofá a comerse la suya y vieron las noticias. Lily tenía una sensación de vacío en el estómago; lo que vio en la pantalla acabó de quitarle el apetito. Tal vez debería cambiar de canal, pero era incapaz de hacerlo. Por alguna razón necesitaba ver la noticia una y otra vez para analizar cada detalle con el resto de la ansiosa población. Según los testigos oculares, dos hombres habían dejado frente al quiosco de venta de entradas para el teatro un maletín que presuntamente contenía la bomba. «Somos un país en guerra y debemos actuar como tal —declaraba una autoridad municipal—. Los moscovitas deben estar alerta. Han de vigilar a sus vecinos e informar de cualquier movimiento sospechoso.»

Lily se estremeció. La amenaza de la Guerra Fría se había disipado con la caída del Muro de Berlín. ¿Era aquel un nuevo tipo de guerra?

El presentador de televisión dijo que los centros de transfusión de sangre de la ciudad necesitaban más donantes para ayudar a las víctimas. Lily vio otra oportunidad para hacer algo.

—¿Te importa esperar aquí hasta que llegue Antonia? —le preguntó a Oksana—. Quiero ir a donar sangre.

Llamó a Scott para decirle que llegaría tarde. Saltó el contestador automático y le dejó un mensaje. Cuando bajaba las escaleras vio a Dagmara, su vecina chechena, entrar en casa y cerrar la puerta. A Dagmara la habían desahuciado de su anterior vivienda tras los atentados. Oksana era una de las pocas rusas dispuestas a alquilarle un piso.

—El problema de los terroristas es que actúan como si representaran a toda la nación, y no es cierto —había dicho Oksana—. No les importan las consecuencias que recaen sobre los ciudadanos inocentes cuando llevan a otra nación a declararles la guerra.

En aquel momento, Dagmara debía de sentirse aterrorizada, pensando en las represalias de las que sería víctima por esa última atrocidad.

La fila de gente que esperaba para donar sangre salía del hospital y continuaba calle abajo. Lily se alegraba de unirse a los moscovitas para mostrar su solidaridad contra la violencia, pero iba a ser una espera larga. Después de hacer cola durante una hora, salió una enfermera y dijo a todos que el hospital tenía tantos donantes como podía gestionar. Si era precisa más sangre, volverían a realizar un llamamiento en los informativos. Lily no tuvo más opción que marcharse.

Cuando salió del metro y se dirigió al paso subterráneo de Tverskaya, lo primero que vio fue a un empleado municipal limpiando sangre de las baldosas. En el aire se percibía aún el olor acre del humo y los cables eléctricos colgaban del techo ennegrecido del túnel. Reunió fuerzas para pasar por los lugares en los que había muerto gente o había resultado tan gravemente herida que ahora su vida había cambiado de forma irrevocable. Tal como sospechaba, había policías con perros por todas partes. Tenía preparado el pasaporte por si alguien se lo pedía.

Los quioscos estaban acordonados, pero se había permitido a los vendedores que regresaran para ver qué podían rescatar entre las pilas de metal retorcido, cristales rotos, trozos de CD y jirones de ropa.

El cráter de la bomba se había convertido en un santuario improvisado con ramos de flores, iconos y velas. Lily se acercó a varias personas que se habían reunido allí para rezar en silencio. Ahora se daba cuenta de lo afortunadas que habían sido Babushka, *Laika* y la vendedora de flores. Habían salido bien paradas solo porque habían estado cerca de las escaleras.

El ambiente en el hotel era triste. Los botones susurraban entre sí. A Lily le dio la sensación de que los recepcionistas la miraban de una manera peculiar. La falta de sueño la hacía sentirse frágil, y era consciente de que se había secado el pelo y se había maquillado apresuradamente, pero eso no parecía bastar para garantizar miradas furtivas.

Aunque ya eran las once, la sorprendió encontrar el Departamento de Ventas y Márketing vacío, a excepción de Scott, que estaba en su despacho, y Mary, atenta a su pantalla de ordenador. Scott se levantó al ver a Lily. Pensó que estaba a punto de anunciar la afirmación de la semana —«La ventaja positiva es siempre mía»— e intentó recordar desesperadamente la suya.

—¿Recibiste mi mensaje? —preguntó Lily con la esperanza de desviar la conversación—. Esta mañana he ido a donar sangre.

Scott no pareció percatarse de lo que había dicho.

—He pedido a los demás que se fueran a casa —respondió—. Mary cancelará algunas reuniones y se irá. Colin ha ido al Departamento de Relaciones con los Huéspedes a ver si puede ayudar en algo a Rodney.

—¿Ayudar a Rodney? —preguntó Lily.

Algo no iba bien. Los departamentos de los hoteles no enviaban a la gente a casa por desastres como aquel a menos que... Lily empezó a pensar a cámara lenta... A menos que alguien se hubiera visto afectado. Miró hacia las mesas de sus compañeros. Sabía que Colin y Mary estaban en la oficina. Junto al ordenador de Richard había un vaso de café lleno; probablemente había venido por la mañana, aunque ahora no estaba allí. Luego observó la mesa de Kate, con su colección de fotografías familiares y los retales de encaje nupcial clavados en su tablón de notas. De repente tuvo una visión de Kate con su vestido plateado y recordó sus palabras de la tarde anterior: «Tengo que ir a buscar unas entradas para el teatro. El mes que viene es el cumpleaños de Rodney y quiero llevarlo a ver *La gaviota*».

Lily se quedó inmóvil. La bomba estalló frente al quiosco del teatro minutos antes de las seis. Kate debía de estar allí justo en aquel momento. Empezó a ver manchas blancas. Scott la ayudó a sentarse.

—¿Kate? —preguntó, incapaz de creer que aquello fuera real.

No, no podía ser.

Scott torció el gesto.

—El cónsul general dijo que había sufrido quemaduras graves. Murió allí mismo. Como imaginarás, Rodney y su familia están destrozados.

En aquel momento llegó el director del hotel. Scott fue a hablar con él. Lily se sentó a la mesa, confusa. Todo había saltado por los aires. Kate no. ¡Claro que no! A la gente perfecta no le sucedían desgracias. La gente perfecta llevaba una vida perfecta. Se casaban con gente perfecta, tenían hijos y nietos perfectos, y puede que incluso bisnietos perfectos. Morían en su lecho, en casa, rodeados de sus seres queridos. No morían a los veinticinco años, semanas antes de su boda, por culpa de un atentado terrorista, en un paso subterráneo del metro de Moscú.

Lily encendió el ordenador, pero no era capaz de leer nada. Si Scott no la hubiera llamado a su despacho la víspera para hablarle del hotel de San Petersburgo, ella también habría estado en el túnel cuando explotó la bomba.

—Es muy triste, ¿verdad?

Lily levantó la cabeza y vio a Mary. Tenía el maquillaje corrido y los ojos inyectados en sangre.

—No me lo puedo creer —respondió Lily—. Todavía no lo he asimilado.

—Su madre, pobrecita —continuó Mary, que sacó un pañuelo de una caja que tenía sobre la mesa y se sonó la nariz—. Tiene cáncer terminal. Por eso Kate y Rodney adelantaron la boda.

Lily se sintió palidecer.

—¿La madre de Kate tiene cáncer?

Mary asintió.

—Disfrutó mucho organizando la boda de su hija..., y ahora tendrá que organizar su funeral.

Lily sintió como si le hubieran propinado una patada en las costillas. Apagó el ordenador. Empezó a llegar gente de otros departamentos y dejaron flores sobre la mesa de Kate. Lily buscó jarrones para los ramos, pero no podía pensar con claridad. Llegaba a un armario y se olvidaba de lo que estaba buscando. ¿La madre de Kate tenía cáncer?

Finalmente, tuvo que parar. Fue al *office* y bebió un vaso de agua. Había dado por sentado que el entusiasmo de Kate por su boda era la típica insensibilidad de la futura novia hacia la vida mundana de los demás. Ahora comprendía que era un barniz para su corazón roto: estaba a punto de perder a su madre. Ella y Kate tenían más en común de lo que imaginaba. Compartían ese engaño. Cuando Adam estaba enfermo, la gente le decía lo bien que estaba llevando las cosas, pero por dentro estaba deshecha. Cuando murió, ella se vino abajo.

Lily recogió sus cosas de la mesa y se despidió de Scott. Ella y Mary se abrazaron.

—Lo superaremos —dijo Mary, frotando la espalda a Lily.

En la plaza Pushkin, compró un ramo de rosas, que dejó en el improvisado santuario junto con los demás. Pese a su angustia, logró encontrar el andén y el tren correctos. Luego recordó el testimonio que apareció aquella mañana en las noticias: «Vi a una joven morir delante de mí. Tenía unas quemaduras espantosas y lloraba. Los médicos no llegaron a tiempo». ¿Sería Kate? En el vagón, todos los demás viajeros parecían inexpresivos, pero Lily era incapaz de guardar la compostura. Le caían lágrimas por las mejillas y empezó a sollozar. ¿Qué debió de pensar Kate mientras yacía moribunda? ¿Que había perdido sus sueños? ¿Que no volvería a ver nunca a su familia?

—Lo siento, Kate. No lo sabía —dijo Lily entre lágrimas—. Lo siento de veras.

Y

Se sentó un rato en el parque que había delante de su casa para calmarse un poco, para intentar controlar su conmoción. La mañana anterior, Oksana había trazado un plan: Babushka y *Laika* se quedarían con Lily mientras averiguaba dónde había vivido la mujer anteriormente y si había algún pariente que pudiera prestarle ayuda.

Cuando Lily entró en el piso, Antonia, la amiga de Oksana, estaba viendo un drama histórico en televisión. Babushka y *Laika* dormitaban al lado de ella en el sofá. Antonia se sorprendió al ver a Lily, pero no preguntó por qué había llegado tan temprano.

—Ha comido un poco de *kasha* —susurró a Lily—. Pero no ha dicho una palabra. Le hemos cambiado el vendaje de ese corte tan desagradable. Oksana cree que podría tener anemia. Le ha pedido a un médico amigo suyo que venga y le eche un vistazo esta noche.

Lily se sentó con Antonia a ver la televisión. Intentó perderse en aquella historia de duelos y romances, con los palacios de los zares como telón de fondo, pero no podía dejar de pensar en Kate y Rodney. Qué tristes resultarían ahora aquellos planes de boda para sus familias. Lily se sintió aliviada cuando llegó la hora de recoger a los gatos de la clínica veterinaria. Al menos la mantendría ocupada un rato.

—¿Te quedarás aquí hasta que vuelva Oksana? —preguntó a Antonia.

—Estamos bien —dijo Antonia, que acarició a *Laika* en la cabeza—. Esta perrita es un encanto. No se ha separado de su dueña en ningún momento.

Lily solo llevaba cinco minutos en la sala de espera de la clínica veterinaria Yelchin cuando se dio cuenta de que no era el lugar adecuado para ella. Eran las seis y el centro estaba lleno de gente que iba a recoger a sus animales tras una operación. Las enfermeras entraban y salían por una puerta batiente cargadas con transportadores que contenían gatos con los ojos como platos o paseando a perros con collar. La imagen de un caniche con las patas vendadas y un gato con puntos a un lado del cuello, además de las expresiones de alivio de sus propietarios, hicieron que a Lily se le llenaran los ojos de lágrimas. La última vez que había estado en la consulta de un veterinario fue cuando tuvieron que sacrificar a *Honey*, su querida gata. Había vivido felizmente hasta los diecinueve años, pero, de repente, empezaron a fallarle los riñones y dejó de comer. Murió seis meses después que la abuela de Lily, que perdió a sus dos grandes compañeras de infancia en cuestión de un año.

El recuerdo la entristeció aún más y buscó algo para distraerse. Había un montón de revistas en una mesita y las hojeó. En su mayoría eran ejemplares de *Moscow Life* o la edición rusa de *Vogue* que había leído en el trabajo. Pero hubo una que le llamó la atención: *El cazador de reliquias*. El subtítulo decía: «Hasta que todos los caídos sean traídos a casa». Lily obvió los anuncios de detectores de metales y las fotografías de carros de combate alemanes sumergidos en ciénagas. Entonces llegó a un artículo sobre los pilotos perdidos en la batalla de Inglaterra. Le sorprendió leer que varios pilotos habían seguido enterrados con sus aviones hasta los años ochenta, cuando investigadores civiles, pues las autoridades militares se oponían a excavar el lugar donde se habían estrellado, habían recuperado sus restos. A Lily le pareció mal que alguien hiciera el sacrificio definitivo por su país y luego se le negara un entierro como es debido, y solo por pura burocracia.

Observó las fotografías de los pilotos que acompañaban el artículo. Eran muy jóvenes, con la piel suave y una mirada que anhelaba la llegada del futuro. La mayoría de ellos no pasaban de los diecinueve o los veinte años; eran mucho más jóvenes que Lily. «Si yo estoy traumatizada después de presenciar un atentado y perder a una compañera, ¿cómo podían lidiar ellos a diario con batallas y muertes?», se preguntó.

—¿*Afrodita* y *Artemisa*?

Lily alzó la vista. En recepción había un hombre con un uniforme azul y un transportador de grandes dimensiones. Miró con expectación a Lily, que era la única persona que quedaba en la sala de espera. Llevaba una melena castaño claro hasta los hombros y era de complexión atlética. El color del uniforme hacía juego con su piel aceitunada.

—Sí —dijo ella al levantarse.

El hombre sonrió. Aunque era el final de la jornada, todavía iba bien afeitado y lucía unas modernas patillas. Lily se imaginaba al doctor Yelchin como un anciano encorvado con cara de sabio. No se esperaba a un hombre de unos treinta y cinco años y aspecto de estrella de cine.

—Tú debes de ser Lily, la amiga de Oksana —dijo el veterinario, que dejó el transportador en el suelo y pidió a la enfermera un formulario de alta. Tenía una de aquellas voces eslavas profundas que a Lily le resultaban hipnóticas.

—Y usted debe de ser el doctor Yelchin —aventuró.

El hombre se echó a reír y sacudió la cabeza.

—El doctor Yelchin es mi tío. Está a punto de jubilarse y lo sustituiré en la gestión de cirugías. Soy el doctor Demidov, pero, por favor, llámame Luka.

Lily se ruborizó. ¿Utilizar su nombre de pila cuando acababa de conocerlo no era demasiado informal para un ruso? Si Luka notó su incomodidad, no lo demostró.

—*Afrodita* y *Artemisa* siguen un poco dormidas —dijo señalando el transportador—. Les he administrado analgésicos de acción prolongada y antibióticos, pero, si notas inflamación o sangrado, llámame inmediatamente, por favor.

Anotó sus números fijo y móvil en el formulario de alta y se lo entregó. Convencida de que estaba brillando de la cabeza a los pies, Lily buscó el monedero en el bolso.

—No tienes que pagar nada —dijo Luka—. Oksana es una buena mujer. Esta consulta intenta ayudarla lo máximo posible. Todo ha sido bastante fácil.

—Gracias —respondió Lily—. Oksana estará contenta.

Guardó el monedero en el bolso y cogió el transportador. Luka le puso la mano en el brazo.

—Ya lo llevo yo hasta el coche. Oksana quería que los gatos estuvieran juntos, así que he utilizado un transportador para perros. Pesa un poco.

—Gracias —repuso de nuevo Lily.

Con la mano que le quedaba libre, Luka abrió la puerta de la clínica y dejó pasar a Lily hacia el aparcamiento. Abrió la puerta trasera del Niva de Oksana y cubrió el asiento con una sábana. Luka dejó el transportador encima.

—¿Así que te interesa la búsqueda de reliquias? —le preguntó a Lily, apartándose para que pudiera colocar una toalla encima del transportador. Lily se dio cuenta de que todavía tenía en la mano el ejemplar de la revista.

—Oh, lo siento —dijo, y se la devolvió, antes de atar el transportador con el cinturón de seguridad—. La he cogido para leerla.

Estaba tan ruborizada que empezó a marearse. ¿Por qué estaba quedando como una tonta? ¿Porque Luka era guapo? Había amado durante tanto tiempo a Adam que nunca había considerado atractivo a otro hombre. Era una sensación incómoda y no sabía cómo interpretarla.

—Bueno, espero volver a verte, Lily —dijo Luka esbozando su encantadora sonrisa antes de entrar de nuevo en la clínica—. Llámame si tienes problemas.

Lily no acertó a responder. Se metió en el todoterreno y arrancó.

—Me parece que me estoy volviendo loca —farfulló antes de poner rumbo a casa.

Lily encontró aparcamiento delante de su edificio. Yulian, un vecino, la vio y se ofreció a llevar el transportador de *Afrodita* y *Artemisa*. Según había descubierto, era la manera que tenían los hombres rusos de ser caballerosos. Tomaron el ascensor hasta la planta de Lily. Yulian dejó el transportador sobre el felpudo mientras ella buscaba la llave en el bolso, pero Oksana los oyó y abrió la puerta. Después de darle las gracias a Yulian, ella y Oksana metieron dentro el transportador.

En el salón, el amigo médico de Oksana estaba examinando a Babushka con un estetoscopio. Era un cuarentón atractivo con el pelo gris y de pómulos marcados. Lily pensó en Luka, de la clínica veterinaria; se maravilló de la capacidad que tenía Oksana para conseguir que hombres atractivos le hicieran favores.

Dejaron el transportador en el cuarto de baño.

—Aquí estarán bien un rato —dijo Oksana a Lily—. En el piso he montado una jaula de hospital para ellas.

Cuando volvieron al comedor, presentó a Lily a su amigo.

—Lily, este es el doctor Pesenko.

—Todavía está en *shock* —les dijo—. Le he puesto una inyección de B12, pero quiero hacerle unas radiografías de la columna y del torso. ¿Podéis llevarla a mi consulta pasado mañana?

Los tres ayudaron a Babushka a tumbarse en la cama de Lily.

—Hay algo más —dijo el doctor Pesenko cuando volvieron al salón—. No he conseguido que me diga su nombre, pero, cuando le subí la manga para ponerle la inyección, encontré un número de serie tatuado en su antebrazo.

—¿Como los de los campos de concentración nazis? —preguntó Oksana.

El doctor Pesenko se encogió de hombros.

—No hay ningún triángulo ni otro símbolo que la identifique como judía, pero es posible que la enviaran a un campo si vivía en un pueblo que invadieron los alemanes durante la guerra.

Lily miró a Babushka, que se había quedado dormida rodeando a *Laika* con el brazo. Todas las personas que habían vivido hasta aquella edad tenían una historia que contar, pero Lily intuía que la de aquella anciana era excepcional.

Transcurridos dos días, Lily y Oksana fueron incapaces de sonsacar a Babushka su nombre. Cuando Lily la vio por primera vez en la plaza Pushkin y luego en la zona de obras parecía elocuente y alerta. Por lo visto, la conmoción de la bomba en el paso subterráneo la había hecho retraerse. Farfullaba palabras que podían ser nombres de lugares o personas, aunque no estaba nada claro.

Cada vez que sonaba el teléfono, Babushka se sobresaltaba como si hubiera recibido una descarga eléctrica. Así que a Lily la sorprendió que no opusiera resistencia cuando ella y Oksana la llevaron a la clínica del doctor Pesenko. Se mostró sumisa mientras el doctor la pesaba, le tomaba la presión y una muestra de sangre, le palpaba el cuello y las piernas, la auscultaba y luego la enviaba con una enfermera para que le hicieran una radiografía.

El doctor Pesenko aprovechó para invitar a Oksana y Lily a sentarse a su mesa.

—Necesitará más pruebas, pero de momento todo

indica que padece una enfermedad cardiaca crónica que no se ha tratado —dijo antes de tomar asiento—. Lo máximo que podré hacer por ella es darle medicación para aliviar los síntomas.

—¿Te refieres a que la enfermedad es terminal? —preguntó Oksana.

El doctor Pesenko asintió.

—Me sorprende que haya durado tanto. Está desnutrida, lo cual no ayuda, por supuesto.

—¿Cuánto crees…?

Lily no pudo continuar; sintió que se ahogaba. Babushka debía de intuir que su salud estaba empeorando; por eso estaba tan desesperada por que Lily se llevara a *Laika*.

—Puede que le queden seis meses, o puede que tres días —respondió el doctor Pesenko—. Es difícil pronosticarlo. Intentaré mover hilos y ver si puedo ingresarla en el hospital (uno estatal o benéfico) para que le practiquen más pruebas y le administren cuidados paliativos.

Entonces llegó la enfermera con los resultados de las radiografías en una carpeta.

—He dejado a la paciente tumbada en la sala de reconocimiento —dijo al doctor Pesenko antes de marcharse de nuevo.

El doctor Pesenko abrió la carpeta, sacó las radiografías y las estudió. Las colocó en el negatoscopio para que Lily pudiera verlas.

—Hay indicios de congestión pulmonar —dijo señalando los pulmones—, pero hay algo inusual. Mira, tiene el corazón más a la derecha de lo que debería.

—¿Por qué? —preguntó Oksana—. ¿Es de nacimiento?

El médico sacudió la cabeza.

—Solo lo he visto dos veces. En un caso, el desplazamiento era consecuencia de una lesión en el pecho ocasionada por un accidente de tráfico. El otro era un hombre que había recibido una gran paliza de unos matones; su corazón se movió.

—Tal vez le ocurrió algo cuando estuvo en el campo de concentración —dijo Lily.

El doctor Pesenko extendió varias recetas y se las entregó a Lily.

—¿Qué haréis con ella hasta que le encuentre una cama de hospital? —preguntó—. Probablemente, no le quede mucho tiempo.

Lily notó que Oksana la miraba. Sabía lo difícil que sería cuidar de una persona moribunda, pero se sentía obligada a ayudar a Babushka.

—Puede quedarse conmigo —le dijo al doctor Pesenko—, si a Oksana no le importa.

Oksana asintió.

—Por supuesto que no. Yulian dejará su apartamento mañana. Es más grande que el tuyo. Puedes utilizarlo hasta que consigamos plaza para Babushka en el hospital.

—De modo que somos conspiradores —dijo el doctor Pesenko con una agradable sonrisa—. Tres personas intentando ayudar a una anciana de la que no sabemos nada.

—Los animales moribundos suelen acudir a mí —respondió Oksana, pensativa—. Creo que son ángeles disfrazados, porque, al cuidar de ellos, siempre me dejan un regalo.

Nueve

Moscú, 2000

Orlov se despertó sobresaltado. Miró su reloj: eran las cuatro de la mañana. Notaba una presión en el pecho, como si hubiera revivido la oscuridad de su infancia mientras dormía. Ahora que se acercaba el final de su vida, a sus sueños volvían las imágenes de sus primeros días. Se puso de costado para aliviar la incomodidad en el pecho. ¿Qué era? ¿Indigestión? Últimamente apenas comía. Su mirada se clavó en la botella de vodka vacía que había junto a la cama y cerró los ojos con fuerza. Ni siquiera el licor podía disipar el recuerdo del traqueteo de las ruedas del tren que los condujo a él, a su hermano mayor y a su madre hacia el desastre.

Su padre había luchado con el Ejército Blanco en la guerra civil. Cuando las fuerzas leales al zar tuvieron que replegarse a Vladivostok y estaban a punto de sufrir una derrota, contactó con la madre de Orlov para que llevara a los niños y a sus padres al este. Había planes para una evacuación a China. Como familia de aristócratas en 1922, si se quedaban en Moscú, los encarcelarían o los ejecutarían. Pero los abuelos de Orlov se negaron a marcharse, pese a las súplicas de su madre. A la postre, temiendo por la vida de Orlov y Fédor, su hermano de nueve años, se subió con ellos a un tren rumbo a Siberia.

A Orlov le vino a la memoria el rostro de su hermano, un niño pelirrojo. Fédor, cuatro años mayor que Orlov, había sido su protector. Por culpa de la guerra, el viaje a Vladivostok llevó mucho más tiempo de lo normal; pararon con frecuencia en pueblos situados entre estaciones. En algunos lugares, la hambruna había azotado de tal manera que el tren se veía asediado por centenares de huérfanos. Ver sus manos extendidas y oír sus alaridos lo asustaba. Jamás había sido testigo de tanta miseria. Aunque los pasajeros hubieran dado a aquellos niños todas las provisiones que tenían, no habría bastado para alimentarlos a todos. En un pueblo situado cerca de Novosibirsk, Orlov vio varios grupos de niños pequeños arrancando raíces en el bosque y huyendo de los adultos que se acercaban. De mayor, siempre que veía gatos callejeros, recordaba a aquellos críos. Le resultaba imposible imaginar que no tuvieran padres que cuidaran de ellos e ignoraba que los huérfanos sin hogar se contaban por millones en Rusia. Tampoco tenía ni idea de que pronto él sería uno de ellos.

El tren en el que viajaba con su madre y su hermano se incendió cerca de la frontera de China. Los que sobrevivieron a aquel infierno huyeron a una aldea que se había visto azotada por el tifus. La madre de Orlov contrajo la enfermedad y murió una semana después. Fédor tuvo que entregar al sacerdote hasta el último rublo que poseía para que pudieran enterrarla con los ritos apropiados.

—El sacerdote dice que Vladivostok ha caído en manos de los rojos —explicó Fédor a Orlov—. Papá ha muerto o ha huido a China. Nuestra única opción es volver a Moscú.

Sin dinero para los billetes, Orlov y Fédor regresaron a Moscú agarrados al bastidor de los trenes junto a otros huérfanos que esperaban huir de la hambruna yendo a la gran ciudad. Cuando volvieron a casa, descubrieron que sus abuelos se habían ido y unas familias proletarias habían ocupado su casa.

Un antiguo sirviente se apiadó de ellos y los admitió en un orfanato. Pero cuando Fédor vio las letrinas rebosantes y los rostros macilentos de los niños, empujó a Orlov por una ventana de la primera planta y empezaron a vivir en la calle. Su educación no los había preparado para una vida así. Si Fédor no hubiera demostrado una enorme capacidad de adaptación a tan duras circunstancias, Orlov habría muerto.

—Mira qué hacen esos niños pobres —le dijo Fédor a Orlov señalando a dos críos escondidos detrás de una maceta en una cafetería al aire libre. En cuanto se marchaba un cliente, se abalanzaban sobre los restos que había dejado y devoraban todo lo que podían antes de que vinieran los camareros a echarlos.

Orlov y su hermano sobrevivieron al frío cada vez más intenso hurgando en montones de madera o durmiendo entre la basura de las papeleras. Durante un tiempo encontraron cobijo en una cripta del cementerio de Vvdenskoye, hasta que niños mayores descubrieron su «lujosa» vivienda y los obligaron a marcharse.

El Gobierno bolchevique planeaba sacar a los huérfanos de las calles e internarlos en instituciones del Estado, pero el problema era abrumador para una Administración que estaba recuperándose de una guerra civil. Se apeló a la ciudadanía a que adoptara a aquellos niños. Cuando Fédor se enteró, él y Orlov se unieron a centenares de niños esperanzados en iglesias vacías previamente designadas, todos ellos intentando resultar lo bastante atractivos como para seducir a familias de verdad, y no a quienes buscaban mano de obra barata.

En varias ocasiones, algunas parejas se habían acercado a Orlov.

—Qué bonito pelo rizado —le dijo una mujer a su marido.

Orlov había oído un comentario sobre su preciosa nariz respingona.

—Vete con ellos —le decía Fédor a Orlov—. Vete a disfrutar de una buena vida.

Sin embargo, Orlov agarraba a su hermano de la manga y se negaba a que los separaran, y nadie quería a su hermano mayor, con su rostro marchito y la crispación que le provocaba el vivir de su ingenio.

Cuando llegó el invierno, la comida empezó a escasear más. Fédor encontró espacio en un túnel de la estación de ferrocarriles. Por la mañana, centenares de niños salían del túnel o de las grietas de los muros de la estación. Orlov empezó a toser y, por más que Fédor lo abrazara con fuerza, no podía hacerlo entrar en calor. Entonces Fédor supo de un nuevo orfanato que había abierto unas casas más abajo de donde en su día estuvo la suya. Algunos niños del túnel habían ido allí para intentar robar comida y ropa, que pretendían vender luego en la calle.

—¿Ha habido suerte? —preguntó Fédor cuando regresó uno de los muchachos.

—¡No! Lo regenta un general retirado del Ejército Rojo. Ese viejo bolchevique era demasiado listo para nosotros.

—¿Crees que aceptará a Valentín? —preguntó Fédor señalando a Orlov—. ¿Y tal vez a mí?

El chico se echó a reír.

—¿Demasiado blandos para la calle? —Sacudió la cabeza—. Creo que ya están completos, así que no hay muchas posibilidades de que el viejo general se quede con los dos. Me han dicho que dirige el lugar como si fuera un campamento militar, pero parecía limpio.

Orlov recordó el día que Fédor lo había llevado a cuestas hasta el orfanato. Cuando llegaron al pasillo, lo metió en un armario.

—¿Qué estás haciendo? —preguntó Orlov a su hermano.

Fédor le puso un dedo en los labios.

—Quédate aquí. Estarás caliente, ¿de acuerdo? Voy a buscar medicamentos para la tos. Volveré enseguida.

Fédor abrazó a Orlov y lo besó en la mejilla antes de volver a salir. Orlov no volvió a ver a su hermano hasta veinte años después.

El dolor que sentía en el pecho remitió. Se acercó a la ventana del salón. Aunque en el edificio había doscientas viviendas, todo estaba tranquilo. El sol empezaba a salir y notaba el calor del día a través del cristal.

Qué vida tan extraña había vivido, pensó. La gente siempre le había dicho que era afortunado. Afortunado por que el viejo bolchevique y su mujer lo llevaran a su espléndido orfanato; por que el Estado le ofreciera una buena educación; por que lo eligieran para una academia de élite de las fuerzas aéreas; por haber sobrevivido a la guerra; por que lo escogieran para la aventura más ambiciosa de la historia de la humanidad; por que, pese a su edad, había sobrevivido a un infarto. Pero no se sentía afortunado. Se sentía maldito. Habría cambiado todo su éxito por volver a casa con Natasha después de la guerra, por tener una familia con ella y envejecer a su lado.

Orlov fue al cuarto de baño. Llenó el lavamanos de agua caliente y sumergió en ella la brocha y la cuchilla. El olor cítrico de la crema de afeitar que utilizaba le trajo recuerdos de veranos pasados. Se deslizó la cuchilla por la mejilla y la limpió en el agua. En ese instante rememoró una imagen de la guerra: estaba afeitándose en su búnker y cuando miró por la ventana vio a Natasha junto a su avión. Estaba sentada en una silla, con las piernas estiradas y la cabeza hacia atrás. Svetlana, su mecánica, estaba lavándole el pelo, mezclando agua caliente del motor del avión con la que tenía en el cuenco.

Natasha rompía todas las normas. Era rubia natural, pero convenció al personal médico de que le facilitara cada mes un poco del preciado peróxido para poder teñirse el pelo aún más claro. Era vanidosa incluso rodeada de muerte y destrucción. A las mujeres piloto y a las tripulantes de tierra se les exigía que llevaran el pelo corto, cosa que las hacía parecer chicos. Natasha dormía con rulos e iba peinada como una estrella de cine. Orlov, que era muy quisquilloso con el orden, debería haberla despreciado por su narcisismo. Sin embargo, pese a sus intentos por disciplinarla, en secreto lo consideraba atractivo.

Se lavó la cara con agua fría y se secó la piel con las manos. Cogió el cepillo de dientes. La imagen de las dos mujeres seguía acompañándolo. Él y Svetlana estaban obsesionados con Natasha. Siempre que el escuadrón salía a una misión, los mecánicos solían regresar a sus aposentos para dormir, jugar a las cartas o comer. Svetlana no. Ella recorría la pista sin apartar la mirada del cielo hasta que regresaban los aviones. Cuando Natasha aterrizaba, Svetlana se cercioraba de que su piloto estuviera ilesa y después inspeccionaba el avión. En su rostro era palpable el alivio cuando Natasha volvía sana y salva. Era como un fiel sirviente que espera a que su señor regrese de la cacería. Si Orlov volvía de una misión con agujeros de bala o desperfectos en el avión, su mecánico, Sharavin, lo reprendía. Cuando lo hacía Natasha, Svetlana la abrazaba y decía: «Vete a descansar. Ya me ocupo yo del avión. Estará como nuevo por la mañana».

Al principio, cuando veía a las mujeres juntas, Orlov se preguntaba si eran amantes. La intimidad con la que juntaban la cabeza y susurraban lo ponía un poco celoso, y a veces le hacía sentir deseo. Entonces descubrió que Natasha y Svetlana eran amigas desde pequeñas, eso era todo. En algún momento se había producido un desencuentro entre ellas, pero habían vuelto a reunirse cuando ambas se alistaron en los regimientos aéreos de mujeres de Raskova.

Orlov había sido trasladado de su regimiento poco después de la desaparición de Natasha. Tras la guerra, cuando investigó en los archivos, Svetlana figuraba como «desaparecida en combate», supuestamente muerta, junto con la mitad de los pilotos y la tripulación de tierra. Le entristeció enterarse de aquello. Los últimos días de la guerra en Orël Oblast habían sido brutales y deseaba que le hubieran permitido quedarse con su regimiento.

Orlov se enjuagó la boca y volvió al dormitorio a vestirse. No sabía por qué, incluso después de jubilarse, había mantenido su estricto hábito de madrugar y prepararse para la jornada antes de desayunar. Se ponía unos pantalones bien planchados y una camisa. ¿Qué día era? Miró el calendario que tenía colgado en el armario. Lunes. Leonid y su familia no lo esperaban para su cena semanal hasta el jueves. Tendría que encontrar algo en que ocuparse hasta entonces. Fue al salón y contempló su librería. Finalmente decidió volver a leer *Un día en la vida de Iván Denísovich*, de Solzhenitsin. Se acomodó en una butaca.

Acababa de comenzar cuando lo sobresaltó el sonido del teléfono. Lo miró con desconfianza y después consultó el reloj. Eran las seis. ¿Quién podía llamar tan temprano? Preocupado por que algo le hubiera sucedido a Leonid, lo cogió.

—Hola —dijo una voz masculina—. ¿Valentín?

—Sí. ¿Quién es?

—Soy yo, Ilia —respondió su amigo—. ¿A qué hora puedes venir a Orël? ¿Puedes coger el tren esta noche?

Aquello lo cogió por sorpresa. Un minuto antes no tenía planes, y ahora Ilia le pedía que hiciera un viaje de cuatro horas hasta la ciudad. Dudó antes de preguntar:

—¿Es algo oficial?

—No, no pidas coche. No le cuentes a nadie que vas a venir.

Orlov tenía la sensación de que, fuera lo que fuera lo que había estado esperando todos esos años, estaba a punto de suceder, pero no como él imaginaba.

—¿Por qué? —preguntó—. ¿Qué has descubierto?

La voz de Ilia rezumaba emoción.

—Tengo una pista sobre Natalia Azarova. Creo que sé dónde está enterrada.

Diez

Radio Mayak, Moscú, 2000

LOCUTORA: Nuestro siguiente invitado es el profesor Andreas Mandt, de la Universidad de Colonia. La especialidad del profesor Mandt son las relaciones ruso-germánicas, y le hemos invitado para que nos hable de la heroína de guerra Natalia Stepanovna Azarova, cuyo caza fue hallado recientemente en el bosque de Trofimovski, cincuenta y siete años después de su desaparición. El avión de Azarova se pudo recuperar, pero no así sus restos, lo que sigue alimentando las acusaciones de que era una espía alemana que fingió su muerte para evitar que la detuvieran. Buenos días, profesor Mandt. Es un placer tenerle en el programa.

PROFESOR MANDT: Buenos días, Serafima Ivanovna. Es un placer estar aquí.

LOCUTORA: Profesor Mandt, durante muchos años, el Kremlin se ha negado a conceder a Natalia la distinción de heroína de la Unión Soviética —ahora heroína de la Federación Rusa— debido a la prolongada controversia sobre su condición de espía. ¿Qué opinión le merece?

PROFESOR MANDT: Me parece una teoría absurda propia de los tiempos de la paranoia estalinista. Si, tal como se sugiere, Azarova hubiera trabajado como espía para Alemania, habría sido una excelente propaganda para la campaña bélica de dicho país. Si ya no podía mantenerse en secreto la identidad de Azarova como espía y había logrado huir del país ¿por qué el Ministerio de Propaganda alemán no la utilizó para desmoralizar a la población rusa? ¿Se imaginan? La heroína favorita de la Unión Soviética, la «chica *pin-up* de Stalin», como se la conocía a menudo, en realidad era una espía que trabajó en contra de su pueblo en todo momento. Podrían haber dicho que Azarova denunciaba el comunismo. Pero, aunque, por alguna razón, la Alemania nazi no utilizara esa información contra los rusos durante la guerra, no habría motivo para que el Gobierno alemán siguiera guardando silencio ahora. Teniendo en cuenta el empeoramiento de las relaciones entre Rusia y Occidente, podrían aparcar la cuestión. El hecho es que no poseen información que respalde la teoría de la espía porque nunca ocurrió.

LOCUTORA: Lo que dice tiene sentido. Los partidarios de Azarova argumentan que su historial de derribos contra la Luftwaffe era vergonzoso para Alemania. Aquella aguerrida joven derribó a algunos de sus mejores pilotos. Revelar que habían convencido a Azarova para que se cambiara de bando durante la guerra tal vez los habría ayudado a redimir su orgullo en cierta manera. El hecho de que los alemanes no dijeran nada parece debilitar la teoría de la espía.

PROFESOR MANDT: Sí, así es.

LOCUTORA: Por supuesto, la otra posibilidad es que Azarova fuera capturada por el ejército alemán, que la interrogaran y la ejecutaran, y que la enterraran en una tumba sin identificar. Pero supongo que el Gobierno alemán también habría utilizado su muerte como elemento propagandístico para desmoralizar al pueblo ruso.

PROFESOR MANDT: No, yo creo que ese escenario habría sido distinto. Dudo que el mando alemán hubiera reconocido que había capturado o matado a Azarova en aquel momento.

LOCUTORA: ¿De verdad? ¿Y eso por qué?

PROFESOR MANDT: La ejecución de su amada heroína habría movido al pueblo ruso a luchar con más ahínco. Habría sido contraproducente para los alemanes. Stalin habría llamado a todos los ciudadanos de sangre caliente a buscar venganza contra el ejército alemán.

LOCUTORA: ¿Aunque Azarova hubiera revelado secretos militares valiosos?

PROFESOR MANDT: El pueblo ruso habría dicho que lo hizo solo bajo tortura.

LOCUTORA: Sí, entiendo que a la gente le habría costado creer que su reverenciada heroína hubiera facilitado información en otras circunstancias.

PROFESOR MANDT: Ese tipo de idolatría hacia el héroe se puede ver en el culto a Stalin.

LOCUTORA: Eso es cierto. La gente tenía el cerebro tan lavado respecto a que Stalin era un salvador, el padre de la Unión Soviética, que aun con todas las pruebas que han salido a la luz sobre el asesinato de millones de personas o acerca de las que murieron en campos de trabajo durante sus años en el poder, algunos siguen convencidos de que era un gran líder.

PROFESOR MANDT: Los psicólogos lo describen como «aumento del compromiso con una idea fallida»: cuantas más pruebas refuten una idea, más se adhiere la persona a tal idea. ¿Y sabe que Azarova tenía ese problema?

LOCUTORA: ¿En qué sentido?

PROFESOR MANDT: Seguía considerando a Stalin un héroe incluso después de que destruyera a su propia familia.

Once

Moscú, 1937-38

Puede que tuviera una carta de recomendación de Stalin para la Escuela de Vuelo sin Motor de Moscú, pero Serguéi Konstantinovich, el jefe de instrucción, no iba a ponerme las cosas fáciles.

—¿Qué edad tienes? —preguntó, mirándome por encima de los montones de papeles esparcidos sobre la mesa. Su despacho estaba en una escuela de primaria de Yuzhonie Butovo.

—Casi quince.

Serguéi se mesó el bigote y sacudió la cabeza.

—Vaya, vaya, vaya, aún más joven de lo que yo creía.

—Soy madura para mi edad —le aseguré.

Su ceño fruncido me indicó que no estaba de acuerdo.

—Empezarás con teoría aeronáutica —dijo, y se levantó de la silla para acompañarme hasta la puerta—. Si la dominas, ya hablaremos de pilotar.

—Pero yo quiero volar —protesté mientras me empujaba hacia el pasillo—. El camarada Stalin dijo que podía.

—No quiero que te partas el cuello. Empezarás con estudios de aeronáutica y luego ya veremos.

Cuando me cerró la puerta en la cara, me di cuenta

de que era su última palabra. Durante el invierno, las tardes que no tenía reuniones de «jóvenes pioneros», me desplazaba a Yuzhonie Butovo con los demás alumnos de la Escuela de Vuelo sin Motor de Moscú para estudiar ángulos, dirección del movimiento y cómo afectaba la densidad del aire al vuelo.

—Imaginad que elevarse es Stalin y arrastrarse es el viejo zar —nos dijo Serguéi—. Es Stalin quien os hace remontar.

La condición que habían puesto mis padres era que solo podía aprender a pilotar si seguía con mis estudios y las clases de piano. Aunque tenía que levantarme temprano en aquellas mañanas gélidas para estudiar, mi entusiasmo por lo que estaba aprendiendo me infundía energías para seguir adelante. Los sábados por la tarde me dejaban ir con Svetlana al cine situado cerca de la plaza Smolenskaya. Nuestras películas favoritas eran las de aviadores: *La llamada de la madre patria* e *Historias de héroes de la aviación*. Después paseábamos por la calle Arbat y visitábamos los estudios en los que los artistas pintaban retratos. Si no había entendido algo en las clases de teoría de vuelo, podía pedir a Svetlana que me lo explicara.

—Tendrás que recordar que pilotar un avión sin motor no será como llevar un trineo —me dijo una vez—. No utilizarás la palanca para virar, sino que alinearás el fuselaje para reducir la resistencia.

Pese a mi entusiasmo, no podía mantener para siempre un buen nivel en todas mis actividades. Tendría que decidir en qué me concentraba. Llegada la primavera tuve claro lo que realmente quería hacer en la vida.

—De acuerdo —anunció Serguéi en el aula—. Ya basta de teoría. Es el momento de pilotar.

Todo el mundo se levantó de la silla y jaleó.

—¿Yo también? —pregunté.

Serguéi me miró entrecerrando los ojos.

—No has crecido. Sigues siendo la muñequita que eras cuando llegaste.

En realidad, no había dicho que no, así que me uní a los demás cuando se reunieron a primera hora de la mañana para lanzar los aviones desde una ladera en el río Moscova. Para hacerlo, un estudiante tenía que sentarse en la cabina mientras el resto, ocho a cada lado, tirábamos con todas nuestras fuerzas de una cuerda de caucho. Una vez que la cuerda estaba tensa, el avión salía catapultado como una piedra en un tirachinas y el piloto surcaba el aire durante uno o dos minutos antes de aterrizar.

Debido a mi estatura, Serguéi Konstantinovich dio por sentado que no podría ayudarlos en el ejercicio de lanzamiento. Pero la gimnasia me había proporcionado reservas de músculo y aprovechaba bien mi tamaño compacto. Cuando acabó cediendo y me permitió ayudar a lanzar el avión sin motor, se quedó boquiabierto al comprobar que era la que tiraba con más fuerza.

—¿Ahora puedo volar? —le pregunté.

—No. Primero debes observar a los estudiantes mayores, y luego ya veremos.

—¿Cuánto tiempo tendré que observar?

—Al menos cien vuelos.

No siempre podía ejecutarse el lanzamiento. Por cada dos o tres que salían bien, había uno en que el avión se elevaba solo unos metros y volvía a impactar en el suelo, lo cual iba acompañado de gruñidos de decepción por parte de quienes habían tirado de la cuerda y de quejas del magullado piloto. Pero observé y aprendí, hasta que un día, cuando ya casi había perdido la esperanza de que me permitieran pilotar, Serguéi me señaló a mí y luego la cabina.

Puse los pies en los pedales y las manos en la palanca de mando como si estuviera a punto de montar a caballo por primera vez. Me concentré en todo lo que había aprendido en las clases, con Svetlana, observando. No quería que en mi primer intento el morro del avión acabara hundido en la hierba. Los otros estudiantes tiraron de mí.

—Qué ligera es —dijo un chico—. ¡Parece que no haya piloto!

Cuando el avión despegó, solté un grito de alegría. ¡Estaba volando! Por un momento, el mundo entero parecía tranquilo e inmóvil. El aire olía puro y limpio. Tomé tierra como un pájaro. Aunque el aterrizaje no fue fluido, conseguí evitar que las alas tocaran el suelo. Levanté la mirada y vi a los demás estudiantes saludándome desde lo alto de la ladera. Estaban lanzando vítores. Incluso Serguéi sonreía. En ese momento supe que mi destino era ser piloto.

Aunque disfrutaba aprendiendo a pilotar, el ambiente en Moscú era cada vez más sombrío e inquietante. A cualquier hora de la noche aparecían furgonetas negras delante de los edificios. Corrían rumores sobre una fosa común en la que habían enterrado a enemigos del pueblo en Yuzhnoye Butovo, cerca de la escuela de vuelo sin motor. Pero era imposible saber qué era cierto y qué era fruto de unas mentes demasiado activas.

Un día, nuestra profesora de matemáticas, Olga Andreyevna, llegó a la escuela llorando. La oí susurrar a la maestra de música, Bronislava Ivanovna, que habían detenido a su marido. A la semana siguiente, Olga Andreyevna también había desaparecido.

—¿Quién iba a pensar que la bondadosa Olga Andreyevna era una enemiga del pueblo? —le dije a Svetlana una tarde mientras hacíamos los deberes juntas—. Lo que me extraña es que esos criminales no intenten huir. Tienen que saber que van a detenerlos.

Svetlana apartó la vista del libro de texto.

—A lo mejor creen que son inocentes. O quizás alguien denunció a Olga Andreyevna y a su marido por rencor. Mamá dice que debemos tener cuidado con lo que decimos en el tranvía y cuando hacemos cola en la tienda por si alguien malinterpreta nuestras palabras y nos toman por delincuentes.

Me levanté a servir té del samovar para las dos y volví a la mesa.

—Mamá dice lo mismo. Y, cuando Sasha vino durante su último permiso, le oí decirle que no se quejara de nadie ni discutiera con los alumnos que no pagan a tiempo, porque la gente disgustada cuenta todo tipo de mentiras a las autoridades. Pero yo creo que es una tontería que esté preocupado.

Svetlana cogió a *Ponchik* y apoyó la barbilla en su cabeza.

—¿Por qué?

—Porque el camarada Stalin sabe quién es inocente y quién culpable. Si alguien es detenido por algo que no ha hecho, no tardan en ponerlo en libertad.

Mamá y Lidia entraron en la cocina. Mamá le sirvió un poco de té y Lidia se sentó a mi lado y se descalzó. Me di cuenta de que llevaba los zapatos de baile que me había regalado Stalin.

—Espero que no te importe que los hayamos tomado prestados —dijo mamá, que me dio un beso en la frente—. A Lidia se le han roto los suyos y está teniendo problemas para encontrar otro par.

—No, no me importa —respondí—. Me alegro de compartir el regalo que me hizo el camarada Stalin.

Lidia arqueó las cejas.

—¿El camarada Stalin? ¿Me estás diciendo que gracias al camarada Stalin podemos disfrutar todos de tanta abundancia?

—No —dije con una sonrisa—. Me las regaló el propio camarada Stalin. Me las mandó después de que papá y yo asistiéramos a la recepción que le organizaron en el Kremlin a Valery Chkalov.

Lidia miró a su hija de soslayo.

—No me lo habías contado.

Svetlana apartó la mirada y me pregunté por qué no le contaba a su madre las cosas buenas que me sucedían. Yo siempre alardeaba de los logros de Svetlana delante de mamá. Lidia examinó los zapatos y me los devolvió.

—Svetochka, mañana tienes examen de ciencias y espero que, como siempre, seas la primera de la clase —le dijo a su hija.

Pobre Svetlana. De repente, entendí por qué no le contaba a su madre lo que yo hacía. Si yo conseguía algo, la presionarían para que ella lograra algo más impresionante. Pero Lidia no tenía por qué ser tan competitiva. Todos esperábamos lo máximo de Svetlana: estaba destinada a estudiar en el Instituto de Aviación de Moscú y a hacerse un nombre. Era la chica más lista de la escuela. Los exámenes no me iban tan bien como antes, pero me daba igual. Al fin y al cabo, estaba perdiendo interés en el colegio. Ahora lo único que deseaba era volar.

Sonó el teléfono. Zoya entró en la cocina y dijo que era Piotr Borisovich, el padre de Svetlana. Lo había visto varias veces. Era un hombre tranquilo y serio; jamás le había visto sonreír. Svetlana decía que era porque tenía un trabajo importante en una fábrica de construcción y que se preocupaba mucho, pero también porque su madre era autoritaria y él se había acostumbrado a escuchar.

Mi madre cogió el auricular en el pasillo antes de que llegara Lidia.

—Piotr Borisovich —dijo con un tono coqueto—, ¿por qué no viene nunca a clases de baile con su mujer?

Una vez le pregunté eso mismo a Svetlana.

—A papá no le importa que mamá baile con otros cargos del Partido cuando van a funciones —me explicó—. Se contenta con ser un director de fábrica y miembro normal y corriente del Partido. Es mi madre la que sueña con que triunfemos en la vida.

A medida que iban produciéndose detenciones, incluso mi padre, que era una persona alegre, empezó a preocuparse. Lo oía caminar por casa durante una hora antes de dormir; yo culpaba a mi madre de su agitación. Papá era animoso, pero ella siempre estaba inquieta por algo. Cada vez que un coche se detenía por la noche delante de nuestro edificio, se ponía rígida, esperando lo peor. Era su inquietud lo que ponía de los nervios a papá... y a mí.

Una noche la encontré preparando una bolsa con prendas de invierno, ropa interior, dinero, cepillo de dientes y pasta dentífrica. Me di cuenta al instante de lo que estaba haciendo. Estaba preparando artículos de primera necesidad para mi padre por si lo arrestaban.

—¡Haciendo eso atraes la mala suerte! —dije en tono de reprimenda—. El camarada Stalin solo tiene elogios para papá. En la recepción de Valery Chkalov incluso propuso un brindis por él. —Le cogí la ropa y volví a guardarla en el armario—. ¡Y papá no es un enemigo del pueblo! Dedica su vida a dar placer al pueblo soviético, que es exactamente lo que el camarada Stalin quiere que haga.

Mamá frunció los labios y dijo:

—A mí me parece que no importa lo que le des a la Unión Soviética si tu familia sirvió en su día a las clases aristocráticas.

Un día vi a mi padre solo en el salón.

—Papá, ¿te van a detener? —le pregunté.

Él dejó en la mesita las frutas edulcoradas que había estado examinando.

—¡Natashka, cariño! —exclamó—. ¿Te preocupa eso? ¡No tenía ni idea! Creía que estabas pasándolo en grande con tus clases de vuelo, y que nada te preocupaba. —Me cogió de la mano y me hizo sentarme a su lado en el sofá—. Por favor, no sufras por mí —añadió, pasándome el brazo por encima de los hombros—. Puede que haya estado un poco tenso últimamente por Papel Maximóvich.

—¿Qué le pasa?

Papá me ofreció una fruta edulcorada. La rechacé. Él cogió una y se la metió en la boca. El aroma a fruta y melón me recordó a los despreocupados días de verano, totalmente opuestos a la aprensión que me invadía en aquel momento.

—A pesar del elevado estatus de la fábrica, Papel Maximóvich no consigue los suministros de semillas de coco y aceite de palma necesarios para mantener la producción —me contó—. La fábrica no ha logrado sus objetivos para Año Nuevo. Por primera vez ha habido escasez de chocolate Octubre Rojo.

—Pero eso no es culpa suya —dije.

—Claro que no —coincidió papá. Sacó el pañuelo y se limpió los dedos—. Pero algunos trabajadores no lo ven así. Si Papel Maximóvich les ordena que hagan algo, últimamente ponen trabas. El ambiente de cooperación de la fábrica ha desaparecido.

Tranquilizada por la explicación de mi padre, que me aseguró que estaba preocupado por el director general de la fábrica y no por sí mismo, volví a concentrarme en mis estudios y en la escuela de vuelo.

Una mañana, mientras desayunaba con mi madre en la cocina, papá llegó temprano de la fábrica. Solté un grito al verlo. Iba desaliñado y llevaba sangre en la manga. Mamá se levantó horrorizada.

—¡Stepan!

Sin mirarme, mi padre indicó a mamá que lo siguiera

al salón y cerró la puerta. Yo me senté en la cocina con *Ponchik*, demasiado aturdida para saber qué hacer.

—¡No puede ser! —gritó mamá, en respuesta a algo que había farfullado mi padre—. ¿Papel Maximóvich se ha cortado el cuello él mismo? ¿Tan seguro estaba de que lo acusarían de saboteador?

—Hay alborotadores en la fábrica que amenazaban con señalarlo si no conseguían lo que querían —repuso papá.

Mis padres estaban tan agitados que habían olvidado hablar en voz baja. Oí hasta la última palabra de lo que dijeron.

—¿Y lo encontraste tú? —preguntó mi madre—. ¿Solo tú?

—Sí.

—¿Y qué hiciste?

Papá tardó unos instantes en responder.

—Llamé a la policía y vino el NKVD. Me interrogaron y me dijeron que no se lo contara a nadie, ni siquiera a ti, Sofía. Jamás cuentes lo que acabo de decirte. Mañana, el *Pravda* atribuirá la muerte de Papel Maximóvich a un infarto e incluirá un aviso a todos los ciudadanos soviéticos para que mantengan su régimen de ejercicio físico.

Mi madre jadeó.

—¡Están encubriéndolo! ¡Tienes que hablar con el camarada Stalin! ¡Él es el único que puede protegerte!

Tras la muerte de Pavel Maximóvich, mi padre se comportaba como si estuviera en trance. La tensión se acrecentó cuando llegó un nuevo director general.

—No vuelvas por la fábrica, Natasha —me dijo papá—. El nuevo director me vigila constantemente. Me resulta imposible trabajar.

No podía creerme que pudiera pasarle algo malo a

mi padre, pero intentar razonar con mi madre y conservar la calma era una tarea imposible. Pasaba más tiempo en las clases de pilotaje o iba al aeródromo a observar los aviones para evitar la atmósfera de tensión que se respiraba en casa. Ahora estaba asistiendo a clases avanzadas de pilotaje, pero mi verdadera ambición era surcar los cielos de los rincones más lejanos de la Unión Soviética y convertirme en una de las águilas de Stalin.

Una tarde, papá volvió de la fábrica con una sonrisa en la cara. Parecía él mismo otra vez. Lidia estaba en clase de elocución con Svetlana cuando mi padre entró en casa. Llevaba dos paquetes debajo del brazo.

—Venid todos —anunció. Luego llevó a mamá a la cocina y pidió a Lidia que nos acompañara—. ¡Traigo buenas noticias!

—¿Qué pasa? —pregunté.

—Hoy me ha llamado el camarada Stalin y me ha dicho que va a encargar personalmente algunos suministros para la fábrica, para que pueda seguir trabajando sin trabas. También ha insistido en que este verano utilicemos la nueva dacha estatal que hay en Nikolina Gora, al lado del río. Ya sabéis, la casa con embarcadero y un porche grande. —Papá se volvió hacia Lidia—. Sería un honor contar con la familia Novikov como invitados.

A Lidia se le iluminaron los ojos. Debía de saber que era la dacha que utilizaban los altos cargos del Partido.

Mi padre se volvió hacia nosotras.

—Luego, el camarada Stalin ha enviado a uno de sus guardaespaldas con estos paquetes para la familia Azarov.

Los depositó sobre la mesa y abrió uno: caviar, pescado ahumado, queso, melocotones secos y una botella de champán de Abrau-Diurso, la mejor región vinícola de la Unión Soviética.

—Hoy tenemos algo que celebrar. —Papá apretó el brazo a Lidia—. Tienes que llamar a tu marido y pedirle que nos acompañe.

Lidia parecía confusa al ver la comida extendida encima de la mesa. Tal vez creía que me había inventado la historia de los zapatos de baile que me había regalado Stalin. Ahora tendría que confiar en su generosidad.

Zoya acompañó a Lidia al teléfono y marcó el número de su marido. Nosotros nos concentramos en el otro paquete.

—Este —dijo papá— venía con la instrucción de que lo abrieran mi mujer y mi hija.

—Hazlo tú —indicó mamá, que empujó el paquete hacia mí.

Rompí el envoltorio marrón y descubrí algo grande y blando en papel de seda. En él aparecía escrito el nombre de mi madre y se lo entregué. Ella desató el cordón, quitó el papel de seda y vimos un hermoso chal de lana. Lo levantó. Svetlana y yo nos quedamos boquiabiertas ante su belleza: tenía unas rosas de las cien hojas impresas sobre un fondo azul cielo y el borde era dorado. El chal era elegante y sería perfecto para las noches de verano en Nikolina Gora.

El otro artículo que contenía el paquete era una caja de terciopelo negro con una tarjeta en la que aparecía escrito mi nombre.

—A lo mejor es una brújula —dijo Svetlana—. O algo para animarte a pilotar.

—¡Ábrelo! —exhortó Zoya.

La caja olía a viejo y polvoriento. Quité la tapa. Sobre el recubrimiento de seda de color crema había un broche de zafiro rodeado de pequeños diamantes.

—¡Dios mío! —dijo mamá—. Stepan, ¿podemos aceptar un regalo tan valioso?

Papá se mostró sorprendido al ver el broche. Desde luego, era algo inusual.

—Si viene del camarada Stalin, tenemos que aceptarlo... con gratitud —repuso.

—El camarada Stalin debe de estar contento contigo, Stepan —dijo mamá—. Está siendo muy generoso con nosotros.

Ahora ya no fruncía el ceño y parecía que hubiera perdido diez años.

Sostuve el broche en la mano y lo contemplé maravillada. Los zapatos de baile habían sido lo más bonito que había tenido nunca. ¡Hasta ahora!

Lidia volvió aturullada.

—Piotr dice que Svetlana y yo debemos irnos. Su madre tiene una tos fuerte.

—Lamento oír eso —dijo papá, que cogió los melocotones secos y el queso, y los envolvió con papel de seda—. Por favor, llevadle esto. Espero que se mejore pronto.

Lidia miró a mi padre con extrañeza y acompañó a Svetlana a la puerta. Antes de marcharse, se dio la vuelta y nos miró de nuevo como si estuviera a punto de anunciar algo, pero empezaron a temblarle los labios y titubeó.

—Conozco esa dacha de Nikolina Gora —dijo al final—. La he visto en fotos. Es muy bonita.

—Y la disfrutaremos todos juntos —respondió papá animadamente—. Espero que tu marido pueda venir a relajarse y dejar atrás las preocupaciones laborales por unos días.

Lidia asintió y rodeó a Svetlana con el brazo mientras se dirigían a la puerta.

Mamá abrió la botella de champán que Stalin nos había enviado y sirvió un poco para mi padre y para ella. Incluso a mí me permitieron tomar media copa. Luego mamá puso un disco en el gramófono, y ella y papá bailaron un tango al son de *El vino del amor*. Dejé el broche sobre la mesa de mi habitación para poder admirarlo más tarde.

Zoya nos llamó a cenar y nos sentamos.

—Lidia no era ella esta noche —observó mi padre.

—Estaba conmovida por nuestra generosidad —respondió mamá—. Se crio en la pobreza. Sus padres murieron cuando ella era joven y tuvo que cuidar de sí misma y de sus hermanos. Teniendo en cuenta de dónde viene, le ha ido bien. Svetlana es una joven encantadora.

—¡No podría estar más de acuerdo! —dije al tiempo que me servía un poco de remolacha en el plato.

—Bueno —dijo papá, consultando el reloj—, es hora de volver al trabajo. Si el camarada Stalin me manda suministros, será mejor que empiece con nuevas ideas para el Primero de Mayo.

Papá estaba poniéndose la chaqueta cuando alguien llamó a la puerta.

—¡NKVD! ¡Abran!

Todos nos miramos.

—¿A quién buscan? —dijo mamá, avanzando hacia la puerta—. Este es el piso de los Azarov. Deben de confundirse.

Antes de que mi madre pudiera abrir, se oyó un golpe y madera quebrándose. La puerta cayó hacia dentro e irrumpieron en el piso tres agentes del NKVD. El más alto, un hombre pelirrojo con bigote, agarró a mi padre y lo estampó contra la pared. Mamá y yo nos pusimos a gritar. Zoya salió corriendo de la cocina con una sartén para defender a papá, pero uno de los agentes del NKVD la apartó de un empujón.

—Tiene que haber un error —dijo mi padre retorciéndose de dolor—. Soy Stepan Vladimirovich Azarov, chocolatero jefe de la fábrica Octubre Rojo. Ahora me dirigía allí para recibir suministros encargados por el camarada Stalin.

El hombre pelirrojo se llevó la mano al bolsillo y sacó un documento, que plantó delante de la cara de mi padre.

—No hay ningún error. Esta es la orden de arresto. Está acusado de ser enemigo del pueblo. Pero primero registraremos el piso.

El hombre arrastró a papá hasta el salón y lo tiró encima del sofá. Los otros empujaron a mamá, a Zoya y a mí en dirección al comedor. Mamá se aferró a papá y rompió a llorar. Fue entonces cuando vi a nuestro vecino, Alekséi Nikolayévich, balanceándose nerviosamente en el umbral. El NKVD debió de obligarlo a actuar de testigo en el registro y la detención.

Durante seis horas permanecimos allí apiñados mientras los agentes del NKVD arrasaban nuestro piso como un huracán, tirando libros de las estanterías y volteando cajones. Se llevaron las pruebas más extrañas: las partituras de mamá, libros de recetas, una cámara e incluso el disco que había puesto en el gramófono. Observé al agente pelirrojo mientras lo anotaba todo en un cuaderno. Tenía unas manos largas y elegantes, pero con callos. Puede que nunca llegara a saber su nombre, pero jamás olvidaría su rostro duro y ampuloso, aquellos ojos fríos.

Oí a los agentes registrar la habitación que compartía con Alexánder. ¿Se llevarían también el broche de zafiro y los zapatos de baile? *Ponchik* debía de estar escondido debajo de mi cama y aulló cuando uno de los hombres le propinó una patada. Me levanté, pero mamá tiró de mí. Por suerte, *Ponchik* vino corriendo hacia nosotros y se acurrucó a mi lado. ¿Qué sería de nosotros? Hacía un momento estábamos disfrutando de los lujosos regalos que nos había enviado el camarada Stalin… ¿Y ahora esto? Tenía que tratarse de un error. Cuando el camarada Stalin se enterara, aquellos hombres pagarían caro el habernos tratado como a delincuentes. Esa idea me consoló.

El agente pelirrojo volvió al salón y empezó a registrarlo. Nos ordenó que nos pusiéramos de pie y rompió los cojines del sofá. Mamá contuvo un grito cuando el hombre levantó la tapa del piano y la cerró de golpe. Entonces abrió el armario y vio el icono de Santa Sofía. Se me heló la sangre. Papá no había cometido ningún delito, pero adorar iconos iba contra la ley. «Perdónanos, camarada Stalin», recé en silencio. Pese a todo lo que me habían enseñado en Jóvenes Pioneros, la paradoja de mi fe no se había manifestado tan claramente como entonces. El agente miró el icono y lo cogió con ambas manos. Creía que iba a romperlo contra el suelo, pero hizo una mueca, como si le hubieran dado una puñalada en el corazón. El sonido de los otros agentes regresando al comedor lo alarmó. Guardó el icono debajo del armario y no lo mencionó. Tampoco lo registró en su cuaderno.

Los agentes terminaron su trabajo y obligaron a mi padre a ponerse en pie. ¿Adónde lo llevaban? No a Lubianka, desde luego. ¡Mi padre no era un criminal! Mi madre tendría que ponerse en contacto con el camarada Stalin y con Anastas Mikoyán, el comisario del sector alimentario, e informarlos de lo ocurrido. Liberarían a mi padre rápidamente.

Entonces vi horrorizada cómo mamá sacaba una bolsa de la estantería inferior del armario. Era la bolsa que había preparado cuando empezó a temer que pudieran detener a papá. Debió de hacerla otra vez. ¿Por qué? ¡Ahora parecería culpable! Pero estaba demasiado distraída con los agentes que hacían salir a mi padre de casa como para enfadarme con ella.

Seguí a los hombres escaleras abajo. Noté un escalofrío cuando vi la furgoneta negra aparcada en la calle.

—¡Papá! —grité, agarrándolo del brazo—. ¡Papá, no pueden llevarte con ellos!

Mi padre se volvió hacia mí: nunca olvidaré su mirada. Siempre divertido, animado e infantil, ahora parecía un fantasma. Tenía la piel pálida y los ojos hundidos, como si su alma lo hubiera abandonado.

El hombre pelirrojo me apartó de un empujón.

—Vuelve con tu madre —me dijo.

La puerta de la furgoneta negra se cerró. Los agentes subieron a la parte delantera y el vehículo se alejó a gran velocidad.

—Todo se arreglará y tu padre volverá a casa esta misma noche —dijo una voz detrás de mí.

Me di la vuelta y vi la figura temblorosa de Alekséi Nikolayévich. Pero, aunque intentaba consolarme con las palabras de mi vecino, supe que mi mundo de familia, comodidades y privilegios había tocado a su fin.

Mamá escribió al camarada Stalin y habló con la secretaria de Anastas Mikoyán sobre la detención de papá. El camarada Stalin estaba fuera de Moscú, según descubrimos, pero la secretaria de Mikoyán nos aseguró que si mi padre podía demostrar su inocencia, lo pondrían en libertad.

Mamá y yo íbamos cada día a la prisión de Lubianka para obtener noticias. Pero los funcionarios no revelaban nada ni tampoco aceptaban el paquete de comida que le habíamos preparado.

Antes solía despreciar a la gente que esperaba delante de Lubianka y otras oficinas del Gobierno. Los veía como colaboradores y enemigos del pueblo. Ahora yo era una de ellos. Aquellas almas destrozadas, con su cara de desesperación y las ojeras de agotamiento, eran la única fuente de información y empatía con la que contábamos en aquel trance.

—Vaya a la prisión de Butirka —nos aconsejó un día una mujer después de que nos rechazaran de nuevo—. Puede que ya hayan interrogado a su marido y lo hayan enviado allí a la espera del juicio.

Dimos las gracias a la mujer por el consejo. Para nuestro alivio, la prisión de Butirka aceptó el paquete, si bien los guardias no confirmaron si papá estaba allí o no.

—Es buena señal —nos aseguró una mujer que hacía cola—. Si aceptan el paquete, está aquí.

Mamá y yo contemplamos los imponentes muros de la prisión.

—Sabrá que estamos pensando en él —dijo mamá con lágrimas en los ojos—. Sabrá que no nos hemos olvidado de él.

Mi madre estaba convencida de que a ella también la detendrían en cualquier momento. Tenía sus razones. Yo sabía que si se llevaban al marido, era casi seguro que su mujer sería arrestada poco después. Si no había denunciado a su esposo, había incumplido sus deberes con el Estado.

—No, mamá —le dije cuando la vi preparando una bolsa para ella—. Esta vez haremos las cosas de otra manera. No te provoques tú misma la mala suerte. En lugar de prepararte para tu detención, nos prepararemos para cuando papá vuelva a casa.

Algunos muebles habían sufrido desperfectos durante el registro, pero no habían robado objetos de valor. Los agentes no se habían llevado el broche de zafiro ni los zapatos de baile, como me temía. Mi madre y yo arreglamos el piso lo mejor que pudimos: zurcimos las cortinas rasgadas, pulimos las rayadas en los muebles y reparamos los libros favoritos de papá. Al mantenernos ocupadas fingíamos que todo volvería a la normalidad y papá vendría a casa. Zoya siguió reservándole un sitio a la mesa y mamá le preparaba la ropa cada día. Éramos como niñas fantaseando.

En el caso de mamá, la magia debió de funcionar —los agentes del NKVD no volvieron a detenerla—, pero a Alexánder lo expulsaron de las Fuerzas Aéreas.

—Es imposible que ya hayan juzgado a papá —protesté cuando Alexánder volvió a vivir con nosotros.

—A mis oficiales no les importaba —respondió Alexánder con amargura—. La mera idea de que papá pudiera ser un enemigo del pueblo fue razón suficiente para deshacerse de mí.

Mi hermano no fue el único que sufrió el rechazo tras la detención de papá. Cuando me personé en la escuela de vuelo sin motor para rendir el examen avanzado, me encontré con Serguéi Konstantinóvich bloqueando la entrada.

—Ya no puedes entrar aquí —dijo—. Has puesto en peligro a todos los que se asocien contigo. ¿Es que no lo entiendes?

En el colegio era una apestada. Los profesores y alumnos se alejaban de mí, desaparecían por los pasillos o entraban en las aulas al verme llegar. Algunas de las chicas más osadas se metían conmigo, escribían notas desagradables en mis libros de texto y se llevaban cosas de mi escritorio. Sabían que a los profesores les daba miedo defenderme. Habría deseado que Svetlana estuviera a mi lado, pero había contraído escarlatina la noche que detuvieron a mi padre y le daban clases en casa. Solo la profesora de música, Bronislava Ivanovna, me trataba como antes, y todo el mundo sabía que estaba demostrando coraje —y estupidez— al hacerlo.

—Sé fuerte, Natasha. No te rindas —me susurraba siempre que me la cruzaba por el pasillo—. Tienes demasiado talento como para permitir que te destruyan.

No hubo más paquetes especiales de comida y los estudiantes de mamá ya no venían. Lidia tenía que cuidar de Svetlana, con lo cual era comprensible que no lo hiciera. Sin la paga de papá, nos faltaba dinero. Vivíamos a base de *kasha* y sopa. Alexánder iba de fábrica en fábrica pidiendo trabajo, pero todas lo rechazaban. Lo único que pudo conseguir fue para limpiar lavabos en la estación de metro. Mamá vendió su gramófono y las joyas para mantenernos.

—Estamos malditos —le dijo a Zoya—. Tienes que irte y buscar otra familia. De lo contrario, caerás con nosotros.

Pero Zoya se negó.

—Nunca me han tratado como a una criada, Sofía, así que no actuaré como tal. Ahora somos familia.

A la postre, Zoya se convirtió en nuestra salvadora. Como ya no recibíamos paquetes especiales, necesitábamos a alguien que pudiera hacer cola todo el día para conseguir comida y otros artículos de primera necesidad. En otras familias eran las *babushkas* las que realizaban tal tarea, pero mis abuelas habían muerto jóvenes. Zoya hacía cuanto estaba en su mano, pero a veces volvía solo con sardinas y patatas. Aun así, era mejor que nada.

Ni siquiera me planteé asistir a las reuniones de Jóvenes Pioneros después de que Alexánder me contara lo que le había sucedido a otro chico a cuyos padres habían detenido. Cuando el muchacho se negó a renunciar a sus padres y a escupir en su retrato, le arrancaron el uniforme y lo obligaron a irse a casa en ropa interior. Los otros niños se metían con él y le tiraban palos. Aquel mismo día, el chico se ahorcó.

Nos permitían entregar un paquete al mes en la cárcel de Butirka. Cuando el siguiente paquete que llevamos mamá y yo fue aceptado, nos animamos mucho.

—Puede que papá regrese pronto a casa —dije a mamá.

Al volver, descubrimos que el NKVD había aparecido de nuevo y nos había echado de casa. Nuestras pertenencias estaban amontonadas en la acera y la puerta del piso cerrada a cal y canto. Al no encontrar a *Ponchik* me entró el pánico. Pensé que se había quedado atrapado dentro, pero romper un precinto del NKVD era delito. Sin embargo, mamá lo encontró escondido debajo de una manta.

Lo cogí y lo abracé con fuerza.

—Me moriría si te pasara algo —le dije.

Mamá suspiró.

—Natasha, a lo mejor a Svetlana le gustaría quedarse con *Ponchick*. No sé qué va a ser de nosotras. No sé si podemos quedárnoslo.

La idea de separarme de *Ponchik* me parecía algo inconcebible. Era un regalo de papá. Además, Lidia era alérgica a los animales; lo abandonaría en la calle. Mamá debió de percibir la desesperación en mis ojos y no volvió a mencionar el tema.

Nos adjudicaron una habitación en un piso comunal, donde los suelos de madera estaban pintados de rojo para que parecieran una alfombra y el papel de pared tenía manchas. Mamá, Alexánder, Zoya y yo compartíamos cocina, cuarto de baño e inodoro con otras tres familias y una pareja de divorciados que seguían viviendo juntos porque no querían renunciar a su espaciosa habitación. El ambiente era venenoso. Los divorciados se peleaban constantemente y, aunque todo el mundo tenía hornillo de gas, estantería y mesa de cocina propios, los residentes siempre se acusaban unos a otros de robar comida.

Al principio decidimos que sería mejor comer en nuestra habitación. Pero la manera que tenían los otros residentes de observarnos resultaba inquietante. Mamá estaba convencida de que nos escrutaban buscando acciones por las cuales pudieran denunciarnos y así conseguir más espacio en el piso. Para evitar ofenderlos, optamos por mantener el «espíritu comunal» y comíamos en la cocina, pese a la indigestión que nos causaba tanta tirantez.

Los muros de partición eran tan delgados que, si queríamos hablar en privado, debíamos echarnos una manta por encima de la cabeza. Teníamos una foto de papá escondida debajo del colchón que compartíamos mamá y yo; cada noche, la sacábamos y colocábamos un plato con chocolate duro al lado. Por la mañana volvíamos a esconderla. Las familias de los acusados de ser enemigos del pueblo estaban obligadas a borrar cualquier recuerdo de la persona y a no volver a mencionarla jamás. Pero ¿cómo íbamos a olvidar a papá?

Un día, mientras mamá buscaba entre nuestra ropa, encontró una bufanda que le había pedido a un vecino de la antigua finca antes de que detuvieran a papá.

—¿Puedes ir a devolverla cuando salgas de clase? —me preguntó mamá—. Deslízala por debajo de la puerta y procura que no te vea nadie.

Aquel día, de camino a casa, hice lo que mamá me había pedido. El precinto de la puerta había desaparecido y había un colchón nuevo delante. En el pasillo, el aire olía a pintura fresca y a pulimento de suelos. Ahora vivía otra familia en nuestra casa. En la calle me sorprendió ver a Svetlana saliendo de una cafetería. No había tenido noticias suyas desde que cayó enferma. Cruzamos miradas.

—¡Sveta! —dije, corriendo hacia ella—. ¿Estás bien?

Se quedó inmóvil un momento y luego extendió los brazos.

—¿Cuándo volverás al colegio? —le pregunté—. ¡Te he echado de menos!

Lidia salió de la cafetería y nos vio. Entrecerró los ojos como si yo fuera un peligroso león que estaba a punto de atacar a su hija y apartó a Svetlana.

—¡No hables nunca más con esa chica! —le susurró—. ¿Me entiendes? ¿Quieres que nos pase lo mismo que a su familia? ¡Su padre es un saboteador!

Lidia me lanzó una mirada feroz. Svetlana intentó zafarse de su madre.

—¡Es Natasha! —dijo—. ¡Natasha!

Lidia le dio una bofetada en la cara. Antes de que su hija tuviera oportunidad de recuperarse, la agarró de los hombros y se la llevó como si de una prisionera se tratara. Svetlana se volvió para mirarme. La expresión de tristeza en sus ojos me partió el corazón. También había perdido a Svetlana. Intenté comprender qué estaba ocurriendo. Parecía que todos los demás estuvieran vivos y yo no; los miraba a través de un velo. «Sé fuerte, Natasha. No te rindas», me había dicho Bronislava Ivanovna. Pero ¿cómo podía luchar? Seguía viva físicamente, pero me sentía muerta por dentro. Ya no existía como miembro de la sociedad.

—Tienes que disculpar la reacción de Lidia —me dijo mamá aquella noche—. Intentaba proteger a Svetlana. La vida es horrible, una locura. Todos nos hemos convertido en chivatos. Ya no podemos confiar ni siquiera en nuestros amigos.

Escruté el rostro de mi madre.

—¿Por qué el camarada Stalin no nos ha respondido ni ha puesto en libertad a papá? Antes confiaba en él. Seguro que sabe que es inocente.

Mamá frunció los labios y se dio la vuelta.

—Los asesores del camarada Stalin no le cuentan nada, Natasha. Le dijo a papá que no confiaba en quienes lo rodeaban. Todo esto está sucediendo sin su conocimiento. Volveré a escribirle.

Por insistencia de mamá, y gracias a que Bronislava Ivanovna costeaba las cuotas, seguí yendo a la escuela. Svetlana no volvió y me acostumbré a cruzarme por el pasillo con chicas que habían sido amigas mías y no decirles nada. En casa ya no teníamos piano con el que practicar, pero Bronislava Ivanovna estaba convencida de que podría solicitar plaza en el conservatorio cuando terminara la escuela.

—Cantas muy bien, Natasha. Trabajemos eso.

Ahora que mi sueño de convertirme en piloto se había desvanecido y que no tenía amigos, empecé a cantar para distraerme. Además de canciones clásicas rusas, aprendí piezas de los artistas de jazz Leonid Utesov y Alexánder Tsfasman, que, según se decía, eran los favoritos de Stalin. Quería demostrar que era una buena ciudadana soviética. Puesto que todos sus alumnos la habían abandonado, enseñarme también daba a mi madre algo en que ocupar su tiempo. En el piso, la tensión remitía cuando mamá y yo ensayábamos juntas. Incluso la pareja de divorciados se calmó y un día anunciaron que esperaban un bebé.

Al mes siguiente, la prisión de Butirka se negó a aceptar el paquete. Mamá se desmayó al conocer la noticia. Intenté sostenerla, pero yo también estaba a punto de perder el conocimiento. Aquello era lo que habíamos estado temiéndonos desde hacía tiempo.

—No se teman lo peor —nos dijo una madre joven que estaba amamantando a un niño—. Puede que lo sometan a privaciones para que confiese o que ya lo hayan juzgado. Vayan a la estación. Hoy parte un tren hacia Kolima.

Con las piernas temblando, mamá y yo fuimos corriendo hasta la estación. Allí esperaba un tren destinado al este, pero los prisioneros condenados a los campos de trabajo de Kolima ya habían subido. Las ventanas estaban cerradas, con una pequeña abertura para que pudieran respirar. Debía de resultar asfixiante. Gente con paquetes en la mano iba de vagón en vagón gritando el nombre de su ser querido. Si recibían respuesta, el guardia cogía el paquete para dárselo al prisionero. Una mujer recibió una nota de su marido y se la llevó al corazón. Mamá y yo gritamos el nombre de papá varias veces, pero no hubo respuesta.

Cuando volvimos a casa aquella noche, encontramos

al agente pelirrojo del NKVD esperándonos en la esquina. Llevaba una caja en la mano. Mamá y yo nos quedamos paralizadas, como un ciervo en la mira telescópica de la escopeta del cazador.

El agente del NKVD pasó junto a nosotros y entregó la caja a mamá sin mediar palabra. Lo observamos boquiabiertas mientras se alejaba a toda prisa por la calle. No había venido a detenernos.

Esperamos hasta que estuvimos en nuestro cuarto para ver el contenido. Dentro encontramos artículos de nuestro piso que no figuraban en el montón: la colcha que tejió a mano mamá, un valioso reloj, el broche de zafiro y los zapatos de baile que recibí de Stalin y algo envuelto en tela. Lo abrimos y encontramos el icono de Santa Sofía. En la parte posterior habían garabateado en lápiz: «¡Perdóneme!».

Mamá y yo nos miramos.

—¿Quién será? —susurró mamá—. ¿Y por qué se convirtió en agente del NKVD?

Días después, estaba cepillando a *Ponchik* en el patio cuando vi a una de las residentes del piso, Ekaterina Mijailovna, con el cartero. Buscó entre las cartas y encontró una que parecía interesarle.

—¡Sofía, hay algo para ti! —la oí decirle a mi madre.

Me preguntaba quién nos habría enviado una carta. Desde luego no era un amigo; nos habían abandonado todos. ¡Tal vez el camarada Stalin había respondido al fin!

Cogí a *Ponchik* y fui corriendo a casa. Ekaterina Mijailovna estaba merodeando delante de la habitación, pero la puerta estaba cerrada. Al verme, desapareció rápidamente. Abrí la puerta y encontré a mamá de rodillas. Al principio pensé que estaba rezando, pero entonces me di cuenta de que lloraba. Dejé a *Ponchik* en el suelo y me arrodillé a su lado. Mamá tenía la carta en las manos. Estaba mecanografiada y parecía oficial.

Me derrumbé. Probablemente, habían declarado culpable a papá. La gente que había delante de la prisión de Butirka nos había contado que era habitual que antiguos amigos y compañeros testificaran contra el acusado si creían que podía reportarles algún beneficio. ¿Qué sucedería ahora? ¿Enviarían a papá a un campo de trabajo como los prisioneros del tren?

—Mamá —dije, poniéndole la mano en su hombro tembloroso—. Si papá ha sido declarado culpable, debemos ver al camarada Stalin en persona. Sabemos que papá no es un saboteador. Le encantaba su trabajo.

Mamá se volvió hacia mí con una mirada atormentada.

—Demasiado tarde —dijo.

—No es demasiado tarde —insistí—. Podemos presentar una apelación. Si el camarada Stalin no está en Moscú, debemos averiguar su paradero e ir allí.

La carta se le deslizó entre los dedos y cayó al suelo. Sentí un nudo de miedo en el estómago.

—¿Mamá?

Me puso la mano en la muñeca. Estaba helada. Entonces supe, incluso antes de que mamá me lo dijera, que había ocurrido lo inconcebible.

—Natasha —anunció—, lo juzgaron y lo declararon culpable. Lo ejecutaron el mismo día. Cariño, tu padre está muerto.

Doce

Orël, 2000

Orlov llegó a la estación de Kurski con docenas de escenarios arremolinándose en su cabeza. Ilia no había querido contarle más por teléfono; lo único que sabía era que alguien había enterrado a Natasha. ¿Quién? ¿Dónde? ¿Sobrevivió al salto en paracaídas o resultó herida y murió? Quizás había sobrevivido a la guerra, había vivido el resto de sus días en un pueblo y había muerto de anciana. Pero, en todas las circunstancias que se le ocurrían a Orlov, el uso que hacía Ilia de la palabra «enterrada» significaba que la mujer a la que había amado estaba muerta. Se había resignado a esa posibilidad muchos años atrás, pero, ahora que estaba más cerca de averiguar cómo había fallecido, sentía pavor. Había vivido tanto tiempo en el limbo que la sensación de inercia melancólica le resultaba familiar. ¿Y si la verdad era peor de lo que había imaginado? Sintió un escalofrío que le recorrió todo el cuerpo. No podía permitirse pensar en ello.

Pasó a toda prisa por delante de los puestos de suvenires —matrioskas, gorros de piel, cucharas jojloma— y se detuvo cuando vio un establecimiento que vendía recuerdos de la era soviética. Entrecerró los ojos al ver las figuritas de Lenin, los fragmentos del Muro de Berlín y la bandera de la Unión Soviética. En su día, aquellas cosas eran sagradas, ideales por los cuales los rusos habían vivido y habían muerto. Ahora estaban relegados al reino del *kitsch* y la curiosidad. Estaba a punto de darse la vuelta cuando vio el busto de Stalin. ¿Las jóvenes generaciones también podían bromear sobre el diablo?

Orlov se abrió paso entre los turistas y los viajeros del vagón de primera clase. La azafata le indicó un asiento junto a la ventana, frente a dos jóvenes empresarios alemanes. «Hola», dijeron en ruso, y señalaron la bolsa de Orlov, utilizando gestos para hacerle saber que le ayudarían a ponerla en la parte de arriba. Aquello irritó a Orlov, aunque entendía sus buenas intenciones.

Cuando estuvieron todos sentados, uno de los alemanes sacó un paquete que contenía unas rebanadas de pan oscuro que olían a melaza y un taco de queso viejo. Cortó el queso y compartió la comida con su compañero; luego ofreció un poco a Orlov, que lo aceptó solo porque le parecía cortés. «Los alemanes y su pan», pensó. Los platos que servían en los trenes rusos habían mejorado en los últimos años, pero a Orlov le parecía que no habría importado que a sus compañeros de viaje les ofrecieran una cocina de cinco tenedores; habrían preferido su pan de centeno y su queso salado.

Después de la cena, los alemanes volvieron a concentrarse en sus ordenadores portátiles mientras Orlov intentaba perderse en la novela de Solzhenitsyn que había empezado aquella mañana. Volvió a mirar a los alemanes por encima del libro. «Qué extraña es la guerra», pensó. «Y qué fácil se borra la animosidad cuando todo ha terminado. Puede que haya matado a los abuelos de esos hombres (que los haya derribado o que protegiera a los bombarderos que los hicieron pedazos), y, sin embargo, aquí estamos, completamente civilizados.» Miró por la ventana y recordó el busto de bronce de Stalin. ¿Lo compraría alguien para colocarlo en el salón de casa? Stalin era un loco que mató a millones de ciudadanos de su propio pueblo.

Orlov estaba en las fuerzas aéreas cuando comenzaron las delirantes purgas de finales de los años treinta. Había contemplado con horror cómo sus comandantes caían uno tras otro. Todos ellos eran buenos hombres, pero habían firmado confesiones, sin duda arrancadas por medio de torturas, en las que afirmaban que habían cometido actos de sabotaje y espionaje antisoviéticos. Los habían ejecutado o los habían enviado a campos de trabajo. Stalin no solo era despiadado, sino también idiota. Incluso durante la invasión alemana siguió destituyendo a altos mandos con talento. Es posible que, al principio, las detenciones tuvieran una lógica interesada: después de la guerra se habían producido frecuentes revoluciones y Stalin quería eliminar a cualquiera que pudiese poner en peligro su poder. Pero luego las cosas se desmadraron. Cada día detenían y disparaban a la gente simplemente por tropezar sin querer con un retrato de Stalin o limpiarse el trasero con un trozo de periódico en el que apareciera su imagen.

«Escucha, Natasha, hay algo que deberías saber…»

Orlov se distrajo del recuerdo de aquella tarde funesta de julio cuando llegó la camarera empujando el carrito de las bebidas por el pasillo. Compró una botella de vino georgiano para él y los alemanes.

—Por la amistad entre naciones —les dijo en ruso al brindar.

No tenían ni idea de lo que había dicho y respondieron:

—*Prost!*

Luego siguieron con sus ordenadores portátiles y Orlov volvió con sus recuerdos.

Nikita Jrushchov, a quien Orlov conoció bien cuando trabajaba en el programa espacial, le contó que, en cierta ocasión, Stalin había dicho que era mejor matar a inocentes y culpables que arriesgarse a que los culpables estuvieran libres. Se estipularon cupos al NKVD durante las purgas, como si fueran una fábrica y, cuando no podían cumplirlos, se inventaban acusaciones. Incluso el general bolchevique y su esposa, que regentaban el orfanato en el que se crio Orlov, desaparecieron en las purgas. Ese general había sido fiel al Partido y, desde que Stalin subió al poder, cada mañana obligaba a los niños del orfanato, incluido Orlov, a levantarse y saludar al retrato de «su gran líder» en el comedor. «Gracias al camarada Stalin tenéis un techo sobre vuestras cabezas. Os ha dado una educación, ropa de invierno y un futuro. Gracias a él no estáis muertos», les había dicho el general en repetidas ocasiones.

Orlov solía preguntarse por qué él se había salvado. Pese al culto a Stalin que se profesaba en el orfanato y que le obligaban a seguir, odiaba a aquel hombre y a los comunistas. Para sobrevivir había recurrido a los tópicos y se guardaba sus opiniones para sí. Durante la guerra había combatido por Rusia, no por Stalin. El dictador falleció en 1953, bien de una apoplejía, bien envenenado por quienes lo rodeaban. Había diferentes versiones al respecto. El luto público fue abrumador. Murió gente aplastada entre las multitudes que iban a ver el cuerpo. Hasta que Jrushchov puso en marcha su programa de desestalinización, Orlov no creyó que pudiera visitar a la madre de Natasha sin que las miradas recayeran en ella. Era sorprendente que hubiera sobrevivido tras la detención de su marido y, más aún, teniendo en cuenta que su hija desaparecida era sospechosa de trabajar como espía para Alemania. Orlov había encontrado a Sofía Grigorievna, que vivía en un piso del Arbat: una habitación con un cuarto de baño tan pequeño que apenas podía darse la vuelta en él y una cocinita con espacio para un fregadero y una mesita. Pero el piso estaba meticulosamente ordenado, con antimacasares blancos en las sillas, crisantemos rosas en un jarrón colocado en el alféizar y ni una sola mota de polvo. Orlov se fijó en el icono de Santa Sofía que había en la esquina. Su madre tenía aquella misma imagen. Había un retrato enmarcado de un hombre —el padre de Natasha, dedujo— sobre una mesita. A su lado había una fotografía de Natasha con su hermano, que lucía el uniforme de las Fuerzas Armadas.

—Siéntese, por favor, general Orlov —dijo Sofía Grigorievna.

Tenía el mismo cabello rubio y los rasgos de muñeca de Natasha. Pero, mientras que la belleza de su hija era vibrante, Sofía Grigorievna transmitía la frágil dignidad de una mujer que había sobrevivido a la tragedia. Toda su familia se había ido, y el único ser vivo al que podía procurar su afecto era el perro de pelo rojizo que tenía apoyado en el regazo.

—Natasha me hablaba mucho de usted —dijo.

Sus ojos grises se clavaron en los de Orlov, que se preguntó cuánto le habría revelado Natasha a su madre. De hecho, pensó, aunque lo supiera todo, aquel encuentro no habría resultado más fácil.

—Fue usted muy amable por mandarme los detalles que conocía acerca de su desaparición —prosiguió Sofía Grigorievna—. Todavía conservo su carta. Me la llevaré a la tumba junto con la correspondencia de Natasha.

Orlov lo interpretó como una confirmación de que no había mantenido contacto con su hija desde la guerra. ¿O tal vez sí? Decidió ser más directo.

—¿Cree que su hija podría seguir viva? —le preguntó—. No hemos encontrado su avión... ni el cuerpo.

Sofía Grigorievna desvió la mirada hacia las fotografías de su marido y de sus hijos.

—No lo sé. Sé que mi hijo murió aquella noche. Sin embargo, en el caso de Natasha... —Sacudió la cabeza—. No lo sé. —Miró de nuevo a Orlov y añadió—: Estoy convencida de que, a estas alturas, si hubiera podido, Natasha se habría puesto en contacto con usted o conmigo. Ambos sabemos que no era espía.

Luego guardó silencio. En la calle se oían cánticos. Un grupo de ancianos, hombres y mujeres, desfilaba con un retrato de Stalin. Eran los que creían que la Unión Soviética no podría sobrevivir sin él. Escucharon los cánticos un rato.

—Me alegro de que ese monstruo esté muerto. ¿Usted no? —dijo Sofía Grigorievna de repente.

Orlov se quedó desconcertado. No era el tipo de afirmaciones que solía lanzar la gente, por mucho que se pensara. En la Unión Soviética, todos sabían que un solo comentario podía costarles la vida. Aquello significaba que confiaba en él, quería asegurarle que no había confiado en la persona equivocada. Le vino a la mente algo que no se había planteado decirle.

—Stalin firmó la pena de muerte de su marido —dijo—. ¿Lo supo usted en todo momento?

Sofía Grigorievna acarició al perro unos momentos antes de responder.

—Cuando Stalin sustituyó a Yezhov por Beria como jefe del NKVD, cientos de miles de condenas quedaron anuladas y mucha gente salió de los campos de trabajo. Para muchos era una prueba de que Stalin ignoraba los excesos que había cometido el NKVD y que ahora estaba portándose bien.

—¿Incluida Natasha? ¿Aunque era demasiado tarde para su padre?

Sofía Grigorievna dejó al perro encima de la alfombra y fue hasta la ventana.

—Siempre he sabido quién era el responsable de la muerte de mi marido —respondió—. La fábrica de chocolate no podía cumplir sus cupos porque la Unión Soviética no podía competir con los países capitalistas por los ingredientes del mercado internacional. Cuando la gente no tiene chocolate para Año Nuevo, culpa al Estado. Eso no es viable. Hay que encontrar cabezas de turco. El primero fue el director general de la fábrica. Después, como nada cambió, el hacha cayó sobre mi marido.

Natasha había descrito claramente cómo eran las cosas. Orlov, no obstante, se sentía confuso. Dudó unos instantes y dijo:

—Perdóneme, Sofía Grigorievna, si hago demasiadas preguntas dolorosas, pero intento entender una cosa: ¿nunca manifestó a su hija sus opiniones sobre Stalin? Ella lo adoraba.

Sofía Grigorievna no titubeó.

—Creo que lo entiende muy bien, general Orlov. Dejé que Natasha pensara que Stalin no era responsable de la muerte de su padre. Alenté esa idea en ella. ¿Por qué? Porque mi hija tenía que sobrevivir en la Unión Soviética. Ya tenía el pasado de su familia contra ella. ¿Cómo iba a ponerle más trabas haciendo que odiara a Stalin? Ya sabe lo testaruda que podía ser. Lo contrario solo habría servido para que la detuvieran y la ejecutaran.

Orlov recordó la explicación de Sofía Grigorievna mientras viajaba en el tren hacia Orël. Incluso en esos momentos, le seguía impresionando su sabiduría. Debió de ser mortificante oír a su hija alabar al hombre que, a la postre, era el responsable de la muerte de su marido, pero lo había soportado para proteger a su amada hija.

Ya era tarde cuando Orlov llegó al hotel de Orël. En la recepción había una nota de Ilia en la que decía que lo recogería a las cinco de la mañana. «¿Adónde iremos?», se preguntó Orlov.

Cenó bacalao ahumado y pan. Por más que lo intentó, no pudo dormir. Durante la guerra, cuando la falta de sueño era algo cotidiano, creía que dormiría para siempre cuando todo hubiera terminado. Pero su vida de posguerra se había visto asediada por el insomnio de una mente atribulada.

El hotel era moderno y las paredes delgadas. Alcanzaba a oír a la cantante del restaurante. ¿Estaba entonando aquella canción o no eran más que imaginaciones suyas?

Espérame y volveré.
Sé paciente
cuando te insistan
en que debes olvidar,
incluso cuando mis seres queridos
digan que estoy perdida,
incluso cuando mis amigos se rindan,
siéntate y haz un esfuerzo.
Bebe un vaso de vino amargo
por el amigo caído.
Espera. Y no bebas con ellos.
Espera hasta el final.

La letra era un poema de Konstantín Símonov. Era la canción favorita de Natasha durante la guerra; la gente del regimiento solía pedirle que la cantara. Tenía una voz hermosa y su interpretación los hacía llorar a todos de emoción.

En cierta ocasión, después de hacer el amor, le dijo a Orlov: «Si pasa algo, te esperaré, porque, ocurra lo que ocurra, esperarte me mantendrá viva. Te esperaré igual que Svetlana espera siempre a que regrese de una misión. Sobrevivo porque ella me espera».

«Te esperé, cariño —susurró Orlov envuelto en la oscuridad—. Pero ahora parece que estabas muerta.»

Volvió a pensar en Sofía Grigorievna. No había vuelto a visitarla desde aquella primera vez, pero había utilizado su influencia para cerciorarse de que no le faltara de nada. Murió en 1960. La habían incinerado. Esa era la «moda» en la Unión Soviética. A Orlov se le ocurrió que había dejado escapar una oportunidad al no preguntarle si podía leer las cartas de Natasha. Tal vez contenían alguna pista. Sin embargo, en aquel momento, seguía abrigando la esperanza de encontrarla en persona. Ahora, tantos años después, la verdad le esperaba en algún lugar desconocido, de madrugada.

—¿Dónde está enterrada? —le preguntó Orlov a Ilia cuando su amigo fue a recogerlo a la mañana siguiente. Ni siquiera había dicho «hola».

Ilia le abrió la puerta del Skoda.

—Hay una aldea junto al bosque de Trofimovski donde una mujer de noventa años dice que su padre y su tío encontraron el cuerpo de una piloto en julio de 1943 y la enterraron en una cripta de la familia.

—¿Una cripta? —preguntó Orlov con sorpresa.

Las criptas familiares eran poco frecuentes en Rusia, sobre todo en el campo.

—Es todo lo que sé —dijo Ilia—. No quería investigar sin que tú estuvieras aquí.

—¿Por qué no informaste al Ministerio de Defensa? Si hay restos, querrán hacer pruebas.

Ilia miró la carretera que se extendía ante ellos.

—No quería llamarlos sin estar seguro de que verdaderamente hay un cuerpo y de que no estamos prestando atención a una anciana con problemas de memoria. Pero también porque..., bueno, pensé que debías verla tú primero.

Orlov tragó saliva. Era como si tuviera una piedra en la garganta.

—¿Así que crees que ha terminado? ¿Que la hemos encontrado?

Ilia abrió la guantera y sacó un mapa.

—He marcado la distancia entre el lugar donde se estrelló y la aldea. Si Natalia Azarova saltó en paracaídas, debió de aterrizar en uno de los sembrados cercanos. Es la única piloto desaparecida que sobrevolaba la zona en aquel momento; si de verdad allí hay un cuerpo enterrado, bien podría ser el suyo.

Orlov miró el mapa. ¿Quería formar parte de aquello? ¿Qué quedaría de su hermosa Natasha? Quizá sería mejor que se encargaran de ello Ilia y el Ministerio de Defensa. Tal vez fuera mejor que se limitara a recibir un mero informe forense. Observó los abedules que bordeaban la carretera y recordó el avión que habían encontrado en el bosque. Era como si Natasha estuviera llamándolo, tirando de él como si fuera un pez en un anzuelo. En vida tenía una voluntad de hierro. ¿Era posible que esa voluntad hubiera sobrevivido a su muerte física?

Tras una parada para ir al baño y tomar un té, ambos se echaron de nuevo a la carretera. Transcurrida poco más de una hora, Ilia tomó un desvío hacia una vía sin asfaltar. A Orlov, las granjas que dejaban atrás, con sus desvencijadas vallas de madera y sus huertos de verduras, le parecían iguales que en tiempos de guerra.

Franquearon una puerta y les dio la bienvenida un grupo de alborotados perros de todas las razas y tamaños. Un hombre con camiseta de leñador los saludó con la mano, mostrando su axila velluda. Dos chicos rubios con el torso desnudo y el pelo rapado echaron a correr hacia el coche.

—¡Hola! —dijo el hombre de la camiseta—. Soy Dimitri Borisovich Mochalov. Mi abuela está esperándolos en el jardín.

Una mujer que llevaba un pañuelo en la cabeza salió

de la casa y se presentó como Fekla Petrovna, la mujer de Dimitri. Se unieron a ellos otros dos hombres con chándal y camiseta, que Orlov imaginó que eran vecinos, y el grupo los llevó al jardín trasero, donde una anciana los esperaba sentada a una mesa, rodeada de pollos y más perros juguetones. Para Orlov era siempre chocante ver a alguien que tenía más o menos su misma edad. Seguía conservando el cabello, gris y ralo, pero allí estaba, y también los dientes. Hasta el problema cardiaco, había gozado de buena salud. Aquella mujer era decrépita, con la boca hundida y unas arrugas tan profundas que parecía que la nariz y la barbilla hubieran desaparecido en aquel rostro curtido. Tenía los ojos desvaídos y llorosos, pero estaba erguida, con las manos en las rodillas y exhibiendo un orgullo casi monárquico.

Fekla sacó sillas para Orlov e Ilia y se sentó al lado de su abuela política. Los demás tomaron asiento para escuchar la historia. Dimitri se situó justo detrás de Orlov, que notaba la tripa del campesino golpeándole el cuello. Le daba dentera pensar que Dimitri transpiraba cebollas y carne.

—Esta es Olga Vadimovna —dijo Fekla, rodeando a la mujer con el brazo—. En 1943 era madre de cinco niños pequeños. Su marido y sus hermanos estaban combatiendo. Regentaba la granja con su tío y su padre. No sabe escribir y nunca le ha interesado nada, excepto su familia y la granja, pero hace unos días nos oyó a Dimitri y a mí hablar del avión que habían descubierto cerca de aquí. Fue entonces cuando nos contó la historia… de cómo su padre y su tío encontraron el cuerpo de una piloto en el bosque.

Olga escrutaba a Orlov e Ilia con la desconfianza típica de los campesinos ancianos hacia cualquier moscovita. Pero algo en ellos debió de acallar sus recelos y empezó a contar su historia con voz áspera.

—En verano de 1943, los alemanes ocuparon nuestra

aldea. Cuando habíamos cubierto nuestras necesidades básicas, teníamos que entregar todos nuestros productos a su ejército. Quien no lo hacía era ejecutado, y también su familia. Nuestro vecino fue ahorcado con un trozo de alambre por tener una vaca en el establo para poder dar leche a su mujer, que estaba embarazada, y a sus dos hijos pequeños. Los soldados alemanes violaron a su mujer y luego ataron a los dos niños a ella y les lanzaron una granada.

Olga guardó silencio unos momentos, abriendo y cerrando los puños.

—Ya se imaginarán cuánto odiábamos a los alemanes —continuó—. Un día estábamos trabajando en los campos cuando oímos el ruido de los aviones y ametralladoras disparando a lo lejos. Al mirar hacia arriba vimos un avión soviético perseguido por tres Messerschmitt. Me puso furiosa ver a los alemanes atacando uno de nuestros aviones. Pero el piloto soviético no iba a dejarse atrapar. El avión dejó un rastro de humo en el cielo al ladearse para esquivar las balas. Entonces el piloto viró y se dirigió hacia sus perseguidores, dividiéndolos y abatiendo a uno al mismo tiempo. Lanzamos vítores cuando el avión enemigo se incendió. Los alemanes podrían haber dejado que el caza regresara a su territorio, pero estaban empeñados en atraparlo. Los dos aviones realizaron un viraje y persiguieron al piloto soviético. Nos estaba prohibido ver combates aéreos, pero no podíamos apartar la vista de la batalla que estaba librándose en el cielo. Todo estaba en su contra, pero el piloto maniobró con mucha destreza y volvió a atacar a sus perseguidores de frente.

»Mi padre dijo: «No es un piloto cualquiera. Por eso no lo dejan escapar». Pero el avión soviético estaba condenado. Mi tío intuyó que estaba quedándose sin combustible o sin munición. Los dos aviones alemanes se acercaban, pero el piloto no pensaba caer sin realizar un último ataque. Vimos cómo viraba para acercarse por un costado y embestía a uno de los aviones enemigos, que acabó cayendo. Ahora solo quedaba un avión alemán, pero el soviético seguía perdiendo altitud. Se inclinó hacia delante y se precipitó hacia el suelo.

»Le grité que saltara, pero, por supuesto, era imposible que el piloto me oyera. Esperamos a ver si se abría la escotilla y salía despedido, pero no ocurrió nada. «Deben de haberle disparado», dijo mi padre apretando los dientes. «O se habrá quedado inconsciente cuando impactó en el otro avión.»

»Entonces vimos una figura saliendo de la cabina. Grité horrorizada, pero el paracaídas se abrió y el piloto aterrizó detrás de los árboles que hay al otro lado del río. El avión se estrelló en el bosque y el ruido se oyó por todo el valle. El suelo tembló bajo nuestros pies. El otro avión alemán sobrevoló la zona en círculos buscando como un halcón a su presa. Entonces volvió a ganar altura y desapareció. No sabíamos si el alemán había visto al piloto saltar en paracaídas, pero esperábamos que no.

»Mi padre quería ir en busca del piloto inmediatamente, pero mi tío se lo impidió. «No seas tonto. Si los alemanes te atrapan, te matarán. Espera hasta esta noche. Esos pilotos están entrenados para sobrevivir. Sabrá dónde esconderse», le dijo. «Si no está herido», se lamentó mi padre.

Olga hizo una pausa, mirando al cielo; los recuerdos la animaron. De perfil, a Orlov le pareció intuir cómo era de joven, observando la batalla en los cielos. Pese a su edad, había relatado la historia con precisión. Orlov estaba seguro de que era Natasha, aquel el osado piloto. Era una mujer cuando estaba entre sus brazos, pero en el cielo era un demonio. Muchos pilotos varones, incluido el propio Orlov, despreciaron a «la pequeña Natasha» cuando la destinaron al regimiento. Él no se oponía a la presencia de mujeres en las Fuerzas Aéreas, como hacían algunos de sus compañeros. Respetaba a aquellas que estaban dispuestas a poner en riesgo su vida para salvar a la madre patria. Pero, aunque creía que podían pilotar bombarderos competentemente y alcanzar objetivos militares, dudaba que tuvieran el instinto asesino y la astucia necesarios para el combate uno contra uno. Natasha le había demostrado que se equivocaba. Después de la batalla de Stalingrado, los hombres del regimiento dijeron, y no bromeaban, que se alegraban de que Natalia Azarova combatiera en el bando soviético: no habrían querido enfrentarse a ella en el aire. Por eso los alemanes estaban decididos a deshacerse de ella.

Olga continuó con la historia:

—Mi padre estaba agradecido a los soldados y pilotos soviéticos que luchaban por liberarnos y no habría dudado en dar la vida por salvarlos. Aquella noche, él y mi tío prepararon una bolsa con el poco pan que teníamos y un poco de vodka para llevárselo al piloto. Sin embargo, cuando se disponían a marcharse, irrumpieron en casa unos soldados alemanes. Al principio pensé que buscaban comida, pero al ver que volcaban las camas y lo sacaban todo de los armarios, y que luego iban a registrar el establo, estuvo claro que buscaban a alguien. Debía de ser el piloto, pensé. Me alegré, porque eso significaba que todavía no le habían atrapado. Pero, para nuestra consternación, llegaron varios altos mandos alemanes y se instalaron en casa a pasar la noche. Mi padre y mi tío tuvieron que demorar su viaje al bosque hasta la noche siguiente.

»Mientras los alemanes buscaban al piloto, mi tía estaba en la cocina. Acosté a los niños e intenté distraerme cosiendo. A primera hora de la mañana se oyó un ruido en el patio. Miramos por la ventana y vimos a mi padre y a mi tío de regreso. Llevaban algo. «Es el piloto —le dije a mi tía—. Debe de estar herido.» Pero, cuando entraron en casa, me di cuenta de que el piloto no solo estaba muerto, sino que era una mujer. «No podía dejarla en el bosque y que se la comieran los animales salvajes —dijo mi padre entre lágrimas—. ¡Mírala! Es solo una niña y ha dado la vida por nosotros.»

»Dejaron el cuerpo de la piloto encima de la mesa. Tenía el pelo y la cara cubiertos de sangre. Cogí un trapo y le limpié la cara. A pesar de la herida que tenía en la frente, se veía que había sido hermosa. «Parece un ángel», comentó mi tía. Incluso mi tío, que era un hombre muy severo, se conmovió. «La guerra no es cosa de mujeres —dijo—. Debería estar en casa creando vida, no quitándola.» Era su manera de expresar su tristeza. Con eso no quería decir que fuera un error que la joven defendiera a su país; lo eran las circunstancias que la habían llevado a hacerlo.

»Queríamos dar a la piloto un entierro digno, pero el sacerdote de la aldea había sido ejecutado una semana antes, por ayudar a los partisanos. Mi tío y yo le quitamos el uniforme y le pusimos mi vestido de boda, la única prenda blanca que tenía. No sabíamos qué más hacer, porque iba a salir el sol y era demasiado peligroso que nos descubrieran enterrándola. Mi tía recordó la cripta del cementerio. Pertenecía a una familia polaca que había abandonado la aldea mucho antes de la guerra.

»Mi tía se adelantó para cerciorarse de que no había nadie, y luego mi padre y mi tío abrieron la cripta y depositaron el cuerpo de la piloto sobre una repisa. Le puse sobre el pecho el casco de piel y el arma, que mi tío había encontrado al lado del cuerpo. Nos santiguamos y volvimos rápidamente a casa para rezar por su alma. Nuestra intención era dejarla en la cripta e informar a las autoridades soviéticas sobre el cuerpo si alguien venía a buscarla. Pero, días después, se produjo una batalla encarnizada en la aldea, cuando los soviéticos se enfrentaron a los alemanes para liberarnos. Mi padre y mi tío murieron. Había muchos más cuerpos y mucha tristeza a la que enfrentarse. La piloto cayó en el olvido hasta ahora.

Olga se quedó en silencio. Todo el mundo parecía mirar al suelo. La historia de la anciana les había llenado los ojos de lágrimas. Orlov nunca se había sentido más triste ni solo. Sin duda, cuando muriera, aparecería una necrológica en el periódico y se celebraría un funeral con todos los honores. El presidente pronunciaría un discurso. A Natasha la habían enterrado con sencillez, amor y devoción unos simples campesinos. Olga y su tía la habían vestido con las mejores ropas que poseían. La gratitud que habían mostrado por su sacrificio lo conmovió enormemente. No eran meras palabras. Lo sentían de verdad.

Ilia sacó una fotografía del bolsillo y se la mostró a Olga. Era una imagen en blanco y negro de Natasha, con el uniforme militar y el casco de piloto.

—¿Es esta la piloto? —preguntó Ilia a Olga.

Fekla cogió la foto y la sostuvo ante la anciana, que entrecerró los ojos.

—Sí, creo que es ella. O que podría serlo. Fue hace mucho tiempo..., y por aquel entonces no teníamos electricidad, solo una lámpara, y ella tenía la cara cubierta de sangre. —Olga estudió de nuevo la fotografía con la expresión de una anciana que ya ha presenciado demasiadas tragedias—. Sí, estoy segura de que es ella. Era bonita como esta joven.

—¿Dice que encontraron el casco y su arma al lado del cuerpo? —continuó Ilia—. ¿Y que tenía una herida en la cabeza?

Olga asintió.

Ilia y Orlov se miraron. Si no tenía puesto el casco, que era muy ajustado, es que Natasha debió de quitárselo. Eso significaba que no estaba muerta cuando tocó tierra. ¿Se pegó un tiro? Orlov sabía que las mujeres piloto tenían el pacto de que, si alguna vez corrían peligro de ser capturadas, se suicidarían antes de caer prisioneras. Los alemanes no solo las torturaban para arrancarles información; abundaban las historias sobre violaciones en grupo de prisioneras soviéticas. Aquella parecía la explicación más verosímil si Natasha tenía la pistola a su lado, no enfundada.

—¿Qué hicieron con su uniforme? —preguntó Ilia.

Olga pensó unos instantes.

—Lo quemamos. No queríamos que lo descubrieran los alemanes si volvían a registrar nuestra casa.

—¿Y su identificación?

Olga parecía confusa. Ilia le explicó que los miembros de las Fuerzas Armadas llevaban en el bolsillo una cápsula de baquelita con su nombre, el de sus familiares y el de su ciudad natal, todo escrito en un trozo de papel.

Olga pensó en ello.

—Sí, había una cápsula de esas —dijo—. No sabíamos qué era, pero creímos que sería importante, así que la envolví en el casco junto con la pistola.

—Natasha no habría llevado su identificación —terció Orlov.

Ilia lo miró socarronamente con una ceja arqueada.

—Era una superstición —explicó—. Natalia Azarova creía que, si llevaba su cápsula de identificación en combate, moriría. Solía dársela a su mecánica antes de subir al avión. Su mecánica era como una hermana para ella; se guardaba la cápsula en el bolsillo, junto a la suya, hasta que Natalia regresaba.

Ilia frunció el ceño.

—No lo habías mencionado nunca, Valentín.

Orlov torció el gesto.

—Tenía que discutir con Natalia Azarova por cada formalidad, pero era tan firme que hacía oídos sordos.

Por la descripción de la batalla, ya te imaginarás lo gran piloto que era, pero era tozuda como una mula. Yo era estricto con las identificaciones, pero hay que entender que llevarla no es una política formal de las Fuerzas Aéreas, como lo es ahora, o como lo era entonces en los ejércitos alemán y británico. Era una decisión personal.

Ilia se volvió hacia Dimitri.

—¿Alguien ha abierto la cripta desde que depositaron el cuerpo allí?

Dimitri sacudió la cabeza.

—Que yo sepa, no. Después de la guerra, el cementerio no se volvió a utilizar. Puedo llevarles allí ahora mismo, para que lo vean con sus propios ojos.

El viejo cementerio del pueblo estaba cerca de la granja atravesando unos campos y un bosque. Estaba cubierto de limeros y la descuidada hierba se elevaba por encima de las lápidas y las cruces ortodoxas. Algunas tumbas estaban rodeadas de vallas de hierro que se habían oxidado y hundido con el paso de los años. Hacia la parte posterior del cementerio había una cripta de piedra con un tejado abovedado de cobre que había verdecido con el tiempo.

Los hijos y vecinos de Dimitri habían seguido al grupo hasta el cementerio; incluso los perros los acompañaban. Orlov recordó que la gente del campo lo hacía todo en grupo. Sin embargo, agradeció que los curiosos se quedaran fuera del cementerio en señal de respeto. Ahora, la cripta era el escenario de una investigación.

Dimitri caminaba delante de Orlov e Ilia, apartando la hierba con un palo, para ahuyentar a las serpientes que pudieran acechar por allí. Pero a Orlov no le preocupaba que lo mordieran. No dejaba de mirar la cripta. Ambos lados de los escalones que conducían a la puerta de hierro estaban custodiados por estatuillas de ángeles.

Sobre la cúpula se erguía una cruz católica de bronce, ahora deslustrada y torcida. Era una tumba elaborada para tratarse de aquella región del país. Según Olga, pertenecía a una familia polaca que había abandonado el lugar. Orlov se preguntaba si se habían marchado voluntariamente o si habían desaparecido durante los años de la colectivización, cuando se confiscaron las propiedades a los terratenientes adinerados, que tuvieron que exiliarse a zonas remotas.

La puerta de hierro de la cripta chirrió en sus oxidados goznes cuando Dimitri la abrió. La puerta de madera que encontraron dentro estaba podrida e hinchada, y no cedía, así que pidió permiso a Ilia para romperla.

—No parece haber alternativa —coincidió Ilia.

Orlov creía que Dimitri iría a la granja a buscar un hacha, pero lanzó un grito de sorpresa cuando el campesino dio un paso hacia atrás y arremetió con el hombro contra la puerta. La madera se astilló. Tras dar un nuevo paso hacia atrás, Dimitri le dio una patada. La puerta cayó hacia dentro y los hombres contemplaron la oscuridad de la cripta.

Dimitri se apartó e Ilia entró. Orlov dudó, reuniendo valor como hacía antes de entrar en combate. En el interior de la cripta el aire era húmedo. Tardó unos segundos en adaptarse a la oscuridad. Entrecerró los ojos y delante de él vio un ataúd con la tapa quitada. Si en su día había contenido un cuerpo, ahora solo había polvo. En la estantería situada encima había otro ataúd igual de decrépito.

Se dio la vuelta y vio a Ilia junto a algo. A Orlov se le doblaron las rodillas. Natasha yacía sobre una repisa de piedra, vestida de blanco, con el cabello rubio deslizándose junto a su cara. Su piel era tan luminosa como la última vez que la vio. Se volvió hacia él y sonrió con sus gruesos labios rojos.

Entonces parpadeó y se dio cuenta de que no era eso

lo que estaba viendo. Sobre la repisa, con jirones de ropa pegados a las costillas y a los huesos de la cadera, había un esqueleto. Tenía los brazos cruzados encima del pecho y debajo de las manos se apreciaba un trozo de tela mohoso y una pistola oxidada. Ilia sacó una linterna del bolsillo e iluminó la calavera sin cabello, con la boca abierta y los dientes amarillos.

—Hay dos agujeros en el cráneo —comentó—. Coincide con lo que nos contó Olga.

Orlov apenas le oía. Estaba recurriendo a toda su fuerza de voluntad para no caer de rodillas. Todo indicaba que los restos eran de Natasha, pero, según Olga, la piloto llevaba su cápsula de identificación. Eso le hacía dudar.

Ilia iluminó el esqueleto con la linterna: la columna vertebral y las extremidades estaban intactas. Volvió a enfocar la calavera para examinar más detenidamente los agujeros. Tocó el cráneo y notó algo que se movía.

—¿Qué es esto?

Enfocó con la linterna lo que al principio le pareció una bala, pero, en realidad, era la cápsula de identificación. Ilia se preguntó si debía abrirla. A diferencia de las chapas grabadas que utilizaban los ejércitos alemán y británico, las cápsulas soviéticas no eran herméticas ni impermeables. En algunas excavaciones, Ilia y Orlov habían abierto las cápsulas y solo habían encontrado polvo en su interior.

Ilia miró a Orlov. Aunque la abrieran en condiciones idóneas en un laboratorio, no había garantía de que el papel no fuera a desintegrarse.

Orlov tenía que saberlo. ¿Era Natasha o no?

—Ábrela —exhortó.

Tuvo la sensación de que se le paraba el corazón cuando Ilia desenroscó la cápsula y utilizó las pinzas de su navaja suiza para abrir cuidadosamente el papel. Parecía estar intacto. Ilia leyó la información y respiró hondo antes de volverse hacia Orlov.

—Es suya. Natalia Stepanovna Azarova, de Moscú. Hija de Sofía Grigorievna Azarova.

A Orlov se le acumuló la sangre en las orejas. Era la identificación de Natasha. ¿Por qué la había llevado consigo aquel día? ¿Estaba tan molesta por lo que le había dicho que olvidó dársela a Svetlana? ¿O la cogió deliberadamente porque quería morir en aquella misión?

Salió tambaleándose de la tumba. Necesitaba un poco de aire.

Dimitri, que estaba cerca de las escaleras fumando un cigarrillo, se volvió hacia él.

—¿Se encuentra bien?

Natasha había desaparecido hacía cincuenta y siete años, pero la tristeza que atenazaba a Orlov seguía muy viva. Sintió unas ganas inmensas de rendirse a las lágrimas que se le acumulaban en los ojos, pero controló sus emociones.

—La hemos encontrado —dijo—. Es Natasha Azarova.

Notó un mareo y se sentó en los escalones. Ilia salió de la cripta y le puso una mano a Orlov en el hombro.

—Bien hecho, amigo mío. Tu determinación ha sido recompensada. Has hecho algo honorable por tu piloto. Ahora la podremos enterrar con honores y borrar cualquier calumnia.

Ilia se volvió hacia Dimitri y le explicó que cerrarían la cripta e informarían a la policía local. Una vez que regresara a Orël, llamaría al Ministerio de Defensa para que pudieran recoger el esqueleto. Dimitri se fue a contar a sus hijos y vecinos, que seguían esperando fuera del cementerio, lo que había pasado. Su pequeña aldea estaba a punto de hacerse famosa.

—¿Eso es todo? —le preguntó Orlov a Ilia, todavía incapaz de creer que la larga búsqueda hubiera concluido—. ¿El Ministerio de Defensa no querrá realizar pruebas forenses para tener una confirmación absoluta?

Ilia sacó un cigarrillo del bolsillo y lo encendió.

—Un antropólogo forense podrá saber la edad del esqueleto y cuánto tiempo lleva en la cripta. Natalia Azarova era una joven sana sin deformidades. El esqueleto lo confirma. Pero, como no tiene familiares con los que cotejar el ADN del esqueleto, tendrán que ceñirse a pruebas circunstanciales y decidir qué hacen con ellas. Con la localización del avión, la cápsula de identificación, el esqueleto y el testimonio de Olga, esperemos que el Kremlin confirme que hemos encontrado los restos de Natalia Azarova. Eso dependerá del estado de ánimo de los poderes fácticos.

Orlov apartó la mirada.

—Valentín —dijo Ilia comedidamente—, la hemos encontrado. Sabes que es así. Todo encaja.

Orlov sintió un dolor en el pecho. Asintió. «Bebe un vaso de vino amargo por el amigo caído.» Aquellas palabras de la canción favorita de Natasha resonaban en su cabeza.

Entonces Ilia dijo algo que volvió a ponerlo todo patas arriba.

—Hay algo que me confunde. Cuando Olga describió el cuerpo de la piloto y dijo que se encontraron el casco y la pistola al lado, di por sentado que Natalia Azarova se había pegado un tiro para evitar que la capturaran.

Orlov sintió un escalofrío por la nuca.

—Sí, continúa.

—Bueno, yo estudio aviones, no personas, pero, por lo que veo, las lesiones del cráneo no encajan con una herida autoinfligida. El agujero de la parte delantera del cráneo es más grande que el de la trasera, y está situado más abajo, lo cual indica que alguien le disparó por detrás y a cierta altura.

Orlov se sobresaltó. Los pensamientos se arremolinaban en su cabeza.

—¿La ejecutaron? Pero eso no tiene sentido. Una piloto tendría información que interesaba a los alemanes. Deberían haberla llevado ante el comandante del regimiento de las fuerzas aéreas más cercano para interrogarla, no ejecutarla allí mismo.

—No tiene sentido que los alemanes la mataran —coincidió Ilia, con la mirada perdida—. Pero la única persona que puede responder nuestras preguntas es la que la mató.

Trece

Moscú, 2000

Lily añadió a las setas el arroz y la cebolla salteada. Lo mezcló todo. Sacó la masa de la nevera, la enrolló y la cortó en trozos pequeños; luego los aplanó con un rodillo. Preparar el *pelmeni* de setas de su abuela era una de sus maneras de relajarse. Se alegraba de que fuera viernes por la noche. La sorprendió que, tras la muerte de Kate, las cosas en la oficina hubieran vuelto tan rápido a la normalidad. Se notaba que Scott estaba triste y que había organizado un viaje a Inglaterra para ofrecer las condolencias del hotel en el funeral, pero, aparte de eso, todo continuó como si nada. Habían contratado por agencia a un empleado temporal bilingüe para que ayudara al Departamento de Ventas con las labores administrativas. Mary no volvió a mencionar a Kate ni a Richard. Tras un par de días desolado, había vuelto a gastar bromas por toda la oficina y a reenviar correos humorísticos. A Lily le resultaba imposible creer que alguien tan popular como Kate pudiera caer en el olvido tan pronto.

Cuando los *pelmeni* estuvieron listos para cocinarlos, sacó tres platos del armario y colocó cubiertos en la mesa. «Pobre Rodney», pensó. Estaba tan destrozado por la muerte de Kate que había regresado a Inglaterra y había pedido a sus amigos que cerraran sus asuntos en Rusia. Decía que no quería volver a aquel país, del cual tenía tantos recuerdos felices, borrados todos de un horrendo plumazo. Lily dobló las servilletas. Sabía que todo el mundo esperaba que Rodney, que tenía solo veintiséis años, acabara encontrando el amor otra vez. Se detuvo a media acción al recordar lo que le había dicho la madre de Adam en el funeral: «Tú seguirás con tu vida y, en un año o dos, conocerás a otra persona. Pero, para nuestra familia, la tristeza durará para siempre».

Shirley había sido como una segunda madre para Lily y juntas cuidaron de Adam durante su enfermedad. Pero, tras su muerte, Shirley no podía soportar verla. Fue demoledor que la echaran tan fríamente de la familia de Adam, justo cuando más los necesitaba.

«¡Mrrr!»

Lily vio a *Mamochka* sentada a sus pies. La gata nunca se había acercado tanto a ella.

Desde que se mudaron al piso de Yulian, que era más espacioso, *Mamochka* había dejado de esconderse, pero no se dejaba tocar por nadie. Estiró la pata hacia el pie de Lily, que extendió la mano para que pudiera olerle los dedos.

—Buena chica —dijo.

Sabía que para *Mamochka* era un acto de valentía y no quería acariciarla. Debía ganarse su confianza poco a poco.

Lily miró hacia la habitación donde Babushka descansaba en la cama con *Laika*. Con los invitados extra, Lily se alegraba de que Oksana le hubiera dejado utilizar el piso vacío de Yulian. Al igual que el suyo, estaba decorado con el abigarrado estilo ruso —papel de pared de color verde azulado y varios muebles blancos laminados—, pero el salón era cuatro veces más grande. Lily podía tumbarse en el sofá cuando dormía en él.

—Tengo un poco de ternera cruda para *Laika* —le dijo Lily a Babushka, y colocó el plato debajo de la ventana del dormitorio, junto al cuenco de agua de la perra—. Oksana vendrá a cenar con nosotras. Está tan ocupada cuidando gatitos enfermos que no tiene tiempo para cocinar.

Laika saltó de la cama para comer. Babushka miraba hacia la pared, como si no hubiera oído nada de lo que decía Lily. A menudo, Babushka estaba perdida en su propio mundo, según había descubierto Lily. ¿Era la edad u otra cosa?

Alguien llamó a la puerta. Lily supuso que se trataba de Oksana y se sorprendió al ver a Luka, el veterinario, esperando en el pasillo con una camisa negra y vaqueros.

—Hola —dijo—. Traigo medicamentos para los gatos de Oksana. Estaba dando de comer a un gato con una jeringuilla y no podía abrir la puerta, así que me ha pedido que te los deje a ti.

Lily estaba tan sorprendida de verlo que cogió el paquete de medicinas sin decir nada. Luka miró hacia la mesa.

—Estabas a punto de cenar. No te entretengo.

En la familia de Lily, era de mala educación no ofrecer nada a una persona que apareciera a la hora de comer. Aunque no esperaba compañía, tenía que preguntar.

—¿Te gustaría quedarte? Tengo muchos *pelmeni*.

Antes de que pudiera responder, Oksana salió del ascensor con una botella de vino en la mano.

—¿Cómo está la gata? —le preguntó Luka.

—Ha comido bien. Ahora está durmiendo encima de una esterilla eléctrica. Gracias por no cobrarme por atender a *Artemisa* y *Afrodita*, por cierto.

—Es un placer. Puedes destinar ese dinero a alimentar a los gatos de la colonia —se volvió hacia Lily—.

Gracias por la invitación a cenar, pero soy vegetariano y no quiero imponerme.

—Tú serías incapaz de imponerte, cariño —dijo Oksana, que le hizo entrar—. Además, Lily prepara los *pelmeni* con setas.

Lily ayudó a Babushka a sentarse a la mesa y dejó que Oksana le presentara a Luka, mientras ella iba a la cocina a hervir agua para los *pelmeni*.

—Es un buen amigo de la familia —oyó a Oksana decirle a Babushka—. Lily me ha cedido amablemente su habitación porque no tengo espacio en mi piso.

Lily puso los *pelmeni* en agua. Oksana era inteligente. Había dado una explicación que no suscitaría demasiadas preguntas.

Lily volvió a la mesa y sacó unas copas de vino.

—¿Y no te da miedo buscar muertos? —le preguntó Oksana a Luka.

—En absoluto —respondió—. Mi abuelo no regresó de la guerra y mi abuela murió con la esperanza de que apareciera algún día. No logré averiguar qué le había ocurrido, pero, tras una excavación, pude devolver a un hombre la palanca que manejaba su padre cuando lo abatieron, en 1942. El hombre se puso a llorar. «Mi padre sostuvo esto», dijo. Me dio las gracias por proporcionarle un vínculo con un hombre que había muerto antes de que él naciera.

—Por tanto, tu búsqueda de reliquias es una labor sanadora —intervino Oksana mientras servía el vino—. Reconfortas a otros seres humanos. No es casualidad que tus padres te pusieran el nombre del médico de la Biblia.

Lily volvió a la cocina, sirvió los *pelmeni* y añadió eneldo y nata agria.

—¡Umm, qué bien huele! —dijo Luka cuando le puso la ración delante.

—Me ha dicho tu tío que eres un excelente cocinero —terció Oksana.

Luka se encogió de hombros.

—Exagera, pero he aprendido algunas cosas de mi madre, que sí es muy buena cocinera.

Babushka cogió el tenedor. Lily se sorprendió cuando Luka se levantó para acercar la silla de la anciana a la mesa. Sabía por experiencia que los hombres con un físico excepcional solían ser insensibles con los demás, pero Luka parecía lo contrario.

Lily se sentó a la mesa.

—¿Sabes bailar salsa? —le preguntó Oksana—. Luka va a bailar con sus amigos varias veces por semana. Deberías ir con ellos.

Lily miró a Oksana con recelo. Tenía que saber que Lily no estaba preparada para salir a bailar con hombres atractivos.

—Solo necesitas los pasos básicos para pasártelo bien —dijo Luka—. El resto queda en manos del hombre. Puedo enseñarte.

Lily sonrió con incomodidad. Había asistido a clases de salsa con Betty porque Adam pensaba que el baile latino era «demasiado femenino» para él. Ahora, la idea de la animada música sudamericana y la gente ligera de ropa no la atraía.

Babushka dejó el tenedor encima de la mesa y se volvió hacia Lily.

—Cuando te prestaba atención, era como si la luz del cielo te iluminara —dijo—. Pero cuando era frío, te envolvía la oscuridad.

Lily esperó a que añadiera algo más, pero ella se concentró en la comida. Lily miró a Oksana.

—A veces Babushka se aturulla un poco —le susurró Oksana a Luka. En voz más alta, le preguntó—: ¿Y cómo están *Valentino* y *Versace*?

Lily se sintió aliviada de que la interrupción hubiera distraído a todo el mundo del tema de la salsa.

—¡Ah, fantásticamente! —respondió Luka—. Zigzaguean, se pisan, dan vueltas y arrastran sus pelotas de juguete como jugadores de fútbol profesionales.

—¿Quiénes son *Valentino* y *Versace*? —preguntó Lily.

—Los gatos de Luka —respondió Oksana.

Cuando todo el mundo hubo terminado de comer, Lily recogió los platos vacíos de la mesa y los llevó a la cocina. Entonces se le ocurrió algo y se detuvo antes de llegar al fregadero. ¡Claro! Ahora todo tenía sentido con Luka: la ropa vistosa, el baile, la cocina, dos gatos que se llamaban *Valentino* y *Versace*. ¡Era *gay*! No es que Oksana estuviera siendo insensible. Simplemente, intentaba que Lily saliera con gente de su edad.

En ese momento, Luka apareció en el umbral.

—Siento tener que irme tan temprano —dijo—. Mañana doy una conferencia y tengo que terminar la presentación.

—Déjame que te acompañe —dijo Lily, que lo veía con nuevos ojos. ¡Por supuesto! Era demasiado perfecto en todos los sentidos para ser heterosexual.

—Entonces, ¿te gustaría venir a bailar salsa la semana que viene? —preguntó Luka al salir al pasillo—. ¿Puedo recogerte el jueves a las siete?

—Claro —dijo Lily.

Ahora que sabía que a Luka no le interesaban las mujeres, la invitación no resultaba amenazadora. Después de la generosa ayuda que estaba prestando a Oksana, no quería parecer una borde. Lo despidió con la mano cuando desapareció en el ascensor.

—¿Te importa si enciendo la tele? —preguntó Oksana cuando Lily cerró la puerta—. Van a hablar del juicio sobre las obras de Zamoskvorechie. Si les dan luz verde, tendremos que sacar de allí a esos gatos.

—Claro —respondió Lily.

Fregó y secó los platos de la cena, los guardó en el armario y puso la tetera a hervir. Le llegaba el sonido de las noticias mientras preparaba té y servía frutos secos en un plato. Luego bajó el volumen. Lily dejó una taza de té delante de Babushka y fue a ayudar a Oksana con el mando.

—A veces, el sonido va y viene —dijo—. Debe de haber un cable suelto. Vuelvo dentro de un momento.

El sonido volvió un segundo después. En pantalla apareció una imagen que Lily reconoció. Era la fotografía en blanco y negro de la piloto sobre la cual había leído en *The Moscow Times*, la chica cuyo avión había sido recuperado:

> El Kremlin ha anunciado hoy que el cuerpo hallado en Orël Oblast corresponde al de la heroína de guerra desaparecida Natalia Azarova. Desde la desaparición de la piloto en 1943, la historia ha estado rodeada de controversia.

Entonces apareció la imagen de un hombre de mediana edad con una chaqueta de color beis y las palabras «Ilia Kondakov: arqueólogo aéreo» destacadas en la parte inferior de la pantalla. Junto a él se veía a un caballero de aspecto distinguido con uniforme militar y varias hileras de medallas en el pecho.

> La dedicación y la persistencia del general Valentín Orlov en la búsqueda del avión y el cuerpo de Azarova halla, por fin, recompensa. Gracias a su fe en la lealtad de su escolta, su nombre será lavado y sus restos recibirán un sepelio digno.

La cámara volvió al presentador.

> Según las averiguaciones del Kremlin, tras sobrevivir a un salto en paracaídas desde su avión, Natalia Azarova recibió un disparo a bocajarro desde atrás, el método de ejecución militar habitual por aquel entonces. Sin embargo, los altos mandos alemanes sostienen que no poseen confirmación de que Nata-

lia Azarova fuese capturada o ejecutada. El oficial al mando de la unidad del aire alemán destinado en la zona en aquel momento murió en julio de 1943, cuando fue abatido por el general Orlov. Por tanto, aunque ahora se han recuperado su avión y su cuerpo, el autor de la muerte de Natalia Azarova sigue siendo un misterio.

Lily y Oksana se sobresaltaron al oír ruidos de cerámica rompiéndose y se volvieron hacia la mesa del comedor. Babushka se había levantado de la silla con la cara pálida como un fantasma. Su taza de té y el platillo estaban hechos pedazos en el suelo.

—Dios mío —gritó Lily dirigiéndose hacia ella. Creía que la anciana estaba sufriendo un infarto—. Llama al doctor Peshenko —dijo a Oksana—. Y coge una aspirina del lavabo.

Lily consiguió tumbar a la mujer. Pero Babushka la apartó con más fuerza de la que esperaba.

—No, espera —le dijo Lily a Oksana—. Solo está llorando.

Babushka se puso de rodillas con lágrimas saliéndole a borbotones.

—Nunca os prometáis nada. Eso es lo que decía todo el mundo. Pero nos creíamos invencibles.

Se echó a llorar aún más. Oksana se agachó y la agarró de los hombros.

—¡Escuche! —dijo con el mismo tono amable pero firme que empleaba con los gatos que se portaban mal—. Ya basta de este juego. ¿Es consciente de que está usted muy enferma y de que esta joven —señaló a Lily— la ha acogido en su casa? Queremos ayudarla, pero tendrá que decirnos cómo se llama. Tiene que contarnos qué le pasó. Esa sería la manera decente de tratarnos después de todo lo que hemos hecho por usted... y por *Laika*.

El llanto remitió. La anciana frunció los labios como

si tratara de recordar una palabra que no había pronunciado desde hacía años. Miró a Oksana y después a Lily.

—Me llamo Svetlana Petrovna Novikova —dijo al cabo de un momento—. Fui la mecánica de Natalia Azarova durante la guerra. Sé exactamente cómo murió.

Catorce

Moscú, 1939

La prueba para el Conservatorio de Moscú salió de maravilla. Canté el *Aria de la carta,* de Eugenio Oneguin, que era larga y compleja, y algunas canciones rusas clásicas. Pero después me llamaron a la oficina del administrador para que me personara ante un hostil tribunal de examinadores.

—¿Por qué nos ha hecho perder el tiempo? —preguntó el examinador principal, que lanzó la carta de recomendación de Bronislava Ivanovna encima de la mesa—. Su padre era un enemigo del pueblo —dijo—. No hay sitio aquí para los hijos de la escoria.

Quise responder que el mismísimo camarada Stalin había dicho que el hijo no tiene que pagar los pecados del padre, pero, puesto que papá era inocente, me limité a levantarme y me marché.

Era humillante que yo, que amaba tanto a la Unión Soviética, fuera tratada con desconfianza y desprecio. El tiempo que había pasado desde la muerte de mi padre me había cambiado. Ya no era la chica frívola de cuando tenía quince años. La única manera de volver a entrar en la sociedad era convertirme en la ciudadana más brillante de todos.

Solicité trabajo en la planta siderúrgica y en la fábrica de porcelana para mejorar mis credenciales proletarias, pero en ambos lugares me rechazaron. Sin embargo, me negaba a rendirme. En esta ocasión, cuando rellené la solicitud y llegué a la sección que preguntaba a los aspirantes si alguno de sus parientes había sido detenido por delitos contra el Estado, dejé el espacio en blanco. Para mi sorpresa, me dieron un puesto como operaria de la máquina remachadora.

—Aquí viene la guapa de la fábrica —dijo una mañana Román, el capataz, cuando llevaba una semana trabajando allí—. Nunca he visto a nadie tan atractivo con el mono puesto.

Román era un veinteañero de cabello y cejas rubios. Tenía incluso vello rubio en el pecho y los brazos. Me había dado cuenta de que les gustaba a varias chicas de la fábrica. Sonreí con coquetería y dije:

—Gracias, Román.

Puede que me hubiera vuelto una persona seria, pero, para mí, el aspecto era más importante que nunca. No eran la vanidad infantil o un deseo de emular a Valentina Serova lo que me hacía prestar más atención a mi atuendo. Era un mecanismo de defensa. Con el pelo decolorado, la cara empolvada y los labios pintados de rojo, podía esconderme detrás de una poderosa máscara de feminidad. *Pravda* había dicho que la mujer soviética perfecta no solo era fuerte física y mentalmente, sino también femenina y atractiva. Si esa era la soviética ideal, estaba decidida a convertirme en ella.

—¡Zorra! —farfulló Liuba, que montaba motores, cuando pasé junto a ella.

¿Pensaba Liuba que su pelo grasiento y su piel deslucida la convertían en una buena comunista? Puede que Lenin hubiera estado de acuerdo, pero Stalin no. Había decretado una norma según la cual los buenos ciudadanos debían prestar atención a su aspecto e higiene personales.

Mi madre y mi hermano también se negaron a dejarse aplastar por la pérdida de estatus. Alexánder trabajaba de yesero y solador en las nuevas estaciones de metro que estaban construyendo. Salía cada mañana a las cuatro con el mono y las botas. Mi madre consiguió un puesto en el Comité de Artistas de la Ciudad de Moscú. El comité creaba retratos de los líderes soviéticos, que se colgaban en fábricas y oficinas, y que también empleaban como pancartas para los desfiles. Cuando Stalin le dijo al líder del comité que le gustaban los retratos que pintaba mi madre de él —siempre le infundía una expresión benevolente y un aura divina—, mamá se convirtió en una especialista en imágenes del líder. No lo veía más que como una oportunidad, pero yo estaba convencida de que Stalin sabía que la artista era mi madre. Como era demasiado tarde para salvar a mi padre, exigir que fuera ella quien pintara sus retratos era su manera de ayudarnos. Cuando se lo dije a mamá, cambió rápidamente de tema. Era demasiado humilde para creer que estaba recibiendo una atención especial. Pero recordaba el afecto con el que Stalin trató a papá en la recepción celebrada en el palacio del Kremlin y sabía que era cierto.

Gracias a nuestros ingresos, Zoya podía seguir haciendo cola para conseguir comida y otros productos.

Lo que me dolía era no poder volar. Mientras remachaba el interior de las alas de los aviones, pensaba en quiénes los pilotarían. El año anterior, mis heroínas, Marina Raskova, Polina Osipenko y Valentina Grizodubova, habían batido otro récord de larga distancia cuando volaron desde Moscú hasta Komsomolks, en el este. Stalin las había nombrado heroínas de la Unión Soviética. Eran las primeras que lo conseguían. Cómo anhelaba aquel reconocimiento. Me imaginaba a Stalin prendiéndome la medalla y a mí diciéndole que todavía conservaba los zapatos de baile y el broche de zafiro que me había regalado.

Mi decepción fue enorme cuando, una mañana, vi un libro asomando de la bolsa de Román al llegar al trabajo.

—¿Qué es eso? —pregunté.

Román me dedicó su habitual sonrisa resplandeciente.

—Es un manual de instrucciones para saltos en paracaídas. La fábrica tiene un club de aviación afiliado. Deberías apuntarte.

Se me cayó el alma a los pies.

—No puedo.

—¿Por qué no? —preguntó Román—. A mí me pareces apta.

Para unirme a un club asociado a la fábrica, sobre todo de tipo paramilitar, tenía que ser miembro del Komsomol, la división juvenil del Partido Comunista. No era obligatorio, pero quien se tomara en serio el convertirse en un buen ciudadano soviético y prosperar, se hacía miembro. Como hija de un enemigo del pueblo, la única manera de conseguirlo era denunciar públicamente a mi padre. En una ocasión, mamá me había dicho que debía condenar a mi padre para disfrutar de las ventajas de pertenecer al Komsomol. «Natashka —dijo entre lágrimas—, papá lo habría entendido. Él ya no está, pero tú tienes que sobrevivir. No, no solo sobrevivir; debes prosperar. El hecho de que lo critiques con tus palabras no significa que reniegues de él con tu corazón.» Pero, por más fuerte que fuera mi deseo de triunfar, era incapaz de traicionar a mi padre.

—No tendrás miedo ¿no, Natasha? —bromeó Román.

No podía contarle por qué no podía unirme: había mentido —o, al menos, omitido información— sobre mi padre en la solicitud de trabajo.

—Sí, me dan miedo las alturas —repuse.

—¡Mentira! —Román acercó su cara a la mía—. Ya sé por qué no puedes unirte. No quieres denunciar a un familiar. ¿No es así?

¿Cómo lo había intuido? El corazón me latía a toda velocidad. Estaba en apuros. Me arrepentía de haber preguntado por el manual.

—¡Olvídalo! —dije con la esperanza de terminar la conversación y volver al trabajo.

—Puedes unirte al Komsomol, Natasha, y no tienes que denunciar a nadie. Te lo prometo.

Lo miré con desconfianza.

—¿Cómo es posible?

Román sonrió.

—Porque soy el presidente del Komsomol. Me aseguraré de que eso no ocurra.

Román cumplió su palabra. Cuando me uní al Komsomol de la fábrica, no me hicieron ninguna pregunta sobre mi pasado. Por el contrario, me alabaron por mi trabajo. Hice mi juramento de fidelidad a la Unión Soviética con verdadero sentimiento; cuando me entregaron el carné y vi que no había más requisitos, sonreí a Román.

—Ahora saltaremos juntos en paracaídas —dijo, dándome una palmada en la espalda.

Me entusiasmaba más la idea de volar que la de saltar de un avión. A los que formábamos parte del club aeronáutico de la fábrica se nos exigía que aprendiéramos a doblar un paracaídas y que observáramos varios saltos de paracaidistas experimentados antes de poder participar.

Cuando por fin nos llegó el turno de subirnos a un avión, Román me dio un leve codazo y señaló con la cabeza a Liuba, que estaba lívida.

—Ahora no es tan dura, ¿eh? —susurró.

Por la atención que me prestaba Román resultaba obvio que estaba coqueteando. Era un hombre divertido y honesto, y me caía bien, pero no le quería. Si fuera una de esas mujeres que podían pensar en el matrimonio de forma interesada, habría sido una buena elección para mí. Sus orígenes proletarios habrían mejorado mi estatus. Pero, si bien había aprendido a pensar interesadamente en muchas cosas, el amor no era una de ellas. Si iba a casarme con Román, necesitaba sentir pasión, no solo afecto.

El avión rebotó y se balanceó por la pista antes de despegar. Aunque se interponía la cabeza de Román, estar en el aire y rodeada del cielo azul me llenaba de alegría.

Los hangares del club aeronáutico se fueron haciendo cada vez más pequeños, hasta que el avión se ladeó y el instructor anunció que había llegado el momento de la verdad. Román fue el primero y gritó a pleno pulmón cuando saltó al vacío. Yo fui la siguiente.

Me precipité en caída libre y conté hasta tres, tal como nos habían enseñado, antes de tirar de la anilla. Durante unos segundos aterradores no ocurrió nada, pero entonces se abrió el paracaídas y se llenó de aire. El viento empujándome y la imagen de los campos que se extendían más abajo me llenaron de paz. No fui consciente de lo rápido que caía, incluso con el paracaídas abierto, hasta que me acerqué al suelo. El campo pareció elevarse de repente. Flexioné las rodillas para evitar lesiones, pero el aterrizaje fue torpe: me fallaron las extremidades y el paracaídas me arrastró hasta que pude recuperar el equilibrio. No fue un final elegante para el salto, pero estaba convencida de que llegaría a dominarlo.

Los otros paracaidistas salpicaban el cielo y los saludé antes de volver a fijar mi atención en el avión. El piloto volaba en círculos, preparándose para regresar a la pista. El resto del grupo tal vez se contentaba con saltar en paracaídas, pero la experiencia de estar en el aire había vuelto a alimentar mi deseo de volar. En un acto de osadía, remití una solicitud al club para formarme como piloto. Román redactó una recomendación e incluí mi partida de nacimiento y mis certificados académicos. Luego tuve que pasar un examen médico, que tan solo consistió en sacar la lengua y someterme a una prueba de audición y otra de visión. Me declararon apta para el entrenamiento. El siguiente paso era personarme ante el comité de credenciales, que estaba integrado por altos mandos de las Fuerzas Aéreas soviéticas. Me pidieron que determinara la latitud y la longitud de varias ciudades sobre un mapa. Luego me hicieron un examen de geografía y me formularon preguntas extraídas del libro de teoría de vuelo. Respondí a todo con confianza.

—Trae recomendaciones excelentes de la fábrica de aviación —dijo un alto mando a los demás—. Es bueno contar con pilotos que saben cómo está hecho su avión.

La entrevista prosiguió sin incidentes hasta que uno de los altos mandos me preguntó por mi familia. ¿Quién era mi padre y a qué se dedicaba? Entonces volvieron los recuerdos del desprecio manifestado por la junta de examinadores del conservatorio. Noté que me temblaba el labio e intenté desviar la atención hacia mi madre y mi hermano, que se dedicaban a tareas patrióticas. «Si vas a contar una mentira, tienes que aferrarte a ella hasta el final», solía decir papá. ¿Adónde me llevaría aquella falsedad? Una cosa era engañar a un encargado de una fábrica o incluso al Komsomol, y otra bien distinta mentir al Ejército. Para mi alivio, uno de los oficiales tuvo que atender una llamada telefónica, momento en el que se interrumpió la entrevista. A su regreso, el tema de mi familia pareció caer en el olvido.

—¿Cuándo puede empezar la formación, camarada Azarova? —preguntó el alto mando que lideraba el comité.

—Ahora mismo —repuse.

Cerró mi carpeta y me sonrió.

—Entonces puede empezar el sábado que viene.

«Ya está. Mi sueño por fin se convierte en realidad», pensé.

Los que queríamos ser pilotos nos entrenábamos con biplanos U2, que se empleaban a un tiempo como aviones fumigadores y militares. Durante la formación práctica, nos sentábamos detrás; el instructor iba delante, hablando con nosotros a través de un micrófono. Mientras el instructor manejaba los controles, el estudiante imitaba sus maniobras tocando ligeramente unos mandos idénticos situados en la parte posterior. Disfrutaba de cada uno de los momentos que pasaba en el aire. Nunca tuve miedo de estrellarme; en cambio, me aterraba que alguien investigara mi historial exhaustivamente y me expulsaran del club aeronáutico.

Sin embargo, los meses de teoría y viendo al instructor virar, descender y ascender transcurrieron sin incidentes. Sin apenas darme cuenta, ya llevaba el mono, el casco y las gafas de Osoaviajim para emprender mi primer vuelo en solitario.

Los estudiantes se alinearon en el aeródromo y observaron mientras ataban un saco de arena donde solía sentarse el instructor, para equilibrar el avión. Entonces el instructor gritó: «¡Azarova, al avión!».

Me sorprendió que me eligiera la primera, pero avancé sin titubear y entré en la cabina.

—Ahora hazlo todo exactamente como lo has estado haciendo conmigo —indicó el instructor.

El mecánico empujó la hélice para poner en marcha los cilindros.

—Arranca el motor —me dijo el instructor.

El mecánico volteó con fuerza la pala y se apartó cuando la hélice empezó a girar y el motor cobró vida. Entonces quitó las calzas de las ruedas y dirigí el avión hacia la pista. Todos los instrumentos parecían repiquetear y vibrar más fuerte que cuando pilotaba con el instructor.

Me dieron la señal de despegue: cuando el avión se elevó y el suelo fue alejándose, mi visión del cielo era despejada. En aquel momento, la tristeza de los dos últimos años se disipó y noté la alegre presencia de mi padre. Habría estado orgulloso de mí. Nivelé el aparato y me impregné de la belleza de los campos, las granjas y los ríos; luego realicé el patrón en cuadro que exigía el examen y demostré mis giros. Después aterricé con suavidad y volví al hangar.

El instructor se dirigió hacia mí y sostuvo el ala, corriendo junto al avión.

—¡Bien hecho, camarada Azarova! —dijo—. Para usted, volar es tan natural como caminar.

El comentario se grabó a fuego en mi cabeza. Estaba convencida de que ahora lo sabía todo sobre el arte de volar. Pero pronto descubriría que no era así.

—Natasha, ¿por qué no me hablas nunca de tus progresos como piloto? —me preguntó un día Alexánder al llegar a casa del club aeronáutico.

—Bueno, solo pilotamos fumigadores muy lentos —le dije—. Es divertido, poco más.

—¿Pilotar es divertido y poco más? —exclamó Alexánder—. ¡Te fascina desde que eras niña!

Me senté a su lado y me miré las manos. Había evitado hablar con él de mis progresos porque no quería molestarlo. Antes de que detuvieran a papá era cadete de élite en las Fuerzas Aéreas. Había un club aeronáutico afiliado al metro de Moscú, pero mi hermano no tuvo a alguien como Román que lo ayudara a unirse a él sin que tuviera que denunciar a nuestro padre.

Alexánder intuyó el motivo de mis titubeos.

—Por favor, no te preocupes por mí, Natashka —dijo—. Me gusta trabajar en el metro. Estoy construyendo unos palacios magníficos debajo de la ciudad que todo el mundo puede disfrutar.

Le di un empujoncito afectuoso. Era cierto que Alexánder nunca se quejaba cuando iba al trabajo, aunque le dolían los brazos y las piernas después de jornadas laborales interminables. Cuando se inauguró la estación de Mayakovskaya, nos llevó a mamá, a Zoya y a mí con el orgullo de un artista que muestra su mejor exposición. La estación era, en efecto, «un palacio», con sus elegantes columnas y arcos. Rezumaba tal belleza etérea y era tan espaciosa que costaba creer que nos halláramos bajo tierra.

—Alexánder Deineka es el autor de los mosaicos —nos dijo mi hermano, señalando al techo—. Muestran veinticuatro horas en el cielo soviético.

Me maravillaron las imágenes de aviones y paracaidistas, pero no podía olvidar que habían construido la estación a una profundidad sin precedentes para que pudiera emplearse como refugio antibombas si estallaba la guerra.

—Me alegro de que seas feliz construyendo tus palacios, Sasha —dije mientras me levantaba del sofá—. Hace un día precioso. Vamos a dar un paseo.

Frente a nuestro edificio, entrelacé el brazo con el de mi hermano y admiré su hermosa cara. Nunca me había parecido más tranquilo, cosa que atribuí a su satisfacción por crear algo eterno con sus manos. Con el tiempo, me pregunté si, en realidad, obedecía a que intuía lo que estaba a punto de ocurrir y a que ya se había resignado a ello.

Aquella noche, mamá y yo decidimos ir al cine a ver la película *Alexánder Nevski*. Zoya había ido a visitar a su hermana. Propusimos a mi hermano que viniera con nosotras, pero tenía turno en el metro. No era su empleo remunerado habitual, sino que acudió como voluntario para excavar un tramo de túnel y cumplir así el plazo establecido por Stalin. La gente me consideraba valiente por volar por los aires en un artilugio de madera y metal, pero Alexánder descendía a la oscuridad de los estrechos túneles subterráneos por unas escaleras heladas. A veces, los empleados del metro tenían que bajar cuarenta y cinco metros, e incluso dejarse paso unos a otros en la escalera. La película que fuimos a ver mamá y yo trataba del príncipe Alejandro, que salvó a Novgorod de la invasión de los caballeros teutones en el siglo XIII. A mitad del film, mamá se volvió hacia mí y me cogió de la mano. Estaba pálida como un fantasma.

—¡Se ha ido! —jadeó—. ¡Lo noto!

—¿Quién? —pregunté, pues no entendía.

—¡Alexánder!

Al principio creí que mamá hablaba del héroe de la película, pero entonces se levantó de la butaca y se tapó la cara con las manos.

—¡No puedo soportarlo! ¡Primero Stepan y ahora Sasha!

Empezó a gritar y el resto de los asistentes se volvieron hacia nosotros. Pensaba que mi madre había perdido la cabeza. Era una persona nerviosa y me preguntaba si la tensión de los dos últimos años había podido con ella. No teníamos dinero suficiente para un taxi, así que tuve que arrastrarla hasta casa como un peso muerto. Intenté que se sentara mientras le preparaba una taza de té, pero no dejaba de levantarse y caminar de un lado a otro.

—¡Sasha! —gritó entre lágrimas—. ¡Mi primogénito! ¡Nunca olvidaré el primer día que te tuve entre mis brazos!

—Mamá, cálmate. —Dejé la taza de té encima de la mesa—. Voy a la excavación a buscar a Sasha. ¡Ya verás como todo está bien!

Detestaba dejar a mi madre sola en aquel estado, pero parecía que la única manera de tranquilizarla era presentarle la verdad.

El aire nocturno era gélido y me envolví la cabeza con la bufanda al cruzar el río en dirección a la calle Piatnitskaya. La nueva excavación estaba cerca de allí. Sobre la ciudad se cernía una atmósfera inquietante: las sombras acechaban en los umbrales y los trolebuses que pasaban parecían viajar a una velocidad poco natural. Me imaginé volviendo a casa y diciéndole que había hablado con el capataz de Alexánder y que estaba bien. Pobre mamá. Necesitaba un descanso. Se alteraba mucho con aquellos retratos de Stalin. Sabía que quería hacer un buen trabajo para él, pero aquello parecía dejarla extenuada.

Me detuve en cuanto olí el humo acre. Entonces supe que algo iba mal y apreté el paso hacia el lugar de la excavación. A su alrededor se había congregado una multitud. La policía estaba haciendo retroceder a la gente para que pudieran unirse más camiones de bomberos a los que ya se encontraban allí. Fue entonces cuando vi las llamas saliendo del túnel.

—¡No! —grité, y caí de rodillas.

Los bomberos estaban rociando el túnel con gran cantidad de agua, pero las llamas se elevaron todavía más y densos halos de humo envolvieron a los camiones y a la multitud. Oí algo que no fui capaz de identificar:

¿era el rugir del fuego o eran gritos? No lo sabía. Lo único que sabía a ciencia cierta era que nadie en aquel túnel podría sobrevivir a semejante infierno.

El horror me heló la sangre y rompió algo en mi interior. La premonición de mamá era correcta: mi querido hermano estaba muerto.

Quince

Moscú, 2000

La primera vez que Lily oyó hablar de Natalia Azarova fue a través del artículo de *The Moscow Times* que revelaba que habían encontrado el caza en el que viajaba. Pero una mirada a la cara de asombro de Oksana cuando Babushka reveló su identidad bastó para que Lily se diera cuenta de que Natalia Azarova era todo un personaje para el pueblo ruso, incluso para la gente nacida después de la guerra.

—¿Era usted la mecánica de Natalia Azarova? —preguntó Oksana a Svetlana—. ¿Sabe qué le ocurrió?

Svetlana miró a Oksana con cautela y asintió.

—Pero la gente lleva años especulando sobre su desaparición —dijo Oksana, que puso la mano en el brazo de Svetlana—. ¿Por qué no contó lo que sabía?

Una mirada de desconfianza ensombreció la expresión de Svetlana, que se apartó de Oksana. Esta suspiró y la miró con unos ojos sabios y compasivos.

—Si no confesó —dijo con un tono tranquilizador—, debía de tener sus motivos. Pero si le supone una carga y quiere compartirlo, le prometemos que nada de lo que diga saldrá de esta habitación.

El sonido de la televisión volvió a apagarse. El silencio era como de plomo, mientras Lily y Oksana esperaban a que la anciana respondiera.

Svetlana cerró los ojos con fuerza, como si algo le causara dolor. Pero cuando volvió a abrirlos, parecía haber recobrado las fuerzas. Ya no estaba pálida ni parecía enferma; recordaba más a la mujer decidida que Lily había conocido en la plaza Pushkin.

—Natasha y yo éramos amigas de la escuela, pero nos separaron cuando a su padre lo arrestaron por ser un enemigo del pueblo. —Miró a Oksana y después a Lily—. Pero quizá Natasha debería ser recordada por quién era verdaderamente —dijo.

Lily intuyó que estaba a punto de ocurrir algo importante y apagó el televisor. Recogió la taza y el platillo rotos, y los llevó a la cocina mientras Oksana ayudaba a Svetlana a sentarse en una silla. Lily trajo más tazas.

—Os diré lo que le pasó, pero, para que lo entendáis, tengo que contar esta historia desde el principio —dijo Svetlana—. Tenéis que saber quién era Natasha... y qué significaba para mí.

Lily y Oksana asintieron. La anciana se mantuvo en silencio durante lo que pareció una eternidad, antes de comenzar su relato.

—Yo era alumna del Instituto de Aviación de Moscú cuando Alemania atacó a la Unión Soviética en junio de 1941. Llegué a clase a la mañana siguiente del *blitzkrieg* y encontré a los estudiantes corriendo por los pasillos y hablándose unos a otros a gritos. Los que tenían radios de onda corta aseguraban que Minsk, Odesa, Kiev y otras ciudades de la frontera occidental habían sido bombardeadas. Pero no se había producido ningún anuncio por parte de Stalin, así que era imposible creer tales informaciones. «¡Vladimir, no puede ser cierto!», oí a un estudiante decirle a otro. «Tu francés es muy malo. Habrás entendido mal. El camarada Stalin hizo un pacto con Alemania». «No estoy preocupado», intervino otro estudiante. «La Unión Soviética tiene las fuerzas aéreas más grandes del mundo y más tanques que todos los demás países juntos. Si los alemanes nos han atacado, lo lamentarán.»

»Pero Vladimir insistía. «Os lo digo, las poderosas fuerzas aéreas soviéticas han sido destruidas en un ataque relámpago contra los aeródromos. Los pilotos no tuvieron tiempo de camuflar los aviones. Cayeron como fichas de dominó.»

»Los que no habíamos oído las retransmisiones extranjeras no sabíamos qué pensar. Horas después, los profesores nos pidieron que nos juntáramos en torno a las radios de las salas de conferencias. Molotov, el ministro de Asuntos Exteriores, iba a hacer un anuncio importante: «Hoy, a primera hora de la mañana, sin manifestar queja alguna a la Unión Soviética y sin declaración de guerra, las fuerzas armadas alemanas han atacado a nuestro país...». «¡Así que es cierto!», exclamé. «No te preocupes —dijo Nadezhda, uno de los líderes del Komsomol—, el pueblo alemán es civilizado. El bruto es Hitler. Estoy seguro de que si les explicamos a los soldados alemanes que están siendo explotados por el fascismo no querrán enfrentarse a nosotros. Somos todos camaradas, hermanos y hermanas.»

»Otro estudiante, Afonasi dijo: «Civilizados o no, con la tecnología no será una guerra larga de desgaste. Se decidirá todo en cuestión de días». Miré a Afonasi y A Nadezhda. Quería creerlos, pero cierta angustia me decía que aquella catástrofe no sería civilizada ni corta.

»Moscú se transformó ante mis ojos. Solo unos días antes había ido al cine con unos amigos a ver a Valentina Serova en *Una chica con carácter*, y luego tomamos un helado en una cafetería. Mi madre había estado preparando las maletas para las vacaciones en la dacha, que pensábamos empezar en cuanto terminara mis exámenes. Ahora todo era incierto. Los hombres en edades comprendidas entre los veintitrés y los treinta y seis años fueron movilizados. Policías y guardias de seguridad patrullaban las calles y se reforzaron los edificios y las estatuas con sacos de arena. Se formaban colas, incluso más largas de lo habitual, delante de las tiendas, que pronto se quedaban sin azúcar, sal, cerillas y queroseno. Se hizo un llamamiento a los artistas para que pintaran las calles de manera que parecieran tejados, y se construyeron fábricas de aviones y munición falsas con tela y madera mientras se trasladaban las verdaderas al este.

»Sin embargo, para los moscovitas, la guerra pareció algo lejano hasta que empezaron a llegarnos desde la frontera occidental las noticias de las atrocidades que estaban cometiéndose: enfermeras tiroteadas mientras atendían a soldados heridos; prisioneros de guerra arrestados sin intención alguna de alimentarlos; y aldeas destrozadas hasta los cimientos con los habitantes encerrados en los edificios. Junto a otros estudiantes del instituto, me ofrecí para la defensa civil. Nos enteramos de que el ejército alemán estaba avanzando por la misma ruta que habían seguido Napoleón y sus tropas cuando invadieron Moscú. La batalla contra Napoleón había sido bautizada como Guerra Patriótica; y ahora, este nuevo conflicto se dio a conocer como la Gran Guerra Patria. Viajamos en trolebuses y después a pie hasta las afueras de la ciudad para cavar trincheras antitanques, hombro con hombro con ancianos, mujeres y niños. «No somos los refinados británicos ni los delicados franceses —dijo Vladimir—. ¡Somos rusos y derramaremos hasta la última gota de sangre luchando por nuestra tierra!» «Por supuesto —dijo María, otra compañera—. Hitler considera a los eslavos una raza inferior a la que puede tratar como le plazca. ¡Nosotros, que hemos creado parte de la mejor pintura, música y literatura del mundo! ¡Este es el país de Chaikovski, Pushkin y Tolstói, y nos considera infrahumanos!»

»Todos coincidimos efusivamente. Estábamos indignados por la traición de los alemanes al atacarnos, y, en secreto, avergonzados por no haber estado mejor preparados.

«Nuestro grupo de voluntarios llevaba varias horas cavando cuando oímos el rumor de unos aviones que se acercaban. Se oyó la llamada: «¡Alemanes!». No teníamos dónde escondernos, excepto las zanjas que habíamos cavado, y nada con que protegernos, excepto las palas, con las cuales nos cubrimos la cabeza. A mi alrededor, las balas tachonaban el suelo como si fueran granizo. Me latía el corazón con fuerza. Oímos a los aviones alejarse en la distancia, pero permanecimos en las zanjas hasta que estuvimos seguros de que no iban a volver. Miré a los otros estudiantes, consciente de que debía parecer tan asustada como ellos.

»Nuestro pequeño grupo salió ileso, pero habían muerto un hombre y una mujer ancianos, y varios niños resultaron heridos. Nadezhda rompió a llorar: «¿Por qué nos han atacado? ¡No somos soldados!».

»En el trayecto de vuelta en el trolebús estábamos tristes. Uno de los voluntarios nos contó que Marina Raskova, la famosa piloto, estaba formando regimientos de mujeres y había solicitado voluntarias. «Soy piloto de un club aeronáutico, pero no quiero estar en los servicios auxiliares —protestó María—. Yo quiero ir al frente y luchar con esos cabrones cara a cara». «Esto no son los servicios auxiliares —dijo el voluntario—. Son regimientos que irán al frente. El camarada Stalin ha dado permiso a Raskova para que forme unidades integradas solo por mujeres. No solo están buscando pilotos, sino también mecánicos, cocineras y personal de oficina.»

»Recordé el cartel de Marina Raskova que Natasha había colgado en la pared de su cuarto. ¿Habría aprendido a pilotar tal como quería? ¿O se lo habían prohibido todo? No había visto a Natasha desde aquel aciago día en el Arbat, después de que su padre fuera detenido y mi madre me prohibiera hablar con ella. Mis padres me trasladaron a otra escuela. Lloré sobre mi almohada noches enteras. La gente nos llamaba «las gemelas». Separarme de mi amiga e imaginármela sufriendo se me hacía insoportable. «Voy a ofrecerme voluntaria para ese regimiento —anuncié—. ¿Dónde hay que alistarse?»

»Marina Raskova estaba entrevistando a voluntarias en la Academia de Ingeniería de las Fuerzas Aéreas en Zhukovski. Nadezhda, como representante del Komsomol en el instituto, me escribió una recomendación. Poco después recibí un telegrama en el que me citaban para una entrevista y me aconsejaban que preparara una bolsa con todo lo necesario. Si me elegían para uno de los regimientos aéreos, iniciaría la formación de inmediato.

»Le dije a mi madre que me quedaría en casa de Nadezhda para trabajar en un proyecto de grupo. De lo contrario, no me habría dejado ir. Cuando era más joven, mi madre y yo estábamos unidas, pero ella había cambiado. Por aquel entonces le preocupaba más su estatus en la sociedad que su propia familia, y apenas le contaba nada. Pero era mi madre y parte de mí seguía queriéndola.

»Cuando salí de casa, estaba colgando unas cortinas opacas con la sirvienta. «Es una lástima que por culpa de los alemanes tengamos que quitar unas cortinas tan bonitas y colgar este espanto», exclamó. «Adiós, mamá. Me voy», le dije. Pero no me oyó.

»En la academia reinaba el ambiente alborotado propio de una escuela para chicas en día de reclutamiento. Había pilotos de las fuerzas aéreas uniformados, pilotos de líneas comerciales con sus trajes y estudiantes de los clubes aeronáuticos Osoaviajim con sus cascos. Algunas mujeres que nunca habían pisado un aeródromo, así como campeonas de hockey y gimnasia, trabajadoras de fábricas y secretarias, también respondieron a la llamada. Reconocí a Raisa Beliaeva, que era una famosa piloto acrobática.

»Algunas candidatas recorrían los pasillos con la barbilla alta y las manos a la espalda, mientras que otras sostenían nerviosas sus guantes de piloto. Entre ellas, sentada en una silla y leyendo un ejemplar de *Guerra y paz*, de Tolstói, estaba Natasha. Parecía distinta de la última vez que la vi. Tenía una cara más severa y un aire serio. En los viejos tiempos, habría estado hablando con las demás chicas, en lugar de aislarse de la multitud con un libro. Pero todavía le gustaba destacar. Llevaba un vestido con falda plisada y chaqueta ajustada, así como una bufanda de lunares al cuello. Su cabello rizado, más rubio de lo que recordaba, estaba cubierto por una boina de color carmesí.

»Levantó la mirada, como si notara que alguien estaba observándola, y volví a mezclarme con el grupo. Me daba vergüenza no haber estado a su lado tras la detención de su padre. No podía soportar la idea de que un reencuentro después de tantos años se fuera al traste por una mirada de desprecio en su hermoso rostro.

»Marina Raskova y su comité entrevistaban a las aspirantes individualmente. La mayoría de las mujeres querían ser pilotos, en concreto pilotos de caza, y se decepcionaban si les asignaban el papel de navegante. Para todo el mundo, los pilotos tenían tanto glamour como las estrellas de cine. Las mujeres que obtenían preferencia para ejercer de piloto eran las aviadoras profesionales. Solo se tenía en cuenta a las estudiantes de los clubes aeronáuticos si aportaban una recomendación de excepcionalidad de sus instructores.

»Oí que llamaban a Natasha y la vi levantarse para entrar en la sala de entrevistas. Esperaba que su sueño de convertirse en piloto se hiciera realidad. Tardó una hora en salir. «¿Qué puesto te han dado?», le preguntaron las otras chicas con insistencia. Natasha esquivó el interrogatorio, pero, como no se rendían, dijo: «Me han elegido para la formación de pilotos, seguramente en el regimiento de cazas». Las chicas la miraron con admiración. En ese momento se me ocurrió una idea.

»¿No sería maravilloso que a Natasha y a mí nos destinaran al mismo regimiento? Pero a las mujeres de las universidades y de los institutos las entrenaban para pilotar bombarderos. Los pilotos de cazas volaban en solitario y se encargaban ellos mismos de la navegación. Y el papel de mecánico recaía en las chicas de las fábricas. «Svetlana Petrovna Novikova», dijo una voz.

»Entré en la sala de entrevistas. Aunque había otras dos mujeres allí, fue Marina Raskova la que me llamó la atención. Era incluso más hermosa de lo que parecía en las fotografías del periódico, con sus ojos claros y brillantes, con el pelo peinado con una raya en medio impoluta y recogido en un moño. «Antes de que empecemos —dijo con expresión incómoda—, debe entender que no estamos seleccionando mujeres para un campamento de verano. Estamos seleccionando mujeres para que luchen por nuestro país. Mujeres que pueden quedar mutiladas o morir.»

»Marina hablaba con contención, pero transmitía confianza. No era de extrañar que la admiraran. Me dio la sensación de que también le preocupaba nuestro bienestar. «Entiendo», le dije. «¡Bien! Porque sus cualificaciones son excelentes y es la primera candidata a la que hemos entrevistado que no ha empezado insistiendo en ser piloto de caza.»

»La mujer que estaba junto a Marina, la comisaria del batallón, dijo: «Necesitamos navegantes para los regimientos de bombarderos». Si quería que me destinaran al mismo regimiento que Natasha, debía pensar con rapidez. «Bueno, yo esperaba ser mecánica», dije. La comisaria levantó la barbilla. Marina Raskova me miraba con curiosidad. «Me da miedo volar», les dije. Marina se mordió el labio como si intentara contener la risa. «¿Es consciente de que ha presentado solicitud para un regimiento del aire? —preguntó la comisaria—. Cuando el regimiento se traslada de un aeródromo a otro, los mecánicos y armeros viajan en aviones de transporte.» Le respondí: «No habrá problema con los traslados. Pero cada día, varias veces al día en un avión..., me marearía».

»Las mujeres intercambiaron unas miradas. Sabía que les habían impresionado mis calificaciones y no querían perderme. «¿Tiene algo que ver con Natalia Azarova?», preguntó Marina.

»La mención a Natasha me cogió por sorpresa. «Ya me figuraba —dijo—. Natasha se pasó media entrevista alabándola a usted y a su capacidad para arreglar cosas. Necesitamos navegantes, pero los buenos mecánicos también valen su peso en oro, sobre todo en los regimientos de cazas de combate, donde los tiempos de despegue son vitales.»

»Así que Natasha me había visto. Aquella noche, cuando nos asignaron habitaciones, encontré a Natasha escribiendo una carta a su madre. Levantó la cabeza y, lejos de dedicarme la mirada de desdén que me esperaba, se levantó y me abrazó. «Me alegro mucho de volver a verte. ¡Me he enterado de que te han elegido como mecánica!», me dijo. Así que Natasha deseaba estar conmigo tanto como yo con ella.

»Nos reconciliamos después de todos esos años sin recriminaciones. Igual que yo no la había olvidado, ella nunca había dejado de pensar en mí. Teníamos que ponernos al día en muchas cosas y queríamos hablar más, pero el representante político ordenó apagar las luces y me indicó que me fuera a mi habitación.

»Al día siguiente, nos entregaron los uniformes. Los pilotos militares, como Marina Raskova y sus jefes del Estado Mayor, ya disponían de elegantes uniformes, pero, como la decisión de crear regimientos del aire para mujeres se tomó en el último minuto, no se habían realizado disposiciones especiales para nosotras. Nos llevaron a una sala y nos entregaron uniformes de hombre. Se oyeron risotadas mientras nos poníamos unos pantalones que nos llegaban por encima de los senos y unas chaquetas cuyas mangas nos colgaban por debajo de las rodillas. ¡Incluso nos dieron ropa interior de hombre! Una chica desfiló con unos calzoncillos largos mientras el resto nos revolcábamos de risa en el suelo. Sin embargo, lo peor eran las botas gigantes. Nos metimos papel de periódico en la punta, pero solo podíamos arrastrar los pies. «¿Cómo vamos a desfilar?», me susurró Natasha.

»Aquella noche nos sentamos en nuestras habitaciones con tijeras, agujas y alfileres, haciendo cuanto podíamos por adecuar nuestros uniformes. Muchas chicas intentaban adaptar los pantalones cortando las perneras, pero acababan con el tiro cerca de las rodillas. Natasha, que era buena cosiendo, enseñó a las otras chicas a remendar los pantalones para que les quedaran a medida, pero no pudimos hacer gran cosa antes de que apagaran las luces.

»La noche siguiente, las elegidas nos dirigimos a la estación para coger un tren que nos conduciría a un aeródromo del este. El andén estaba abarrotado de gente que abandonaba Moscú a medida que iban acercándose los alemanes. Debieron de desesperarse al vernos. Avanzábamos con los abrigos colgando como si fueran vestidos de noche poco manejables. Carecíamos de disciplina militar y parloteábamos como colegialas que van de pícnic.

»El viaje a Engels nos llevó nueve días. Nos sentamos en los gélidos vagones según el puesto que ocupáramos en el regimiento: pilotos, navegantes, mecánicas y personal auxiliar. El tren tuvo que esperar varias veces en los apartaderos para permitir que pasaran los cargamentos de soldados que iban camino del oeste. Siempre que nos dejaban estirar las piernas, Natasha y yo nos encontrábamos. A veces leíamos juntas *Guerra y paz;* a veces nos acurrucábamos bajo el tenue sol otoñal. Natasha escribía cartas a su madre, pero me di cuenta de que algunas eran para un hombre llamado Román que, según dijo, estaba combatiendo en el frente. No sabía si era su novio, pero no me atrevía a preguntar. ¿Sería aquel el cambio que había notado en Natasha? ¿Había conocido el amor físico? Hasta que nos vimos atrapadas durante horas en una estación no tuve oportunidad de preguntarle por Alexánder. Se le llenaron los ojos de lágrimas al contarme que había muerto en un incendio en el túnel. «¡Ojalá hubiera podido estar allí contigo!», dije.

»Natasha me cogió las manos: «A partir de ahora siempre lo estaremos. ¡Siempre!».

»Llegamos a Engels por la noche. Todo estaba oscuro en la ciudad, por un apagón. Incluso el río Volga era invisible. El aire frío nos cortaba la cara y nos recordaba que el invierno estaba al caer. El fornido coronel Bagaev, comandante de guarnición de la base aérea, nos enseñó nuestros aposentos. «Dormid bien —dijo Marina—, porque mañana empezáis una nueva vida… y será muy exigente. Debéis estudiar mucho y perseverar, porque el examen no será en una gran aula, sino en el campo de batalla.»

»Estábamos agotadas y nos preparamos para acostarnos en cuanto Marina se fue. Nos quitamos los uniformes y aparecieron entonces camisones y calcetines. Algunas mujeres se cepillaron el pelo unas a otras, y se ayudaron a hacerse trenzas. Una chica sacó una muñeca de la mochila y la dejó a los pies de la cama; otra empezó a trabajar en un tapiz hasta que apagaran las luces. Natasha se recogió el pelo en bucles y se aplicó crema en la cara y las manos. De repente, comprendí la magnitud de lo que estábamos a punto de hacer. Éramos unas niñas. La mayoría no habíamos cumplido todavía veinte años. Muchas era la primera vez que nos alejábamos de nuestra familia e íbamos a enfrentarnos a la poderosa Luftwaffe alemana.

»Ahora estábamos en el ejército. Cuando, al día siguiente, llegó la orden de que nos cortáramos el pelo a una medida de cinco centímetros, nos horrorizó. «Podéis ir al barbero o hacerlo vosotras mismas —nos indicó el coronel Bagaev—. Pero esta tarde quiero veros desfilar con el pelo corto y las botas lustradas.»

»Natasha llevaba el cabello a la altura del hombro, pero el resto todavía lucíamos nuestras trencitas, que nos cogíamos con horquillas en lo alto de la cabeza. «¿Por qué no podemos llevar trenzas?», preguntó una chica, que tenía un hermoso cabello color miel. Pero pronto aprendimos que una orden de las Fuerzas Aéreas era una orden y que teníamos que obedecer. Algunas chicas guardaron las trenzas para enviárselas a sus madres.

»A mí me cortó el pelo Natasha. Quedó muy rasurado a la altura de la nuca y dejó mechones más largos alrededor de las orejas y la coronilla. «Échatelos para atrás —dijo, y me mojó el pelo y peinó los mechones hacia abajo—. Póntelos hacia delante cuando no estés de servicio, para no parecer un chico.» ¡Aunque no le gustaba dejarme el pelo tan corto, había conseguido que estuviera atractiva!

»Era obvio que Natasha se enorgullecía de su cabello ondulado. Cuando me llegó el turno de cortárselo, sostuvo el espejo en una mano y me dio instrucciones sobre cada mechón que tocaba. En lugar de cinco centímetros, decidió dejárselo a diez y se puso rulos. «Cuando se rice, serán cinco centímetros en total», dijo.

»Las otras chicas, que ya se habían cortado el pelo, la miraban con envidia. «¿Por qué no se me habrá ocurrido a mí?», preguntó una de ellas.

»No tenía ni idea de cuánto tardaba el pelo rizado en afianzarse. Tan solo esperaba que Natasha no pretendiera salir a desfilar con rulos. No lo hizo. Pero sí llevaba lápiz de labios y perfume. Marina se dio cuenta, pero no dijo nada. Tal vez sabía que Natasha, al igual que ella, era una persona que prestaba atención al detalle.

»La enseñanza en Engels era un curso de tres años condensado en seis meses. Los pilotos se pasaban catorce horas al día en formación de combate, además de estudiando teoría. Los mecánicos trabajaban igualmente duro. Aprendimos a reparar, mantener y repostar aviones en las gélidas condiciones invernales que nos deparaba la llanura del aeródromo, situada en una zona azotada por el viento. Algunos componentes estaban alojados en cavidades estrechas, así que teníamos que quitarnos las chaquetas acolchadas para llegar hasta ellos y trabajar en camisa o mono. Se nos entumecían los brazos y les dábamos palmadas para recobrar la circulación. A veces, los tornillos estaban congelados y nos quemaban los dedos. A fin de prepararnos para la batalla, Marina hacía sonar la alarma en mitad de la noche y teníamos que saltar de la cama y reunirnos en el exterior. La primera vez que sucedió, Natasha no tuvo tiempo de quitarse los rulos. Marina la hizo desfilar por todo el aeródromo con un viento cortante. El castigo no la disuadió de seguir rizándose el pelo; para peinarse aprendió a utilizar horquillas en lugar de rulos, ya que podía escondérselas debajo de la gorra si la llamaban de improviso.

»La mayoría de los monitores varones eran buenos

con nosotras, pero uno de los instructores de vuelo, el teniente Gashimov, trataba a nuestras pilotos con animosidad. No creía que debiera formarse a mujeres para que combatieran en el frente. Cuando se enteró de que Marina había aprovechado su influencia en el Kremlin para conseguir Yak-1 para el regimiento de cazas de combate y los últimos bombarderos Pe-2, montó en cólera: «¡Hay pilotos varones experimentados esperando aviones y estamos dando aparatos nuevos a un puñado de mujeres que darán la vuelta a la que vean al primer alemán!».

»Cuando las estudiantes trasladaron a Marina la queja de que el teniente Gashimov las despreciaba, les dijo: «Cuando estaba en la academia militar, algunos hombres levantaban la voz o se negaban a dirigirse a mí de acuerdo con mi rango superior. Aprendí que confiar en mí misma en lugar de quejarme me confería un poder interior que les resultaba desconcertante. Los bombarderos que he conseguido para el regimiento requieren tres personas para su manejo: el piloto, el navegante y un artillero. También necesitaremos más mecánicos. No hay tiempo para entrenar a más mujeres para ese puesto, así que tendréis que acostumbraros a dar órdenes a los hombres. Y si no les gusta, pues mala suerte».

»El Yak-1 era un monoplaza y, en comparación con los biplanos que habían utilizado las mujeres durante la formación, era muy rápido. Marina supervisaba a las candidatas que estaba considerando como pilotos de caza, incluida Natasha. En la primera sesión no se permitía a nadie realizar más que un despegue y un aterrizaje. Cuando lo dominaban, podían sobrevolar el aeródromo en círculos. Cuando el teniente Gashimov vio que las pilotos no se amedrentaban por la velocidad del Yak, se volvió todavía más hostil hacia ellas. Aunque Marina había prohibido a los hombres del aeródromo utilizar lenguaje ofensivo delante de nosotras, Gashimov soltaba palabrotas y ponía todo su empeño en hacerlas llorar. Incluso llegó a llamar a Natasha «zorra pintarrajeada». En lugar de molestarse, Natasha, con su estilo despreocupado, le demostró que su insulto le parecía gracioso, cosa que le irritó aún más.

»Cuando las mujeres comenzaron la formación de combate en el Yak, el teniente Gashimov fue duro con ellas desde el primer día y no les dio la menor oportunidad de practicar sus maniobras. Las seguía de cerca y no cedía hasta que se veían obligadas a hacer el signo de cortar la garganta con el dedo índice y aterrizar. Hacía cuanto estaba en su mano por desmoralizarlas. «Voy a darle una lección», me dijo Natasha.

»La habilidad de Natasha para maniobrar un avión era algo excepcional. Podía pilotar un aparato exactamente en las mismas condiciones que otro piloto, pero poseía los reflejos de un gato. Cuando un gato no quiere que lo cojan, se retuerce en todas direcciones para zafarse, y eso era lo que Natasha sabía hacer con el Yak. En una sesión de entrenamiento, cuando el teniente Gashimov intentó acosarla para que aterrizara, se elevó y realizó un giro invertido para situarse detrás de él. ¡Menuda sorpresa se llevó el teniente! Lo probó todo para quitarse a Natasha de la cola, pero iba pegada a él y lo obligó a tomar tierra.

»Cuando ambos hubieron aterrizado, la emprendió con ella: «¿Qué demonios crees que estabas haciendo ahí arriba? ¡Si no sabes cumplir una orden, las Fuerzas Aéreas no son para ti!».

»Marina, que había presenciado todo el episodio, salió a la pista. «¡Ha hecho exactamente lo que querríamos que hiciera en un combate aéreo!», le dijo al teniente a modo de reprimenda. Sin embargo, no había forma de calmarlo. No solo Marina había visto el ejercicio, sino todos los hombres de la base: «¡Una cosa es que pilote un avión, pero no tiene ni idea de disparar! ¡Esto es una guerra, no un circo!», gritó antes de marcharse como un vendaval.

»Ciertamente, si bien Natasha era una piloto nata, sus habilidades para el disparo eran inferiores a la media. No tenía sentido ser piloto de caza y realizar todas las maniobras acrobáticas si eras incapaz de derribar al enemigo. Los pilotos practicaban apuntando a un blanco móvil, pero Natasha a menudo erraba por mucho. «Detesto cuando le toca a Natasha disparar —dijo la piloto del avión que llevaba el blanco móvil—. «¡Me da miedo de que falle y me alcance a mí!»

»Se acercaba el día en que Marina y los jefes del Estado Mayor tendrían que elegir a las pilotos para el regimiento de cazas de combate y estaba convencida de que Natasha practicaba mientras dormía. Un día, después de otra desastrosa práctica de tiro, al coronel Bagaev se le ocurrió una idea. Cogió un cojín del hangar y lo colocó encima del asiento del piloto. «Inténtalo otra vez —le dijo a Natasha—. Eres tan pequeña que creo que no estás sentada a suficiente altura para apuntar como es debido.»

»Natasha alcanzó los objetivos a la perfección. A partir de entonces, siempre volaba sentada encima de un cojín.

»El teniente Gashimov no era el único que nos lo hacía pasar mal. Las mujeres de los altos mandos destinados en Engels se quejaron de que Natasha, con su aspecto coqueto, distraía a sus maridos.

Cuando el coronel Bagaev trasladó a Marina la queja, se puso furiosa: «La camarada Azarova va a poner en peligro su vida por proteger a esas mujeres. ¡Que se callen o vayan ellas al frente!».

»Cuando las otras chicas se enteraron de lo que habían dicho las esposas sobre Natasha, varias formaron una delegación y pidieron a Marina que exigiera una disculpa. «Nadie trabaja más que Natasha. Mientras todas estamos acostadas, ella sigue estudiando», dijeron.

»A Natasha no le importaba lo más mínimo lo que pensaran de ella las esposas de los altos mandos, pero, cuando se enteró de la existencia de la delegación y de la defensa que habían hecho de ella, se conmovió. Dejó de aislarse con sus libros y cartas, y empezó a relacionarse más con las chicas. A veces nos entretenía tocando el piano y cantando. Tenía una voz preciosa. Fue entonces cuando me di cuenta de lo mucho que la había perjudicado el verse marginada por ser hija de un enemigo del pueblo. Había dejado de confiar en la gente. «Sveta, tienes que prometerme que nunca le contarás a nadie que papá fue acusado de saboteador —me dijo un día—. Un amigo mintió por mí para que pudiera entrar en el Komsomol. Como era miembro, el club aeronáutico no investigó mis antecedentes, ya que dieron por supuesto que ya los habían comprobado exhaustivamente. No figura en mi documentación. Si alguien se entera, me detendrán.» «Por supuesto, Natashka. Nunca haría nada que te perjudicara», le aseguré. «Lo sé». Cuando la vi marcharse, me invadió la tristeza. Yo también guardaba un oscuro secreto.

Llegado el momento de las selecciones, nuestro grupo quedó dividido en tres regimientos. Ver el nombre de Natasha en el tablón de anuncios, como piloto de caza en el 586.º regimiento, me llenó de alegría. No venía de una familia militar de prestigio ni de una escuela aeronáutica de élite, y, sin embargo, le habían otorgado el puesto que todo el mundo anhelaba. Me hizo muy feliz comprobar que yo figuraba como su mecánica.

»Y así, nuestros tres regimientos partieron hacia el frente: el 586.º regimiento de cazas con los sofisticados aviones Yak-1 de fabricación soviética; el 587.º regimiento de bombardeos diurnos con sus modernos Pe-2; y el 588.º regimiento de bombardeos nocturnos con biplanos Po-2. Me daba lástima el 588.º regimiento con sus anticuados aviones de madera: los Po-2 eran lentos, tenían la cabina abierta y ardían con facilidad. Pero era el regimiento de bombardeos nocturnos el que recibiría más alabanzas y despertaría más miedos. Atacaban por la noche, volaban a escasa altura y apagaban los motores para sobrevolar silenciosamente sobre el enemigo antes de arrojar sus bombas. A los alemanes les aterrorizaban aquellos atacantes nocturnos y quedaron asombrados al descubrir que esos sigilosos asesinos eran mujeres. Las llamaban las *Nachthexen*: las Brujas de la Noche.

Svetlana hizo una pausa y miró la mesa, sumida en sus pensamientos. Lily y Oksana estaban inclinadas hacia delante; no querían que la historia terminara. Pero estaba claro que Svetlana no podía contar todo aquello de una sentada. Tendrían que ser pacientes y no presionarla.

—La ayudaremos a acostarse —dijo Oksana, que dio un suave apretón a Svetlana en el brazo—. De pequeña leí sobre Natalia Azarova y mis padres me llevaron a visitar el pequeño museo del Arbat que regentaba la maestra de escuela. Pero, para mí, la ha devuelto a la vida. Me ha hecho ver que era de carne y hueso, que era una persona normal.

Svetlana esbozó una leve sonrisa.

—Sí, hubo un tiempo en que Natasha fue una persona real —dijo.

Dieciséis

Stalingrado, 1942

El capitán Valentín Orlov sobrevoló las afueras de Stalingrado con su caza de combate, parapetándose en el humo que envolvía la ciudad. El aire olía a tierra quemada, pólvora y algo putrefacto en lo que Orlov no quería pensar. Al oeste vio varios Junker alemanes protegidos por cazas lanzando bombas sobre edificios ya en llamas. Algunos cazas soviéticos se enfrentaron a ellos, intentando disgregarlos, y luego se retiraron. La Lutftwaffe dominaba los cielos. Habían reducido Stalingrado a escombros. Orlov se estremeció al ver los cuerpos calcinados y desmembrados que salpicaban las calles. No sabía si odiaba más a Hitler por dar las órdenes de destruir la ciudad o a Stalin por obligar a sus habitantes a quedarse y defenderla.

El escolta de Orlov había resultado herido en su búnker cuando el aeródromo fue bombardeado días antes; enfrentarse solo al enemigo en aquellas condiciones habría sido un suicido. Frustrado, regresó al aeródromo.

Aminorando la potencia al aproximarse, Orlov vio que la tripulación introducía tres Yak-1 en el hangar, hecho de tierra y madera. ¿Nuevos aviones o nuevos pilotos? Tras las pérdidas que habían sufrido en Stalingrado, el regimiento necesitaba ambas cosas.

Aterrizó y se dirigió al hangar. Una vez que Sharavin, su mecánico, llegó para ocuparse del aparato, Orlov se encaramó al ala y saltó. No había rastro de nuevos pilotos; tal vez habían transportado por tierra los aviones hasta el aeródromo.

Orlov fue hacia el búnker del comandante del regimiento y llamó a la puerta. El coronel Leonid Smirnov, con los hombros encorvados, estaba sentado a su mesa leyendo unos documentos que el jefe del Estado Mayor, que estaba a su lado, obviamente le había entregado. El coronel levantó la vista al oír a Orlov y refunfuñó.

—Camarada capitán Panchenko —dijo al jefe del Estado Mayor—, cuéntele al camarada capitán Orlov lo que acaba de decirme.

El capitán Panchenko se humedeció los labios antes de hablar. Sus grandes ojos saltones parecieron sobresalir todavía más cuando transmitió el mensaje.

—Tenemos pilotos nuevos y han traído sus propios mecánicos.

Para Orlov aquello debería haber sido una buena noticia, pero, por la amarga expresión del coronel Smirnov, supo que no lo era.

—¿Novatos otra vez? —preguntó.

Los últimos pilotos enviados al regimiento eran artilleros de infantería que habían recibido treinta horas de formación de vuelo. A riesgo de que los fusilaran por desobedecer órdenes, tanto el coronel Smirnov como Orlov se habían negado a enviarlos a combatir. Por el contrario, habían utilizado sus aviones y habían dado a los hombres quehaceres en tierra hasta que recibieran más formación. La situación en Stalingrado era desesperada, pero, aunque Stalin exigía que cualquiera que pudiera empuñar un arma debía defender la ciudad, ni Orlov ni su comandante creían que hubiera que desperdiciar vidas por nada. Esa idea común era una de las cosas que forjaban su amistad.

—No —respondió el capitán Panchenko—. Estos son

pilotos cualificados. Sirvieron en Saratov, defendiendo las líneas ferroviarias y a nuestras tropas de ataques enemigos. Uno de ellos tiene una Orden de la Estrella Roja por su valentía y otro es un combatiente nocturno experimentado.

¿Un combatiente nocturno? Orlov estaba impresionado. Volar y atacar por la noche requería unos nervios de acero. Había que confiar en la posición que indicaba el instrumental, así como en los instintos y la visión nocturna para localizar al enemigo. Incluso regresar al aeródromo resultaba peligroso. Para evitar ataques enemigos los aviones iban con las luces apagadas y solo se permitía a los pilotos encenderlas para el aterrizaje una sola vez para ver la pista. Entonces ¿por qué parecía tan descontento el coronel Smirnov? ¿Eran los nuevos pilotos prisioneros políticos que debían redimir su honor dejándose matar?

—¿Dónde está la trampa? —le preguntó Orlov al capitán Panchenko.

—Son mujeres.

Orlov deslizó la mirada de uno a otro.

—¿Está de broma?

—No —contestó el capitán Panchenko—. Nos las han enviado del 586.º regimiento. Las comunicaciones han fallado. Llegaron aquí al mismo tiempo que el mensaje.

—¡Mierda!

Orlov no era machista. Consideraba a las mujeres, en especial las rusas, seres capaces. Eran excelentes ingenieras, científicas y cirujanas. Sabía que las mujeres piloto estaban realizando esfuerzos heroicos en los ámbitos médico y de transporte de tropas. Pero apoyo y defensa no era lo que necesitaba Stalingrado. No era lugar para las mujeres. Aquello era un baño de sangre.

—Las mandaré de vuelta, por supuesto —dijo el coronel Smirnov—. Pero podemos utilizar sus aviones mañana. ¿Ha elegido a un nuevo escolta de vuelo?

—Con el debido respeto, camarada coronel Smirnov —terció el capitán Panchenko—, estas son pilotos y tripulación de Marina Raskova. Para ellas será insultante que las rechacen. Será mejor que se lo explique en persona. Las he enviado a la cantina. Le están esperando allí.

—Sí, claro —dijo el coronel Smirnov, que parecía molesto. Miró a Orlov—. A usted se le dan bien las señoras, camarada capitán. ¿Por qué no se lo explica usted?

El coronel Smirnov y Orlov cruzaron juntos el aeródromo. Orlov sabía que su amigo lo había engañado. El coronel estaba casado con una joven que esperaba un hijo: sabía tanto de mujeres como él. Durante el trayecto, Orlov sopesó cómo explicar la situación a las pilotos. ¿Debía darles la orden con firmeza o suavemente para no herir sus sentimientos? Si la combatiente nocturna había sobrevivido tanto tiempo a la guerra, no podía ser un piloto terrible. Pero la defensa y el ataque eran dos cosas distintas. Ahora, las Fuerzas Aéreas soviéticas estaban utilizando nuevas tácticas en Stalingrado: en lugar de volar en formaciones defensivas y, en consecuencia, provocar que los alemanes los derribaran, estaban experimentado con estrategias más agresivas. Orlov había sido trasladado al regimiento con la condición de que debía convertirlo en un grupo de pilotos de élite que serían lo que venía en llamarse «cazadores libres». En lugar de limitarse a responder a cualquier ataque, recorrían los cielos y decidían ellos mismos sus objetivos.

Orlov y el coronel entraron en la cantina. Las pilotos y su tripulación de tierra se pusieron firmes. Si la guerrera con cinturón no hubiera dejado muy claro que se trataba de mujeres con curvas, Orlov habría pensado que eran niños. ¡Eran diminutas!

—Sí, sí, descansen, por favor —dijo el coronel Smirnov, agitando la mano, y asintió en dirección a Orlov.

—Me temo que ha habido un error —comenzó Orlov—. Este es un regimiento de hombres. No hay cabida para ustedes.

Una de los pilotos, de oscuros rasgos georgianos, se decidió a hablar:

—Camarada capitán, hemos servido con hombres en el 586.° regimiento. No esperamos recibir un trato especial. Una zona separada con cortinas en cualquiera de los búnkeres bastará.

El 586.° regimiento de cazas de combate, liderado por la comandante Tamara Kazarinova, incluía un escuadrón de hombres, según recordaba Orlov. Pero, puesto que no estaba preparado para tal argumento, continuó con su línea de pensamiento original.

—Las mujeres causarán demasiados problemas a los hombres del regimiento.

El coronel tenía razón cuando dijo que a Orlov se le daban bien las mujeres. Pero hablaba de las civiles: las mujeres de Moscú que llevaban vestidos y paseaban perritos con correas elegantes. Por alguna razón, delante de unas mujeres con uniforme militar, no fue capaz de sonar convincente. Las mujeres prestaban atención, pero parecían perplejas. Estaba claro que habían trabajado con hombres en el 586.° regimiento. ¿Qué problema concreto podía haber aquí?

—Mujeres y hombres están hechos de una pasta diferente —continuó—, por distintas razones.

El coronel Smirnov miró con recelo a Orlov. Con su expresión parecía decirle que si tenía algún argumento que esgrimir, que lo esgrimiera

Consciente de que estaba fracasando, Orlov volvió a intentarlo.

—Las mujeres están hechas para concebir bebés.

Las mujeres seguían inexpresivas, excepto una de ellas, rubia y pequeña. ¿Qué era aquella sonrisilla? ¿Estaba riéndose de él?

Orlov se dio cuenta de que su superior se había arrepentido de confiarle aquella tarea.

—Miren, no voy a andarme por las ramas con ustedes —les dijo el coronel a las mujeres—. Stalingrado no es Saratov. Es el fin del mundo. Hemos perdido a algunos de nuestros mejores pilotos aquí y me temo que las mujeres no están a la altura.

Aquella condescendencia las indignó. La georgiana frunció el ceño. El coronel Smirnov asintió a Orlov, invitándolo a tomar de nuevo las riendas.

—Pueden dormir en este búnker —anunció Orlov—. Mañana organizaré su traslado a otro regimiento.

Dicho estaba. Ahora solo tenía que pedirle al capitán Panchenko que organizara el traslado...

—¿Permiso para hablar, camarada capitán? —intervino la rubia menuda.

Orlov la miró. No se habían dirigido tan educadamente a él desde el inicio de la guerra, pero intuía problemas.

—Adelante.

La piloto dio un paso al frente.

—Camarada capitán, cuando la comandante Kazarinova nos mandó aquí, juramos defender el honor de nuestro regimiento, luchar con valentía y regresar victoriosas. Si nos manda de vuelta sin probarnos, será un gran insulto para ella.

Tenía razón. Pero aquella era una cuestión de vida o muerte; la opinión de la comandante Kazarinova resultaba irrelevante. A Orlov, la forma que tenía de mirarlo le resultaba provocadora, pero no pensaba dejarse disuadir por una cara bonita. Se volvió hacia el coronel Smirnov.

—Tal vez deberíamos probar —coincidió el coronel.

Orlov no podía creerse lo que estaba oyendo. ¿Aquel curtido coronel no era capaz de decirle no a esa piloto?

Orlov tuvo la impresión de que aquella mujer estaba acostumbrada a salirse con la suya.

—Mañana por la mañana probaremos a una de ustedes para ver si tiene categoría para ser la escolta del camarada capitán Orlov —prosiguió el coronel—. Si no lo logra, volverán todas. ¿Entendido?

A continuación, le indicó a Orlov que eligiera. Era una mera concesión: sabía que el coronel no tenía ninguna intención de que las mujeres siguieran en el regimiento. Le molestaba aquella pérdida de tiempo.

—¿Cuál de ustedes es la combatiente nocturna? —preguntó.

Se arrepintió justo en el momento de formular la pregunta. Todas las miradas se volvieron hacia la piloto rubia.

«¡Mierda!», pensó Orlov.

—Sargento Natalia Azarova a su servicio, camarada capitán —dijo ella.

A la mañana siguiente, Orlov se reunió con la sargento Natalia Azarova en el aeródromo y caminaron en silencio hacia sus Yak. Natalia estudió el cielo. A Orlov le sorprendió que fuera más comedida de lo que se esperaba. Parecía estar preparándose mentalmente para la tarea que le aguardaba. Tras su primera impresión, se esperaba a alguien presuntuoso e insufrible. La mecánica de Natalia andaba ocupada con su avión como si fuera una mamá gallina, llenando el depósito, comprobando los frenos y la palanca, y limpiando el parabrisas y la compuerta hasta que no quedara una mota de polvo. Sharavin estaba apoyado en el Yak de Orlov y le guiñó un ojo.

—Este es un ejercicio de entrenamiento —le dijo Orlov a Natasha—, pero el cielo es un lugar peligroso. No sabemos qué podemos encontrarnos. Pégate a mi cola y no hagas nada a menos que yo te lo ordene.

—Sí, camarada capitán —respondió ella.

La mecánica de Natalia saltó del avión y la ayudó con el arnés del paracaídas. Ambas eran tan hermosas y menudas que Orlov no sabía cómo alguien iba a tomárselas en serio como integrantes de las Fuerzas Aéreas. Natalia llevaba maquillaje y un broche de zafiro de aspecto lujoso en la solapa. ¿Había estado combatiendo todo ese tiempo y nunca la habían castigado por incumplir las normas de indumentaria? Se volvió hacia su avión y vio al coronel Smirnov y a los demás pilotos y tripulación observando junto a la pista. Luego miró a Natalia.

—Escucha —dijo, consciente de que todas las miradas estaban clavadas en ellos—. Tengo que ser duro. He de demostrar lo difícil que será pilotar aquí..., y ni siquiera habrá disparos o el ruido del combate real. Pero si es demasiado para ti, retírate. No te mates por orgullo.

Natalia lo miró fijamente y sonrió.

—¿En ningún momento se ha planteado la posibilidad de que pueda sorprenderlo?

Allí estaba ese descaro que había esperado.

—¡Esto no es ninguna broma! —replicó él—. ¡La vida de los demás pilotos y el destino de la madre patria dependen de tu capacidad para cumplir tu labor! ¡Espero que sepas que haciéndonos pasar por esta farsa estás malgastando combustible y tiempo!

Orlov le dio la espalda, se puso el paracaídas y se metió en la cabina. Realizó las comprobaciones previas y verificó la presión de los frenos y la palanca. Cuando se encendió la baliza que autorizaba el despegue, indicó a Sharavin que retirara las calzas de las ruedas del Yak y comprobó que aquella arrogante piloto también estuviera lista. Lo estaba: había cerrado la cabina y llevaba puestos el casco y la máscara.

Echaron a rodar por la pista en dirección contraria al viento. Natalia se situó detrás de él, ligeramente escorada a la derecha. Orlov abrió el regulador y levantó y bajó de nuevo la mano: era la señal de despegue. Ambos pilotos aceleraron; las ruedas se separaron del suelo y emprendieron el vuelo como dos pájaros. Orlov buscó aviones enemigos. El humo de Stalingrado se había disipado y la única nube estaba muy alta. Por fin gozaban de buena visibilidad.

Orlov estabilizó el aparato y mantuvo un rumbo continuo, con la esperanza de que Natalia cayera en la complacencia y se dejara distraer por el paisaje. Tal vez podría dejarla atrás a las primeras de cambio; eso pondría fin a aquel estúpido juego. Cuando un piloto participaba en una misión, tenía muchas cosas que temer. Aparte de morir, cabía la posibilidad de resultar herido o de que el aparato fuera pasto de las llamas, se quedara sin combustible o munición, o sufriera un fallo mecánico. Orlov ya tenía suficiente en qué pensar como para preocuparse de que una mujer lo acompañara en el aire. Siempre había podido ocuparse de sus escoltas de vuelo, pero, si afrontaban una ofensiva, confiaba en que pudieran contraatacar. Entonces se dio cuenta de que era eso lo que había tratado de transmitir a las pilotos la noche anterior: que el instinto natural de un hombre era proteger a una mujer y que ello pondría en peligro la nueva estrategia de acción ofensiva.

Sin dar instrucciones por radio, Orlov viró a la derecha y miró hacia atrás. Tenía a Natalia pegada a la cola. Al parecer no era una soñadora. Orlov asió la palanca y describió un bucle. Natalia se mantenía detrás de él como un mosquito insistente. Orlov sacó todo su repertorio: giros bruscos, bucles rápidos y caídas en picado. Sin embargo, cada vez que miraba, comprobaba que ella había mantenido su posición. Un piloto con menos destreza habría empezado a girar sin control.

—De acuerdo —dijo Orlov.

Empujó la palanca hacia delante y se precipitó al vacío. Se le hincharon los ojos y golpeó el techo de la cabina con la cabeza cuando la gravedad negativa empezó a presionarlo contra el arnés. Estaba descendiendo a toda velocidad. Natalia le pisaba los talones. Orlov se imaginó que era el enemigo e hizo todo lo que pudo por zafarse de ella. «Es mejor de lo que creía», pensó decepcionado. Equilibró el morro del avión y voló hacia arriba a tal velocidad que se quedó pegado al asiento. Miró hacia atrás esperanzado, pero allí seguía. Recuperó la estabilidad y pensó en el siguiente movimiento.

Por el transmisor de radio oyó la vocecita de Natalia.

—Camarada capitán.

«Ah, por fin —pensó Orlov—. Va a tirar la toalla.»

—¡Camarada capitán! A las nueve.

Él entrecerró los ojos y miró hacia el sol. Una silueta negra..., no, dos..., avanzaban hacia ellos a toda velocidad.

¡Messerschmitt! Orlov no entendía cómo era posible que Natalia los hubiera visto antes que él.

Los alemanes volaban tan rápido que pasaron de largo, lo cual dio a Orlov el segundo que necesitaba para pensar.

—¡Sígueme! —gritó —. Los separaremos. Tú vas a por uno y yo a por el otro.

Los alemanes viraron y reemprendieron la ofensiva.

Orlov no tenía tiempo para pensar en proteger a Natalia. O estaba con él, o estaba muerta. Tragó saliva y puso el control de su ametralladora en modo DISPARO. Utilizando una técnica que había practicado con el coronel Smirnov, se aproximó a los Messerschmitt de frente, como un caballero que avanza con su caballo en una justa. Tenía la esperanza de que Natalia dominara sus nervios.

Los aviones se acercaban rápidamente; el estruendo de motores era tremendo. Los Messerschmitt se situaron delante del parabrisas de Orlov, pero, en el último momento, se separaron. Dio un giro y persiguió a su presa. Tenía que confiar en que Natalia, aunque no pudiera derribar al otro avión, impidiera al menos que el piloto lo atacara. Orlov consiguió situarse en el lado izquierdo del Messerschmitt y disparó una ráfaga contra su blindaje. Vio los impactos en el costado del avión, que empezó a soltar humo negro. El avión perdió altura. El piloto saltó, pero el paracaídas quedó atrapado en la cola y cayó con el avión. El hombre agitaba las extremidades en un esfuerzo por escapar. Al principio de la guerra, una muerte como aquella le habría horrorizado, pero se había inmunizado contra el sufrimiento humano. Para él, era un alemán menos, y muchas mujeres y niños rusos habían muerto en peores circunstancias.

Giró la cabeza buscando a Natalia y la vio. Iba pegada a la cola del otro Messerschmitt tan tenazmente como lo había perseguido a él minutos antes. Entonces, Orlov vio las calaveras y tibias pintadas en el fuselaje alemán. ¡Eran más de treinta! Representaban los aviones soviéticos que había derribado el piloto. ¡Natalia estaba persiguiendo a un as! El piloto estaba dando giros, intentando zafarse de Natalia y evitar los disparos. Orlov predijo lo que ocurriría a continuación: Natalia se quedaría sin munición y el as iniciaría su ofensiva. Como cabía esperar, el piloto del Messerschmitt realizó un giro acrobático. Al cabo de unos segundos, estaría detrás de Natalia y le daría a probar de su propia medicina.

Orlov sintió que se le helaba la sangre, aunque sabía que debía actuar con rapidez. Sin embargo, en un abrir y cerrar de ojos, todo hubo terminado. Natalia había disparado contra la cabina en el momento en que el as era más vulnerable. Cuando el avión empezó a caer en picado, el sonido resultó ensordecedor.

Orlov no podía creérselo. Se situó en paralelo al avión de Natalia. Desde allí podía verle los ojos por encima de la máscara. No alcanzaba a ver la boca, pero estaba convencido de que sonreía. Natalia agitó las alas. Orlov se sintió tan aliviado de que ambos siguieran con vida que tuvo la tentación de corresponderla. Por el contrario, sobrevoló en círculos la zona en la que habían caído los aviones para confirmar su desaparición antes de regresar al aeródromo. Habían abatido a dos aviones enemigos en la primera salida del día. Normalmente, después de semejante triunfo, Orlov habría realizado una pasada victoriosa antes de aterrizar, pero no estaba de humor para juegos y tomó tierra directamente. Cuando salió de la cabina, le flaqueaban las piernas. Tenía el uniforme empapado en sudor.

—Menuda sorpresa —dijo el capitán Panchenko al acercarse—. Hemos visto parte de lo que ha ocurrido ahí arriba. Me alegro de tenerte de vuelta.

Sharavin le dio una palmada en el hombro y asintió en dirección al avión de Natalia, que se aproximaba al aeródromo. Realizó un aterrizaje suave y ralentizó la marcha sobre la accidentada pista en una maniobra de una elegancia propia de una bailarina. Cuando se detuvo, la mecánica saltó encima del ala y abrió la cabina. Desabrochó el arnés a Natalia y la ayudó a salir. Las demás pilotos y los miembros de la tripulación echaron a correr hacia Natalia para felicitarla. Orlov la observó mientras relataba los detalles del combate a sus compañeras. Al verla tan animada era difícil imaginar que momentos antes había matado a un hombre. Parecía una niña que acaba de montarse en una noria y suplica volver a la atracción.

Orlov se dirigió hacia el coronel Smirnov. Tenía que haber alguna manera de escapar de aquel brete. Natalia era una piloto excelente, pero no podía quedarse en el regimiento. Después de una misión, a Orlov no le gustaba hablar con nadie hasta que recobraba la calma. No necesitaba a una compañera de vuelo cotorreando cada vez que aterrizaran.

—Camarada coronel, ¿qué me dice a eso? —le preguntó a su amigo.

El coronel arqueó la ceja.

—Pues, camarada capitán, digo que, por lo visto, tiene una nueva compañera. Le guste o no, nos vendría bien una piloto como esa. Ahora vamos a probar a las demás.

Orlov y el coronel Smirnov no querían a las mujeres piloto, pero al final se alegraron de poder contar con ellas. El resto de las pilotos y tripulantes de tierra del 586.º regimiento demostraron ser tan merecedoras de pertenecer a un grupo de élite como Natalia. El coronel las ascendió a todas a subtenientes.

La piloto georgiana se llamaba Alisa Jipani. Había conseguido la Orden de la Estrella Roja cuando ella y su compañero, su superior, tuvieron que enfrentarse a dos cazas de combate, pero finalmente se toparon con un escuadrón. Los cazas protegían a unos bombarderos que se dirigían a una estación de trenes. El nudo ferroviario estaba abarrotado de tropas soviéticas; si los bombarderos alcanzaban su objetivo, se produciría una masacre. En lugar de dar media vuelta, las mujeres disgregaron al escuadrón y atemorizaron a los bombarderos. La hazaña le costó la vida a la líder de Alisa y la piloto georgiana acabó con quemaduras en las piernas y dos meses hospitalizada.

La tercera piloto, Margarita Filipova, era de Leningrado. El regimiento estaba diezmado y desmoralizado, pero la energía de Margarita valía por la de diez hombres. «¡Pues claro que vamos a derrotar a los alemanes! —decía con convicción—. ¡Solo tenemos que averiguar cómo hacerlo!»

Dominika Bukova, la mecánica de Alisa y Margarita, también levantaba los ánimos. Al cabo de solo unos días, se aprendió los nombres de todos los miembros del regimiento, además de sus mujeres e hijos. «Venga, vamos a por ello —decía cuando veía a la tripulación de tierra a primera hora de la mañana—. Vamos a terminar esta guerra para poder volver a casa con nuestras familias.»

Por su parte, Svetlana Novikova, mecánica de Natalia, era más prudente que su piloto. Orlov descubrió que había estudiado en el Instituto de Aviación de Moscú y que lo sabía prácticamente todo sobre aeronáutica. Habría cambiado a Sharavin por ella sin pensárselo.

En cuanto a Natalia, que insistía en que la llamaran Natasha cuando no estaban de servicio, Orlov creía que el capitán Panchenko la había descrito a la perfección: «Lo tiene todo para triunfar: habilidad, talento y encanto. También es una pesada que está acostumbrada a salirse con la suya. Su lugar es el escenario, no las fuerzas aéreas».

El coronel Smirnov discrepaba: «Por mi experiencia, los mejores pilotos no son las personas comedidas y tranquilas, sino las impredecibles».

Pese a su extravagancia, Orlov se percató de que Natasha también tenía una vertiente seria. Cuando cantaba y tocaba el piano para sus camaradas no era tan sociable como Margarita y Dominika. Era amigable, pero no intimaba con ninguna de las mujeres, a excepción de Svetlana. Natasha se pasaba el tiempo libre escribiendo cartas o paseando sola por el aeródromo. Contrariamente a lo que se temía Orlov, tampoco era locuaz después de una misión. Al igual que él, se apresuraba a despachar sus informes para poder tumbarse en la litera y dormir cuanto pudiera antes de la siguiente salida. Natasha era una paradoja: atractiva para los demás, pero, en esencia, una solitaria.

Por su comportamiento, Orlov sospechaba que Natasha ocultaba algo. «¿Y qué?», se respondió a sí mismo.

¿Acaso no tenía secretos él también? Desde luego, nunca había dado a conocer sus orígenes nobles ni el desdén que sentía hacia Stalin.

Las mujeres se alojaban en un búnker, al cual el coronel asignó un centinela. Había dejado claro que las tentativas amorosas con el personal femenino estaban totalmente prohibidas. «Son pilotos y tripulantes profesionales. El que quiera diversión, que vaya a otro sitio», había declarado. El único hombre que podía visitar el búnker era el propio Orlov, ya que tenía que comentar misiones con su compañera. Alisa y Margarita volaban juntas.

Orlov era respetuoso con la privacidad de las mujeres y hablaba con Natasha en el umbral. Jamás pasaba de allí. Sin embargo, empezó a notar rasgos de su propio comportamiento que lo desconcertaban. ¿Por qué antes de ir a ver a Natasha comprobaba siempre que iba bien afeitado y con el uniforme planchado? Stalingrado no era un lugar para darse aires de importancia. Incluso el coronel Smirnov, que normalmente era muy dado a las apariencias, se paseaba con las botas llenas de polvo y los pantalones manchados de barro. Cuando Orlov les dijo a las mujeres que su presencia causaría problemas a los hombres, se refería a los otros hombres del regimiento. Incluso después de que Natasha derribara al as alemán y aceptaran a las mujeres en el regimiento, se consideraba inmune a sus encantos. Pero siempre que se convocaba a pilotos y tripulación para una reunión, era consciente de dónde estaba sentada Natasha. Se estaba encaprichando de ella, pero no entendía por qué. En Moscú había tenido aventuras con bellezas de renombre y ninguna de aquellas relaciones le había afectado tanto como Natasha.

Entonces ocurrió algo que, a su juicio, sanaría definitivamente aquella atracción. Un día que llovía a mares Orlov fue a ver a su compañera. Margarita abrió la puerta del búnker. «Si se queda ahí fuera se va a morir, camarada capitán. ¡Pase! Tenemos una hoguera encendida. Le prepararé una taza de té.»

Aunque el búnker estaba fabricado con la misma madera y tierra que los de los hombres, las mujeres habían dado al suyo un aire acogedor. En el centro había una estufa portátil y el suelo estaba cubierto de alfombras. Habían colgado ramas de pino en el techo para refrescar el ambiente, y sobre una caja habían colocado un jarrón con flores silvestres. Natasha y Alisa —las únicas presentes en el búnker en aquel momento— estaban sentadas en la cama: la primera escribiendo una carta, y la segunda tejiendo. La cama de Alisa estaba cubierta con una colcha bordada, mientras que Natasha tenía unos zapatos de baile plateados junto a la suya. Se pusieron firmes al ver a Orlov.

Era la primera vez que veía a Natasha sin maquillaje y le sorprendió lo joven que parecía. Entonces reparó en el retrato de Stalin colgado encima de la cama y frunció los labios, preso de una rabia que le resultaba difícil de contener. ¿Cómo podía ser tan estúpida? Natasha se presentaba como una pensadora independiente, y, sin embargo, idolatraba al monstruo como el resto de las masas. El infierno en el que se hallaba sumido el pueblo ruso era culpa de Stalin. El coronel Smirnov, que tenía amigos en las altas esferas, le había confiado que Stalin estaba tan convencido de que los alemanes no atacarían jamás a la Unión Soviética que había prohibido a los generales adoptar las precauciones más básicas. Estos, aterrorizados por las purgas que darían con ellos y sus familias en campos de trabajo, no tuvieron más opción que obedecer. A consecuencia de ello, aviones estacionados en más de sesenta bases quedaron destruidos horas después del inicio del ataque alemán. Sin cobertura aérea, las tropas de tierra fueron aniquiladas al poco de comenzar la movilización. Stalin, que buscaba a algún culpable, ordenó que el comandante del Ejército Occidental, que había advertido en repetidas ocasiones de un ataque alemán inminente, fuera juzgado por traición y que lo fusilaran. ¡Esa es la clase de héroe que era Stalin!

Ver aquella fotografía lo puso tan furioso que fingió que se le había olvidado algo y se marchó. A partir de entonces se mostró frío con Natasha. La envió tres veces a la caseta del centinela por incumplimiento de las normas de vestimenta y, en su ausencia, volaba con un piloto varón que no era ni la mitad de bueno que ella. Sabía que estaba siendo irracional, cosa que detestaba. ¿Por qué despreciaba tanto la adoración de Natasha cuando hasta el momento había soportado en silencio los delirios del país entero?

La siguiente ocasión que voló con Natasha y abatieron a dos aviones enemigos, sus sentimientos hacia ella volvieron a ablandarse. La habían adoctrinado para que adorase a Stalin, como todos los demás, concluyó. Recordaba sus días en el orfanato cuando los niños tenían que saludar al retrato de Stalin en el comedor. ¿Acaso no era uno de ellos? Luego estaba el juramento que había realizado al «Gran Líder» cuando entró en las Fuerzas Aéreas. Se preguntaba si era su propia hipocresía la que le había hecho reaccionar con tanta violencia ante la visión que abrigaba Natasha sobre Stalin; y puede que también obedeciera a que ahora esperaba mucho de ella.

Orlov se desanimó al descubrir que sus sentimientos por Natasha habían vuelto a ganar en intensidad. Eran como una fiebre que uno cree haber superado y reaparece. Le parecía que su corazón, acostumbrado como estaba a peligros constantes y muertes a sangre fría, latía más fuerte siempre que Natasha andaba cerca. Un mero atisbo de su sonrisa le inundaba de calor. «¡No seas tonto!», quería gritarse a sí mismo. Solo podía mostrarse indiferente al efecto que ejercía sobre él cuando estaba en el aire. Con una fuerza de voluntad suprema, había aprendido a imaginársela como otro hombre cuando entraban en combate. Había aprendido a confiar en ella como si lo fuera.

Un día, cuando regresaban de una misión y recorrían juntos el aeródromo, el sonido de aviones acercándose provocó escalofríos a Orlov. Por el ruido de los motores, supo que los aparatos no eran suyos. Él y Natasha miraron hacia Stalingrado y vieron cazas alemanes en formación de ataque. Orlov consiguió empujar a Natasha a las trincheras de los mecánicos y cubrirla con su cuerpo antes de que las balas tachonaran el suelo por el que caminaban hacía unos momentos. Los salpicó la tierra. El ataque causó daños en un hangar y dos aviones que habían aterrizado después de Orlov y Natasha fueron pasto de las llamas, ya que la gente de tierra no tuvo tiempo de moverlos.

Los aparatos enemigos realizaron una pasada y no volvieron. Orlov se levantó y se sacudió el polvo. Natasha se puso en pie de un salto. Cuando vio a Svetlana salir ilesa del hangar junto con el resto de los mecánicos, pareció aliviada. Se volvió hacia Orlov.

—¡Ese ataque ha sido más aterrador que cualquiera que haya experimentado en el aire! En el cielo me siento como un águila poderosa, pero en el suelo soy una hormiga indefensa. La situación de los pilotos es mucho mejor que la de la artillería. ¡Lo que deben de sufrir los pobres!

Su rostro se contrajo en una mueca de tristeza. Orlov temió que se pusiera a llorar. Se acercó a ella con torpeza. Si hubiera sido una mujer corriente la habría abrazado, pero ¿qué debía hacer con otro piloto?

Uno de los aviones alcanzado por el ataque alemán estalló y saltaron por los aires llamas y trozos de metal. Orlov se dio cuenta de que debía ir con los demás, que trataban de impedir que se propagara el incendio, pero no quería dejar a Natasha sola. Pensó en algo que pudiera reconfortarla.

—Cuando ocurren estas cosas —dijo con gravedad—, lo importante es mantener la calma.

Natasha lo miró con sus hermosos ojos. Torció el gesto, se mordió el labio y se tapó la cara con las manos. Orlov se horrorizó al pensar que había empeorado las cosas. A Natasha le temblaban los hombros y emitía un extraño sonido apagado. Se arrodilló junto a ella.

—¿Necesitas un médico? —le preguntó—. ¿Te han golpeado los cascotes?

Natasha se apartó las manos de la cara. Tenía las mejillas llenas de lágrimas, pero no estaba llorando. Echó la cabeza hacia atrás y se puso a reír.

—¡Lo importante es mantener la calma! —repitió, y se dio unas palmadas en las piernas—. ¡Camarada capitán, a veces no sé qué pensar de usted!

Natasha intentó guardar la compostura, pero volvió a prorrumpir en carcajadas. Su risa era musical y contagiosa. Orlov soltó una risotada sin entender por qué eran tan divertidas sus palabras, pero cuanto más fuerte se reía Natasha, más fuerte se reía él también. Se sentaron juntos en medio de la destrucción, riéndose como dos borrachos en Fin de Año. Natasha tenía las mejillas coloradas y le centelleaban los ojos. Fue entonces cuando Orlov se dio cuenta de que su encaprichamiento era algo más y de que amaba a Natasha, aunque apenas la conocía.

South Sioux City Public Library
2121 Dakota Avenue
South Sioux City, NE 68776

Diecisiete

Stalingrado, 1942

Queridas mamá y Zoya:

Hace tiempo que no tengo la oportunidad de escribiros más que unas pocas líneas. Pero hoy está lloviendo y los alemanes no se han aproximado, así que estoy en el búnker con las demás chicas y una pequeña estufa para calentarnos. Si os digo la verdad, cuando me informasteis de la muerte de Román en Voronezh, me puse triste y me costaba hablar con la gente. Me entusiasmaban las misiones, pero, al volver, lo único que quería era irme a dormir o dar un paseo. Como sabéis, Román era amable conmigo. Para bien o para mal, antes de partir hacia la guerra nos prometimos que, si sobrevivíamos, nos casaríamos. No estaba enamorada de Román, pero era un buen hombre y tal vez podríamos haber llevado una vida feliz juntos. Ahora, cuando emprendemos misiones para cubrir a las tropas de tierra, lo recuerdo y hago todo lo que puedo por proteger a los hombres.

Tener aquí a Svetlana es reconfortante. Saber que cuida de mi avión me da confianza en la máquina que me lleva a la batalla cada día. La vida de los mecánicos es más dura que la de los pilotos. Deben revisar cada avión cuando volvemos de las salidas —a veces seis veces diarias o más— y luego repararlos por la noche con solo una linterna para iluminarse. Las pilotos y miembros de la tripulación compartimos un búnker subterráneo, pero cuando hace más frío, los mecánicos tienen que cerciorarse de que los motores no se congelen por la noche. Así que ahora Svetlana duerme en una trinchera cerca de los aviones con los otros mecánicos y solo un toldo para protegerse de los elementos. ¡Cuando la saludo por la mañana, tiene hielo en el pelo!

¡Qué buena amiga es Svetlana! Con sus cualificaciones no tenía por qué venir al frente, pero lo hizo para estar conmigo. Su madre le escribe, lo sé, pero nunca le manda nada. Puede que Lidia Dmitrievna esté atravesando dificultades. ¿Podrías enviarme la colcha de la cama para que Svetlana no pase frío y esos guantes finos que guardo en el cajón? Tiene costras en las manos y quizá con los guantes podrá llegar a las partes complicadas del motor y protegerse la piel. Menuda pareja formaremos entonces: ¡yo con mis rulos y Svetlana con guantes de gala reparando el avión! ¿Qué dirá el capitán Orlov?

Todavía no os he hablado del líder de mi escuadrón. El capitán Orlov es el hombre más atractivo que he conocido en mi vida: alto, de hombros anchos, mandíbula marcada, ojos marrones y pelo castaño. ¡Pero es muy serio! Por supuesto, la situación desesperada en la que nos encontramos en Stalingrado no es para reírse y estamos más tristes de lo normal, pero el capitán Orlov habla con tanta gravedad de la sopa o de la poesía de Pushkin como al informarnos de que nuestro escuadrón está a punto de enfrentarse a cincuenta aviones enemigos. Su solemnidad me hace reír, lo cual es incómodo, porque no tiene sentido del humor y, cuanto más intento controlarme, más me río.

Mamá, en tu última carta me preguntabas si tengo miedo cuando entro en combate. Me da pavor cuando estamos en orden de ataque fase uno. Mientras esperamos en la cabina, se me encoge el estómago y me late tan fuerte el corazón que casi me desmayo de miedo. A veces me castañetean los dientes de tal manera que estoy convencida de que me oye todo el regimiento. ¿Será la próxima salida la última? ¿Volveré a veros? Pero, en cuanto recibo la orden de despegue y muevo el avión por la pista, me invade una sensación de calma. Atenúo todos los sentimientos y me concentro. Me convierto en una especie de máquina y pienso solo en la misión, y no en el miedo o en las consecuencias. Para entrar en ese estado tengo mis rituales. En fase dos, me pongo pintalabios, polvos y perfume. Son mis pinturas de guerra, mi manera de decirle al enemigo que estoy preparada para enfrentarme a él. No me permito pensar en los alemanes como si fueran personas, como el padre, el hermano o el marido de alguien. Hacerlo sería fatal. No dejo de recordarme que no estaría matando alemanes si no hubieran invadido la madre patria y hubieran asesinado a gente inocente. Antes de atacar, me persigno y confío mi alma a Dios. El capitán Orlov no entiende esos rituales. Me ha enviado varias veces al calabozo por incumplir las normas de vestimenta. También me ha reprendido por las cosas que guardo en la cabina: el pequeño icono que me enviaste, el lápiz de labios, la polvera y el espejo. Cree que mis productos cosméticos son pura vanidad, pero, aunque intentara explicárselo, no lo entendería.

El calabozo no es un sitio agradable. Tienes que entregar el cinturón —para que no puedas hacerte daño con él— y permanecer allí en confinamiento. Al menos los guardias me dejan cantar, aunque lo hago en voz muy baja para no ponerlos en aprietos. Incluso cuando utilizo el lavabo se supone que deben acompañarme y no dejar de vigilarme. Pero los guardias son caballeros y siempre miran hacia otro lado. ¡A lo que tiene que acostumbrarse una en una guerra!

Aunque el castigo por incumplir las normas puede prolongarse varios días, el capitán Orlov me saca al cabo de unas horas. Soy su compañera de vuelo y, aunque no se alegró cuando me dieron ese cargo, creo que ahora se siente más seguro conmigo que con cualquier otro piloto. Hemos abatido a varios aviones juntos y desde que he llegado he derribado dos en solitario. Cuando el capitán Orlov me ordena que salga del calabozo, espera que me muestre contrita y que no vuelva a llevar maquillaje. Pero cuando estamos en fase dos, Svetlana me pasa el maquillaje y todo vuelve a empezar.

Últimamente no he estado en el calabozo, y creo que es porque para Svetlana es una molestia cada vez que me confinan en solitario, ya que tiene que ajustar los pedales de mi avión a la altura de un piloto y volver a ajustarlos para mí. Estoy segura de que ha expresado su descontento y ahora parece que el capitán Orlov ha dejado de reñirme. ¿Lo veis? Soy una buena soldado. ¡Siempre gano!

Cuando el coronel Smirnov, el comandante de nuestro regimiento, vio el broche de zafiro que llevo, no me reprendió. Simplemente me preguntó si no me parecía demasiado precioso para llevarlo al combate. Yo le respondí: «¡Yo también soy preciosa y entro en combate!». Se echó a reír (¡el coronel Smirnov tiene mucho más sentido del humor que mi líder de escuadrón!).

En fin, si mañana deja de llover, seguro que estaremos ocupadas, así que tengo que ir a dormir. ¡Un beso a las dos!

Con cariño,

NATASHA

P. D.: Mamá, sé que estás triste por haber perdido a *Ponchik*. ¡Pero nuestro perrito vivió muchos años y recibió mucho afecto! Por favor, busca otro perro extraviado en memoria de *Ponchik*, papá y Sasha. Esas criaturas deben de estar pasando mucha hambre y miedo. Llévalas contigo. ¡Los perros son fieles y no te traicionan nunca, a diferencia de las personas!

Dieciocho

Moscú, 2000

Era sábado por la mañana y, después de alimentar a sus gatos, Oksana había vuelto al nuevo piso de Lily para escuchar el resto de la historia de Svetlana. Había traído tres cachorros a los que estaba cuidando y los dejó en una cesta encima del sofá.

Svetlana miró a Lily y Oksana y no necesitó que la animaran a continuar.

—Sabía que Natasha estaba enamorada de Valentín Orlov incluso antes que ella misma. En cuanto a Valentín, sus sentimientos por Natasha resultaban obvios, por más que intentara esconderlos. Un día participó en una misión con el coronel Smirnov, Natasha y otros tres pilotos acompañando a un escuadrón de bombarderos que iban a destruir líneas de suministro alemanas. Lo que debería haber sido una misión rutinaria se convirtió en una batalla en la que nuestros cazas se hallaban en inferioridad numérica, de veinte a seis. Uno de los Yak fue pasto de las llamas y un bombardero quedó inutilizado y tuvo que realizar un aterrizaje de emergencia. Pese a ello, se ejecutó la misión y los aviones alemanes tuvieron que huir. Pero, en medio del caos, nuestros cazas se habían dispersado. Valentín, que apenas tenía combustible, fue el primero en regresar al aeródromo y esperó en la pista la llegada de los demás. El coronel Smirnov fue el siguiente y, después de él, los otros dos pilotos supervivientes. No había rastro de Natasha. «¿Alguien ha visto algo? —le preguntó Valentín a los demás—. ¿Aparte de que Maksimov ha caído?» Uno de los pilotos le respondió: «Recibió algunos disparos en el fuselaje, pero no había humo ni llamas. Parecía estar resistiendo.»

»El coronel Smirnov llamó al cuartel general de división para comprobar si había noticias de un derribo, pero no tenían nada de que informar. La tensión fue en aumento mientras todos —Valentín, el coronel Smirnov, los pilotos y la tripulación— escrutábamos el cielo con la esperanza de divisar el avión de Natasha. Con el paso de los minutos, Valentín no podía ocultar sus sentimientos. Estaba pálido de angustia. Yo estaba a punto de desmayarme. Por supuesto, habíamos pasado por aquello muchas veces. Algunos pilotos no volvían de las misiones; así eran las cosas. Los enterrábamos u oficiábamos una ceremonia de recuerdo. Cuando Natasha y yo formábamos parte del 586.° regimiento en Saratov, era inquietante despertarse en el búnker y ver las camas impolutas de camaradas que habían muerto el día anterior. Sus prendas a medio tejer, las cartas y los dibujos nos recordaban que podíamos perder la vida en cualquier momento. Natasha me pidió que no pensara nunca que iba a sucederle algo malo. Creía que lo que uno imaginaba gráficamente acababa ocurriendo. Para evitar la mala suerte, incluso se negaba a llevar la cápsula de identificación. Cuando participaba en una misión, me la daba a mí. Pese a que le había prometido no imaginarme lo peor, cada vez que realizaba una salida recorría ansiosamente la pista de aterrizaje hasta su vuelta. ¿Habían precipitado mis miedos la muerte de Natasha? No podía soportar la vida sin ella. Uno de los artilleros se volvió hacia mí: «¡Escucha! Ese es tu motor ¿verdad?».

»Agucé el oído y oí el leve rumor de un motor de avión. Todos los mecánicos conocían el sonido de su avión igual que una madre conoce el llanto de su bebé. El avión de Natasha apareció por el oeste. El alivio que nos invadió a todos era palpable. El coronel Smirnov dio una palmada en el hombro a Valentín, y este se permitió una leve carcajada. El resto de nosotros aplaudimos y lanzamos vítores, y observamos cómo Natasha se aproximaba al aeródromo. El ala tenía una parte hundida, lo que indicaba que el aparato había sufrido desperfectos. Tocó tierra y esperamos a que llegara al final de la pista, pero el avión se detuvo abruptamente. ¿Se le había acabado el combustible? Nos quedamos callados, esperando a que el avión se moviera de nuevo, pero no lo hizo.

»Conscientes de que algo iba mal, Valentín y yo echamos a correr por la pista. Valentín, con sus largas zancadas, llegó antes que yo y saltó encima del ala, que estaba salpicada de agujeros de bala. El parabrisas estaba destrozado. Valentín abrió la cabina y vio a Natasha recostaba en el asiento. Tenía la cara pálida como un fantasma y el uniforme empapado de sangre. Le habían alcanzado en el hombro; debió de perder el conocimiento en cuanto aterrizó.

»Valentín se arrancó un trozo de tela de la parte delantera de la camisa y lo dobló para aplicar presión sobre la herida. «¡Id a buscar a los médicos!», gritó a los demás pilotos y miembros de la tripulación, que se acercaban a toda prisa a ver qué había ocurrido.

»Desde el búnker del hospital enviaron a dos camilleros que acudieron con presteza. Valentín desabrochó el paracaídas y el arnés a Natasha, y la sacó en brazos de la cabina. «¡Natasha! —le dijo en voz baja—. ¡Natasha, vamos!». La tumbó en la camilla y echó a correr a su lado, manteniendo la presión en el hombro mientras los camilleros se dirigían al búnker del hospital. Yo corría detrás de ellos.

»La enfermera le arrancó la manga y examinó la herida. «Necesitará cirugía y una transfusión —dijo—. La estabilizaremos y la trasladaremos a un hospital.» Valentín no apartaba la mirada de la cara de Natasha. No estaba comportándose como un líder de escuadrón preocupado por uno de sus subordinados. Aquella mirada de desesperación era la de un hombre que ve a su amada sufriendo dolor. Mientras la enfermera limpiaba la herida y vendaba el brazo a Natasha, esta volvió en sí y vio a Valentín a su lado. Al principio parecía confusa, pero luego sonrió. Aquella sonrisa me dijo todo lo que necesitaba saber. Sentí muchas cosas en aquel momento: alegría por que Natasha y Valentín pudieran seguir viviendo el amor en mitad de aquel horror, pero también miedo por ellos. Era una idea aceptada que, en el frente, nadie debía hacer promesas; debían esperar a que acabara la guerra. Cuando la vida podía cambiar en un instante, las promesas solo causaban sufrimiento. Al final, mis temores eran fundados.

Los cachorros empezaron a moverse en la cesta y a maullar. Aunque Lily y Oksana estaban cautivadas por la historia de Svetlana, se tomaron una pausa para mezclar un poco de leche de fórmula.

Lily se dio cuenta de que ella y Svetlana no habían desayunado. Mientras Oksana se ocupaba de los gatitos, Lily preparó unas tostadas y las acompañó de queso fresco y rodajas de tomate. Cuando ofreció a Svetlana su plato, la anciana parecía ausente. Lily se sentó a su lado. Oksana volvió a dejar los gatos en la cesta, pero antes de volver con ellas sonó su teléfono móvil.

—Es el doctor Pesenko —dijo al ver el número. Tras unos minutos de conversación, finalizó la llamada y pidió a Lily que la acompañara a la cocina—. El doctor Pesenko ha encontrado un sitio para Svetlana —dijo—, un buen sitio. Es una residencia de ancianos donde podrán administrarle cuidados paliativos.

El día antes, Lily se habría alegrado de la noticia. La inquietaba cómo actuaría si Svetlana empeoraba. Oksana ya tenía bastantes preocupaciones con los gatos de la colonia y los cachorros huérfanos.

—¿Tan pronto? —respondió—. Pero Svetlana acaba de empezar a hablar. Todavía no sabemos si tiene familia.

—Una persona está investigándolo —dijo Oksana—. Entre tanto, el doctor Pesenko ha convencido al administrador para que la acepte facilitándole mis datos como cuidadora.

—¿Cuándo la llevaremos? —preguntó Lily.

—El doctor Pesenko está en la residencia. Quiere que vayamos ahora mismo. No podemos dejar pasar esta oportunidad; hay muy pocos lugares como este en Moscú. La mayoría de los rusos cuidan a sus mayores en casa.

Lily dejó a un lado las ganas que tenía de oír el resto de la historia de Svetlana y ayudó a Oksana a preparar una bolsa. Metieron el camisón que Lily le había comprado y un vestido que había conseguido Oksana, además de pasta dentífrica y otros artículos de primera necesidad. Lily le puso un collar y una correa a *Laika*, suponiendo que ella también iría. Lily se percató de que, durante el trayecto a la residencia, Svetlana miraba por la ventana. «¿Estará pensando en Valentín y Natasha?», se preguntaba. Recordaba a Valentín Orlov de la televisión: un hombre que nunca había dejado de buscar a la mujer que amaba. Finalmente, la encontró, pero estaba muerta. La historia de amor de Natasha y Valentín no tenía un final feliz.

El doctor Pesenko las saludó en recepción y las ayudó a registrar a Svetlana Novikova. Cuando entraron en las habitaciones, Lily se sintió aliviada al descubrir que no era tan distinto de la residencia en la que vivía la abuela de Adam en Sídney. Todo estaba limpio y recién pintado, y la sala común tenía televisor y unas butacas cómodas. Sin embargo, los cuadros en las paredes y los jarrones con flores no podían ocultar el hecho de que, para todos los que llegaban allí, era la última parada. Los suelos de baldosa, las camas metálicas de hospital y los armarios cerrados con llave eran típicos de las instituciones médicas, pero eran los ajados seres humanos que habitaban el lugar, con sus mechones de pelo blanco y la boca abierta, los que lo convertían en una institución para ancianos y moribundos. Lily observó a Svetlana, pero no parecía haberse dado cuenta del cambio de lugar.

Svetlana compartiría habitación con una mujer que estaba tan maltrecha que Lily no cesaba de mirarla para cerciorarse de que seguía respirando. Una enfermera rellenita con el pelo castaño y rizado entró en la habitación.

—Esta es Polina Vasilievna, la enfermera jefe —dijo el doctor Pesenko—. La dejaré en sus expertas manos y volveré a ver a la paciente mañana.

Polina cerró la cortina que había entre Svetlana y las otras mujeres, y guardó las pertenencias de la anciana en la taquilla.

—Tenemos una estantería para recuerdos y fotografías —dijo, señalando una vitrina de cristal situada en la pared. Miró a *Laika* y sonrió—. Y las mascotas pueden venir de visita siempre y cuando traigan el certificado de salud de un veterinario.

Oksana asintió. Lily sabía que conseguiría que el doctor Yelchin se ocupara del documento. Svetlana se tumbó en la cama sin decir palabra.

—Al principio es natural sentirse desorientado —dijo Polina, que dio unas palmaditas a Svetlana en la mano. Luego se volvió hacia Lily y Oksana—. Estamos a punto de servir el almuerzo. ¿Por qué no se quedan con ella mientras come? Cuando vuelvan mañana, ya verán cómo está más tranquila.

Más tarde, cuando las dos volvieron al coche, Lily notó un nudo en el estómago.

—Cuando Svetlana empezaba a confiar en nosotras, la metemos aquí —le dijo a Oksana.

Esta le puso la mano en el brazo.

—Cariño, se adaptará y vendremos a verla todas las tardes. Está muy enferma y no habrías podido cuidar de ella. Además, no olvides que no sabemos dónde vivía antes. Probablemente, era mucho peor. Aquí está segura y cómoda, y tiene lo que más quería: alguien en quien confía para ocuparse de *Laika*.

Aquella noche, Lily se tumbó en la cama de su apartamento con *Pushkin* ronroneando tranquilamente a un lado, y *Laika* al otro. La perra estaba nerviosa y no dejaba de cabecear contra el brazo de Lily.

—Tranquila —le dijo Lily—. Aquí estás segura. Además, tu dueña está recibiendo cuidados. Volverás a verla mañana.

Lily pensó en Svetlana en su cama de hospital con una desconocida durmiendo a su lado y recordó las palabras de Oksana: había hecho todo cuanto había estado en su mano. Desde la caída del comunismo, la esperanza de vida de una mujer en la Federación Rusa había descendido a setenta y un años. Basándose en lo que Svetlana les había contado hasta el momento, Lily calculó que debía de rondar los setenta y ocho. Pese a haber pasado una temporada en un campo de concentración y tener problemas cardiacos, ya había superado la media.

—Es dura —dijo Lily a *Laika*—. Estará bien.

Al día siguiente, Lily y Oksana metieron a *Laika* en el todoterreno y fueron a visitar a Svetlana.

—Sigue callada —dijo Polina cuando las acompañó a la habitación—. Pero sus constantes vitales son buenas. El doctor Pesenko la ha examinado esta mañana y ha hablado muy bien de vosotras. Su estado de salud es mejor de lo que esperábamos.

Svetlana estaba sentada en la cama. Parecía triste, pero cuando Lily le tendió a *Laika*, se alegró al instante.

—Hola —dijo, besando a la perra—. ¿Te gusta tu nueva dueña? Debes ser buena con ella.

—Venga, vamos a explorar este lugar —propuso Oksana.

Al ver que la anciana no se oponía, la sacó de la cama y de la habitación. Se dirigieron a la sala de recreo, donde varios residentes jugaban al ajedrez o contemplaban unos peces tropicales que nadaban de un lado para otro en un acuario gigantesco. Algunas mujeres estaban haciendo un puzle. Por la animada charla que llegaba desde su rincón de la sala, Lily dedujo que eran un grupo de amigas que todavía conservaban sus plenas facultades.

—Espero que le gusten los puzles —dijo Oksana despreocupadamente.

Svetlana apenas mostró interés en ninguna de las actividades; cuando las tres volvieron a la habitación, se tumbó en la cama y cerró los ojos. Según vieron, aquel día no les contaría nada más sobre Natasha y Valentín.

Las tres tardes siguientes ocurrió lo mismo. Svetlana parecía distante e incómoda, pese a la tranquilidad que le procuraban Lily, Oksana y el personal de la residencia.

—Supongo que volverá a abrirse cuando se acostumbre al lugar —observó Oksana.

—Eso espero —respondió Lily—. Me tiene intrigada.

El jueves por la tarde, cuando Lily estaba preparándose para visitar a Svetlana, apareció Oksana en el umbral.

—Espero que no te hayas olvidado de que esta noche sales a bailar salsa —dijo.

—¡Ah, sí!

Lily se había olvidado. Consultó el reloj. Luka la recogería al cabo de media hora. Titubeó. ¿De verdad quería ir? Prefería ver a Svetlana que salir a bailar, pero Oksana no quiso ni escucharla.

—¡Prepárate! —dijo, y cogió la correa de *Laika*—. Ya visitaré yo a Svetlana esta noche. Tú tienes que salir y vivir como una persona joven.

«Oksana tiene razón», pensó Lily mientras se daba una ducha y se maquillaba. En Sídney llevaba una vida social ajetreada, y ahora parecía una reclusa. Pero cada paso hacia delante le parecía una traición. Era como si ella y Adam hubieran emprendido un viaje en tren juntos y, de repente, él se hubiera apeado mientras ella continuaba avanzando. Quería que el tren se detuviera y volver donde había dejado a Adam, pero, por supuesto, eso era imposible.

Luka llevaba una camisa de satén azul y unos pantalones acampanados oscuros.

—Qué guapa estás —le dijo a Lily, admirando el vestido negro fruncido, y abrió la puerta de su coche con una floritura—. ¡Tu carruaje te espera!

Lily se echó a reír. Quizá fuera un buen comienzo salir con un hombre atractivo en una cita sin presiones. En ese momento, se dio cuenta de que echaba de menos la compañía masculina.

El club de salsa se encontraba en el sótano de un edificio de oficinas en el centro de Moscú. Lily siguió a Luka por el tenue interior y vio que la pista de baile estaba abarrotada. Por la profusión de acentos, era obvio que la clientela era una mezcla de rusos y expatriados, en su mayoría británicos y estadounidenses, pero también algunos turcos y alemanes. Iban vestidos más informalmente de lo habitual cuando se salía en Moscú: vaqueros y camisetas sin mangas, aunque, en el caso de las chicas rusas, los vaqueros llevaban etiquetas de Armani y los combinaban con zapatos de Manolo Blahnik.

Luka la guio entre la multitud y se detuvo delante de cuatro personas que estaban sentadas en divanes debajo de una palmera artificial.

—Hola, chicos —dijo—. Esta es Lily, mi amiga australiana.

Una chica hermosa con pelo negro y la nariz larga se levantó.

—Yo soy Tamara y este es mi novio, Borís —anunció, señalando a un joven con una camisa Lacoste.

Los otros dos eran una chica inglesa, Jane, que trabajaba en una empresa de informática, y otro ruso llamado Mijaíl, que era dentista.

El grupo empezó a tocar con más intensidad. Lily no alcanzaba a oír nada de lo que decía Luka, así que dejaron de hablar y bailaron. Era un buen guía que le hacía seguir el paso correcto y procuraba que no chocara con otros bailarines. La música era alegre. Lily estaba disfrutando mucho más de lo que había esperado.

Después, Luka invitó a todos a su piso. Vivía en el barrio de Meshchanski. Tras una sola mirada a sus elegantes muebles escandinavos, Lily lamentó no haber hecho nada con la nefasta decoración de su apartamento.

—Pasad todos —dijo Luka a sus amigos, que habían salido del ascensor—. Por favor, Lily —dijo, señalando una silla-huevo—, siéntate. Voy a preparar algo en la cocina.

El salón de Luka estaba cubierto de estanterías atestadas de libros y obras de arte. Una pared estaba dedicada a estudios sobre la historia rusa, mientras que las otras estanterías contenían libros sobre fisiología animal —como Lily habría imaginado—, además de arte y poesía.

Del dormitorio salieron dos gatos que parecían panteras.

—Hola, *Valentino* —dijo Tamara, que cogió al gato negro y le hizo un mimo, cosa que, por la alegre expresión de su rostro, le gustó—. Pareces musculado y aniñado, pero eres blandito —añadió Tamara.

El otro gato, *Versace*, que era negro con los bigotes blancos, fue directo al regazo de Lily, que acarició su pelo sedoso. Jane se inclinó para rascarle la barbilla. Luka salió de la cocina con una bandeja de *bruschettas*. Sonrió al ver a las mujeres toqueteando a los gatos.

—*Valentino* y *Versace* siempre buscan a las mujeres atractivas. ¡No son tontos!

—¿Desde cuándo los tienes? —preguntó Mijaíl—. No recuerdo haberlos visto la última vez que vine.

—Estaban escondidos —respondió Luka, que se agachó para acariciar a *Versace*—. Me los regaló Oksana, una amiga de Lily. Estaban abandonados en la calle. Pero, viéndolos ahora, nunca lo dirías.

—No —coincidió Jane—. ¡Son guapísimos!

Versace acarició la barriga de Lily con el hocico y ronroneó. Si en su día fue un gato salvaje, pensó ella, hay esperanza para *Mamochka*.

—También tengo un perro —le dijo Luka a Lily—. Es mezcla de samoyedo. Está en casa de mis padres. Allí hay jardín y mi madre tiene tiempo para pasearlo todos los días. Tendría más animales si dispusiera de espacio. ¿Es cierto que en Australia todo el mundo vive en casas con jardín grande?

Lily sonrió.

—No todo el mundo, pero ese es el sueño australiano, aunque de un tiempo a esta parte son más bien casas grandes sin apenas jardín, por desgracia para nuestro ecosistema.

Luka sirvió a todos una copa de vino cuando volvió a la cocina para preparar unos *blinis*. Lily se quitó a *Versace* del regazo y lo dejó al cuidado de Jane para ir a la cocina, una estancia blanca con encimeras de madera de color claro. Una pared estaba cubierta de esbozos de animales enmarcados.

—¿Los has hecho tú? —preguntó Lily—. Son muy realistas.

Luka asintió.

—Dibujo a los que no puedo salvar. Me inspiran para estudiar más y convertirme en el mejor veterinario posible. Y, al recordarlos, su espíritu sigue conmigo.

Conmovida, Lily se dio la vuelta para recobrar la compostura. Con su trabajo con animales y su búsqueda de reliquias, Luka era una persona capaz de cambiar una situación trágica. En su día, ella también había sido así. Pero, desde la muerte de Adam, había perdido la fe en su capacidad para cambiar nada. Lo intentaba —ayudando a la anciana del paso subterráneo y a los gatos de la colonia—, pero no era demasiado optimista. Tal vez por eso Luka le parecía tan atractivo. Necesitaba un amigo que pudiera recordarle cómo era eso de tener esperanza.

—Tienes un piso fabuloso —le dijo—. Como te interesa buscar reliquias, imaginaba que tendrías armas y cascos.

Luka rompió unos huevos en un cuenco y añadió leche y harina.

—No conservo esas cosas. Se las mando a los familiares o a un museo o se quedan donde están —señaló con la cabeza hacia el salón—. Pero hago fotografías y bocetos. En la mesita que hay debajo de la estantería tengo varios álbumes. Luego te los enseño si quieres.

Lily vio una oportunidad.

—He estado siguiendo la noticia sobre la recuperación del avión y los restos de Natalia Azarova. Parece fascinante.

—Desde luego —respondió Luka con una sonrisa—. Pero, en el caso de Natalia Azarova, es difícil separar las historias idealizadas de la realidad, como sucede con todos los héroes. Participé en las excavaciones para recuperar su avión. Me invitó un amigo de mi tío.

—¿De verdad?

Lily se sentó en un taburete. Le habría gustado hablarle de Svetlana, pero el secreto no era suyo y no podía compartirlo.

Luka puso a calentar una sartén y puso unos cuantos *blinis* sobre la superficie.

—Es profesor de la Universidad de Moscú y le interesa el culto a los héroes nacionales. Escribió un libro sobre Natalia Azarova. Lo tengo en la estantería. Ya te lo prestaré.

Luka volteó la *crêpe* con una espátula.

—Está revisándolo para una nueva edición. Le han dado acceso a archivos que antes eran confidenciales. El padre de Natalia Azarova era el chocolatero jefe de la fábrica Octubre Rojo. Lo ejecutaron por enemigo del pueblo, pero nunca se ha hecho público quién lo denunció.

Lily sintió un escalofrío en la columna vertebral.

—¿Ah, sí?

Luka debió de notar su reacción.

—Si quieres, podemos quedar con él para tomar un café o para cenar. A Yefim le encanta hablar de sus investigaciones. Se sentirá orgulloso de que alguien venido de Australia se interese por su trabajo.

—Me encantaría conocerlo —dijo Lily.

No podía creer la suerte que había tenido. Desde que Svetlana hiciera su asombrosa confesión, la historia de Natalia Azarova la tenía interesadísima, y ahora iba a conocer a un experto en ella.

Ayudó a Luka a llevar al salón la bandeja de *blinis*, con acompañamiento de queso feta, pimientos dulces marinados y berenjenas.

—Y entonces, Lily, ¿cómo conociste a Luka? —preguntó Tamara.

Lily les habló de la colonia de gatos; todo el mundo asintió con un gesto de aprobación.

—Es un gran tipo —dijo Mijaíl—. Fuimos juntos al colegio.

Lily miró a Luka. Era una persona especial. Aparte de ser atractivo y de hacer gala de un gusto impecable, tenía talento y era inteligente y amable. Luego buscó en las estanterías alguna foto reveladora de algún novio, pero no encontró ninguna. «Tiene que haber alguien que aprecie lo fantástico que es» pensó. Pero entonces recordó que Moscú no era como Sídney. Aquí la gente no podía ser abiertamente homosexual sin correr el riesgo de que lo insultaran o lo agredieran. Quizá tuviera a alguien, pero lo llevaban con discreción y no salían juntos a bailar.

Eran un grupo muy afable. Le preguntaron a Lily por la vida en Australia. A Borís le interesaba saber más sobre las playas y las serpientes y las arañas venenosas. Cuando Lily anunció a sus amigos australianos que se iba a trabajar a Rusia, reaccionaron como si fuera a trasladarse al Salvaje Oeste. «Rusia es un lugar peligroso», le dijeron. Ahora se daba cuenta de que algunos rusos veían Australia de la misma manera.

Cuando llegó la hora de irse, Luka cogió el libro de Yefim de la estantería y se lo ofreció a Lily.

—Lo llamaré mañana para ver cuándo está libre.

Luka dejó a Lily delante de su casa. Antes de salir, la besó en las mejillas.

—Ha sido una noche fantástica, Lily. ¿Te gustaría volver a salir con nosotros? Creo que a mis amigos les has caído bien.

—Claro —respondió—. A mí también me han caído bien.

Mientras se ponía el camisón y se cepillaba los dientes, Lily pensó que salir con amigos era como volver a coger un libro después de una larga temporada sin leer e intentar recordar las tramas de la historia. Sin embargo, le habría gustado que Adam estuviese allí disfrutando de la noche con ella.

Se metió en la cama con *Pushkin* y *Laika*, y contempló la portada del libro de Yefim. Su apellido era Grekov y el libro se titulaba *Cielos de zafiro: Natalia Azarova, heroína de guerra rusa*. Buscó el nombre de Svetlana en el índice y vio que no aparecía hasta que a Natasha la destinaron a Stalingrado, y solo como su mecánica. Lily se dio cuenta de que conocía más datos íntimos de la piloto que la máxima autoridad en el tema. Al parecer, Yefim ignoraba que Svetlana y Natasha eran amigas de la infancia. En el capítulo que relataba el día de la desaparición de Natasha, el autor afirmaba que Svetlana también había desaparecido cuando fue a buscar a su piloto:

> Novikova no tenía permiso para abandonar el campamento y la podrían haber fusilado por desertora. Pero los otros mecánicos la dejaron marchar y no informaron al capitán Valentín Orlov, el nuevo comandante del regimiento, porque estaban convencidos de que daría media vuelta. Pudo ocurrirle cualquier cosa, pero es poco probable que Novikova encontrara a Natalia Azarova. Lo más seguro es que no hubiera cruzado las líneas enemigas cuando la atraparon y la abatieron, o tal vez pisó una mina y saltó en pedazos. Puede que incluso la devorara un oso o un lobo. Según sus camaradas, no era una superviviente como Natalia Azarova.

—Pues se equivoca en ambas cosas —le dijo Lily a *Laika*—. En primer lugar, tu dueña es, sin duda alguna, una superviviente. Y, en segundo lugar, sí que encontró a Natalia Azarova. Si no, ¿cómo iba a saber lo que le sucedió realmente?

Lily cerró el libro y apagó la luz. Tenía que ser paciente y esperar a que Svetlana estuviera preparada para contarle esa parte de la historia.

Diecinueve

Moscú, 1943

Los médicos del hospital militar me curaron el hombro lo mejor que pudieron y después me enviaron en tren a Moscú para someterme a más operaciones. Fue entonces cuando me enteré de la noticia: Marina Raskova había muerto cuando su avión se estrelló en una tormenta de nieve. La mujer que me había inspirado y convertido en piloto de combate había perdido la vida.

Una enfermera del hospital de Moscú me acompañó para que pudiera visitar la urna de Marina junto a los miles de ciudadanos que acudieron al Club de Aviación Civil, para presentar sus respetos. No creía posible que mis héroes murieran. Pero, a medida que avanzaba la guerra, vaya si lo hacían. Después, depositaron las cenizas de Marina en la muralla del Kremlin, cerca de la tumba de Polina Osipenko, la copiloto de su histórico vuelo en el *Rodina*, que murió en un accidente durante una formación junto a Anatoli Serov, el marido de mi ídolo cinematográfico, Valentina Serova.

Una semana después de mi operación me permitieron ir al apartamento de mi madre a recuperarme. Mamá ahora vivía de nuevo en el distrito de Arbat con un cachorro de pelo rojizo al que había bautizado como *Dasha*. La había encontrado deambulando por la calle, medio hambrienta y con heridas en las pezuñas.

Cuando me hube acomodado en una butaca con las piernas tapadas con una manta y mamá se hubo sentado, me contó que Zoya había muerto. Había fallecido en un ataque aéreo la última semana de enero de 1942, mientras yo realizaba la formación en Engels.

—Estábamos en casa con los otros residentes cuando sonó la alarma de ataque aéreo —explicó mamá—. Todos fuimos corriendo al sótano, pero el edificio se nos cayó encima. *Ponchik* y yo fuimos los únicos supervivientes.

La noticia me dejó anonadada. No podía ni hablar. Había estado escribiendo a mi madre y a Zoya desde el frente. Todo ese tiempo creí que estaba viva.

—Mamá —conseguí decir al fin—, me contaste lo de *Ponchik* y lo de Román, pero no lo de Zoya. ¿Por qué?

Mamá se frotó los brazos.

—Al principio no podía creer que estuviera muerta. No dejaba de pensar que un día despertaría y allí estaría Zoya, alegre como siempre. Pero tenía otros motivos, aparte de ese.

Mamá se levantó y abrió el cajón de un escritorio situado cerca de la ventana. Me dio un álbum de recortes de periódico, similar al que tenía yo de adolescente dedicado a mis aviadores y estrellas de cine favoritos.

—Zoya era como una hermana para mí —dijo—. Sabía que si creías que estaba sola en Moscú, no podrías concentrarte en lo que estabas haciendo.

Abrió el álbum. Tenía curiosidad por ver qué había estado coleccionando mi madre. Los artículos trataban sobre mí y estaban extraídos de *Ogonek, Izvestia* y *Pravda*. De vez en cuando llegaban al aeródromo periodistas que querían entrevistarme. El coronel Smirnov me dijo que fuera lacónica en mis respuestas. Yo contestaba a sus preguntas y les dejaba que me hicieran fotos cerca de mi avión, sin darle demasiada importancia e imaginando que prestaban una atención similar a otras mujeres que combatían en el frente. Ahora, al pasar las páginas del álbum de recortes, me di cuenta de que me presentaban como un modelo para las chicas, al igual que Marina Raskova lo había sido antaño para mí. Miré a mi madre. Tenía lágrimas en los ojos.

—¡Papá, Sasha y Zoya habrían estado muy orgullosos de ti! —dijo—. ¡Has restablecido el buen nombre de nuestra familia!

Me di cuenta de que el álbum de recortes significaba mucho para mi madre, así que no expresé mis verdaderos sentimientos, pero estaba horrorizada. Cuando era más joven, soñaba con convertirme en una aviadora famosa. La muerte de mi padre lo había cambiado todo. Ahora lo único que quería era defender a la madre patria. Ser famosa significaba que la gente quería saberlo todo sobre ti, y solo había podido convertirme en piloto porque había mantenido en secreto mi pasado. Marina Raskova había recibido el primer funeral de Estado durante la guerra. Stalin fue uno de los que portaron el féretro en el entierro de Polina Osipenko. Pero, aunque fui la primera mujer del mundo que se convirtió en un as de la aviación, Stalin no había dicho absolutamente nada al respecto. En ningún artículo hacía referencia a mí como una de sus águilas. Él sabía que era mejor olvidar mi pasado. Lo manejaba todo. El rumbo de la guerra estaba dando un giro gracias a su genialidad.

Moscú estaba en peligro, pero los alemanes no lograron conquistarla y sus ciudadanos se salvaron del horror del bloqueo que sufrió Leningrado o de la destrucción de la ciudad, como la gente de Stalingrado. Aun así, habían escapado por poco, por lo que los moscovitas decidieron vivir la vida al máximo. Mamá y yo paseábamos por las calles con *Dasha* y mirábamos a la gente que abarrotaba las cafeterías y escuchaba jazz o bailaba.

La calefacción del piso de mamá era poco fiable, pero era agradable acurrucarse con ella en el colchón que ponía cada noche en el suelo con *Dasha* enroscada a nuestros pies. Me despertaba el olor a café —mezclado con harina de bellota para que durara más— y buñuelos hechos con piel de patata. Cuando mi hombro mejoró, nos enfundábamos nuestros abrigos más gruesos e íbamos al cine a ver a Valentina Serova en *Espérame*, una película sobre una mujer que nunca pierde la esperanza de que su marido vuelva con ella, aunque los alemanes han abatido su avión. Nos aprendimos la canción *Espérame* y la entonábamos con entusiasmo a la mínima oportunidad.

Eran placeres sencillos y los disfrutaba mucho. Al mismo tiempo, me preocupaba que volver a disfrutar de la vida civil me quitara las ganas de volver al frente. A veces, la paz y la tranquilidad me ponían nerviosa y anhelaba surcar los cielos con mi Yak, enfrentándome de nuevo a los alemanes. Un día llegué a casa después de dar un paseo con mamá y *Dasha*, y descubrí que había llegado una carta para mí. Era del mismísimo capitán Orlov. Al principio pensé que le había sucedido algo a Svetlana y me temblaban las manos, pero la misiva no contenía malas noticias.

Querida Natasha:

He recibido un informe del hospital de Moscú en el que se afirma que la operación ha salido bien y que estás recuperándote en casa. Me alegra saberlo. Svetlana me ha dicho que tienes una madre maravillosa y que, sin duda, mejorarás mucho con sus cariñosas atenciones.

En el regimiento te echamos de menos. El viento empieza a soplar a nuestro favor. No sé si recibiréis muchas noticias en Moscú, pero el Sexto Ejército de Hitler se ha rendido y Stalingrado vuelve a ser nuestra. Por supuesto, queda mucho trabajo por hacer y es probable que los alemanes avancen hacia Kursk y que nos destinen allí en un futuro no muy lejano.

También tengo buenas noticias en un plano más personal. El coronel Smirnov se enfadará si se entera de que te he informado de esto antes que él, así que, por favor, finge sorpresa cuando lo haga, pero, como comandante de tu escuadrón, me complace decirte que, a tu regreso, te harán entrega de la Medalla de la Orden de la Estrella Roja por tu excepcional servicio en la defensa de la Unión Soviética y también de la Orden de la Bandera Roja al valor durante el combate. El coronel Smirnov ha realizado las disposiciones necesarias para tu ascenso al rango de teniente y liderarás un escuadrón propio, aunque de vez en cuando me concederás el honor de volar conmigo en misiones de gran importancia.

Hemos recibido nuestros aviones mejorados. Los nuevos modelos han mejorado sobremanera la visibilidad posterior y cuentan con unos sistemas de mira y control mucho más avanzados. Sé que sentías mucho apego por tu avión y le mostré mis respetos dándole las gracias por los servicios que te había prestado antes de que se lo llevaran.

Pienso en ti y deseo volver a verte.

Atentamente,

CAPITÁN VALENTÍN ORLOV

Había pensado a menudo en el capitán Orlov mientras estaba en Moscú. El día que me hirieron había sido atento conmigo. El tono de su carta me decía algo que había empezado a sospechar: que bajo su apariencia fría y formal se ocultaba un hombre afectuoso. Aunque la carta no contenía una declaración de amor, se intuía mucho más que el interés de un comandante por su escolta de vuelo. Estaba tan contenta que leí la carta una y otra vez hasta que me la aprendí de memoria.

Se la mostré a mamá, que guardó silencio largo rato antes de hablarme.

—Natasha —dijo, pero luego vaciló.

Supuse que había percibido lo mismo que yo; pensé que me advertiría de que debía ser prudente. Enamorarse cuando el mundo estaba al borde de la locura solo podía llevar a una historia de desamor. Sin embargo, no lo hizo.

—Natasha —continuó—, aprovecha todo momento para ser feliz.

En marzo me declararon apta para reincorporarme al regimiento. Mamá y *Dasha* vinieron a despedirme a la estación. Llevaba el pelo recogido en un moño precioso, con una bufanda rosa oscuro al cuello y guantes a juego. Estaba guapísima.

—Cuando vuelva —le dije—, veremos muchas películas juntas y me dejaré el pelo largo para peinármelo como tú.

Besé a mamá en las mejillas y acaricié a *Dasha*. Fue una despedida sencilla, pues estábamos seguras de que regresaría sana y salva. Saludé a mamá con la mano y le lancé un beso desde la ventana cuando el tren abandonaba la estación.

—¡Espérame! —le dije.

¿Cómo iba a saber que no volvería a verla nunca?

El tren me llevó desde Moscú hasta una base aérea situada cerca de Saratov, donde un avión de suministros me trasladó a mi regimiento. El coronel Smirnov había partido a una misión cuando llegué, así que me dirigí al comedor a ver a quién encontraba. No conocía a ninguno de los pilotos y tripulantes de aspecto cansado que estaban comiendo allí. Fui corriendo a los dormitorios que había compartido con las demás mujeres y me alivió encontrar a Alisa descansando. Dio un salto al verme.

—¡Natasha!

Recorrí el búnker con la mirada. La cama de Margarita y sus pertenencias habían desaparecido.

—Murió la semana pasada —dijo Alisa en un tono que dejaba entrever la tristeza por haber perdido a su camarada—. Su avión explotó. No quedó nada de ella que pudiéramos enterrar.

Tiré la mochila al suelo y me senté en la litera. ¿Margarita ya no estaba? Ella siempre nos animaba en los días más sórdidos. ¡Su avión había estallado! Aun así, era mejor que un incendio y arder lentamente. Esa era la peor manera de morir.

—¿Y las demás? —pregunté.

Alisa entendió por quién sentía ansiedad.

—Svetlana está bien. El capitán Orlov ha salido a una misión con el coronel Smirnov.

Fui corriendo al hangar a ver a Svetlana. Nos abrazamos con fuerza y me contó los detalles de todo lo que había pasado en mi ausencia. Las Fueras Aéreas soviéticas habían logrado la supremacía en Stalingrado y los alemanes habían adoptado tácticas más agresivas. Su nueva estrategia consistía en superarnos numéricamente en los combates aéreos; casi la mitad de los pilotos de nuestro regimiento habían muerto o habían resultado heridos.

Cuando oímos a los aviones regresar al aeródromo, Svetlana y yo salimos a saludar al escuadrón. Valentín nos vio y realizó un giro de la victoria que hizo saltar mi gorra. Si cualquier otro piloto hubiera volado tan cerca del suelo, lo habrían metido una semana en el calabozo.

—Le has cambiado —dijo Svetlana—. Es distinto gracias a ti.

Cuando aterrizaron los aviones y bajaron los pilotos, Valentín se volvió hacia mí y cruzamos miradas. Era como si no existiera nada más; Valentín y yo estábamos solos en el mundo. Entonces el coronel Smirnov lo distrajo con una pregunta y se rompió el hechizo, pero la tensión entre los dos seguía allí.

Aquella noche, el coronel Smirnov organizó una

fiesta en mi honor. Todo el mundo había guardado sus raciones de chocolate, azúcar y leche para que el cocinero pudiera prepararme un pastel a mi regreso. El coronel Smirnov tocó el piano mientras el resto bailábamos. Puesto que había más hombres que mujeres, algunos tuvieron que formar pareja entre sí. Valentín solo bailó conmigo y nadie nos interrumpió. La felicidad que sentí contrastaba con la realidad: estábamos enfrentándonos a un enemigo cada vez más desesperado y que había aniquilado a muchos de nuestros camaradas.

—¿Por qué no me contaste en tu carta que habíamos perdido a esa gente? —le pregunté.

—No quería que te preocuparas —respondió Valentín—. Quería que te recuperaras y volvieses.

El regimiento me pidió que cantara la última canción de Moscú y entoné la de la película que había visto con mamá.

Espérame y volveré.
Espérame con todo lo que tengas.
Espera, cuando las tristes lluvias amarillas
te digan que no deberías.
Espera cuando la nieve caiga rápida,
espera cuando el verano sea caluroso,
espera cuando el ayer haya pasado,
cuando otros sean olvidados.
Espera, cuando desde ese lugar remoto
las cartas no lleguen.
Espera, cuando esos con los que esperas
duden que siga viva.

Valentín tenía sus ojos clavados en mí y sabía que la canción era para nosotros. Mientras nos quisiéramos y esperáramos que el otro sobreviviera, ninguno de los dos moriría.

Después, el coronel Smirnov nos ordenó que nos

fuéramos a la cama, ya que al día siguiente partíamos hacia un nuevo aeródromo. Me tumbé en la litera, pero, después de media hora dando vueltas, decidí dar un paseo para aclarar las ideas. Salí de la cama, me puse el abrigo encima del camisón y me calcé las botas antes de salir. Me acerqué al centinela y le dije que no podía dormir y que quería estirar las piernas.

—Gracias por informarme —dijo con cierta ironía—. De lo contrario, te habría disparado.

Había luna llena y el aire era fresco en los alrededores del aeródromo. Ya no se percibía el olor a humo que envolvía Stalingrado cuando el 586.º regimiento me destinó por primera vez aquí. Pensé en Valentín y en lo guapo que estaba mientras bailábamos.

—Natasha.

Me di la vuelta y lo vi detrás de mí.

—¿Te ha gustado la fiesta? —preguntó.

—Sí.

Valentín sonrió con una expresión de ternura en sus ojos.

—¿Te alegras de estar de vuelta… conmigo?

Quería decirle que había regresado sana y salva porque sabía que estaba esperándome, pero no me salieron las palabras. En lugar de eso, me acerqué a él. Me abrazó y me besó con dulzura, con una pasión cada vez mayor. Por un momento ninguno de los dos se movió; entonces dio un paso atrás y me cogió de la mano. Junto a la pista había una cabaña en la que los pilotos esperábamos los días en que el clima era demasiado riguroso para permanecer sentados en nuestros aviones. Me llevó allí. Me sentía ingrávida y nuestros pasos eran lánguidos.

La cabaña estaba oscura, excepto por el reflejo de la luna que se colaba por las aberturas de las paredes y la ventana. Valentín cerró la puerta y me rodeó con sus brazos. Notaba fuertes palpitaciones. Su cálido aliento en el cuello hizo que me temblaran las rodillas. Volvió a apartarse, se quitó el abrigo y lo tendió en el suelo. Luego se quitó las botas, y me quitó las mías. Me desprendí del abrigo y se lo di para que lo pusiera encima del suyo.

—Aquí estamos, Natasha —dijo, y volvió a abrazarme y me tumbó sobre los abrigos.

Ahora yacía junto a mí y me desabrochó los botones del camisón y me acarició los pechos y el estómago. Todo cuanto hacía me inundaba de deseo. Muy excitada, le saqué la camisa de dentro de los pantalones y le pasé las manos por la suave piel de la espalda. Olía a fresco, como a limones.

En un movimiento fluido se incorporó y se quitó la camisa por la cabeza, lo cual proyectó su hermoso cabello en todas direcciones. Extendí la mano y, riéndome, volví a peinarlo.

—¿Sigues riéndote, preciosa Natasha? —susurró mientras se desabrochaba los pantalones, y presionó su piel desnuda contra la mía.

Cada palmo de mí ardía cuando se movía encima de mí.

Sostuve su cara entre mis manos, sabiendo que nunca amaría a otro hombre como amaba a Valentín.

Veinte

The Moscow Times, ***4 de septiembre de 2000***

El ministro de Defensa ha anunciado hoy que la heroína de guerra Natalia Azarova, cuyos restos se descubrieron recientemente en Orël Oblast, será enterrada con honores de Estado y militares. El funeral se celebrará en la catedral del Cristo Salvador, que acaba de ser consagrada.

Según el profesor Yefim Grekov, de la Universidad de Moscú, que ha escrito un libro sobre Natalia Azarova, la celebración de un funeral de Estado, además ortodoxo, es un indicio de los enormes cambios que están produciéndose en el país. «Elegir la catedral del Cristo Salvador para la ceremonia funeraria de Natalia Azarova es sumamente simbólico —asegura—. El mes pasado, la Iglesia ortodoxa rusa canonizó al zar Nicolás II y a su familia, ochenta años después de su brutal ejecución a manos de los bolcheviques. La Iglesia los declaró mártires, aunque durante el periodo soviético, al zar y a su familia se los consideraba criminales. Ahora, Natalia Azarova, cuya memoria se vio empañada en otros tiempos por la sospecha de que era una espía extranjera, será honrada de la manera más solemne posible.»

La catedral original se construyó para dar gracias a Cristo por salvar a Rusia de Napoleón. Bajo el liderazgo de Stalin, la hermosa iglesia fue demolida con la intención de construir en su lugar un «Palacio de los soviéticos». Debido a problemas geológicos y a la falta de financiación, el palacio no llegó a erigirse y el lugar se convirtió en una piscina pública. Tras la caída de la Unión Soviética, la Iglesia ortodoxa rusa obtuvo permiso para reconstruir la catedral en todo su esplendor y más de un millón de moscovitas donaron dinero para el proyecto.

«Es extraordinario —asegura el profesor Grekov—. En un país asolado por problemas económicos y sociales, guerras y terrorismo, los símbolos del pasado han cobrado más importancia que nunca. El Gobierno cree que una bella heroína de la Gran Guerra Patria es exactamente lo que necesita el pueblo para volver a inspirarse.»

El cuerpo de Natalia Azarova estará cinco días en la capilla ardiente custodiado por un guardia de honor. La ciudadanía podrá presentar sus respetos en ese periodo. Puesto que los restos son un esqueleto, el ataúd permanecerá cerrado, pero el broche de zafiro que le regaló Stalin —y del cual se deriva su identificación, Cielos de Zafiro—, se expondrá en un cojín depositado encima del féretro. Asimismo, se expondrá su Estrella de Oro, que la reconoce como heroína de la Federación Rusa, un honor que le fue denegado durante muchos años.

Lily le enseñó el artículo de *The Moscow Times* a Oksana.

—Hablaré con el doctor Pesenko —le dijo Oksana—, pero Svetlana parece estar en condiciones de asistir al funeral. Estoy segura de que querrá ir.

Sin embargo, cuando Lily planteó la cuestión aquella noche, la anciana la miró con aflicción. Se quedó callada tanto tiempo que a Lily empezó a preocuparle que no se encontrara bien otra vez. Cuando finalmente habló, la voz de Svetlana denotaba una honda tristeza.

—Natasha amaba a la madre patria y a sus gentes. Combatió y murió solo por ellas. Me alegro de que ahora sepan que no los abandonó y que nunca fue una espía alemana. Pero, por lo demás, la hipocresía es repugnante.

¿Hipocresía? ¿A qué se refería? Eso sí que no se lo esperaba. ¿Estaba enfadada por que el Gobierno se había negado a reconocer a Natasha como heroína nacional durante tantos años y ahora solo lo hacía por razones políticas? Pero Svetlana no añadió nada más y Lily no quería presionarla.

—Creo que si no ve al menos la retransmisión del funeral, se arrepentirá —dijo Oksana de camino a casa—. Eran como hermanas. Voy a hablar con Polina para preguntarle si puede utilizar una habitación privada del hospital que tenga televisor.

—¡Buena idea! —dijo Lily—. El funeral está previsto para el viernes. Me tomaré el día libre para poder verlo contigo.

Oksana dio las buenas noches a Lily en el ascensor, pero la llamó por teléfono una hora después.

—Tengo una noticia que no podía esperar a darte —anunció.

—¿Qué sucede?

Oksana respiró hondo.

—Acabo de hablar con el contacto que ha estado intentando averiguar dónde vivía Svetlana antes de instalarse con nosotras. Ha encontrado pistas poco concluyentes. Tal como descubriste en el libro del profesor Grekov, Svetlana Novikova figuraba como «desaparecida en combate, presuntamente muerta» en 1943. Los supervivientes de los tres regimientos de mujeres de las fuerzas aéreas se reúnen cada 2 de mayo en un parque situado delante del teatro Bolshói. Svetlana nunca ha asistido ni ha esclarecido su situación. Incluso sus padres creyeron que había muerto en la guerra hasta el día de su muerte, a principios de los años setenta. La Svetlana que conocemos ha vivido con un nombre falso que no nos ha revelado. Sospecho que no quiere ir al funeral por si alguien (una de las mujeres que se entrenaron en Engels con ella o Valentín Orlov) la reconoce.

—Eso me preguntaba yo —dijo Lily—: ¿por qué quería que todo el mundo siguiera dándola por muerta?

Oksana chasqueó la lengua.

—Supongo que tiene miedo de algo. Solo espero que en breve nos cuente qué es ese algo.

—Siento un gran respeto por los ancianos que vivieron la guerra —dijo Polina a Lily y Oksana el día del funeral—. Natalia Azarova debe de ser una figura importante para ellos.

Polina había reservado a ambas una habitación privada en el hospital; les proporcionó provisiones para preparar té y bocadillos. Oksana ayudó a Svetlana a sentarse en una butaca y la acomodó con cojines.

—Escuche —dijo, acariciando el pelo a la anciana—, vamos a ver la emisión del funeral de Natasha, porque, aunque puede que le traiga recuerdos dolorosos, la ayudará a despedirse. Se arrepentirá si no lo hace. Por su manera de describirnos a Natasha, sabemos lo mucho que le importaba.

Svetlana miró a Oksana a los ojos y no protestó. Lily encendió el televisor. El ataúd de Natasha estaba rodeado de ramos de rosas, claveles y margaritas. Sacerdotes vestidos de blanco esparcían agua bendita y entonaban oraciones. Lily no podía apartar los ojos de Valentín Orlov, que se hallaba junto al presidente y el primer ministro. Tenía el rostro pétreo y solemne, pero, ahora que Lily conocía su historia, comprendía la tristeza que debía de sentir. ¿Acaso el hecho de que hubiera buscado a Natasha todos aquellos años no era una prueba de su amor eterno?

Detrás del general Orlov se encontraban los veteranos y veteranas de las Fuerzas Aéreas y otros dignatarios. El presidente pronunció la elegía, en la que dijo que Natalia Azarova representaba a una generación de jóvenes heroicos que dieron su vida por la Madre Rusia. Muchos de los veteranos lloraban mientras hablaba. Lily sabía que, por más que hubiera aprendido sobre la guerra, nunca sería totalmente capaz de imaginar el horror que había vivido aquella gente. Era imposible comprenderlo del todo.

A los héroes ya no los enterraban en la muralla del Kremlin; tras la ceremonia, condujeron el ataúd en un Mercedes negro hasta el cementerio de Novodévichi. Las calles estaban repletas de gente que lanzaba claveles rojos ante la procesión. Para sorpresa de Lily, aunque había numerosos ancianos entre los espectadores, en su mayoría eran de su edad o más jóvenes. Al parecer, la noticia del periódico era cierta: Natasha estaba uniendo a la nación.

Antes de que enterraran el féretro, dedicaron a Natasha tres salvas y sobrevoló el lugar un escuadrón de aviones de las Fuerzas Aéreas. Una banda militar interpretó el himno nacional ruso. Aunque Lily no hubiera conocido a Svetlana ni los detalles íntimos de la vida de Natasha, se habría conmovido por lo que estaba viendo en televisión.

Cuando terminó la retransmisión, Svetlana permaneció inmóvil, con los puños cerrados sobre el regazo. Lily miró a Oksana. Tal vez, después de todo, no había sido buena idea hacerle ver el funeral. Recordó que, tras la muerte de Adam y antes de vender su casa de campo, no dejaba de mirar sus cosas: su tabla de surf, su ropa en el armario o la camiseta firmada por Kelly Slater, el famoso surfista estadounidense. Albergaba la esperanza de que, al contemplar aquellas posesiones, podría insensibilizarse. Pero no funcionó. Tal vez había ciertos tipos de dolor que duraban para siempre.

Svetlana rompió a llorar.

—Todos estos años pensé…

Lily acarició el brazo a Svetlana y esperó a que continuara, pero no lo hizo. Tal vez contar la verdad, y no el funeral, sería el final para ella.

—Svetlana, mencionó usted que a Natasha le habría disgustado la hipocresía. No creo que se refiriera a la Iglesia, porque Natasha era creyente, ni tampoco a Valentín o a sus camaradas, porque está claro que nunca la olvidaron. ¿A qué hipocresía se refería?

Svetlana se recompuso y la emoción volvió a animarla. Era como ver una rueda pinchada hinchándose.

—La hipocresía del Estado —dijo resoplando—. La absoluta hipocresía del Gobierno.

—Ah —exclamó Oksana—. ¿Porque no le dieron el beneficio de la duda todos esos años a pesar de que sacrificó su vida por el país?

Svetlana sacudió la cabeza.

—No —repuso con rotundidad—, porque fue el Gobierno quien la mató.

Un escalofrío recorrió la columna de Lily.

—¿A qué se refiere?

Svetlana miró a Lily a los ojos y pronunció cada una de sus palabras con claridad.

—No la ejecutaron los alemanes. La mataron despiadadamente agentes del Gobierno, sin juicio previo. Puede que el presidente y el primer ministro lo ignoren, pero alguien en el Gobierno tiene que saber la verdad. Debe figurar en algún lugar de sus archivos.

Lily se quedó helada. Aquella información podría traerle problemas. Rusia era más abierta que antes, pero saber ciertas cosas podía ponerlas en peligro, a ella y a Oksana. Sin embargo, no podía dejarlo ahí. Tenía que saber qué había ocurrido.

—¿El Gobierno mató a Natasha? —repitió—. Pero, Svetlana, ¿por qué iban a matar a uno de los mejores pilotos de la Unión Soviética en plena guerra?

Veintiuno

Kursk, 1943

En la primavera de 1943, las fuerzas alemanas se preparaban para un ataque contra Kursk, una ciudad situada al sur de Moscú. Trajeron unidades aéreas de Francia y Noruega, así como de algunas zonas del frente ruso. La Luftwaffe quería recuperar su supremacía en los cielos, pero las Fuerzas Aéreas soviéticas eran ahora un enemigo que tomar en cuenta. Teníamos experiencia en combate y nuestras fábricas estaban produciendo rápidamente aviones de más calidad.

Como comandante de escuadrón, una de mis funciones era entrenar a los nuevos pilotos que se incorporaban al regimiento. Elegí como escolta de vuelo a un sargento llamado Filipp Dudko. Yo había perfeccionado dos maniobras: una era un ascenso en espiral que utilizaba para eludir el ataque; la otra era un invertido repentino que hacía que el atacante pasara de largo y se convirtiera en mi víctima. Necesitaba un escolta que pudiera seguirme hiciera lo que hiciera. Filipp poseía unos buenos reflejos, pero había algo en él que me preocupaba. Una vez, en una misión de patrulla, vi varios Focke-Wulf alemanes atacando una vía de suministros. Llevé al escuadrón a mayor altura para que pudiéramos abalanzarnos sobre los aparatos enemigos. Nuestro ataque desencadenó un duro enfrentamiento. Filipp me cubría desde atrás y pudimos desperdigar al enemigo. Me satisfizo su actuación, pero cuando el escuadrón volvió al aeródromo y los pilotos relataron el choque, Filipp estaba confuso.

—¿Ha habido un combate? —preguntó—. Creía que era un ejercicio de formación improvisado.

No había visto los aviones enemigos.

—Es un problema habitual de los pilotos no experimentados, e incluso de los experimentados —aseguró el coronel Smirnov—. Con práctica, Dudko desarrollará la capacidad de ver los aviones que se aproximan. Al menos no se separó de ti ni se interpuso en la posición de tiro. Has elegido bien.

En el nuevo aeródromo no había búnkeres, ya que había sido construido apresuradamente en previsión de la ofensiva; nos instalaron en un pueblo que había sido liberado de los alemanes. La casa en la que nos hospedábamos Svetlana, Dominika, Alisa y yo era contigua a la de Valentín y del coronel Smirnov. Veía la habitación de Valentín desde el desván; a veces subía allí a saludarlo. Una vez bromeó haciendo señales con un espejo. Pero el coronel Smirnov lo descubrió y lo amenazó con enviarlo al calabozo. Valentín y yo estábamos enamorados, pero estábamos en mitad de una guerra. Muy de vez en cuando podíamos bañarnos juntos en un río o hacer el amor, pero la mayoría del tiempo solo pensábamos en luchar contra el enemigo. Quería derrotar a los alemanes lo antes posible para que pudiéramos regresar a Moscú y empezar una nueva vida juntos.

La casa en la que nos alojábamos era propiedad de una mujer llamada Ludmila, que nos trataba muy bien. Ponía flores en la habitación y nos daba más comida de la que le proporcionaban las Fuerzas Aéreas. Las mujeres combatientes la teníamos fascinada; cuando Alisa y yo volvíamos a casa al final de la jornada, siempre nos preguntaba por nuestras misiones.

Si alguna de nosotras había abatido un avión, Ludmila quería que le contáramos con todo detalle el enfrentamiento. Nada la satisfacía más que la idea de que hubiéramos matado alemanes. Al mismo tiempo, tenía miedo: «No deberían haber enviado a chicas tan jóvenes como vosotras al frente».

Un día, cuando Svetlana y yo estábamos a punto de ir a los baños públicos a lavarnos, Ludmila nos llamó.

—Venid. Quiero enseñaros una cosa.

Nos condujo a una casa situada a las afueras del pueblo.

—Mi hermana vive aquí —nos informó, y llamó a la puerta.

Abrió una mujer más joven que Ludmila. Se llamaba Rada. Pensé que estábamos allí para recoger huevos o frutas del bosque, pero Rada tenía otra razón para invitarnos a su casa. Nos llevó a la cocina, donde había una hoguera encendida; junto a ella, vimos a una joven. Movía la cabeza erráticamente de un lado a otro y tenía la lengua colgando. En el edificio donde vivía con mi familia en el Arbat había un chico así; nació con el cordón umbilical alrededor del cuello.

Creía que Rada nos preguntaría si podíamos conseguir algo para la chica: ropa, medicamentos o algún alimento que no tenían en el pueblo. Sin embargo, cogió un marco de fotos de una estantería. En la imagen aparecía una chica de unos dieciséis años, una auténtica belleza eslava con pómulos altos y una larga melena rubia.

—Esa era Faina antes de la guerra —dijo Ludmila.

Rada le acarició la cara.

—Mi hermosa Faina, mi niña bonita —apuntó con voz quebrada.

Svetlana y yo miramos a Ludmila esperando una explicación.

—Cuando los alemanes ocuparon el pueblo, se llevaron a Faina al bosque —dijo Ludmila—. Rada intentó esconderla, pero los alemanes amenazaron con matar a todos los habitantes, niños incluidos, si no la entregaba. Incluso el día de la retirada, los alemanes no dejaban a Faina en paz. La violaron y le golpearon la cabeza con una piedra.

La historia me removió el estómago.

Ludmila señaló las pistolas que Svetlana y yo llevábamos en el cinturón.

—Prometedme una cosa, mis valerosas hijas: si alguna de vosotras corre el peligro de que la capturen, debe pegarse un tiro, en lugar de caer prisionera de esos monstruos.

Para Svetlana, la historia de Faina era macabra. Aquella noche me preguntó en nuestra habitación:

—¿Serías capaz de hacerlo? ¿Serías capaz de suicidarte?

No le conté que había estado a punto de hacerlo días antes, cuando mi avión fue alcanzado y tuve que realizar un aterrizaje de emergencia en territorio alemán. Conseguí salir de entre los restos del avión cuando oí camiones y voces que venían hacia mí. Por suerte, Filipp me había visto caer y tomó tierra cerca de aquel lugar. Me embutí en el suelo de su cabina y me sacó de allí antes de que llegaran los alemanes.

Para dominar los nervios e intimidar al enemigo, a los pilotos de nuestro regimiento les gustaba pintar emblemas en sus aviones. Los ases con mayor número de derribos dibujaban cruces en el carenado; otros, rayas de tigre o mandíbulas con dientes afilados. Uno de los pilotos se ofreció a pintarme un zafiro en el fuselaje, pero el coronel Smirnov lo prohibió.

—El mando alemán sabe quién es usted, camarada teniente. ¡Créame! A los hombres alemanes no les gusta verse superados por mujeres y han puesto un alto precio a su cabeza. Aproveche la ventaja del anonimato. Su talento como piloto es más útil para la madre patria que su celebridad.

Por aquel entonces, no solo debíamos temer a los alemanes. Cada uno de los regimientos había incorporado a un representante político. Su papel consistía en constatar que todo lo que decíamos seguía los preceptos de la ideología comunista y que nadie manifestaba «opiniones incorrectas». Cuando formaba parte del 586.º regimiento, el representante era una mujer. Aunque repartía material comunista e impartía clases de ideología, también le interesaba cómo llevábamos eso de estar separadas de nuestras familias. En Stalingrado, teníamos un representante político varón que, si bien no prestaba atención a nuestro estado emocional, tampoco vigilaba nuestras creencias. En el nuevo aeródromo, el representante político era un hombre llamado Lipovski. No me caía bien. Vigilaba cada uno de mis movimientos. «Es usted lo bastante mayor para dar el salto del Komsomol al Partido Comunista —me dijo un día—. ¿Por qué no lo ha hecho?» El pasado de los aspirantes se evaluaba exhaustivamente. Si presentaba una solicitud, saldría a la luz el historial de mi padre. Por suerte, el coronel Smirnov intervino.

—Déjela centrarse primero en la guerra —dijo a Lipovski—. Como puede observar, combate como una buena comunista por la madre patria. Cuando la guerra haya terminado, podrá pensar en política.

Con Lipovski merodeando por allí, tenía que andarme con cuidado. Era discreta con mi pequeño icono de Santa Sofía, que guardaba en el bolsillo. Me persignaba antes del despegue solo cuando sabía a ciencia cierta que Lipovski no estaba mirando. No podía meterme en líos.

Y

A mediados de julio, trasladaron nuestro regimiento más cerca de Orël para ayudar en el avance de las fuerzas de tierra soviéticas sobre las líneas alemanas. Cada palmo de tierra se disputaba ferozmente. Manteníamos la presión sobre el enemigo. Un día lográbamos dominar los cielos, y al día siguiente volvían a imponerse los alemanes. Realizábamos tantas salidas diarias que me sentía como una tuerca que alguien estuviera apretando. Valentín y yo apenas pasábamos algún rato juntos. A veces nos robábamos un beso y nos despedíamos con una sonrisa que decía: «Después de la guerra».

Una tarde, el coronel Smirnov reunió al regimiento para anunciar que los alemanes habían incorporado a la batalla al Diamante Negro, uno de sus mejores ases. Era un asesino eficiente con más de noventa victorias a su nombre.

El coronel nos explicó su técnica.

—El Diamante Negro evita los enfrentamientos directos. Utiliza el elemento sorpresa y se acerca peligrosamente a su objetivo antes de disparar, lo cual impide al piloto tomar medidas de evasión. Por supuesto, no animo a los pilotos más nuevos a adoptar la técnica del Diamante Negro. Los restos del avión que acabáis de destruir pueden alcanzaros. El Diamante Negro ha caído varias veces, pero solo por esa razón. Ninguno de nosotros ha logrado abatirlo.

Un día, Filipp y yo salimos de patrulla con Alisa y su escolta de vuelo cuando vimos varios Junker alemanes acompañados de cazas que se dirigían hacia nuestras líneas. Contábamos con la ventaja de la altitud; les indiqué a Alisa y a su escolta que se enfrentaran a los cazas mientras Filipp y yo atacábamos a los bombarderos. No podía proteger a Filipp para siempre. Necesitaba experiencia en combate. Le ordené que se situara en posición de disparo y apuntara al Junker que volaba más hacia el exterior. Vi que controlaba los nervios y esperaba hasta encontrarse en buena posición para disparar. Alcanzó al Junker, que empezó a arder y se desintegró. Los restos en llamas cayeron al suelo.

—No lo mires —le dije por radio—. Vigila tu espalda.

Pasé por encima de los bombarderos y di la vuelta para ayudar a Filipp a embestir de nuevo contra los Junker. Algo me hizo mirar hacia atrás; vi un Messerschmitt que no formaba parte del grupo de cazas. ¿De dónde había salido? ¿Del sol? Sabía quién era. Me alegré de que Filipp no estuviera conmigo: se habría perdido al Diamante Negro. Por desgracia para el as alemán, había elegido como objetivo a un piloto que lo había visto con suficiente antelación.

Viré bruscamente antes de que se acercara lo suficiente para disparar y me situé detrás. El cazador cazado. «Con que no te gusta pelear ¿eh, Diamante Negro? —dije—. «Te gusta hacerlo a tu manera.»

El Diamante Negro intentó zafarse de mí, pero estaba decidida a derribarlo. Él también lo notó. Intentó arrastrarme hasta la línea del frente y descender más, ya que allí sería vulnerable al fuego antiaéreo alemán.

Aceleré a fondo, situé al Diamante Negro en el centro del punto de mira y pulsé el botón de disparo. Las balas salpicaron el fuselaje de su avión. Al principio creí que no habían atravesado el blindaje, pero entonces empezó a salir humo del motor y el avión del Diamante Negro empezó a caer.

Gané altitud para evitar los disparos desde tierra y di media vuelta para ver qué sucedía. El Messerschmitt se dirigía a un campo situado a escasa distancia de la línea. «¿Por qué no salta?», me pregunté. Entonces me di cuenta de que el Diamante Negro pretendía salvar su avión y aterrizar. A esa velocidad iba a matarse.

Para mi sorpresa, aterrizó sin que el avión sufriera más desperfectos. Volví a volar en círculo y lo vi salir de la cabina ileso. Pero no había tropas que lo protegieran. Me vio precipitarme hacia él y, sin posibilidad de huida, se irguió, ofreciendo el pecho a mis balas mortíferas.

Al principio de la guerra, abatir un avión enemigo era victoria suficiente. Ahora era una batalla sangrienta en la que todo contaba. Pero, al aproximarme, vi que el Diamante Negro era un hombre atractivo, pero no a la manera aria. Por el contrario, era alto y de piel oscura, como mi hermano Alexánder, de pecho ancho y piernas fornidas como troncos de árbol. Activé el botón de disparo, pero no fui capaz de pulsarlo. Aguanté la mirada al Diamante Negro unos instantes, luego le devolví el saludo y me elevé de nuevo.

La conmoción del encuentro se desvaneció cuando regresé al aeródromo y caí en la cuenta de la magnitud de mi error. Valentín había vuelto de otra misión. Él y Sharavin estaban examinando los daños que había sufrido su avión. Me detuve a su lado. El Yak de Valentín estaba salpicado de agujeros de bala y tenía la cola doblada. Era un milagro que hubiera conseguido llegar al aeródromo. Yo no sabía si había sido incapaz de disparar al Diamante Negro por su parecido con mi hermano o si el cansancio me había nublado la mente. Pero me di cuenta de que, al no acabar con él, había dejado a una bestia peligrosa vagando por el bosque, una bestia que podía matar a mi querido Valentín.

Cuando escribí el informe, no incluí al Diamante Negro como una victoria, aunque haberlo hecho me habría supuesto otra medalla y mucho prestigio. Cuando Alisa me preguntó por el avión que había perseguido, le conté que había escapado.

Mi error de cálculo me preocupaba. La semana anterior nos había llegado la noticia de que unos pilotos de bombarderos Pe-2 con poca experiencia habían atacado por error a nuestras tropas de infantería. Habían fusilado a los responsables, por traidores. Sabía que aquellos pilotos no habían traicionado a la Unión Soviética. Lo más probable es que hubieran cometido un error de navegación porque no estaban acostumbrados a la intensidad del combate. Si alguien me hubiera visto perdonar la vida al Diamante Negro —tropas de tierra desplegadas cerca de allí, campesinos parlanchines, un piloto que participara en otra misión— y Lipovski se hubiera enterado, me habrían fusilado.

A primera hora de la mañana siguiente, me llamaron para una fase de ataque uno. Me senté en la cabina, con Svetlana a mi lado, sobre el ala. El calor del día todavía no había alcanzado su cima y nos turnábamos para leernos *Ana Karenina,* aunque nos saltábamos los fragmentos en que los personajes disfrutaban de generosos banquetes. Echábamos de menos a Ludmila y su cocina. En nuestra nueva base volvíamos a comer en una cantina subterránea; a veces, cuando se recrudecía el combate y era difícil que nos llegaran suministros, tomábamos siempre sopa con pan. Últimamente solo nos daban una ración diaria. No era suficiente para conservar las fuerzas que necesitábamos para combatir. Nuestra base aérea estaba rodeada de campos de girasoles sin cosechar y los pilotos y mecánicos recogíamos pipas durante los descansos para que el cocinero las añadiera al pan. También recogíamos setas y bayas, pero era muy arriesgado adentrarse en el bosque, pues era probable que se tratara de una zona minada.

Aparté unos instantes la mirada de la novela y escruté el cielo. Valentín había salido con el coronel Smirnov y otros seis pilotos para cubrir a las tropas de tierra durante un avance. Leyendo podía distraerme y no preocuparme por él. Me habría gustado acompañarlo como escolta aquella mañana. Yo podía protegerlo del Diamante Negro si estaba allí arriba. Y si, por alguna razón, no veía al alemán a tiempo, podría cubrir a Valentín con mi avión y recibir las balas por él.

Un estrépito de motores interrumpió mis pensamientos. Al darnos la vuelta, Svetlana y yo vimos a nuestros aviones de regreso. Por aquel entonces, volver de una misión era un triunfo suficiente y esperé a ver si los aviones realizaban un pase victorioso sobre el aeródromo. Sin embargo, aterrizaron directamente y desde mucha altura. Algo iba mal. Conté los aviones: eran siete. Faltaba uno. ¿El de quién?

Se suponía que no debía abandonar mi avión cuando estaba en fase uno, pero se habían activado las alarmas en mi cabeza. Me quité el paracaídas y salté de la cabina. Entrecerré los ojos para comprobar la numeración de los aviones. El que no había regresado era el Yak del coronel Smirnov.

Valentín salió como pudo de la cabina y se tambaleó hacia el hangar. Entonces le dijo algo a Sharavin, que bajó los hombros.

—¡Valentín! —grité, corriendo detrás de él.

Se dio la vuelta, con la cara pálida como un fantasma.

—Leonid…, el coronel Smirnov…, su avión se ha incendiado.

Todo quedó envuelto en una neblina. No podía hablar. La mirada de desesperación de Valentín era insoportable.

—Luchó hasta el final, Natasha —dijo—. Orientó el avión hacia un camión de transporte alemán cuando caía. Oí sus gritos por radio. Se estaba quemando vivo. Me rogó que cuidara de su mujer y de su hijo pequeño.

Sobre mí se cernió una especie de sombra fría.

—Valentín, ¿lo abatió un caza o la artillería de tierra?

Valentín me aguantó la mirada.

—Fue el Diamante Negro. El Diamante Negro mató al coronel Smirnov.

ϒ

Nombraron a Valentín comandante del regimiento. Yo me veía en un dilema. La lucha se había intensificado aún más y Valentín necesitaba toda su fuerza mental y física para concentrarse en las tareas. ¿Debía contarle lo que me había pasado con el Diamante Negro para aligerar mi conciencia y correr el riesgo de que cometiera algún error que pudiera costar la vida a otras personas? Decidí no hacerlo, por la misma razón que nunca le había hablado de la detención y la ejecución de mi padre. A veces, la ignorancia te mantenía a salvo. Si me arrestaban, al menos Valentín podría decir que no conocía mi pasado ni el encuentro con el Diamante Negro. Eso no garantizaba su salvación, pero cabía la posibilidad. No tenía más opción que guardar silencio.

Sin embargo, estaba condenada.

Me di cuenta una noche, cuando me dirigía a mi búnker tras la última salida del día. Tenía que cruzar un campo de girasoles para llegar hasta él. A través de los tallos, vi un coche negro; junto a él, a un hombre que me observaba. Cruzamos miradas y se me heló la sangre. La primera vez que lo vi supe que no olvidaría su rostro demacrado, su cabello pelirrojo y sus fríos ojos. Era el agente del NKVD que había detenido a mi padre.

Nos miramos y nos reconocimos. Sentí la tentación de arrodillarme y suplicarle piedad: si había de morir, que fuera por la madre patria y no por crímenes contra el Estado. Cuando se dio la vuelta y subió al coche, supe que se había acabado. Habían firmado mi orden de arresto. Mi ejecución era inminente.

Veintidós

Moscú, 2000

Después del funeral de Natasha, Orlov se sentó en un restaurante del barrio de Kutuzovski con su hijo Leonid. Sumido en sus pensamientos, apenas se fijó en el interior de color naranja ni en el reloj de cuco que cantaba cada quince minutos, ni tampoco en el olor a tabaco y cerdo asado que inundaba el aire. Tras cincuenta y siete años había finalizado su búsqueda: su querida Natasha estaba enterrada, y su honor, restituido. Su trabajo en la exploración espacial había concluido, su esposa estaba muerta y su hijo era un hombre adulto. ¿Qué le quedaba ahora, al margen de esperar su muerte? No la temía. Orlov pensaba a menudo que había vivido demasiado y que debería haber perecido en la guerra como Natasha y Leonid Smirnov.

Su hijo, al notar la necesidad de silencio de Orlov, le pidió ensalada de remolacha y sopa de pescado y, para él, eligió salmón a la plancha con puré de patatas. Luego se puso a leer la carta como si fuera una novela fascinante.

Orlov rememoró las veinticuatro horas previas a la desaparición de Natasha, como si pudiera descubrir una nueva pista. La muerte del coronel Smirnov le había afectado mucho, pero no se había permitido el periodo de duelo. Tenía un enemigo al que enfrentarse y un regimiento que ahora dependía de su liderazgo. No había tiempo para descansar mientras coordinaba los ataques con otras unidades y realizaba misiones. Apenas había visto a Natasha aquellos últimos días. Era uno de los pocos pilotos de combate experimentados que habían sobrevivido y le confiaba las salidas más peligrosas.

La noche antes de su desaparición, Orlov había recibido una visita inesperada. Agotado por los combates de la jornada, había vuelto a su búnker privado y encendió la luz. La estatura y el bigote del hombre que lo esperaba en la oscuridad no le resultaban familiares, pero sí el cabello pelirrojo y los ojos afligidos. A Orlov le pareció que estaba viendo a un fantasma. Era Fédor, hecho un hombre. Orlov reconoció enseguida a su hermano.

—He hecho todo lo que he podido por protegerte —le dijo Fédor.

Orlov estaba demasiado abrumado por la vuelta de su hermano para entender sus palabras. Habían pasado veinte años desde que lo vio por última vez. ¿Qué había sido de él todo ese tiempo?

—Cuando obliguéis a los alemanes a replegarse a su país, no vuelvas por la frontera —le dijo Fédor—. Sal. ¿Entiendes lo que te digo? No vuelvas a la Unión Soviética. Llévate a tu novia contigo.

—¿Mi novia?

Fédor se apoyó en la mesa de Orlov y sacó una colilla del bolsillo, la encendió y se la ofreció. Orlov la rechazó. Fédor dio unas caladas antes de volver a apagarla.

—Natalia Azarova —dijo—. No creas que no lo sabemos. Lo sabemos todo.

—¿Sabemos? —preguntó Orlov, que se sentó en la litera. Todo le daba vueltas.

—El NKVD —respondió Fédor.

Orlov recobró su gesto imperturbable. Así que su hermano era agente del NKVD. Miró las manos de Fédor. Estaba temblando. Su hermano no había venido a recordar el pasado.

—Stalin ha titubeado muchas veces sobre la firma de una orden de arresto contra Azarova —prosiguió Fédor—. Autorizó la ejecución de su padre sin pestañear, pero sentía debilidad por ella y la dejó en paz. No sé por qué. No tiene piedad ni con su propia familia. Es posible que Natalia pasara desapercibida después de la muerte de su padre, pero su reaparición como as de la aviación y heroína de guerra es una provocación. Su padre era el chocolatero jefe de la fábrica Octubre Rojo. Era inofensivo, no un enemigo del pueblo en absoluto. Fue un daño colateral en la guerra paranoica de Stalin.

Orlov intuía que Natasha guardaba algún secreto. Pero ahora el retrato de Stalin que tenía colgado encima de la cama resultaba todavía más extraño. ¿No sabía que Stalin era el responsable de la muerte de su padre?

—El NKVD no estará pensando en detenerla ahora... —dijo Orlov—. ¡Es uno de los mejores pilotos de las Fuerzas Aéreas! ¡Este regimiento se desmoronará sin ella!

Fédor lo miró y suspiró.

—Si la lógica formara parte de todo esto... Pero el Kremlin lo ve de otra manera. Los hijos de los enemigos del pueblo no significan nada. ¡Imagínate que Natalia Azarova anunciara públicamente que es hija de un saboteador!

Orlov se frotó la cara. Aquello era una locura. Una auténtica locura. Estaban a punto de derrotar a los alemanes, pero a Stalin le preocupaba quedar mal ante la gente.

—Ahora no pasará nada —afirmó Fédor—. Todas las colegialas llevan la foto de Natalia Azarova pegada en su álbum de recortes. Stalin no puede permitirse desanimar al pueblo soviético. Pero, después de la guerra... No se salvará ni un solo héroe. Llevo tiempo suficiente en el círculo más próximo a Stalin para saber cómo actúa. Competís con él por el reconocimiento y se deshará de todos vosotros. Ya ha señalado al mariscal Zhukov.

—¿A Zhukov? —Orlov se levantó y dio unos pasos—. ¡Stalin debería estar besándole el trasero! ¡La gente sabía que las fuerzas de Hitler nos iban a atacar tarde o temprano, pero para nuestro gran líder supuso una gran sorpresa! ¡Si no fuera porque Zhukov dio la vuelta a la situación, los alemanes ya nos habrían liquidado!

Fédor esbozó una mueca.

—Mira, Valentín, la única persona que se llevará el mérito de la victoria será Stalin. Los únicos héroes serán los muertos.

Fédor cogió la chaqueta y el sombrero que había dejado sobre la mesa de Orlov. Este frunció el ceño.

—¿Te vas?

—No me queda más remedio. Me he arriesgado viniendo aquí, así que sigue mi consejo. —Entonces, como había hecho el día que dejó a Orlov en el orfanato, Fédor abrazó a su hermano y lo besó en las mejillas—. Cuando pases la frontera soviética, no vuelvas —repitió, y, con esas palabras, volvió a desaparecer de la vida de Orlov.

Tras la visita de Fédor, Orlov quería ir corriendo al búnker de Natasha para avisarla. No tenía ninguna razón para quedarse en la Unión Soviética; escaparía con ella cuando cruzaran la frontera alemana, si ello servía para salvarla. Pero una orden del cuartel general de control aéreo se lo impidió. El regimiento al completo debía prepararse para el combate que tendría lugar al cabo de pocas horas. La situación era preocupante. Orlov pasó el resto de la noche marcando mapas con el capitán Panchenko.

A la mañana siguiente, nombró a Alisa líder del escuadrón de Natasha y se llevó a esta de escolta. Era muy consciente de que podía morir en las dos horas siguientes y tenía que contarle lo que le había dicho Fédor.

Los alemanes no atacaron por la mañana, tal como creían. ¿A qué estaban esperando? Los pilotos permanecían en la pista y estaban cada vez más sedientos por culpa del calor. Debían ir a la cabaña situada a un lado de la pista. Llegado el momento, tendrían que volver corriendo a los aviones, pero lo que no tenía sentido es que sus pilotos tuvieran que volar deshidratados y viendo manchas blancas.

En cierto modo, la demora era un golpe de suerte. Así sería más fácil hablar con Natasha. El regimiento estaba acostumbrado a que Natasha y Orlov juntaran las cabezas y hablaran en voz baja. Se sentó a su lado, dispuesto a empezar su explicación, pero lo distrajo la obvia inquietud de Natasha. No dejaba de abrir y cerrar los puños. Tenía ojeras.

—¿No te encuentras bien, Natasha? —preguntó—. Puedo llevarme a Bogomolov si quieres.

La sola idea la molestó.

—No.

Entonces, por algún motivo que Orlov no alcanzaba a comprender, empezó a hablar de Stalin y del momento en que lo conoció. Él debería haber mantenido la calma y escucharla, pero también estaba nervioso.

—Escucha, Natasha —dijo—. Hay una cosa que debes saber. Stalin firmó personalmente la orden de ejecución de tu padre.

Ella torció el gesto y apareció en sus ojos una mirada que Orlov no había visto nunca. Se apartó de él y se encerró en sí misma. Se arrepintió al instante de haber hablado con tanta precipitación, pero ¿qué otra cosa podía hacer? Tenía una mínima oportunidad de destruir su errónea fe en aquel loco. Pero era demasiado tarde y ya no podría explicar nada más. Llegó la orden de combate. Tenían que ponerse en marcha.

Sharavin y Svetlana estaban esperándolos en la pista, junto a los aviones. Los ayudaron a ponerse los arneses del paracaídas y a meterse en la cabina. Orlov miró a Natasha, pero ella lo ignoró. Se dio la vuelta y le dijo algo a Svetlana, pero se encendieron las balizas. Recorrieron la pista en paralelo y despegaron. Iba a ser la última batalla que libraran juntos.

—La amabas, ¿verdad?

Orlov levantó la cabeza. Leonid le miraba fijamente. En ese momento, llegó la camarera y les sirvió la comida. Orlov hizo tiempo mezclando la ensalada. Al ver que Natasha no regresaba, la buscó como un loco. Habría seguido buscando e incluso poniéndose en riesgo si Lipovski, el representante político, no hubiera interferido y lo hubiera trasladado a un regimiento que luchaba en Rumanía. Miró a Leonid. Su hijo era un hombre. No, era más que un hombre, pensó Orlov: estaba envejeciendo. Sin embargo, Orlov no podía disociar a su hijo adulto del niño al que había querido proteger. Se movió con incomodidad, pues su indiferencia natural y su deseo de mostrarse amable con Leonid pugnaban en su fuero interno. Si no estaba preparado para contarle la verdad ahora, ¿cuándo pretendía hacerlo? Entonces se dio cuenta de que Leonid no había formulado una pregunta; era una afirmación.

—¿Desde cuándo lo sabes? —le preguntó Orlov.

Leonid sonrió con una ternura que le atravesó el corazón.

—Papá, siempre lo he sabido.

A Orlov le temblaba el labio. Aquello le incomodaba.

—Tu madre era una mujer bondadosa —dijo—. Y tu padre, el mejor hombre que he conocido nunca. Ojalá hubieras llegado a conocerlo tú también.

—Tú eres el único padre que he conocido —repuso Leonid.

—Sí, supongo que es cierto. —Orlov abrió la servilleta, que estaba doblada como un abanico de ópera, y se la puso en el regazo—. Y un padre muy malo —farfulló—. Siempre estaba trabajando.

Ambos guardaron silencio mientras comían. Orlov volvió a pensar en su hermano. Durante años creyó que a Fédor lo habían enviado al oeste o que seguía en la policía secreta y lo protegía, porque él nunca había sido arrestado. Entonces, cuando Orlov fue elegido para formar pilotos para el programa espacial, tuvo acceso al historial de su hermano y descubrió que, en 1943, poco después de su visita al aeródromo, encontraron su cuerpo flotando en el río Moscova. En el bolsillo llevaba una lista de gente a la que había detenido a lo largo de los años y la palabra «perdóname» escrita al lado. El nombre de Stepan Vladimirovich Azarov figuraba en esa lista. Con la muerte de Fédor, Orlov perdió al último miembro de su familia.

—Jrushchov no estaba tan loco como Stalin, pero era despiadado —dijo—. Cuando el primo de tu madre huyó a Estados Unidos y escribió críticas contra la Unión Soviética, Jruschov buscó venganza y persiguió a otros miembros de la familia.

—A Jrushchov le caías bien —dijo Leonid, repitiendo la historia que debió de contarle su madre—. Entonces, ¿te casaste con mamá para salvarnos a ella y a mí?

Orlov suspiró. Se sentía prisionero de sus recuerdos. Estaba lleno de remordimientos y, sin embargo, en aquel momento lo hizo lo mejor que pudo. Había ayudado económicamente a Yelena después de la guerra e intentó ser una figura paterna para Leonid, pero su crítica situación requería acciones decisivas. Natasha llevaba diez años desaparecida. Orlov nunca había perdido la esperanza de que regresara con él, pero pensaba que entendería que tuvo que casarse con Yelena y adoptar a Leonid. No podía soportar la idea de que la mujer del coronel Smirnov acabara en un campo de trabajo y su hijo en un orfanato. Pero no había sido tarea sencilla. Le había resultado difícil el contacto físico con Yelena, aunque todavía era joven y debía anhelar cierto afecto. Sentía que le estaba siendo infiel a Natasha y que estaba traicionando al padre de Leonid.

—He malgastado mi vida —sentenció Orlov.

Leonid parecía sorprendido.

—Fuiste uno de los creadores del programa espacial. Hiciste posible lo imposible. Eres un héroe de guerra, un as…

—¿Y qué importa eso? —interrumpió Orlov, que apartó la sopa a un lado—. Fui un padre espantoso y un mal marido. Nunca estuve allí cuando me necesitabais.

—Estás siendo demasiado duro contigo mismo —contestó Leonid—. Pusiste en peligro tu carrera para salvarnos. Sí, a menudo estabas fuera trabajando en algo de lo que no se te permitía hablar, ni siquiera con tu familia. Pero también hubo cosas buenas. Siempre nos hablabas a mamá y a mí con afecto, me llevabas a vivir aventuras en los bosques que rodeaban la dacha y me animabas a que me esforzara en el colegio.

—¡Por el amor de Dios, Leonid! ¡Eso mismo podría haberlo hecho una canguro! Yo quería… implicarme más, pero estaba paralizado.

—Puede que cuando era niño me hubiera gustado que pasaras más tiempo en casa, pero ahora que soy padre lo entiendo. Por más que queramos ser buenos padres, siempre tendremos que lidiar con nuestras propias miserias. Lo hiciste lo mejor que supiste. Perdiste a tu familia en la guerra civil, te criaste en un orfanato, solo conociste la vida militar y combatiste en una guerra en la que murieron veintisiete millones de compatriotas, incluida la mujer a quien amabas. ¡Teniendo en cuenta todo eso, es increíble que fueras tan decente!

Orlov miró a Leonid con incredulidad. ¿Quién era

aquel hombre bondadoso y compasivo? ¿Había crecido el pequeño Leonid? Orlov observó a su hijo con nuevos ojos.

—Eres clavado a Yelena —dijo—. Me alegro de que os tuvierais el uno al otro. Si lo que hice os mantuvo unidos, quizá, después de todo, no haya desperdiciado mi vida.

Leonid llevó a Orlov a su apartamento. Viajaron en silencio todo el trayecto, pero cuando Leonid aparcó frente al edificio y abrió la puerta a su padre, dijo:

—Irina quiere que te instales con nosotros. A mí también me gustaría.

Orlov rechazó la propuesta.

—Leonid, tengo ochenta y tres años. Tu familia no quiere a un viejo inútil en casa.

—«Tu» familia —repuso Leonid —. Y sí, sí lo queremos. Nina y Antón hablan a menudo de ti. A los dos les gustaría conocerte mejor.

A Orlov le asombraba que Leonid pudiera ser tan generoso con él. No tenía intención de aceptar la oferta, pero algo en él le dio deseos de abrazarlo, de darle las gracias por su perdón.

Tras la desaparición de Natasha, nunca había confesado a nadie que la amaba, aunque, por supuesto, Yelena se lo imaginaba. Estaba agradecido de que Leonid le hubiera permitido reconocerlo. Por alguna razón, era como si Natasha estuviera viva de nuevo.

Se acercó a su hijo para abrazarlo, pero sus viejos hábitos le impedían mostrar afecto, por lo que se detuvo, como si hubiera chocado contra un muro. Tendió una mano y apretó el brazo a Leonid.

Veintitrés

Moscú, 2000

Lily tenía la sensación de que había abierto la caja de Pandora con su pregunta a Svetlana. Pero no sabía hasta qué punto.

La mirada de Svetlana se tornó más sombría.

—¿Por qué iba a matar el Gobierno a uno de los mejores pilotos de la Unión Soviética en mitad de una guerra? —repitió con una sonrisa amarga.

—Stalin era un monstruo. Podía tratarte con suma dulzura un momento, pero, al siguiente, firmar tu orden de arresto sin pensárselo dos veces. Su juego favorito era hacer que sus víctimas temieran que estaban a punto de que las detuvieran y luego colmarlas de regalos y favores. Después de darles una falsa sensación de seguridad, enviaba al NKVD a que los detuviera. Hizo lo mismo con el padre de Natasha, que era un hombre bueno y generoso. Cuando Stalin prestaba atención, era como si la luz del Paraíso cayera sobre ellos. Pero cuando se volvía frío, la persona en cuestión estaba condenada.

Svetlana suspiró temblorosa. A Lily no le gustó cómo sonó. Oksana le cogió la mano.

—No siga ahora. Descanse. Podemos hablar de esto más tarde..., y solo si quiere.

Pero ya no había quien parara a Svetlana. No podía guardarse su historia por más tiempo.

—Al ver que Natasha no volvía de la misión y que no había informes de un avión soviético que hubiera sido derribado detrás de la línea del frente, no podía quedarme quieta. Salí en su busca. «¿Qué haces?», me preguntó Sharavin cuando me vio preparando una mochila con comida y suministros. Le contesté que iba a buscar a Natasha. «¡No seas tonta!», exclamó.

»Sabía que el capitán Orlov no me daría permiso para abandonar el aeródromo, así que no se lo pedí. Podrían haberme fusilado por desertora. Sharavin me dejó marchar porque no creyó que tuviera valor para ir más allá de los centinelas rusos, por no hablar ya de los guardias alemanes. Pensaba que volvería al cabo de unas horas. Pero yo estaba decidida a encontrar a mi amiga. Crucé el frente y esquivé las patrullas rusas y alemanas. Me encontré con un grupo de partisanos que operaban en territorio alemán; cuando les dije a quién buscaba, me ofrecieron su ayuda.

»Viajamos toda la noche. Cuando amaneció, me llevaron a un piso franco mientras preguntaban a los aldeanos por algún avión soviético que hubiera sobrevolado el lugar o que hubiera sido abatido. Les dijeron que, en efecto, un avión soviético había caído en las proximidades del bosque de Trofimovski. Los partisanos tenían mucho que hacer antes del avance soviético, así que asignaron a un campesino para que me ayudara con la búsqueda. «Ten cuidado —me advirtieron—. No eres la única que busca a un piloto soviético. Los alemanes han registrado varias granjas de la zona.»

»El campesino y yo caminábamos por el bosque al anochecer cuando oímos unas voces. Algo estaba ocurriendo entre los árboles que había más adelante. El campesino me hizo detenerme. Agucé la vista y vi a un grupo de gente a menos de cien metros de nosotros. Uno de ellos llevaba el uniforme de las Fuerzas Aéreas rusas: era Natasha. Detrás de ella había un hombre con ropa civil apuntándole a la nuca. Me levanté dispuesta a gritar, pero el campesino tiró de mí y me tapó la boca con la mano. Un solo disparo hendió el aire nocturno y los hombres se alejaron rápidamente.

»Me zafé de las garras de mi compañero y corrí hacia Natasha, pero, presa del pánico, tropecé con una rama baja y perdí el conocimiento. Volví en mí al cabo de un minuto, pero me había golpeado tan fuerte en la frente que sentía náuseas y confusión. El campesino me cargó al hombro y volví a desmayarme. Más tarde me desperté en una casa de un pueblo cercano.

»Entonces el campesino me dijo: «Escucha, el NKVD ha ejecutado a Natalia Azarova. Hay espías rusos en todo el territorio enemigo. No se puede confiar en nadie. He vuelto esta mañana y su cuerpo ya no estaba. Probablemente, volvieron y se la llevaron o la encontraron los alemanes».

»Cuando me di cuenta de que Natasha estaba muerta y de que el Gobierno soviético la había asesinado, me quedé sin fuerzas. Sabía por qué la había matado el NKVD. Alguien había descubierto que a su padre lo habían ejecutado, bajo la acusación de enemigo del pueblo. Había miles de personas con ese historial en las fuerzas armadas, pero no eran pilotos famosos a los que el pueblo soviético venerara. Natasha debía ser eliminada. Cuando no se hallaron ni su cuerpo ni su avión, fue fácil desacreditarla insinuando que era una espía alemana.

Oksana estaba mirando a Svetlana boquiabierta.

—Pero ¿y qué fue de usted? —preguntó.

A Svetlana se le llenaron los ojos de lágrimas. *Laika* apoyó la cabeza en el regazo de su dueña como si quisiera consolarla.

—Después de la muerte de Natasha no podía volver a mi regimiento —respondió—. No podía soportar la idea de trabajar para las Fuerzas Aéreas soviéticas o ser la mecánica de otro piloto. Si iba a participar en la campaña bélica, sería por el pueblo y no por el Gobierno. Me quedé con los partisanos, que me dieron la identidad de una mujer de la aldea, Zinaida Glebovna Rusakova, que había muerto hacía unos años. Los ayudé llevando mensajes y reparando maquinaria. Los rusos estaban avanzando con rapidez y los alemanes eran cada vez más despiadados. Nuestro grupo fue traicionado por un espía del pueblo. Ahorcaron a los líderes. A mí me detuvieron y me deportaron a Auschwitz.

¡Auschwitz! Lily recordó las imágenes de figuras esqueléticas, hornos y montañas de ropa. No necesitaba preguntar qué le había sucedido allí. ¿Cómo había logrado sobrevivir a aquel lugar? Oksana agarró la mano de Svetlana con más fuerza.

—Gracias, querida, por compartir esta historia tan triste con nosotras. Ha sido un día agotador para usted y creo que debería descansar. Tal como le prometimos Lily y yo, no le contaremos a nadie su historia. Gracias por confiar en nosotras. Espero que le ayude saber que hay gente que conoce la verdad.

De camino a casa, Oksana y Lily se detuvieron frente a la zona de obras de Zamoskvorechie para alimentar a los gatos de la colonia.

—Hay partes de la historia de Svetlana que suenan falsas —dijo Oksana a Lily cuando volvió al coche—. Aunque es plausible que los partisanos la ayudaran a buscar a Natasha, es demasiada coincidencia que ella y el campesino la descubrieran en el momento en que el NKVD la ejecutaba.

—Yo estaba pensando lo mismo —dijo Lily—. Pero el dolor en la voz de Svetlana era auténtico. Algo ocurrió, pero quizá no como ella lo ha descrito.

Ya en casa, Lily pensó en la historia de Svetlana

mientras limpiaba la cocina y ordenaba la colada. *Laika* la estaba observando.

—¿Y tú? —preguntó mirándola a los ojos—. ¿Sabes algo que yo no sé?

El timbre del teléfono la devolvió a la realidad.

—¿Diga?

—Lily, soy Luka. Me han dicho en el hotel que te has tomado el día libre, así que pensé en llamarte a casa.

—Esta mañana quería ver el funeral de Natalia Azarova. El libro que me prestaste es fascinante.

—Menuda coincidencia —dijo Luka—. Le comenté a Yefim tu interés y me dijo que tiene nueva información de los archivos. ¿Quieres venir a cenar con nosotros? Vive en el barrio de Bogoroskoye; conozco un buen restaurante georgiano allí. Puedo pasar a buscarte.

Lily se puso alerta al instante.

—¿A qué hora?

Cuando ella y Luka entraron en el restaurante, Lily esperaba que Yefim le contara algo que no supiera. Había terminado el libro en tres noches. Era fascinante, pero Lily había oído la historia de boca de alguien que conocía a Natasha personalmente. ¿Habría descubierto Yefim algo nuevo en los archivos del Kremlin? ¿De verdad era mucho más abierto el Gobierno actual?

La decoración interior del restaurante era de estilo rústico, con mesas de madera y paredes de piedra. Yefim los esperaba sentado a una mesa situada en un rincón. A Lily le cayó bien de inmediato; con su sonrisa, su cabello despeinado y el cuerpo rollizo propio de alguien que pasaba mucho tiempo en las bibliotecas, daba la impresión de ser inteligente pero cercano. Pudiera contarle o no algo nuevo sobre Natalia Azarova, notaba que la conversación de aquella noche sería interesante.

—Habla un ruso perfecto —le dijo Yefim a Lily

cuando Luka los presentó y hubieron hablado un poco sobre Australia y Rusia—. Me preocupaba tener que arreglármelas con mi pésimo inglés.

—Mis padres son rusos nacidos en China —explicó Lily—. Se fueron a Australia después del ascenso del comunismo. Hablaba inglés en la escuela, por supuesto, pero en casa lo hacíamos en ruso.

Pidieron ensalada georgiana, berenjenas rellenas y alubias rojas con cilantro y ajo.

—Aquí los *jachos jinkali* están buenísimos —les dijo Luka.

Lily consultó la carta y vio que los *jachos jinkali* eran bolas de masa rellenas de ricota y menta.

—En Georgia deben de comer bien —dijo—. ¡Qué buena pinta que tiene!

—Lily ha leído su libro sobre Natalia Azarova y hoy ha visto el funeral por televisión —apuntó Luka cuando llegó la comida—. ¿Ha descubierto algo en los archivos del Kremlin?

—Sí y no —respondió Yefim, que se sirvió alubias en el plato—. Los soviéticos destruían la información como querían, pero la archivista del Kremlin me ayudó y creo que me facilitó todo lo que había disponible sobre Natalia Azarova. También me dio el archivo de su padre, Stepan Azarov. Lo más curioso es lo que he averiguado sobre Svetlana Novikova, la mecánica de Natalia Azarova durante la guerra.

A Lily le dio un vuelco el corazón.

—¿Y de qué se trata? —preguntó Luka mientras pasaba el plato de berenjenas a los demás.

—Ella y Azarova fueron juntas al colegio antes de la guerra. Sus familias se conocían.

Lily contuvo el aliento e intentó no mostrar su decepción. No podía revelar nada de lo que le había contado Svetlana, pero la niña que llevaba dentro quería exclamar: «¡Yo ya lo sabía!».

Yefim bebió un sorbo de vino antes de continuar.

—Fue el padre de Novikova quien denunció a Stepan Azarov al NKVD. Lo acusó de alabar a países extranjeros y de mofarse del sistema de producción soviético. Incluso insinuó que Azarov estaba espiando para Francia.

El tiempo se detuvo.

—¿A Stepan Azarov lo detuvieron porque el padre de Novikova lo denunció? —preguntó.

—Bueno, es peor aún —repuso Yefim—. Cuando a Azarov lo detuvieron y a la familia la expulsaron de su piso, se instaló en él la familia de Novikova. El piso fue una recompensa por la denuncia contra Azarov. Natalia y su familia tuvieron que vivir en casas comunitarias.

Lily se esforzó en asimilar la nueva información. Svetlana no había mencionado nada de aquello, pero sí que guardaba un oscuro secreto: ahora estaba claro de qué se trataba.

—Yefim —empezó Lily, que quería formular la pregunta sin desvelar nada que no estuviera en el libro—, imagino que la relación entre un piloto y su mecánica es muy estrecha durante un conflicto. ¿Cree que Natalia Azarova llegó a descubrir lo que había hecho la familia de Novikova?

Yefim se encogió de hombros.

—No lo sé. Lo dudo. ¿Usted podría ser amiga de alguien cuya familia ha destruido a la suya?

De postre, Yefim recomendó pastel de nueces con té de menta fresca. Los pensamientos se arremolinaban en la cabeza de Lily. Lo que habían hecho los padres de Svetlana proyectaba una extraña interpretación sobre todo lo que había dicho Svetlana acerca de su amistad con Natasha. También ponía de relieve la irritante duda que abrigaba Lily sobre si el NKVD verdaderamente había matado a Natasha. Tal vez Yefim sabía algo al respecto.

—La identidad del asesino de Natalia Azarova sigue siendo una incógnita, ¿verdad? —aventuró—. ¿Ha encontrado algo en los archivos que aporte más información sobre su muerte?

—No —respondió—. Pero coincido bastante con la conclusión del Ministerio de Defensa, según el cual, fueron los alemanes quienes la ejecutaron.

Con cuidado, Lily preguntó:

—¿Es posible que a Natalia Azarova la asesinara el NKVD?

Yefim la miró y esbozó una sonrisa.

—Veo que ha leído el artículo de Vladimir Zasourki, con su teoría de la conspiración. Según él, los tres aviones que persiguieron a Natalia Azarova hasta territorio enemigo eran Messerschmitt capturados que pilotaban agentes rusos.

La camarera dejó el té y las raciones de pastel encima de la mesa. Yefim esperó a que se fuera antes de añadir:

—En cualquier otro país sería una teoría ridícula, pero Rusia tiene un historial de asesinatos políticos extraños. Sin embargo, personalmente no creo que sea lo que ocurrió en el caso de Natalia Azarova.

—¿Por qué no? —preguntó Luka.

Yefim bebió un sorbo de té.

—No cabe duda de que el NKVD la estaba vigilando. Pero es que ellos vigilaban a todo el mundo. La población idolatraba a pilotos famosos como Natalia Azarova, Valeri Chkalov y Alexánder Pokrishkin. No obstante, aunque eso se podía ver como una amenaza para Stalin, Natalia Azarova no era un objetivo tan importante como para merecer una operación tan elaborada.

—¿No circula la teoría de que a Valeri Chkalov se lo cargaron por contrariar a Stalin y que Yuri Gagarin murió porque Leonid Brezhnev, celoso, ordenó manipular su avión? —preguntó Luka.

Yefim sonrió.

—Sí, existen muchas teorías de la conspiración, pero creo que surgen por que no nos gusta creer que nuestros héroes a veces cometen errores estúpidos. Había ramas del NKVD que realizaban «trabajos sucios» y no dejaban rastro alguno sobre el papel. Pero pensemos en la operación estratégica que habría supuesto matar a Natalia Azarova en combate. Había que entrenar a tres rusos para que pilotaran aviones alemanes y después mandarlos a territorio enemigo. Ahora sabemos, por testigos oculares, que Natalia Azarova derribó a dos de esos aviones antes de caer. Habría sido mucho más sencillo envenenarle la sopa.

Yefim y Luka soltaron una carcajada. Era obvio que les gustaba hablar del tema. Pero para Lily se había convertido en algo personal. Le había cogido cariño a Svetlana, pero ahora ya no sabía qué pensar.

—¿Y el tercer avión? —le preguntó Luka a su amigo—. Natalia Azarova era un blanco muy preciado, pero no existen informes sobre un piloto alemán que se atribuyera la victoria de su derribo.

Yefim se recostó en la silla y se dio una palmada en el estómago.

—Supongo que por eso soy un aburrido académico y no director de Hollywood. Me ciño a los hechos. La explicación más plausible sobre por qué ese piloto alemán no reivindicó tal victoria es que jamás regresó a su base. El día que Natalia Azarova cayó fue uno de los peores de la guerra; reinaban la confusión y el agotamiento. Aunque no existen informes de ningún piloto alemán que se atribuyera la victoria sobre Natalia Azarova, sí hay tres sobre Messerschmitt que cayeron abatidos por fuego amigo.

Mientras se dirigían al coche tras despedirse de Yefim, Lily intentó ordenar sus ideas. ¿Por qué no les había contado Svetlana que su padre había denunciado al de Natasha? Había hablado de una disputa entre ella y su madre. Tal vez esa era la causa y no lo había dicho porque se sentía culpable.

Luka le abrió la puerta, bordeó el coche y se sentó al volante.

—¡Menuda investigación sobre Natalia Azarova has hecho! —dijo—. Estoy impresionado. —Giró la llave de contacto—. Este verano tienes que acompañarme a una excavación. Conocerás a gente espléndida: fanáticos de la historia y algún que otro loco. Ya sabes a qué clase de hombres me refiero: adultos que juegan con soldaditos de plomo.

—Si sigo aquí el verano que viene, puede que sí —dijo Lily—. Ahora entiendo mucho mejor tu interés en la búsqueda de reliquias.

Luka la miró.

—¿Estás pensando en volver a Australia antes del verano?

Lily se encogió de hombros.

—No lo sé. Echo de menos a mis padres y a mis amigos. Por otro lado, no sé si estoy preparada para volver todavía..., y mi jefe quiere ampliarme el contrato.

Luka puso en marcha el coche y se unió al tráfico.

—Oksana me contó lo de tu novio, Lily. Lo siento. Debe de ser duro.

Pasaron frente a la estación de metro de Elektrozavodskaya, que era la siguiente en la lista de visitas pendientes de Lily. Se preguntaba si asociaría para siempre el metro de Moscú con sus solitarios fines de semana.

—No parece que esté haciendo muchos progresos con el duelo —le confesó—. Todavía me despierto deseando que nada de aquello hubiera ocurrido. Y luego me paso el día intentando aceptar la realidad.

Luka le tocó el hombro.

—No dejes que nadie te meta prisas ni te diga qué debes sentir —dijo—. Trato con mucha gente que se avergüenza del dolor que siente por su perro o por su gato. Yo les digo que la pérdida de un compañero animal es tan real como la de cualquier familiar o amigo íntimo, y les digo que no dejen que nadie reste importancia al mal momento que están pasado. En cierto sentido, el duelo es algo hermoso.

Lily se volvió hacia él.

—¿El duelo es algo hermoso?

A ella le parecía el sentimiento más espantoso del mundo. En el mejor de los casos, veía el mundo a través de una neblina; en el peor, todo parecía negro.

—Significa que has amado a otra persona con todo tu corazón —dijo Luka—. ¿Qué sentido tiene vivir si no has amado así ni siquiera una vez?

Un sentimiento como aquel normalmente hubiera hecho llorar a Lily, pero, para su sorpresa, en lugar de pensar en Adam, fue Valentín Orlov quien le vino a la cabeza. Recordó su rostro pétreo en televisión. Pensó en el precio tan alto que había pagado por amar a Natalia Azarova.

A la mañana siguiente, Lily fue a contarle a Oksana lo que había averiguado a través de Yefim. Por los maullidos que se oían dentro, intuyó que los gatos estaban esperando el desayuno.

—Llegas a tiempo para ayudarme —dijo Oksana cuando abrió la puerta.

El desayuno de los gatos consistía en un guiso de pollo y verduras que Oksana preparaba los fines de semana y que guardaba en el congelador. Calentaba el caldo descongelado en los fogones, lo servía en grandes cuencos y le añadía complementos.

Lily puso los cuencos en una bandeja y se dirigió a la habitación de los gatos, que era la más grande del piso. Abrió la puerta y vio treinta caras expectantes mirándola. Para acoger a tantos gatos y mantener las cosas en orden, Oksana había dispuesto sillas de plástico en la habitación con un cojín encima y otro debajo para que cada silla sirviera de litera para dos. La mayoría de los gatos a los que rescataba se ofrecían en adopción en la página web de Animales de Moscú, pero se quedaba con los más longevos o los que habían perdido un ojo o una oreja, ya que era mucho más difícil encontrarles un hogar. Los gatos que conocían la rutina se habían apiñado frente a la puerta y casi hicieron tropezar a Lily, pero los más nuevos aguardaban cautelosos en sus sillas y la observaban. Aquella imagen siempre hacía reír a Lily: era como presentarse ante un público felino que esperaba entretenimiento.

—Allá vamos, gatitos —dijo Lily, y dejó los cuencos en el suelo.

Comprobó los platos de agua y las bandejas de arena, que guardaban en un balcón cerrado. Las bandejas eran piscinas para niños llenas de bolitas que había hecho la propia Oksana empapando y secando trozos de papel. «Si los alimento puntualmente como un reloj, hacen sus necesidades con la puntualidad de un reloj», le había dicho a Lily. Oksana era más que organizada con sus animales. Ningún vecino se quejaba de sus gatos porque nunca había malos olores ni pulgas.

Lily observó la ordenada habitación y las escaleras y plataformas de juego. Oksana había dicho en una ocasión que cuidar bien de treinta gatos no distaba mucho de cuidar bien de diez. A Lily le encantaban los gatos, pero no quería comprobar esa teoría.

Una vez que les hubo dado de comer, los animales volvieron a sus cojines y se lavaron. Lily y Oksana fregaron los cuencos y la cacerola, y se sentaron a tomar una taza de té en la cocina.

—Anoche conocí a Yefim, el amigo de Luka —dijo Lily a Oksana—. Me contó que el padre de Svetlana fue el responsable de la detención del de Natasha. Lo denunció.

Oksana resopló y dejó la taza de té. Lily percibió que su amiga estaba tan asombrada como lo había estado ella la víspera.

—Desde luego, algo no encaja —dijo Oksana—. Yo también he estado investigando un poco. Cuando Svetlana nos contó que había adoptado el nombre de Zinaida Rusakova, pregunté a un amigo del Departamento de Policía si en Moscú había alguna dirección de una anciana que respondiera a ese nombre. Encontró una. Curiosamente, una vecina denunció su desaparición, aunque, por supuesto, nadie ha hecho nada al respecto. Podemos ir ahora, si quieres, y visitar a Svetlana después. Dejaremos a *Laika* en tu casa.

La dirección correspondía a un edificio de viviendas de Kapotnia, cerca de la refinería de petróleo. Lily observó el edificio de cinco plantas. Estaba hecho con paneles de cemento prefabricados, como tantos edificios construidos apresuradamente durante la escasez de viviendas de los años cincuenta, y ahora estaba desvencijado, con la pintura desconchada y las cañerías rotas. En el patio había un Lada oxidado y sin ruedas. El piso de Svetlana estaba en la planta baja. Había barrotes en las ventanas y las cortinas tupidas no dejaban ver su interior.

—¿A quién buscan?

Lily y Oksana miraron hacia arriba. Quien se dirigía a ellas desde una ventana del primer piso era una anciana con un pañuelo en la cabeza.

—Venimos en nombre de Zinaida Glebovna Rusakova —respondió Oksana—. Está en el hospital. Tenemos entendido que alguien ha presentado una denuncia por desaparición. Hemos venido a decirle que no se encuentra bien, pero que están cuidando de ella.

—¡Ah, Zina! —exclamó la mujer—. Lo denuncié yo. Un momento. Ahora bajo.

Al poco apareció por la puerta del patio.

—Entren —dijo—. Me alegra mucho saber que Zina está viva. Este último año no se ha encontrado bien. Temía que hubiera muerto en la calle y que nadie supiera quién era. ¿Y su perrita *Laika*?

—Estoy cuidando yo de ella —dijo Lily.

La expresión de la mujer denotaba que se alegraba de ello.

—Me llamo Oksana Alexandrovna Fedorova y esta es Lily Nickham, de Australia —explicó Oksana—. Gracias por denunciar su desaparición. Enferman demasiados ancianos que no tienen quien se ocupe de ellos.

—Yo soy Alina Markovna Barukova —se presentó la mujer, que sacó una llave y les indicó que la siguieran por el pasillo—. Puedo enseñarles el piso de Zina. Tiré la comida para que no vinieran las ratas, pero todo lo demás está tal como lo dejó.

Ver los vendajes que llevaba Alina bajo el vestido entristeció a Lily. Al parecer, no solo compartía nombre con su abuela, sino también piernas ulcerosas.

En el piso que les mostró no había nada, pero estaba limpio. En un rincón había una cama individual; en otro, una pequeña cocina.

—Compartimos baño al final del pasillo —explicó Alina—. Este lugar está que se cae. Zina, yo y algunos residentes hemos solicitado una vivienda mejor, pero llevamos diez años en esa lista. Tengo entendido que hay planes para derribar este edificio, pero nadie nos ha dicho adónde iremos.

Aparte de la colcha con rosas estampadas y un delantal de topos con encaje en los bordes que colgaba del armario, la habitación estaba desnuda. En el suelo, junto a la cama, había dos libros con las esquinas dobladas —*Guerra y paz* y *Ana Karenina*—, al lado de un par de platos que debían de ser los cuencos de comida y agua de *Laika*. Las paredes no estaban adornadas con cuadros y no había fotos ni baratijas que indicaran quién vivía en aquel piso. Tampoco había televisor ni radio ni teléfono. ¿Qué hacía Svetlana cuando estaba sola?

Lily se volvió hacia Alina.

—¿Cuánto tiempo lleva viviendo aquí?

—Le adjudicaron este piso en 1963, años después de que yo llegara. Trabajaba en la refinería.

—¿Sabe algo de su vida anterior? —preguntó Oksana.

Alina sacudió la cabeza.

—Zina nunca hablaba de su pasado. De hecho, apenas hablaba. Era la persona más callada del mundo. Nunca recibía visitas ni iba a ver a nadie, al menos que yo sepa. Para ella, su mayor alegría eran sus perritos. Los recogía en el metro. *Laika* tiene dos años. La anterior se llamaba *Mushka*, y la anterior, *Pchelka*.

—Son nombres de perros enviados al espacio en el programa espacial soviético —dijo Oksana—. Los que no volvieron.

Alina se encogió de hombros.

—No sé por qué les ponía esos nombres. Siempre me pareció algo triste.

Lily abrió el armario, pero dentro solo había un par de vestidos gastados; ella y Oksana ya le habían comprado otros mejores a Svetlana.

Como no había nada más que ver, Lily y Oksana cogieron los libros y el delantal para dárselos a Svetlana. Ofrecieron la colcha, la ropa y otros enseres a Alina para que se los diera a alguien del edificio que pudiera necesitarlos.

—¿Pueden llevarle una cosa a Zina de mi parte? —preguntó la anciana.

—Por supuesto —respondió Oksana.

Alina fue a su casa y volvió con varios claveles rosas envueltos en papel de periódico.

—Díganle que aquí todos la echamos de menos, sobre todo por lo bien que cantaba —añadió con una sonrisa pícara.

—¿Cantaba? —preguntó Lily.

—Sí —dijo Alina—. No cantaba a menudo, pero, cuando lo hacía, era maravilloso. Tenía una voz muy melodiosa. No creo que supiera que los demás estábamos escuchando.

Oksana y Lily volvieron a darle las gracias a Alina y fueron hasta el coche. Oksana estaba abriendo la puerta cuando Lily se detuvo en seco y se llevó las manos a la cara. Todo le daba vueltas.

—¿Qué te pasa? —preguntó Oksana—. ¿Te encuentras bien?

«Tenía una voz muy melodiosa.» A Lily el cerebro le iba a mil por hora. Las piezas empezaban a encajar, pero no en el orden en que Svetlana se las había dado. Recordó las cosas que había visto en el piso. La hermosa colcha y el delantal en el armario, y los libros de Tolstói junto a la cama. Entonces, recordó cómo había hablado Svetlana de Stalin: «Cuando Stalin prestaba atención, era como si la luz del Paraíso cayera sobre ellos. Pero cuando se volvía frío, esa persona estaba condenada». Eran las palabras de alguien que había experimentado la traición de Stalin de primera mano.

—¡Dios mío! —dijo Lily apoyada en el coche—. ¿Por qué no me he dado cuenta antes?

—¿Qué pasa? —preguntó Oksana, acercándose a ella.

—La que está en la cama del hospital no es Svetlana Novikova —dijo Lily—. ¡Es Natalia Azarova!

Oksana parecía aturdida, pero entonces pareció entender.

—Tienes razón. Pero ¿de quién es el cuerpo que encontraron?

Lily respiró hondo.

—Creo que era Svetlana Novikova… y que Natalia Azarova la mató.

ϒ

Polina estaba de guardia en el hospital.

—Gracias a Dios que estáis aquí —dijo cuando vio a Lily y Oksana—. Os he dejado mensajes en el contestador a las dos. Hoy Svetlana no se ha encontrado nada bien. No come ni bebe y se niega a decirme qué le pasa. Creo que está triste por el funeral. Si no bebe algo pronto, tendré que ponerle un gotero en el brazo. En su estado, deshidratarse es especialmente peligroso.

Cuando Lily y Oksana entraron en la habitación, la anciana estaba sola en su cama. No las miró y mantuvo los ojos clavados en la ventana. Al principio, Lily tenía miedo de hablar. ¿Y si decir que sabían que era Natalia Azarova empeoraba las cosas? Pero Oksana le dio un leve codazo y Lily rodeó la cama y se situó cerca de la ventana, donde Natasha se vio obligada a prestarle atención.

—Sé quién es usted en realidad —susurró—. Sé que es usted Natalia Azarova.

La anciana no respondió. Lily le puso la mano en el hombro y lo apretó suavemente.

—También sé que fue usted quien mató a Svetlana Novikova —dijo—. ¿Fue porque descubrió que la había traicionado?

Natasha miró a Lily fijamente. Su boca se movía con dolor. Los ojos se le llenaron de lágrimas.

—Sí, yo maté a Svetlana —dijo—, pero no fue por eso. Svetlana nunca me traicionó.

Veinticuatro

Orël Oblast, 1943

Después de ver al agente del NKVD vigilándome, no pensé que las cosas pudieran empeorar. Pero lo hicieron. Y mucho. Fui corriendo hacia el búnker del alto mando con la intención de advertir a Valentín de que estaban a punto de detenerme, pero estaba en la pista con el resto de su escuadrón. A su lado estaba Sharavin, que iba a quitar las falcas de las ruedas. Svetlana estaba trabajando en mi avión, que en la última salida había sido alcanzado por varios disparos. Iba a contárselo.

Cuando estaba llegando al hangar, Lipovski me dio el alto.

—¿Adónde va con tanta prisa, camarada teniente? Ahora no puede cotillear con su mecánica. Tiene que atender otros aviones, además del suyo.

Mi rango era igual al de Lipovski, por lo que su tono pomposo estaba fuera de lugar, pero no podía permitirme meterme en problemas.

—Tenga —dijo, y me entregó un fajo de sobres—. Ha llegado el correo. Haga algo útil y llévelos al búnker de las mujeres.

Lipovski leía y censuraba las cartas personales. Su reparto era altamente confidencial. ¿Le daba placer tratarme como una subordinada y obligarme a entregar el correo? Tal vez era Lipovski quien me había denunciado al NKVD. Cogí el correo y me alegré de no encontrar a ninguna de las mujeres en el búnker cuando llegué. Quería escribir dos notas, una a mi madre y otra a Valentín. Se las confiaría a Svetlana.

Dejé el correo de Alisa encima de su almohada y rebusqué en el montón. La caligrafía inclinada que aparecía en el sobre dirigido a Svetlana era la de su madre. El remite me dejó helada: «Apartamento 13, 11 Skatertni Pereulok, Moscú». Era el piso donde yo vivía con mi familia antes de que detuvieran a mi padre. Estaba confusa. ¿Cómo era posible que la familia de Svetlana viviera en nuestro antiguo piso?

Enseguida lo vi claro. Por lo que sabía, a la gente que denunciaba a sus compañeros o vecinos a menudo la recompensaban con las posesiones del acusado. Me habían hablado de un profesor de la Universidad de Moscú al que otorgaron el puesto de jefe de departamento después de denunciar a su superior y de una cantante de ópera que había «heredado» las prendas de piel de la esposa del director de la compañía cuando, debido a sus acusaciones, ambos terminaron en un campo de trabajo. ¿Por qué no iba a ser recompensado un traidor con un apartamento que ella ansiaba? El extraño comportamiento de Lidia la noche de la detención de papá ahora tenía lógica. Sabía lo que se avecinaba. ¿O se inquietó al ver el broche que Stalin había enviado con tanta falsedad?

Ya tenía lo que quería. Recuerdo el felpudo nuevo y el olor a pintura húmeda y pulimento de suelos que había notado cuando devolví la bufanda que mamá había pedido prestada a nuestra antigua vecina. Ya no importaba que el NKVD estuviera a punto de detenerme, porque todo lo que había vivido era una mentira. Svetlana, a quien había confiado mi vida a diario, nos había traicionado a mí y a mi familia.

Cuando Svetlana volvió al búnker creí que la abofetearía, pero me quedé allí inmóvil y dije con frialdad:

—Mi padre fue ejecutado. ¿Y por qué? ¿Porque tu madre quería el piso?

Svetlana miró la carta que sostenía en mis manos. Palideció y dejó caer los hombros. Luego se sentó en la cama y se tapó los ojos con las manos.

—¡Y tuviste el valor de fingir que eras mi amiga! —proseguí.

—No lo sabía. Yo no sabía que mi madre había convencido a mi padre de que hiciera aquello.

—¿No lo sabías? —Mi tono era brusco—. ¿Vivías en nuestro piso, en nuestra casa, y no lo sabías?

Svetlana apoyó las manos en el regazo y me miró. Tenía los ojos llenos de lágrimas.

—Al principio, no. Mi madre dijo que era una coincidencia, que habían solicitado un piso mejor y que nos tocó el vuestro porque había quedado vacío. Pero, por supuesto, era obvio. —Cerró los puños—. Me avergonzaba tanto de ella... ¡Me avergonzaba tanto de mi propia madre!

Svetlana me suplicó que lo entendiera, pero no era capaz de sentir nada por ella. Tan solo podía pensar en papá. Se lo habían llevado de casa, lo habían encarcelado y lo habían matado. ¿Cómo iba a olvidar su mirada cuando lo detuvieron? ¡Los culpables eran los Novikov!

Tenía ganas de abalanzarme sobre Svetlana, empujarla y darle un puñetazo, pero parecía derrotada y se habría desplomado al primer golpe. En lugar de eso, le tiré la carta encima y me fui.

Me senté en un campo de girasoles, llena de ira. Mi madre había sido generosa con Lidia. Mi padre había dicho que llevaría a la familia Novikov a la dacha en verano. ¡Y a cambio ellos nos llevaron a aquel infierno! Me imaginé a Lidia viviendo en aquel bonito piso mientras mi madre estaba sola en una casa diminuta sin su familia. Que la traición hubiera ocurrido años antes y que acabara de enterarme lo empeoraba todo. Quería odiar a Svetlana, pero no podía. La culpable era Lidia. Mientras pensaba en todo aquello, empecé a entender por qué Svetlana, con todas sus cualificaciones, había venido al frente a trabajar de mecánica conmigo. A diferencia de su madre, ella estaba avergonzada. Me levanté con la intención de ir al búnker a dormir unas horas, pero el capitán Panchenko anunció por los altavoces que el regimiento debía reunirse de inmediato. Valentín nos describió la gravedad de lo que se avecinaba. La Luftwaffe estaba organizando contingentes de aviones para frenar nuestro avance.

—El combate será encarnizado —dijo—. Quiero aprovechar esta oportunidad para expresar lo orgulloso que estoy de haber sido vuestro comandante.

El escuadrón de Valentín y el mío —que en esta ocasión lideraría Alisa—, junto con los demás, esperamos en nuestros aviones toda la mañana, pero parecía que los alemanes estaban postergando la ofensiva. No dejaba de escrutar el aeródromo, preguntándome si el agente del NKVD estaría acechando. Estaba tomándose su tiempo para detenerme. El sol era abrasador y los mandos me quemaban las manos cuando los tocaba. Tenía la garganta seca. Svetlana y los otros mecánicos se refugiaron bajo las alas de los aviones. Era una buena manera de que Svetlana y yo no estuviéramos cara a cara.

—No podemos seguir aquí sentados —dijo Valentín, e indicó a todos los pilotos que esperaran en la cabaña situada al borde de la pista.

Cuando llegué, me observó con preocupación.

—¿Te encuentras bien, Natasha?

Quiso sustituirme por otro piloto, pero me negué. ¡Cómo amaba a mi hermoso Valentín! Estaba tan conmocionada por lo que había descubierto que no les había escrito las notas a él y a mi madre. Si me asesinaban o me arrestaban, a Valentín le contarían que a papá lo habían ejecutado por ser enemigo del pueblo. Se preguntaría por qué se lo había ocultado. Tenía que explicarle lo bueno que era mi padre. Creía que si le contaba que habíamos asistido a la recepción en el Kremlin dedicada a Valeri Chkalov, Valentín se daría cuenta de la estima que le profesaban Stalin y los otros comisarios a papá. Había creado cientos de nuevos tipos de chocolate. En la vida, su felicidad era dar placer a los demás. No tenía ningún interés en destruir la Unión Soviética.

—Conocí a Stalin en una recepción —empecé—. Me pareció el día más emocionante de mi vida. Tenía catorce años.

La expresión de Valentín cambió al instante. Esbozó una mueca, como si hubiera probado un alimento en mal estado.

—Escucha, Natasha, hay algo que debes saber. Stalin firmó personalmente la orden de ejecución de tu padre.

Aquello fue un jarro de agua fría. Por fin podía ver las cosas con claridad. Mi madre había escrito muchas veces a Stalin, pero nunca obtuvo respuesta. Fuesen cuales fuesen las flechas que habían disparado los padres de Svetlana contra papá, Stalin podría haberlas desechado con un solo gesto. Pero no lo hizo. No sabía cómo se había enterado Valentín de la historia de Stalin y de la muerte de mi padre, pero estaba convencida de que tenía razón. Era como si hubiera descorrido un velo y viera a Stalin tal como era, sin dejarme engañar por mi estúpida veneración.

Quería salir corriendo de allí y decirle a Svetlana que la perdonaba, pero llegó la llamada de despegue. Un frenético mensaje que llegó desde el frente hablaba de formaciones enormes que avanzaban a toda velocidad hacia nuestras tropas.

Valentín y yo fuimos corriendo a nuestros aviones, seguidos de los demás pilotos. Svetlana esperaba junto al mío para ayudarme con el paracaídas. Le entregué mi cápsula de identificación, pero desvió la mirada en todo momento. Ahora no había tiempo para reconciliarse.

Por la mañana, el cielo estaba despejado, pero por la tarde se habían formado densas nubes. Tres escuadrones despegaron en la primera salida, el cuarteto de cabeza de Valentín, del cual yo formaba parte; el cuarteto de cobertura de Alisa y un grupo de reserva liderado por Filipp. Avanzamos juntos por la pista, nos situamos con el viento a favor, tiramos de la válvula reguladora y despegamos. La vibración del avión me calmó. Ahora solo podíamos pensar en el combate.

Cuando llegamos a la línea del frente, el cielo parecía una masa de aviones. Conté sesenta Junker protegidos por diez Focke-Wulf y veinte Messerschmitt. Los primeros Junker de la formación habían emprendido el ataque. El rugir del motor de los bombarderos y el zumbido de los cazas resultaban ensordecedores.

—Agrupaos en formación —nos ordenó por radio Valentín, que lideró nuestro cuarteto en el ataque a los bombarderos mientras Filipp dirigía a su grupo hacia los cazas.

Valentín se acercó a un Junker y disparó dos ráfagas. La primera acabó con el artillero de cola y la segunda prendió fuego a uno de los motores. El avión iba cargado de bombas y estalló en una bola de fuego que hizo que mi avión se tambaleara. Alisa abatió a un Focke-Wulf que iba pisándome los talones. Empezó a echar humo y se precipitó en espiral.

Los escuadrones de cabeza y cobertura se turnaban para atacar a los Junker. Hubo fuego cruzado, a veces peligrosamente cercano. Las balas trazadoras pasaban silbando junto a mi avión. Los aparatos volaban en todas direcciones, pero yo no despegaba los ojos de Valentín. Ocurriera lo que ocurriera, tenía que protegerlo.

Otros dos Junker se partieron y cayeron a tierra. Un

Focke-Wulf en llamas se situó entre nosotros y me aparté para no caer con él. Perdí de vista a Valentín. Debajo de mí apareció un Messerschmitt; cuando lo tenía en el punto de mira, algo alcanzó a mi avión. Eran cascotes o balas; en medio del caos era imposible saberlo. Todo empezó a temblar y, por un momento, creí que había llegado el fin. Pero la lectura de los indicadores era normal. Pulsé el botón de disparo y el avión enemigo volteó y cayó panza arriba.

Vi a Valentín y recuperé mi posición. Nuestro cuarteto había desviado a los Junker de su objetivo. Habíamos perdido dos cazas, pero había visto a uno de los pilotos descender a nuestro lado del frente. El avión de Filipp estaba lleno de agujeros, pero parecía funcionar. Al menos habíamos ayudado a nuestras tropas. Ahora el avance estaba en sus manos.

Por el transmisor oí la voz de Valentín.

—De acuerdo, ahora volvamos al aeródromo. ¡Bien hecho!

Fue la batalla más feroz que habíamos librado juntos, pero Valentín parecía tan tranquilo como siempre.

—¿Es que nada te inquieta? —le pregunté por radio, pero no respondió.

El transmisor debía de estar estropeado. No podía oírme, pero yo a él sí.

Por fin avistamos el aeródromo entre las nubes y me invadió una sensación de paz: ahora podría reconciliarme con Svetlana y explicarle a Valentín mi pasado. Si podía hacer esas dos cosas, ya no me preocupaba lo que pudiera depararme el NKVD.

De reojo vi unas formas en las nubes. ¿Se había apartado uno de los cuartetos de la formación? Entonces los vi de nuevo. ¡No, eran tres aviones! ¡Messerschmitt!

Volví a probar el transmisor, pero sin éxito. Los aviones alemanes aparecieron entre las nubes e iban directos a Valentín. Aunque los hubiera visto, no tenía una sola posibilidad. Ya había iniciado el descenso. Había accionado el tren de aterrizaje y había aminorado la marcha. Volaba a muy poca altitud como para sobrevivir a un salto en paracaídas. Aceleré y volé en paralelo al piloto principal. Incliné el ala como si estuviera teniendo problemas para controlar mi aparato. La máscara me cubría gran parte de la cara, pero el piloto sabía que era una mujer. Incluso podía intuir de quién se trataba. El coronel Smirnov mencionó que habían puesto un alto precio a mi cabeza. El piloto mordió el anzuelo y me siguió cuando me alejé del aeródromo en dirección al frente. Para mi sorpresa, los otros dos pilotos también vinieron a por mí, en lugar de acabar con Valentín. No podían ser ases de la aviación si era tan fácil distraerlos, pero me alegraba de que hubieran caído en la trampa.

Penetré en una zona nubosa con los tres aviones enemigos detrás. Sabía que, cuando te perseguían varios aparatos, nunca había que volar en línea recta, sino realizar giros y ataques permanentes. Pero mi máxima preocupación era alejarlos de Valentín y del aeródromo. Me había equivocado con el Diamante Negro y esta vez no pensaba fallar.

Las nubes fueron desvaneciéndose poco a poco. Abajo había campos y, al final, un bosque. No tuve que consultar el mapa para saber que estaba sobrevolando territorio enemigo. Había llegado el momento de enfrentarme a los cazas. Viré y me dirigí a toda velocidad hacia los tres Messerschmitt. El piloto situado en el centro abrió fuego y junto a la cabina pasaron varias balas trazadoras. Sabía que si vacilaba me abatirían. Varios pilotos alemanes capturados nos habían revelado que sus aviadores consideraban a los eslavos gente fatalista proclive a tácticas suicidas. También sabían que teníamos al NKVD vigilándonos de cerca si fracasábamos en una misión. Esa idea me concedía ventaja e hicieron justamente lo que yo esperaba: perdieron los nervios y abrieron la formación en abanico. Alcancé a un avión con el cañón y cayó a tierra dejando un rastro de humo a su paso. Ahora todo estaba despejado para replegarme a nuestro lado de la línea del frente. Miré el indicador de combustible: tal vez quedara suficiente para llegar.

Sin embargo, los otros dos Messerschmitt no estaban dispuestos a dejarme escapar. Dieron la vuelta y me persiguieron. Podía hacerlos descender a una altura próxima a los árboles, pero a este lado del frente corría peligro de ser blanco del fuego antiaéreo. Si había de caer, era mejor hacerlo en aquellos campos remotos que había visto y no en medio del ejército alemán.

Viré de nuevo y realicé otra pasada. Pulsé el botón de disparo, pero se oyó un clic. Me había quedado sin munición y el combustible era demasiado escaso para seguir luchando. Los alemanes se darían cuenta, me atraparían en la maniobra de pinza que tanto les gustaba y me obligarían a tomar tierra. Pero tenía otro as bajo la manga. El índice de mortalidad era alto; los pilotos solo utilizaban esta maniobra en casos desesperados. A los supervivientes les concedían la Orden de la Bandera Roja.

Me aproximé a uno de los cazas desde el costado y le arranqué parte del ala y le atravesé el fuselaje con la hélice. El avión empezó a caer en picado, pero había acabado con mis posibilidades de realizar un aterrizaje forzoso. Mi Yak comenzó a dar bandazos. Tiré de la palanca, pero era como un trozo de cuerda en mis manos. No tenía más opción que saltar.

Me quité la máscara y los auriculares e intenté abrir la compuerta. Estaba atascada; forcejeé mientras el avión empezaba a caer. Finalmente, conseguí abrirla. Cegada y sacudida por el fuerte viento, conseguí mantener el equilibrio apoyada en el borde de la cabina. De repente, salí despedida. Lamenté no haber podido salvar el avión, que cayó en el bosque con un fuerte estruendo y una luz cegadora.

Entonces recordé dónde me encontraba y tiré de la anilla del paracaídas. Topé con un árbol en plena caída y, después de balancearme, choqué contra el suelo y perdí el conocimiento unos instantes. Cuando recobré la conciencia, vi el avión alemán que quedaba, sobrevolando en círculos la zona. ¿Me había visto saltar?

Me quedé quieta hasta que el avión se hubo marchado. Era un milagro que hubiera sobrevivido al salto, y al parecer de una pieza. Me toqué los brazos y las piernas: todo parecía estar bien, excepto por un dolor punzante en el costado. Pero cuando intenté levantarme, el dolor me bajaba por las piernas. Volví a sentarme y me quité las botas. Tenía los pies hinchados y amoratados. O bien me los había roto, o bien tenía los ligamentos desgarrados. Rompí la parte inferior de la camisa y me vendé los pies con fuerza; luego volví a ponerme las botas con delicadeza.

Me toqué el cinturón y me di cuenta de que había perdido la pistola al saltar del avión. Si el piloto me había visto, alertaría a las fuerzas de tierra sobre mi ubicación. Recé para que llegaran antes los partisanos.

Cerca había una arboleda; al otro lado de un sembrado, se extendía un bosque. Por ahora podía ocultarme entre los árboles. Cuando cayera la noche, iría hacia allí.

Avancé cojeando hacia la arboleda. Cada paso era una agonía. Me escondí en la maleza y me arranqué la insignia y las condecoraciones del uniforme. Si me capturaban, revelarían mi identidad. Doblé la insignia en el interior de mis documentos y los enterré debajo del árbol en el que estaba apoyada. Luego me llevé la mano al ojal y me di cuenta de que había perdido el broche que me había regalado Stalin. Me alegraba de haberme deshecho de él; era un símbolo de traición. No solo era el monstruo responsable de la muerte de papá, sino también el culpable de la suerte que había corrido mi hermano.

Ninguno de los voluntarios del metro habría muerto si Stalin no hubiera fijado aquel plazo imposible. Sin la pátina de romanticismo, lo veía todo con claridad.

Cuando cayó la noche, puse rumbo hacia el bosque. Tropecé, caí, me arrastré y volví a levantarme hasta que llegué a los árboles. Me agarré a un tronco para que mis pies no tuvieran que soportar el peso del cuerpo. A lo lejos oía el tableteo de las ametralladoras y el fuego de artillería. El frente se acercaba. Tal vez podría esconderme hasta que el ejército soviético reconquistara la zona.

De repente oí ruido de motocicletas y eché cuerpo a tierra. Una patrulla de alemanes pasó junto a mí. Al verlos se me disparó el corazón. Tenía que adentrarme más en el bosque. Cada vez que me movía, me fijaba el pequeño objetivo de llegar hasta el siguiente árbol; y a cada descanso, pensaba en algo que me causara placer para recuperar fuerzas. Oía música y me imaginaba a mí misma bailando con Valentín; me veía leyéndole Tolstói a Svetlana; imaginaba a mamá colocando flores en su apartamento, y a *Dasha* dormida a su lado encima de un cojín; pensé en deliciosos *pelmeni*, en flores de olor dulce, en hermosos vestidos y en perfume.

Finalmente, demasiado dolorida para seguir caminando, me acurruqué al pie de un pino y contemplé el cielo nocturno. Era consciente de cada crujido y sonido animal en la maleza que se extendía cerca de mí. Era verano y los osos, linces y lobos estarían activos. Pero no les tenía tanto miedo como a los alemanes. Los animales depredadores mataban cuando tenían hambre o para proteger a sus crías. No mataban en masa a los de su especie en una orgía de avaricia y maldad. Y recordé las palabras de Ludmila: «Si alguna de vosotras corre peligro de que la capturen, debe pegarse un tiro, en lugar de caer prisionera de esos monstruos».

Intenté permanecer despierta, pero me dormí antes del amanecer. Estaba soñando que una figura aparecía envuelta en la neblina de primera hora de la mañana y me apuntaba a la cabeza con una pistola. Me desperté sobresaltada, pero allí no había nadie. En el bosque no se oían sonidos humanos, pero los pájaros carpinteros y las codornices andaban enfrascados en la búsqueda de comida. Observé cómo se iluminaba el cielo. Cuando traté de ponerme en pie, tropecé y me caí. El dolor de pies y en el costado había ido a peor, pero no podía quedarme en el bosque. Debía buscar ayuda.

Cerca de allí oí el rumor de un arroyo. Fui a gatas en dirección al lugar de donde provenía el sonido. Cuando encontré el agua, hundí las manos y grité de alivio. Bebí mucho. Apretando los dientes, me quité las botas y hundí mis pies hinchados. Media hora después empecé a moverme de nuevo utilizando el método del día anterior: de árbol a árbol, de roca a roca.

Más tarde vi un Junker surcando los cielos acompañado de cazas de combate. Costaba creer que solo veinticuatro horas antes me encontrara en un avión yendo en su busca. Pensé en mi Yak, perdido en algún lugar del bosque. ¿Lo vería alguien? Si moría allí, ¿me encontrarían?

Me entró fiebre y tuve que dejar de caminar. Me tumbé sobre la maleza con la esperanza de que una hora de sueño me diera fuerzas para volver a moverme. Me desperté poco después con todos mis sentidos alerta. Entre los matorrales pasaron dos conejos corriendo. Oí pasos…, pasos humanos. Pensaba que estaba soñando otra vez, pero entonces aparecieron dos figuras entre los árboles. Una de ellas me vio y lanzó un grito. Pensé que todo había terminado para mí, pero oí una voz de mujer.

—¡Natasha!

¡Era Svetlana! ¿Era real o la fiebre me hacía alucinar? Traté de levantarme, pero me desplomé. Alcé la vista y vi a Svetlana allí de pie. Detrás de ella había un niño de unos diez años.

Svetlana me rodeó con sus brazos.

—¡Sabía que te encontraría!

—¿Cómo lo has hecho? —le pregunté, todavía incapaz de creer que estuviera realmente allí—. ¿Hemos conquistado Orël?

Svetlana sacudió la cabeza.

—No, todavía no. Crucé la línea del frente por la noche y evité al enemigo. Los partisanos me ayudaron a localizar el lugar donde te habías estrellado. Mandaron a este chico para que me ayudara a encontrarte. Conoce bien el bosque. —Me miró los pies—. ¿Te has hecho daño?

—Me lesioné al caer —le dije—. No puedo estar mucho rato de pie.

Svetlana se volvió hacia el chico.

—Ayúdame a cargar con ella.

El muchacho me agarró de las piernas y Svetlana me pasó las manos por debajo de los brazos. Pero cuando me levantaron, fue como si se me estuvieran desgarrando las costillas y no podía respirar. Grité de dolor y volvieron a dejarme en el suelo.

—Así no progresaremos —dijo Svetlana—. Estás demasiado grave. Hay una carretera y un pueblo cerca de aquí. A menos que nos movamos con rapidez, nos detectarán. —Se volvió hacia el niño—. ¿Puedes ir a buscar ayuda? ¿Hay alguien en el pueblo en quien confíes?

El chaval nos miró a Svetlana y a mí como si estuviera tomándonos medidas. Estaba flaco y era nervioso. Su mirada ya no era la de un crío. Lamenté que la vida lo hubiera hecho así.

—Buscaré ayuda —dijo a Svetlana—. Espera aquí con ella.

Y volvió a desaparecer en el bosque.

—¿Quién es? —pregunté a Svetlana.

—Un huérfano que vive con los partisanos. Tenían que hacer saltar por los aires un puente para impedir el paso de los suministros alemanes, así que enviaron al niño conmigo. Está loco, pero, por lo visto, conoce este bosque como la palma de su mano.

—¿Podemos confiar en él?

Me parecía una pregunta dura tratándose de un niño, pero era la guerra. Había que andarse con cuidado con todo el mundo.

—Los partisanos lo utilizan de guía —respondió Svetlana—, así que estoy segura de que podemos confiar en él. —Se arrodilló detrás de mí y apoyó mi cabeza en su regazo—. Natasha, ¿me perdonarás algún día?

Extendí la mano y le toqué la cara.

—Siento haberme enfadado. Nada fue culpa tuya. ¡Nada! Fue Stalin quien firmó la orden de ejecución de mi padre. Fue él quien traicionó a papá. Tal vez las acusaciones de tu madre no ayudaron, pero Stalin podría haberlas desechado fácilmente.

Svetlana me quitó el casco de piel, que seguía llevando sin haberme dado cuenta siquiera. Lo dejó en el suelo junto a ella. Luego me acarició la frente, donde notaba el latido de mi corazón.

—Te habrías sentido orgullosa de mí, Natasha. Sharavin no creía que fuera a perseverar, pero crucé la línea del frente. Aparté cualquier pensamiento sórdido de mi cabeza, como siempre me has dicho que hiciera, y no dejaba de repetirme: «Natasha está viva y la encontraré».

Le sonreí.

—Siempre me he sentido orgullosa de ti, Sveta.

Se inclinó hacia delante para recoger arándanos de un matorral cercano y me los dio uno a uno.

—Valentín ha estado buscándote. Puede que los partisanos puedan hacerle llegar un mensaje.

Entonces se calló y miró en derredor. Yo también había oído algo en la distancia. Me incorporé de golpe, pese al dolor que sentía en las costillas. Eran motores. Podía oler el humo de los tubos de escape. Svetlana había dicho que cerca de allí había una carretera, pero debíamos de estar más cerca de lo que creía. Entonces el sonido de los camiones fue reemplazado por el de unas voces. Alguien estaba dando órdenes a gritos. Unos perros ladraban. ¿Había alertado el niño a todo el pueblo? ¿Tenían que hacer tanto ruido? Entonces discerní las voces con más claridad: hablaban en alemán. Se me heló la sangre.

Miré a mi alrededor. Yo no podía escapar, pero Svetlana podía echar a correr. Estábamos rodeadas. ¿Había alertado el muchacho a la persona equivocada por error? ¿O nos había delatado a conciencia para obtener alguna recompensa?

Me volví hacia Svetlana. Se intuía el terror en sus ojos. Sabía qué estaba pensando. Ser capturadas por los alemanes y sufrir sus abusos no era un futuro que pudiéramos soportar. Sabíamos cuál era el único camino posible.

Svetlana tragó saliva y se sacó el revólver del cinturón.

—Gasté tres balas para ahuyentar un jabalí —dijo—. Deben de quedar tres más. —Me tendió el arma—. Yo no seré capaz de hacerlo..., y no puedo verte morir —continuó con voz temblorosa—. Por favor..., yo primero y luego... tú.

Contuve las lágrimas. ¿Cómo podía asesinar a mi mejor amiga? Pero ¿qué otra opción teníamos? Sabíamos lo que nos esperaba en manos de los alemanes; al cabo de unos minutos, ya no nos quedaría esa opción. Cogí el revólver que me ofrecía Svetlana.

Rebuscó en el bolsillo y me dio la cápsula de identificación que le había confiado antes de mi último vuelo.

—Si nuestros camaradas llegan a encontrarnos, sabrán quiénes somos —dijo.

Me guardé la cápsula en el bolsillo. Utilizando el árbol para apoyarme, me puse en pie.

—Por favor, date la vuelta —le dije. No podía dispararle si estaba mirándome.

Solo había tres balas en el tambor. Lo peor sería fallar y no matarla limpiamente. Apunté a la nuca de Svetlana, pero titubeé.

—Te quiero —dije.

—Yo también te quiero —respondió ella.

Las voces y ladridos eran cada vez más fuertes. Vi a los soldados alemanes acercarse entre los árboles. Uno de ellos gritó: me había visto. Echaron a correr hacia nosotras.

—Ahora —suplicó Svetlana—. Por favor, ahora. Estoy preparada.

Me latía el corazón con fuerza y recordé una imagen de Svetlana y yo volviendo al trote del colegio.

—Que Dios nos perdone —dije, atormentada por el acto indecible que estaba a punto de cometer.

Apreté el gatillo.

El estruendo del disparo hizo salir volando a una bandada de urogallos. Svetlana cayó hacia delante. Su cuerpo se estremeció unos instantes y luego quedó inerte.

Ahora se había ido. Tenía que irme con ella. Apunté a mi sien y apreté el gatillo, pero no sucedió nada. Volví a apretar. Nada. Entonces recibí un puñetazo en la cabeza y me desplomé.

El mundo desapareció.

Veinticinco

Moscú, 2000

Lily estaba llorando. Natasha había matado a Svetlana por amor, no por venganza. Tuvo que reunir mucho coraje para hacerlo. En los últimos días de Adam, cuando yacía empapado en sudor y lágrimas, se sentaba sola con una almohada entre las manos, preguntándose si sería lo bastante fuerte para acabar con un sufrimiento que no aliviaban las dosis de morfina que le administraban las enfermeras. Pero no era capaz. Cuando entró en coma y se fue apagando, Lily se dio cuenta de que había eludido cruzar una línea de la que no había retorno.

—Había acusado a Svetlana de traicionarme —dijo Natasha—, pero era un alma pura. Svetlana creía que yo seguiría con vida si ella lo imaginaba. Me confió incluso su muerte. Fui yo quien la traicionó.

—La mató por compasión —intervino Oksana.

Natasha cerró los ojos.

—Al final no la seguí.

—Porque no pudo —terció Lily—. El revólver se encasquilló.

Natasha torció el gesto y se llevó la mano al pecho.

—Después de aquello…, podría haber encontrado la manera. Svetlana no podía vivir sin mí. Me quería demasiado. Pero yo elegí vivir sin ella.

—No puede culparse por eso —dijo Oksana, que sirvió un vaso de agua de una jarra que tenía en la mesita—. Es el instinto humano.

Le puso el vaso a Natalia en los labios y la ayudó a beber.

Lily esperó a que Natasha estuviera preparada para continuar y preguntó:

—¿Qué sucedió después de que los alemanes la capturaran?

La anciana miró al techo.

—Mi único consuelo es que le ahorré a Svetlana la pesadilla que me esperaba. No lo habría soportado. Volví en mí en el suelo de un búnker de almacenamiento. Hacía calor y olía a tela de saco y pólvora. El lugar estaba oscuro y brumoso. Me palpitaba la cabeza, y también las costillas y los pies. Tenía el cuello rígido, pero conseguí levantar la cabeza para buscar a Svetlana. Entonces recordé lo sucedido. Se me cerró la garganta y pensé que iba a ahogarme.

Había un guardia cerca de la puerta. Cuando vio que recobraba la conciencia, llamó a un compañero que estaba fuera y oí las palabras «*die Mechanikerin*». Entonces, se volvió hacia mí y gritó en ruso: «¡Levántate!».

La orden me hizo despertar. Se me aceleró el corazón, pero no podía moverme.

—¡Levántate! —gritó de nuevo el guardia, que me clavó la boca de su arma en la cadera.

Me incorporé poco a poco.

—*Die Mechanikerin* —repitió el guardia al hombre que se encontraba fuera, y me di cuenta de que hablaba de mí.

¿Por qué pensaba que era mecánica y no piloto?

El guardia apostado al otro lado de la puerta gritó algo y el que se encontraba junto a mí volvió a señalarme y sacudió la cabeza. Todavía me dolían demasiado los pies para soportar mi propio peso y tropecé al intentar caminar. El guardia me cogió del brazo y me llevó hasta un aeródromo. Cada paso era una tortura y la bilis me subía a la garganta. Pilotos, mecánicos y armeros volvieron la cabeza. Encontrarme en un aeródromo enemigo, rodeada de aviadores alemanes y su tripulación de tierra, me produjo escalofríos. Algunos parecían sentir curiosidad, mientras que otros me fulminaron con la mirada. Sin embargo, entre aquellas miradas, algunas transmitían compasión, lo cual me sorprendió.

El búnker del alto mando era un subterráneo. Un mapa del frente ocupaba una pared entera. Cerca de allí, un operador de radio escuchaba transmisiones soviéticas; capté las voces crepitantes de los pilotos rusos. Las siglas de identificación no eran las de mi regimiento, pero oír a otros compañeros dirigirse a la batalla hizo que me diera cuenta de lo lejos que me encontraba ahora de Valentín. «Puede que no vuelva a verlo nunca», pensé. Mis captores probablemente planeaban interrogarme y después fusilarme. O algo peor.

Vi a un hombre sentado a una mesa redactando unos documentos; supuse que era el comandante. Levantó la mirada cuando el guardia anunció mi presencia y lo reconocí. Era el Diamante Negro. Era igual de atractivo de cerca que de lejos. Llevaba los pantalones arrugados; su angulosa cara estaba oscurecida por una barba incipiente. Señaló la silla y le dijo algo al guardia, en alemán. Este me obligó a sentarme y se fue.

El Diamante Negro me miró largo rato, cogió la cápsula de identificación que había sobre la mesa y jugueteó con ella.

—Ambos sabemos que no es usted la mecánica —dijo en un educado ruso. Tenía una voz fuerte y teatral, y solo se advertía un leve acento.

Observé la cápsula y comprendí lo que había causado aquella confusión. Svetlana, presa del pánico al verse rodeada, me había dado la suya por error. Puesto que me había arrancado la insignia del uniforme, aparte de la cápsula no había otra manera de identificarme.

El Diamante Negro frunció los labios.

—Creo que es mejor que mantenga esa coartada. Tenemos órdenes de que todas las combatientes soviéticas sean fusiladas en el momento en que se las capture. El mariscal de campo Von Kluge detesta la idea de que las mujeres rusas maten a hombres alemanes.

Me puse rígida. Era típico de la arrogancia alemana. Esperaban que las mujeres rusas se quedaran al margen mientras masacraban a nuestras familias. Aunque me sentía sumamente disgustada, me abstuve de responder por si el Diamante Negro estaba tratando de sacarme información.

—Ahora no puedo hacer gran cosa por usted —dijo, bajando el tono de voz para que el operador de radio no pudiera oírlo—. He pedido que la trasladen a un campo de prisioneros de guerra donde la mayoría de los internos son soldados británicos y estadounidenses. Tal vez ellos puedan ayudarla. Debo advertirle que Alemania tiene la política de dejar morir de hambre a los prisioneros políticos. Pero, aunque el Alto Mando obedeciera la Convención de Ginebra, su líder, Stalin, se niega a permitir que la Cruz Roja preste ayuda a los soviéticos que sean capturados.

No necesitaba más pruebas para convencerme de que Stalin era un tirano, pero, aun así, no podía estar segura de si lo que decía el Diamante Negro era verdad. Quizás intentaba asustarme para que hablara.

—¿Por qué no dice nada? —preguntó exasperado—. No sabe lo mucho que ha aterrorizado a mis pilotos. Cuando el operador de radio decía que estaba participando en una misión, costaba que los hombres despegaran. Incluso los pilotos veteranos le tenían miedo. Es usted la única persona que me ha abatido. —Se levantó y se acercó—. Escuche, no voy a interrogarla, si es lo que está pensando. Alemania lo ha estropeado todo y no vamos a ganar esta guerra. No puedo sacarle nada que vaya a salvarnos. Pero sí hay algo que me gustaría saber: ¿por qué no me mató cuando tuvo la oportunidad?

Yo tampoco lo entendía. Aparte de su parecido con Alexánder, tal vez lo había visto como otro ser humano. O tal vez lo había hecho porque admiraba su valor y destreza.

Al ver que no respondía, el Diamante Negro suspiró.

—Qué lástima que la guerra nos haya situado en bandos distintos —dijo con una sonrisa irónica—. Es usted muy hermosa... y valiente. Podríamos habernos casado y dirigir una escuela de vuelo juntos.

Pese al horror de la situación en la que me encontraba, el ridículo comentario del Diamante Negro me hizo sonreír. Me intrigaba. Era guapo y carismático, y hablaba un ruso refinado. Parecía un ser humano digno. Si no hubiera matado al coronel Smirnov, no me habría arrepentido de haberle salvado la vida.

El operador de radio llamó al Diamante Negro: parecía haber descubierto algo en el transmisor. Él cogió el micrófono que había encima de su mesa e hizo un anuncio que llegó al aeródromo a través de los altavoces. Se dirigió a la puerta y llamó al guardia que esperaba para llevarme al almacén, y después se dio la vuelta.

—Voy a ordenar al guardia que le traiga comida. También quiero que le examine los pies un enfermero. No rechace nuestra ayuda por una cuestión de orgullo. Podría ser la última ayuda que reciba, y el viaje a Alemania será largo.

¡Alemania! No pensaba ir a Alemania. Ya era duro ser prisionera, pero que me alejaran tanto de mamá y Valentín era impensable.

Cooperé con el enfermero cuando me examinó los pies. Me los embadurnó de un bálsamo de olor acre y me los vendó con fuerza. Comí el pan negro y las patatas que me trajo el guardia. Pero no lo hice porque tuviera miedo o me sintiese agradecida; lo hice porque estaba recuperando fuerzas para escapar.

Mientras comía, volvieron los recuerdos de mis últimos momentos con Svetlana: su rostro asustado, el sonido de su voz cuando me dijo que me quería y la sacudida del arma cuando acabé con su vida. Pero tenía que alejarlos de mí. No podía seguir pensando en Svetlana. Ni siquiera podía cumplir con el duelo por ella. No es que no la quisiera, todo lo contrario. Cuando me apunté a la cabeza con la pistola, estaba dispuesta a morir con ella. Pero ahora que había sobrevivido, ya no lo deseaba. No podía pensar en su muerte y seguir viviendo. Y había tomado la decisión de sobrevivir para volver con mamá y Valentín.

Escapar mientras todavía estuviera cerca de mi regimiento era la opción más razonable, y los guardias lo sabían. Las noches que pasé en el almacén, me vigilaban como si fueran halcones. No hacían concesiones cuando utilizaba el cuarto de baño y me apuntaban constantemente con sus armas. Otra mujer quizás hubiera intentado coquetear, pero yo no me veía capaz. Una mañana me sacaron del almacén y me metieron en la parte trasera de un camión. El dolor de pies se había atenuado y estaba convencida de que podría correr si tenía que hacerlo. Observé el paisaje durante el trayecto, memorizando lugares para encontrar el camino de vuelta una vez fuera libre. Pero el guardia que viajaba conmigo también estaba alerta. El castigo por permitir que un preso huyera debía de ser severo.

El camión se detuvo en un cruce ferroviario. Un grupo de prisioneros del Ejército Rojo estaba sentado bajo el ardiente sol, vigilados por soldados alemanes. El guardia me sacó del camión a empujones y me condujo hacia los hombres, que parecían abatidos. ¿Se habían rendido tan fácilmente? Me obligaron a sentarme y uno de los hombres me miró. Tenía la cara amoratada y una herida en el brazo que precisaba atención. Contuve un grito al reconocerlo. Era Filipp.

Al cruce ferroviario se acercaba un vagón de ganado. Mientras los guardias estaban distraídos, me acerqué a él.

—¿Qué te pasó? —susurró—. Pensé que habías muerto.

—Me quedé sin combustible y munición. Tuve que saltar. ¿Tú también?

Filipp asintió.

—Fue un accidente grave.

Los frenos del tren chirriaron. Se detuvo. La locomotora tiraba de ocho vagones, en dos de los cuales había cabinas con soldados pertrechados con ametralladoras. Mis posibilidades de escapar parecían más escasas a cada minuto que pasaba. Un guardia abrió la puerta de uno de los vagones y ordenó a los prisioneros que entraran. Filipp me ayudó a subir y nos sentamos juntos cerca de una pequeña ventana. Dentro del vagón, el calor era sofocante y no nos habían dado agua. Tenía la garganta seca y sudaba como si estuviera en una sauna.

Cuando los guardias cerraron la puerta, le conté a Filipp mi encuentro con el Diamante Negro y lo que había dicho sobre el trato que recibían los prisioneros de guerra soviéticos por parte de los alemanes.

—Tenemos que escapar —dije—. Pero habrá que hacerlo cuando oscurezca.

—El Diamante Negro está muerto —dijo Filipp cuando el tren empezó a moverse—. Lo abatió el capitán Orlov anteayer.

La mención a Valentín me dolió. Svetlana había dicho que estaba buscándome. Esperaba que no cometiera ninguna estupidez. Ahora no podía salvarme. Lo único que quería es que sobreviviera a la guerra para poder estar juntos de nuevo algún día. Recordé la broma del Diamante Negro, cuando dijo que podríamos habernos casado y dirigir una escuela de vuelo. Lamenté que estuviera muerto. Después de aquella breve conversación, me caía bien. Pero si podía escoger entre él y Valentín, me alegraba de que mi amante hubiera salido vencedor.

Contemplé el paisaje al otro lado de la ventanilla. Eran sembrados, todos ellos en territorio enemigo.

—¿Cómo vamos a escapar? —le pregunté a Filipp.

Uno de los soldados se aclaró la garganta y sacó una navaja.

—Haremos un agujero en la puerta y quitaremos el pestillo.

De modo que los soldados no se habían rendido. Simplemente, estaban actuando así para engañar a los alemanes.

El soldado utilizó la navaja para agujerear la puerta; luego limó el metal para agrandar el hueco y poder deslizar la mano. Les dije a los demás que no lo miraran, por si nuestra ansiedad hacía que se rompiera la navaja, pero el chirrido del metal me hacía castañetear los dientes. La tensión calentó todavía más el aire dentro del vagón. Apenas podía respirar. Cuando al soldado empezaron a sangrarle las ampollas de las manos, le pasó la navaja a otro hombre.

Nos fuimos turnando para limar la puerta hasta que el tren aminoró la marcha y se detuvo. Oímos a los guardias gritar y otras voces agresivas respondiendo. Nos miramos unos a otros: ¿nos había visto alguien haciendo un agujero en la puerta? Miré por la ventana. Delante del vagón había un grupo de soldados alemanes hablando. Si veían el hueco, estábamos acabados.

Oí más voces, pero eran de mujeres y niños. Estiré el

cuello y vi a centenares de personas con maletas y bultos que estaban subiendo al tren. Solo había ocho vagones. ¿Cómo iban a caber?

—Han parado a recoger más pasajeros —susurré a los demás.

—¿Pasajeros? —repitió uno de los prisioneros—. Esto no es un tren de pasajeros.

—Deben de ser trabajadores forzados —terció Filipp.

El tren empezó a moverse y volvimos a intentar perforar la puerta. Nuestra única posibilidad de huida llegaría por la noche y debíamos trabajar con rapidez. El tren iba a gran velocidad teniendo en cuenta que eran tiempos de guerra; me aterrorizaba llegar a Polonia antes de poder escapar.

—Escucha —le dije a Filipp—, no me esperes. Sálvate. Me hice daño en los pies cuando salté del avión y no sé si podré correr muy deprisa.

Filipp frunció el ceño.

—Lo digo en serio —añadí—. Ya no eres mi escolta. Si sobrevives y yo no, busca a Valentín y a mi madre, y cuéntales lo que me pasó. Diles que nunca dejé de pensar en ellos.

Filipp asintió y apartó la mirada.

—Sobrevivirás —dijo—. Eres la mujer más valiente que he conocido nunca. Cuando acabe la guerra, el camarada Stalin te nombrará personalmente heroína de la Unión Soviética por partida doble.

Después de lo que había contado Valentín, lo dudaba.

Aquella noche conseguimos terminar el agujero en la puerta. Uno de los soldados partió el alambre que mantenía cerrado el pestillo.

—Saldremos por orden de rango —dijo—. Usted primero, camarada teniente Azarova.

Me quedé boquiabierta. ¿Cómo sabía quién era?

—Tenía su foto colgada en la pared de mi búnker —dijo con una sonrisa tímida.

Abrió la puerta y entró el aire nocturno. Petrificada, miré hacia la oscuridad. Los árboles pasaban a toda velocidad. Estábamos atravesando un bosque. Saltar de un tren en movimiento era más aterrador que tirarse en paracaídas de un avión. Si esperábamos a que el tren aminorara la marcha, habría más posibilidades de que los guardias nos vieran. Pero si impactaba en un árbol o caía por un barranco, moriría. No había otra opción: salté en plena oscuridad.

Sentí un agudo dolor en los pies cuando toqué el suelo. La inercia me hizo caer de lado y rodé por una pendiente hasta chocar contra un árbol. El impacto me cortó la respiración. No vi a los otros saltar, pero hubo gritos y el tren se detuvo. El fuego de las ametralladoras hendió el aire. Los alemanes habían reaccionado más rápido de lo que preveíamos.

Me arrastré detrás de los árboles y agaché la cabeza. Los cañones de luz barrían la zona. Los perros guardianes ladraban. Entonces se oyeron más gritos y disparos. Me pegué tanto como pude al suelo. Alguien pasó corriendo junto a mí, iluminado por una linterna. ¡Filipp! Se oyó el tableteo de una ametralladora y lo acribillaron a balazos.

Todo quedó en silencio. Oí cómo se cerraba la puerta del vagón; me pregunté si los soldados habían dejado de buscar y estaban regresando al tren. Entonces noté un peso en la espalda. Era una bota. Alguien me levantó por el cuello de la chaqueta y me empujó pendiente arriba. Era un guardia alemán. Cuando llegamos a la vía, me dio una bofetada y un puñetazo en el estómago. Caí de rodillas, convencida de que iba a pegarme un tiro, pero volvió a agarrarme y me arrastró a otro vagón.

Un soldado situado junto a la puerta la abrió y percibí un olor nauseabundo. Era una mezcla de orina, sudor y miedo. A la luz de la linterna del soldado, vi rostros aterrorizados: eran mujeres, niños y ancianos. Me metieron dentro de aquel abarrotado vagón y cerraron la puerta. Momentos después, el tren reemprendió la marcha. Ya no podía ver a la gente que me rodeaba, pero notaba su desdicha. ¿Quiénes eran y adónde íbamos?

El viaje duró cuatro días, que soportamos sin comida ni agua. Me enteré de que los ocupantes del vagón eran judíos ucranianos que llevaban a un campo de trabajo. Al tercer día, murió un niño. Los guardias tuvieron que arrancarle el cadáver de las manos a la madre. Sus gritos me encogieron el corazón. La única manera de soportar aquello era apoyar la cabeza en las rodillas y no pensar en nada.

Al día siguiente pasamos por una estación. Me hundí al ver el letrero de Cracovia. Mis peores miedos se habían confirmado: estábamos en Polonia. Al cabo de un rato, el tren se detuvo con un largo y ominoso pitido. Los soldados alemanes abrieron las puertas y nos ordenaron a todos que saliéramos. Esperé a que los demás se marcharan antes de saltar del vagón. Busqué a los otros soldados del Ejército Rojo que estaban conmigo antes de la huida, pero no había nadie. Era la única superviviente.

«Pobre Filipp», murmuré. Un alto mando de las SS con el uniforme casi a medida y botas relucientes me miró fijamente. Algo pareció irritarlo y me indicó que me hiciera a un lado mientras a los otros pasajeros los dividían por sexos. Me preguntaba si le había molestado que fuera el único prisionero de guerra en el grupo. Tal vez deberían haberme trasladado a un campo provisional en Alemania y no allí.

Vi a hombres y mujeres con trajes de rayas trabajando en un campo detrás de la alambrada de púas. Había torres de vigilancia a intervalos regulares, custodiadas por guardias con ametralladoras. Otros patrullaban el contorno de la valla con perros. Estaban empecinados en mantener a aquella gente encarcelada, pensé. Me llegó a las fosas nasales un olor que me revolvió el estómago: carne y cabello ardiendo. Lo había olido muchas veces en el campo de batalla, pero aquí era mucho más fuerte. Miré a mi alrededor buscando el origen del olor; detrás de unos árboles atisbé un edificio de ladrillo rojo. La chimenea escupía humo. Me invadió un sentimiento de aprensión.

Uno de los guardias me indicó que debía unirme a las mujeres que no tenían niños pequeños. Las que tenían bebés y las embarazadas recibieron la orden de ponerse a la izquierda con los ancianos. A los demás nos dijeron que formáramos una fila de a uno.

Arbeit macht frei: el trabajo os hace libres. No tenía ni idea de lo que significaban aquellas palabras cuando entré en Auschwitz-Birkenau aquel día, ni que me había adentrado en un infierno viviente que dirigían unos auténticos monstruos. Me eligieron para trabajar en la zona de almacenamiento, clasificando los objetos que habían robado a los judíos y otros prisioneros cuando llegaron al campo. Cada día seleccionaba quesos envueltos en muselina, tarros de verduras en conserva y fruta, así como dulces enlatados. El almacén había sido bautizado como «Canadá» por todas las riquezas que albergaba: joyas, ropa, zapatos, artículos del hogar y comida; se le consideraba uno de los mejores puestos del campo. Las mujeres que trabajaban allí podían dejarse el cabello largo, a diferencia de las que se encontraban en otras zonas del campo, que iban afeitadas de la cabeza a los pies. Nuestros uniformes y barracones eran mejores.

—Podéis comer un poco —dijo el *kapo* que nos supervisaba a mí y al resto de las mujeres de la sección—. Los guardias harán la vista gorda. Pero no os llevéis nada a los barracones. Os ganaríais una paliza.

—¿Por qué aquí nos tratan mejor? —le pregunté a Dora, que trabajaba conmigo y estaba enseñándome algo de alemán.

—No lo sé —respondió, encogiéndose de hombros—. Puede que el tormento mental sea suficiente.

No lo entendí hasta que un día llegó un tren de Checoslovaquia. Cuando los pasajeros hubieron bajado, me percaté de que a las embarazadas, a los niños pequeños y a los ancianos los conducían al edificio de ladrillo rojo que había visto a mi llegada. Seguí trabajando, pero no dejaba de volver a la ventana para ver qué ocurría. Entonces oí gritos. Me entraron ganas de vomitar. ¿Estaban pegándoles?

Tiempo después oí ruido de motores, como los ventiladores de las fábricas. De la chimenea salía humo. Cuando el *kapo* lo vio, nos ordenó que cerráramos las ventanas, aunque en el interior del almacén hacía calor. Obedecí su orden, pero, al hacerlo, vi a través del cristal a dos prisioneros empujando un carro con cuerpos desnudos sobre él. Uno de los muertos era una mujer. Entre las piernas le colgaba un cordón umbilical; al otro extremo había un bebé plenamente desarrollado. Me desplomé.

—Así aprenderás a no mirar —dijo Dora cuando me encontró vomitando en un trozo de tela.

Ni siquiera los horrores que había presenciado en Stalingrado podían compararse con lo que estaba pasando en Auschwitz. Estaban gaseando a gente inocente. Después de aquello no podía dejar de pensar en escapar, pero pronto me di cuenta de que era inútil para alguien que trabajaba dentro del campo. La zona prohibida era amplia y estaba muy vigilada. Me dispararían antes de que lograra alcanzar la valla.

—Escucha —me dijo Dora un día—, mantente fuerte y no pongas en riesgo la buena suerte que has tenido al ser destinada a este trabajo. La mayoría de nosotros acabamos aquí porque tenemos familiares en la oficina de asignación de empleos y lo organizaron todo. Es triste, pero aquí los guardias no nos matan de hambre ni nos mandan a la cámara de gas, si hacemos lo que nos dicen. Según tú, los rusos están haciendo retroceder a los alemanes. Pues bien, resiste hasta que lleguen aquí.

Dora tenía razón. El deber de un piloto soviético era intentar escapar si lo capturaban, pero también tenía un deber con mi madre —era todo cuanto tenía en aquel momento— y con Valentín, porque me quería y estaría esperándome. Trabajar en el almacén fue el motivo por el que sobreviví dos inviernos en Auschwitz mientras otros miles de prisioneros, que habían quedado reducidos a esqueletos vivientes por la falta de comida y por el exceso de trabajo, murieron.

—¿Estás notando los cambios? —me susurró Dora un día.

Sí, los estaba notando. El número de trenes que llegaban cada semana descendía y las selecciones se habían interrumpido. Las raciones de comida empezaron a mejorar en calidad y cantidad. Cada vez moría menos gente aleatoriamente o por infracciones menores.

—Están desesperados —dijo Dora—. Ahora nos necesitan como mano de obra.

Me atreví a abrigar la esperanza de que los cambios significaran que el frente estaba acercándose.

A finales de otoño, desmantelaron algunos crematorios. Una noche de principios de enero, mientras yacía en la litera temblando de frío, oí un ruido que me hizo incorporarme de un salto. ¡Eran aviones! Por el sonido supe que eran Iliushin, bombarderos rusos. ¿Eran imaginaciones mías? Miré a mi alrededor. Otras mujeres se habían levantado; también los habían oído. Después de los aviones llegó el estruendo de la artillería y los disparos de rifle.

—Los rusos andan cerca —susurró una mujer.

Al día siguiente pasaron junto al campo docenas de vehículos blindados alemanes. Los nazis estaban huyendo.

A Dora y a mí nos encomendaron la tarea de empaquetar ropa, maletas, zapatos, gafas y otros artículos robados para enviarlos a Berlín. Los guardias nos ordenaron que nos diéramos prisa, pero la nieve obstaculizaba el avanvce de los carromatos que empujábamos desde los búnkeres hasta los camiones. Tenía los pies mojados y helados; lo último que quería ahora que se aproximaba el Ejército Rojo era morir de neumonía.

De repente se oyó una explosión, era otro crematorio que saltaba por los aires. En uno de los viajes, una prisionera me detuvo y me susurró que había visto a altos mandos de las SS arrojar centenares de documentos y libros de registro a las hogueras.

—Están destruyendo las pruebas —dijo—. Saben que lo que han estado haciendo es espantoso.

—¿Y nosotros? —pregunté—. Somos testigos de sus crímenes. ¿Qué pretenden hacer con nosotros?

Temiendo que los nazis llevaran a cabo algún acto desesperado antes de que llegara el Ejército Rojo, Dora y yo guardamos comida y preparamos un escondite en uno de los almacenes.

Días después, los bombarderos rusos destruyeron varios búnkeres, incluido el almacén de alimentos. Por suerte, Dora y yo estábamos cargando un camión y no nos encontrábamos dentro. Fuimos corriendo a inspeccionar los daños y nos alivió comprobar que nuestro escondite seguía en pie.

Los soldados de las SS ordenaron a los prisioneros que salieran de los barracones, aunque la temperatura había caído hasta los diecisiete grados bajo cero. A los que no se movían con suficiente rapidez los golpeaban. En medio de la confusión, Dora y yo, junto a otra mujer de nuestro búnker, escapamos a nuestro escondite. Por la conmoción que oímos fuera estaba claro que algo horrible acontecía.

—Van a obligar a todos los prisioneros que estén en condiciones a emprender la marcha hacia Alemania —aseguró la mujer.

La miré horrorizada. Aquella idea era una locura. Ni siquiera los prisioneros más fuertes soportarían el frío extremo. No llevaban ropa adecuada y muchos de ellos carecían de zapatos.

Permanecimos ocultas en el almacén, apretujadas para darnos calor. Oí aviones soviéticos enfrentándose a los alemanes cerca del campo y me imaginé a Valentín viniendo a rescatarme en su Yak.

Al día siguiente, a primera hora, las luces se apagaron fuera del búnker y el campo se sumió en la oscuridad. Me arrastré hasta una ventana, pero solo podía ver las llamas de docenas de hogueras. Nos aventuramos a salir, ocultándonos detrás de carretillas y baúles abandonados por si los alemanes todavía merodeaban por allí. A nuestro alrededor vimos cuerpos congelados de mujeres que no se encontraban en condiciones de caminar. Los SS las habían ejecutado. Sin embargo, no habían hecho un buen trabajo a la hora de eliminar el rastro de sus atrocidades.

No parecía haber guardias y algunos tramos de alambrada de espino estaban cortados. ¿Era un truco? Escruté las torres de vigía para comprobar si quedaba algún soldado, pero parecían abandonadas. ¿Éramos libres al fin? Quería pensar que sí, pero me angustiaba la idea de que aquello fuera la calma antes de otra tormenta.

—Voy al campo de los hombres —dijo la mujer que se había escondido con nosotras en el búnker—. Quiero averiguar qué ha sido de mi marido y mi hijo.

No podíamos impedírselo. En su lugar, nosotras habríamos hecho lo mismo. Pero Dora y yo creíamos que era más inteligente volver al escondite, y teníamos razón. Con el alba llegaron soldados de las SS en camiones. Se repartieron por el campo y sacaron a rastras de los búnkeres a los enfermos, a los que obligaron a esperar de pie en la nieve. Dora y yo nos abrazamos al oír que unos soldados irrumpían en el almacén en el que nos ocultábamos. Nos tapamos con varias mantas, pero los soldados llevaban perros y nos descubrieron.

—¡Salid! ¡Salid! —gritaron los soldados, mientras nos golpeaban con la culata de sus rifles.

Nos obligaron a formar cola con el resto de las mujeres del campo en filas de a cinco. A las judías las situaron en las filas delanteras; el resto, detrás. Me caía sangre por la cara. Iban a ejecutarnos, fila por fila. Levanté la vista, deseando que llegaran las fuerzas aéreas soviéticas, pero el cielo seguía vacío.

Los soldados formaron sus escuadrones de la muerte. La mujer situada a mi lado, una combatiente de la resistencia polaca, empezó a rezar. Por el ritmo de sus palabras supe que estaba recitando el padrenuestro. Me santigüé.

Por detrás de los soldados llegó un rumor: eran motores, un convoy de coches blindados alemanes. De uno de ellos bajó un alto mando y se dirigió hacia el comandante del pelotón de fusilamiento. Ambos se enzarzaron en una acalorada discusión; momentos después, el comandante ordenó algo: los soldados dieron media vuelta y subieron en los camiones que los habían llevado hasta allí. Luego se unieron al convoy.

Las prisioneras nos miramos. Seguíamos vivas, pese a haber visto la muerte tan cerca. Varias de ellas se desmayaron.

—Será mejor que busquemos comida y agua potable —dijo Dora.

Fuimos tan rápido como nos permitían nuestros delgados cuerpos hasta el campo principal. Volvimos las cabezas por si había guardias, pero no apareció ninguno. Algunos prisioneros ya habían registrado los almacenes de las SS y nos sorprendimos al encontrar montones de ropa de invierno y comida que habían dejado atrás los nazis en su prisa por abandonar el lugar. Dora cogió un abrigo, un par de botas y pan.

—Yo no pienso correr riesgos —me dijo—. ¡Me voy ahora mismo!

Para mí, la mejor decisión era quedarme en el campo a esperar al Ejército Rojo. Abracé a la que había sido mi compañera durante dieciocho meses, consciente de que no volvería a verla nunca más.

Los soldados del Ejército Rojo llegaron al campo al día siguiente. Nos reunimos alrededor de las alambradas a observarlos.

Quedaron horrorizados al ver el estado en que nos encontrábamos. Varios abrieron las puertas.

—¡Sois libres! —gritaron—. ¡Sois libres! ¡Podéis iros a casa!

Caminamos hacia ellos tambaleándonos; los abrazamos y los besamos. Yo tropecé y caí a los pies de un soldado.

—¡Gracias! —exclamé agarrada a sus piernas—. ¡Gracias por venir a buscarnos!

Al soldado se le llenaron los ojos de lágrimas.

—Camarada, ¿eres rusa? —preguntó al tiempo que se agachaba para ayudarme a levantarme—. De todos los horrores que he visto… Camarada, ¿qué os han hecho esos monstruos?

El Ejército Rojo iba acompañado de médicos, enfermeras y voluntarios; reconvirtieron los edificios de piedra del campo principal en hospitales. Las enfermeras atendían a los enfermos, mientras que los voluntarios, muchos de ellos polacos de los campos colindantes, repartían ropa de los almacenes. Llevaba tanto tiempo soportando el frío que los abrigos, las botas, la ropa interior y el vestido que me entregaron me parecieron un lujo.

Ahora que éramos libres, quería regresar con mi regimiento —ese era mi primer deber— y luego ponerme en contacto con mi madre. Llovía y la nieve estaba convirtiéndose en barro, pero estaba decidida a abandonar Auschwitz lo antes posible. Los soldados dijeron que el Gobierno estaba preparando puntos de repatriación para hombres y mujeres soviéticos que habían acabado en Polonia y Alemania como prisioneros o trabajadores forzados. Me contaron que había uno en Katowice, treinta y tres kilómetros al noroeste de Auschwitz. Los voluntarios me dieron un paquete de comida, pan y frutos secos para el viaje.

Me dirigí hacia la puerta con las manos en los bolsillos para entrar en calor. Con los dedos toqué algo en su interior. Saqué el objeto: era una entrada de un cine de Budapest. Aquel descubrimiento me reveló que llevaba puesto el abrigo de otra mujer, una mujer que había muerto en las cámaras de gas. Algo se activó en mi cabeza. Oí gritos y me llevé las manos a las sienes. Vi a la mujer muerta en el carromato y a su hijo. Sentí que se me hundían los pies en la tierra. Los edificios que me rodeaban ya no parecían sólidos, sino que se movían ante mis ojos.

Un soldado situado cerca de la puerta se dio la vuelta. Me caí de rodillas y vino corriendo hacia mí.

—¡Espera! —dijo, y me ayudó a levantarme—. Vas a morir congelada.

Volvió a llevarme a los barracones médicos e informó a una enfermera de lo que había pasado. Ella me tomó el pulso y la temperatura, y me pidió que me quitara el abrigo para palparme los brazos y las piernas.

—¿Qué te ha hecho pensar que tendrías fuerzas para ir caminando hasta Katowice? —preguntó—. Estás desnutrida y deshidratada. Quédate aquí una semana más y descansa. Luego podrás irte.

En los días posteriores ayudé a los voluntarios de la cocina a pelar patatas y trocear repollo para las ollas de sopa que preparaban para los pacientes, para los trabajadores del hospital y para los soldados.

—Menos mal que la enfermera te impidió marcharte sola —me dijo uno de los cocineros—. Esta tarde llevarán a varios pacientes del hospital a la estación para evacuarlos a Katowice. Será mejor que vayas con ellos. La unidad del ejército destinada allí es disciplinada, pero hay otras rondando por el campo que violan a cualquier mujer y niño que encuentren. Por lo visto, sus mandos no son capaces de tenerlos bajo control. Atacan sobre todo a mujeres alemanas por venganza, pero también han violado a rusas y a judías liberadas de los campos nazis.

La noticia del cocinero me llenó de inquietud. Estar en Auschwitz había confirmado que había combatido del lado del bien en esta guerra, pero la conducta de esos soldados rusos significaba que ahora éramos igual de brutos que los nazis.

Los camiones en los que nos trasladaron a la estación estaban abarrotados y eran incómodos, pero los voluntarios procuraron que todos tuviéramos abundante comida y agua.

—Come pequeñas cantidades —recordó una enfermera a un paciente que no era más que piel y hueso. Los ojos parecían globos enormes en su cabeza—. Si comes mucho o demasiado rápido, tu sistema digestivo no podrá asimilarlo —advirtió.

Cuando salíamos por la puerta principal, volví la mirada hacia el cartel de hierro forjado que había visto el primer día: *Arbeit macht frei*. Observé al hombre macilento con el que había hablado la enfermera; estaba convencida de que nada de lo que me encontrara en la vida sería peor que lo que habían sufrido los prisioneros en Auschwitz. ¿Qué podía ser peor que las entrañas mismas del Infierno?

Veintiséis

Katowice, 1945

En Katowice nos recibieron voluntarios de la Cruz Roja polaca y nos alojaron en edificios públicos. Ya en la escuela, donde estaría con otros internos de Auschwitz, nos llevaron a un comedor y nos dieron sopa. No era como la bazofia nauseabunda del campo. Estaba sazonada con cebollas, pepinillos y eneldo, y disfruté de cada trozo de zanahoria, patata y chirivía. Mamá cocinaba un plato similar. El sabor me recordó que pronto volvería a verla.

Mientras comíamos llegaron algunas mujeres. Nos explicaron que eran judías a las que unos vecinos solidarios de Katowice habían ayudado a ocultarse. Una mujer me enseñó una foto de una madre con dos niños pequeños.

—¿Vio a mi hermana y a sus hijos en el campo? —preguntó en alemán, que ahora era el idioma habitual entre nosotros—. La delató una compañera de trabajo.

Cogí la foto y la estudié. No, no la había visto. Le devolví la instantánea. ¿Cómo iba a decirle que, con toda probabilidad, su hermana y sus sobrinos estaban muertos? No tenía palabras para lo que había presenciado en Auschwitz. Cuando, más tarde, me bañé, me froté vigorosamente detrás de las orejas y entre los dedos de los pies, como si así pudiera limpiarme el horror. Pero, al secarme, parecía como si el hedor a carne quemada siguiera aferrado a mí. Me preocupaba no poder librarme nunca de aquel olor.

Al día siguiente me examinó un médico; luego me entrevistó una empleada de la Cruz Roja, con la ayuda de un intérprete ruso. La mujer era enérgica y eficiente, pero el intérprete me incomodaba. Cuando me hablaba, retraía los labios y mostraba sus dientes amarillos. Me daba la impresión de que era un perro a punto de atacar.

La empleada de la Cruz Roja anotó el número que llevaba tatuado en el brazo.

—Los guardias destruyeron casi todos los registros antes de huir de Auschwitz —me explicó por medio del intérprete—. Tiene que decirnos quién es.

Vacilé. Había sido un número durante tanto tiempo que casi había olvidado mi nombre y mi identidad. Volvió a mí el recuerdo del agente del NKVD mirándome desde el otro extremo del campo de girasoles. ¿Era mejor seguir fingiendo que era Svetlana? Ya no tenía tanto miedo al NKVD como antes. Ahora que la Unión Soviética estaba al borde de la victoria, dudaba que me persiguieran, habida cuenta de que había luchado por la madre patria y había terminado en Auschwitz.

—Soy Natalia Stepanovna Azarova.

Di mi rango y detalles del regimiento. Mi nombre no dijo nada a la chica, pero el intérprete frunció el ceño.

—Quiero volver con mi regimiento —les dije—. Puedo ser útil a las Fuerzas Aéreas soviéticas cuando entren en Berlín.

El hombre tradujo mi comentario, pero me pareció que añadía algo más.

—Admiro su coraje —me dijo la chica de la Cruz Roja—, pero, según el informe del médico, padece usted desnutrición. El Gobierno soviético ha ordenado que todos los prisioneros de guerra sean enviados a Odesa para su repatriación. En cualquier caso, el tren tardará una semana en partir. ¿Por qué no aprovecha la oportunidad para recuperarse aquí? El oficial médico podrá valorar si ha mejorado lo suficiente para reincorporarse a su regimiento.

Me decepcionó no poder volver a combatir de inmediato, pero desobedecer la orden de ir a Odesa podía considerarse una deserción.

Al final de la entrevista, la chica me entregó una libreta y un bolígrafo. En cuanto volví a los dormitorios, escribí una carta a mamá y otra a Valentín. No les conté que había estado en Auschwitz; tan solo que me habían capturado. Les expresé mi amor y a Valentín le pedí que me esperara.

Cuando me subí al tren rumbo a Odesa la semana siguiente, estaba exultante. ¡Pronto estaría de nuevo con mi gente y volvería a volar! Las otras mujeres rusas que viajaban en mi vagón eran en su mayoría enfermeras que habían sido capturadas o civiles a las que habían llevado a Polonia para trabajar en los campos del Reich alemán. Había un par de conductoras de tanques, pero ninguna otra piloto.

Una joven se sentó a mi lado y me dijo que se llamaba Zinaida Glebovna Rusakova. Entablamos conversación y me contó que también era de Moscú. Cursaba el último año de Medicina cuando estalló la guerra y se alistó como médica.

—Me capturaron cuando los alemanes rodearon al ejército soviético en Viazma —dijo—. Estuve en un campo para prisioneros de guerra hasta que me trajeron a Polonia para trabajar en una fábrica de armamento alemana.

—¡Te capturaron en 1941! —exclamé—. ¿Cómo sobreviviste tanto tiempo?

Zinaida se acercó a mí y susurró:

—El campo de prisioneros de guerra era el puro infierno, pero en la fábrica de armamento no nos trataban mal. ¡Comía mejor que en Moscú cuando era niña!

Me dejó de piedra la historia de Zinaida. Hizo que me preguntara si podría haber acabado en un campo como el suyo en lugar de Auschwitz si no hubiera intentado escapar.

—Lo que me ayudó a seguir adelante —continuó Zinaida— fue que, de cada veinte proyectiles que fabricaba, me aseguraba de que uno fallara. De ese modo todavía estaba ayudando a la madre patria.

Aquello me llenó de admiración. Por tal cosa la podían haber ahorcado o quemado viva. Había sucedido con prisioneros de Auschwitz que lo habían intentado. Me recordaba a Svetlana en muchos aspectos: poseía la misma energía brillante y cultivada.

Recordé la muerte de Svetlana. Había tenido que borrarla para sobrevivir, pero ahora volvía como una pesadilla. Me invadió la tristeza y salí al pasillo para poder llorar como debería haber hecho en aquel momento. Pero, aunque lloré todo lo que pude, no me sentí aliviada. Intenté recordar las cosas buenas de Svetlana —su hermoso rostro, el sonido de su voz, su tacto suave—, pero estaban borrosas. Había perdido la esencia de mi amiga cuando le disparé. ¿Cómo podía seguir viviendo?

Mientras el tren avanzaba a través de Ucrania, me enfermaba la destrucción que veía. De muchos pueblos no quedaban más que ruinas. La gente que seguía allí vivía en agujeros en el suelo, como conejos en una madriguera.

Las mujeres y yo viajábamos en vagones de pasajeros, pero también había vagones de ganado como los que habían utilizado los alemanes para transportar a los prisioneros a Auschwitz. Cuando nos detuvimos, vi a varios hombres salir de aquellos vagones para estirar las piernas e ir al baño, siempre bajo la atenta mirada de los guardias.

—¿Quiénes son? —pregunté a Zinaida.

—Son soldados a los que los alemanes capturaron y que aceptaron luchar en su bando en unidades especiales rusas —respondió—. Los tratarán como traidores cuando los repatrien, pero imagino que era eso o morir de hambre.

Aunque Odesa había sido bombardeada y parte de ella estaba en ruinas, la estación estaba decorada con guirnaldas de flores. Incluso una banda interpretó el himno soviético cuando nos apeamos. Había un gigantesco retrato de Stalin con un mensaje escrito debajo: «Nuestro gran líder, el camarada Stalin, da la bienvenida a sus hijos». Miré el retrato y recordé mi última conversación con Valentín, en la que me contó que Stalin había firmado personalmente la orden de ejecución de mi padre. Ahora, por más que le odiara, no podía demostrarlo. Tenía que pensar en mamá. Los soldados nos indicaron que fuéramos al puerto a pie. Había llegado un acorazado neozelandés desde Marsella y los soldados aliados estaban supervisando el desembarco de las tropas soviéticas.

A los pasajeros del tren nos condujeron a un almacén. Frente a él, los altos mandos soviéticos examinaron las listas del tren y el barco, y nos separaron en dos grupos. Al primer grupo de hombres y mujeres repatriados, entre ellos Zinaida, les dijeron que entraran en el almacén. Como parte del segundo grupo, yo me quedé fuera. Tuve un escalofriante recuerdo del proceso de selección de Auschwitz, pero las ganas de volver con mi regimiento lo apartaron de mi mente.

—¿Qué está pasando? —preguntó en ruso un alto mando aliado del barco a uno de los oficiales.

—No se preocupe —respondió este—. Estamos separando a la gente en grupos para que el proceso sea más sencillo.

El alto mando aliado asintió y estrechó la mano al ruso antes de regresar a su barco.

En ese momento llegó desde la estación un camión con las pertenencias de los que habían venido en tren. Estaba todo amontonado: fardos de ropa y otros bienes personales. Por mi parte, todo cuanto poseía lo llevaba en el bolsillo: el cuaderno y el bolígrafo que me había dado la empleada de la Cruz Roja y el cepillo de dientes, la pasta y el peine que me habían entregado en Katowice. Arrojaron aquellas cosas en una pila. Un soldado pertrechado con una lata de gasolina le prendió fuego. Quienes lo vimos soltamos un quejido, pero nadie se atrevió a protestar. Intenté encontrar una explicación a todo aquello, pero lo único que se me ocurría ante semejante acto de insensibilidad era que muchos campos estaban infestados de piojos portadores del tifus. El fuego era la única manera de destruirlos.

Sobrevolaron el puerto dos bombarderos Iliushin. El sonido de los motores era ensordecedor. ¿Qué estaban haciendo? Me pareció oír una andanada de disparos. Intranquila, miré a mi alrededor, pero nadie pareció darse cuenta.

Transcurrida una media hora, los aviones se marcharon y varios hombres empujaron un aserradero móvil hasta el lugar donde nos encontrábamos. El penetrante aullido de la sierra me hacía daño en los oídos. ¿Tenía alguna función causar aquel ruido? Entonces volvieron a abrirse las puertas del almacén y ordenaron a nuestro grupo que entrara.

Seguí a mis compañeros, pero un oficial me agarró del brazo.

—¿Natalia Stepanovna Azarova?

Asentí.

—Venga por aquí —dijo.

Me llevó al otro lado del almacén, donde me esperaba un coche.

—¿Qué significa esto? —pregunté.

—Tengo órdenes de enviarla directamente a Moscú —respondió—. Es todo lo que sé.

El conductor me abrió la puerta. Antes de subir al coche, vi a cuatro hombres cargando en un camión lo que al principio me parecieron sacos. Entonces me di cuenta de que eran cuerpos. Los hombres calcularon mal la distancia y un cadáver cayó al suelo. La cabeza se inclinó hacia atrás, con sus ojos clavados en mí. Reconocí aquel rostro y me quedé perpleja: era Zinaida.

En cuanto me metieron en el tren rumbo a Moscú, supe que no me aguardaba una bienvenida propia de un héroe. El compartimento estaba dividido en jaulas. Varios prisioneros compartían cada una de ellas, pero yo estaba sola con una cama hecha de traviesas. La ventana tenía barrotes y la habían pintado para que no pudiera ver el exterior.

Cuando llegamos a Moscú, al resto de los prisioneros los trasladaron en una camioneta policial; a mí me metieron en una furgoneta de una panadería que llevaba escrito en letras doradas «Pan, bollos y pasteles». Había visto centenares de furgonetas como aquella en Moscú antes de la guerra. Ahora sabía que no transportaban pan. Eso explicaba por qué las tiendas de comida estaban siempre vacías y las cárceles tan llenas.

Mientras la furgoneta recorría las irregulares calles, oí los sonidos de Moscú a mi alrededor: el traqueteo de los tranvías, bocinas de coche y peones de la construcción hablándose a voces. Al cabo de un rato, la furgoneta se detuvo y me ordenaron que saliera. Me encontraba en el patio de un edificio enorme que me resultaba extrañamente familiar. Entonces caí en la cuenta: estaba en la Lubianka, el cuartel general del NKVD, donde llevaron a mi padre la noche que lo detuvieron. Dos guardias armados con ametralladoras me escoltaron hasta el interior y me metieron en una celda iluminada, con paredes verdes y suelo de madera. La ventana estaba tapada con tablones. El único mueble era una cama con estructura de hierro y un cubo de despojos que desprendía el nauseabundo olor dulce del ácido carbólico. No había donde sentarse, a excepción de la cama, pero, en cuanto me acerqué a ella, se abrió una ventanilla cuadrada en la puerta desde la cual me observaba un guardia.

—¡Levántate! —dijo susurrando—. ¡Nada de dormir!

¿Por qué susurraba? La ventanilla volvió a cerrarse y esperé a que ocurriera algo, pero pasaron las horas y nadie vino a la celda. Tan solo oía mi respiración acelerada. Se me apareció el rostro de mi padre. Todo lo que estaba sucediéndome le había pasado antes a él. La idea de que mi padre, un hombre tan alegre, hubiera sufrido la angustia mental que estaba soportando yo ahora me hizo llorar.

Al rato, un guardia abrió la puerta y entró un hombre con un carrito donde llevaba una bandeja de servir plateada cubierta con una tapa. ¿Me habían traído una cena elaborada? El hombre levantó la tapa y vi dos trozos de pan negro y una jarra de agua caliente.

Aunque no había comido desde hacía días, los nervios me habían quitado el apetito. Me obligué a tragar la comida y el agua. Cuando terminé, me senté en la cama.

El guardia entró de inmediato en la celda y susurró:

—¡Levántate! ¡Para ti no hay descanso!

—¿Por qué susurras? —le pregunté.

—¡Chis! —dijo—. Aquí no está permitido hablar en voz alta.

Supuse que no me dejaban descansar porque estaban

a punto de interrogarme. Caminé de un lado a otro de la celda, pero no ocurría nada. Finalmente, mucho rato después, abrió la puerta otro guardia y me ordenó que saliera al pasillo. Me hicieron descender varios pisos hasta llegar a un sótano en el que una mujer con uniforme militar me dijo que me quitara la ropa y la dejara encima de la mesa. Registró a fondo cada una de las prendas, cortó con unas tijeras los botones, vació los bolsillos y palpó las costuras. Tiró mi sujetador y mis ligueros en un cubo, cortó la goma de las bragas y las apartó a un lado junto con mi abrigo, las medias, las botas, el gorro, los guantes y la bufanda. Me hizo quitar las horquillas para poder palparme el pelo.

—Ahora vístete —dijo.

Me puse las bragas y les hice un nudo para que no se cayeran. Sin los botones, no podía abrocharme el vestido, así que lo mantuve cerrado con las manos. Esperé a que la mujer me devolviera el resto de mis pertenencias, pero no lo hizo. Con aquel aspecto desaliñado me llevaron a otra sala donde me hicieron fotos y me tomaron las huellas dactilares. Después me condujeron de nuevo a mi celda.

Sin el abrigo y las botas sentía frío. Me tumbé en la cama y me acurruqué formando un ovillo. El guardia apareció en la ventanita de la puerta y me susurró que, si pensaba dormir, tenía que hacerlo de cara a la luz. Me puse boca arriba y me quedé dormida, pero me despertó un grito espeluznante. Me incorporé. ¿Qué clase de animal había emitido aquel ruido? Segundos después volví a oír el aullido y me di cuenta de que era un hombre. Volvió a gritar, solo una vez, y no volví a oírlo más. Minutos después, el guardia entró en mi celda.

—¡Deprisa! —susurró—. El interrogatorio está preparado.

Me llevaron por un pasillo con las manos atadas a la espalda. Sin los botones, el vestido se abría y no podía taparme como antes. Subí y bajé escaleras durante varios minutos; en todo momento me aterraba que me torturaran como al hombre al que oí gritar. Luego me metieron en la misma celda de la que había salido.

El patrón de no dejarme dormir o molestarme cuando lo hacía se prolongó durante lo que parecieron semanas, aunque tal vez fueran solo unos días. Perdí por completo la noción del tiempo. Continuaron sirviéndome la comida de forma elaborada, pero era una ración de hambruna: pan negro y una taza de agua caliente; dos cucharadas de gachas y una taza de agua caliente; o una sopa que a menudo no era más que una hoja de repollo flotando en agua caliente. El pan era recién hecho, y las gachas, sabrosas, pero no eran suficiente. Una noche, el guardia me despertó y anunció que había llegado el momento del interrogatorio. Pensaba que se avecinaba la misma farsa, subiendo y bajando escaleras y recorriendo pasadizos, sin otro propósito que frustrarme. Pero esta vez me llevaron por un pasillo distinto hasta una espaciosa sala en la que había un hombre esperándome detrás de una mesa. La habitación estaba decorada con lámparas talladas, alfombras de Besarabia y cortinas doradas. En la pared había colgado un retrato de Stalin y una hoguera proyectaba un cálido brillo.

—La prisionera está preparada para el interrogatorio —anunció el guardia.

El hombre que estaba sentado a la mesa rondaba los treinta años y llevaba uniforme de comandante, pero su cara rechoncha y su panza me decían que no había combatido en el frente. Me miró los senos. Yo me recoloqué el vestido para taparme.

—Por favor, siéntese —dijo el comandante, señalando una silla de caoba y terciopelo situada frente a su mesa —. Confío en que la hayan tratado bien.

No esperó a que respondiera e indicó al guardia que se fuera. Minutos después llegó una mujer con una bandeja de té y *priakini*. El aroma a miel y nuez moscada que desprendían las galletas me hizo más consciente de lo hambrienta que estaba.

El comandante sirvió té en una taza y la dejó delante de mí.

—¿Limón? ¿Un terrón de azúcar? ¿Miel? —preguntó—. ¿*Prianiki*?

Aunque estaba muerta de hambre, negué con la cabeza. Aquello era un truco, sin ninguna duda.

—¿Por qué me han traído aquí? —pregunté—. ¿Por qué me han detenido?

El comandante bebió un sorbo de té y miró hacia el techo unos instantes, permitiéndome así que viera su doble barbilla. Luego volvió a centrar su atención en mí.

—Para que confiese sus crímenes —dijo.

Su voz era amable y alentadora, como la de un amante. Me producía escalofríos.

—Soy Natalia Stepanovna Azarova —dije—. La piloto. Me derribaron en territorio enemigo, concretamente en Orël Oblast, después de quedarme sin munición y abatir un Messerschmitt con mi avión. El enemigo me capturó y, aunque intenté suicidarme y escapar, fracasé en mis intentos. Me trasladaron a Auschwitz, donde permanecí hasta que el Ejército Rojo me liberó, el 27 de enero. No he cometido ningún crimen del que yo sea consciente. Jamás me rendí al enemigo. Luché con todo lo que tenía.

El comandante se encendió un cigarrillo y dio una honda calada.

—¿Qué hacía en Auschwitz?

—Me pusieron a clasificar comida y ropa.

Aquel tipo me lanzó una mirada penetrante. De repente, me sentí culpable. Pero clasificar ropa a cambio de recibir comida para sobrevivir no era ayudar al enemigo.

—Tenemos mucho tiempo en el Lubianka —dijo—.

Nunca tenemos prisa. Al principio apenas duele y uno se pregunta a qué viene tanto alboroto. Pero luego... En fin, si persiste en contar mentiras, lo descubriremos.

Intenté conservar la calma, pero me latía el corazón a toda prisa.

—¡Todo lo que le he contado es verdad! —exclamé.

El comandante se levantó y se situó a mi lado.

—¡Mentiras, mentiras y más mentiras! —gritó. Tenía su cara tan cerca que notaba su sudor, que olía a vodka—. ¡Es usted Zinaida Glebovna Rusakova y trabajaba para la Gestapo!

—¡Eso no es cierto! —repuse—. Zinaida Glebovna Rusakova era una pasajera a la que conocí en el viaje en tren de Katowice a Odesa. ¡La ejecutaron cuando llegamos al puerto!

—¿Conoce el castigo por espionaje, Zinaida Glebovna? —me preguntó el comandante.

En la comisura de los labios le asomaba un hilito de saliva y tenía la frente empapada en sudor.

—¡Ya le he dicho que no soy Zinaida Glebovna!

Zinaida me había dicho que trabajaba en un campo de Polonia. O bien mentía ella, o bien mentía el comandante. Recordé lo amigable que era Zinaida; estaba segura de que no había trabajado para la Gestapo.

El comandante deslizó un mechón de mi pelo entre sus dedos.

—Tiene el pelo largo. No se ha quedado en los huesos. No parece que haya estado usted en Auschwitz. Parece una puta alemana bien alimentada. ¿De dónde ha sacado ese vestido?

No sabía si merecía la pena responder. Cuanto más discutía con el comandante, más parecía llevarme a su terreno. ¿Intentaba hacerme creer que había habido una confusión y me habían detenido en lugar de Zinaida? Pero ¿con qué fin? El interrogatorio probablemente no tenía lógica. No era más que puro sadismo.

Había pasado dieciocho meses en un campo de concentración y dos años combatiendo en una guerra brutal. Estaba física y mentalmente agotada. Me levanté la manga del vestido y le enseñé el tatuaje de Auschwitz.

—¿Qué quiere de mí? —pregunté—. Si está convencido de que trabajé para la Gestapo, ¿por qué no me pegó un tiro en la cabeza en Odesa? ¡Si lo que quiere es información sobre los alemanes, no tengo nada que darle!

El comandante volvió a sentarse y se puso las gafas. Abrió una carpeta que tenía sobre la mesa y hojeó sus papeles como si se hubiera olvidado de mí. Luego me miró por encima de la montura de las gafas.

—¿Cree que va a ser tan sencillo? —dijo con frialdad—. Sí, la ejecutarán, al final, pero tendrá que trabajar por su muerte. Pagará usted a la madre patria los crímenes que ha cometido contra ella. Donde fracasó Auschwitz, Kolima triunfará.

¿Kolima? Eso era una prisión en el Ártico. ¡Nadie regresaba de allí!

—En Kolima adelgazará y se le pondrá la piel negra —dijo el comandante, recalcando cada una de sus palabras—. Se le caerán los dientes y se le congelarán los órganos. Pero no antes de que haya derramado hasta la última gota de sangre trabajando para purgar sus crímenes. La mantendremos viva el tiempo suficiente.

—¡No soy un criminal!

El comandante siguió examinando su carpeta. Sacó un trozo de papel y lo dejó delante de mí.

—Firme esto —dijo—. Es su confesión.

Mi situación era desesperada, y lo sabía, pero no podía admitir aquellas ridículas acusaciones.

—¡No pienso firmar! —repliqué—. Ya se lo he dicho: soy Natalia Stepanovna Azarova. Soy una piloto condecorada. ¡He luchado por mí país! ¿Y usted?

Pensaba que aquella pulla enfurecería al comandante, pero no fue así.

—Yo de usted dejaría de fingir que es Natalia Azarova —dijo—. ¿Acaso no sabe que Natalia Azarova se adentró deliberadamente en territorio enemigo para poder unirse a los alemanes? Era hija de un enemigo del pueblo, pero mintió para conseguir trabajo en una fábrica de aviones y entrar a formar parte del Komsomol. Incluso engañó a la gran Marina Raskova y a las Fuerzas Aéreas soviéticas. Ya le han retirado sus medallas.

Estaba demasiado anonadada para añadir nada más. Con que eso le dirían al pueblo soviético: ¡que era una espía y una traidora! ¿Cómo iba a imponerse la justicia mientras Stalin fuera líder?

El comandante sacó unos documentos de la carpeta y se cercioró de que los leyera. Eran las cartas que había escrito a mamá y a Valentín en Katowice, unas cartas que ahora sabía que no recibirían nunca.

—Además —dijo el comandante, que arrojó las cartas a la hoguera—, si fuera usted Natalia Azarova, firmaría la confesión. —Sonrió—. Natalia Azarova recordaría que tiene una madre que vive en el Arbat. Ah, sí, y su amante es un piloto de cazas de combate. Creo que se llama Valentín Victorovich.

Entonces comprendí que todo estaba perdido. El NKVD sabía perfectamente quién era. Mi querida patria estaba en manos de unos lunáticos.

—Sí, Natalia Azarova firmaría su confesión —prosiguió el comandante—, si no quiere que les ocurra algo... espantoso a sus seres queridos. —Me acercó más el papel y me tendió un bolígrafo—. Recuerde firmar con su nombre real: Zinaida Glebovna.

Pasé la mano por encima del documento. Si no firmaba, el NKVD me mataría de todos modos, y Valentín y mamá estarían condenados. Firmar era la única posibilidad que tenía de protegerlos. Me temblaba la mano mientras formaba las letras de mi falsa rúbrica. Cuando terminé, se me resbaló el bolígrafo y cayó al suelo.

El comandante abrió las cortinas y vi la plaza extendiéndose a nuestros pies. La nieve se había fundido y el cielo era de un azul magnífico.

—¡Contemple Moscú por última vez! —dijo, abriendo los brazos—. Despídase. No volverá a verla. Veinte años de trabajos forzados sin derecho a mantener correspondencia.

¿Era esa mi condena? Al firmar la confesión, Natalia Azarova había dejado de existir. Era como si estuviera muerta.

Veintisiete

Moscú, 2000

Natasha estaba a punto de continuar con su historia cuando entró Polina empujando un gotero móvil.

—Ah, veo que ha bebido un poco de agua —dijo, señalando la jarra medio vacía que había sobre la mesita de noche—. He llamado al doctor Pesenko y ha recomendando que le administremos, de todos modos, los fluidos intravenosos.

Polina se dispuso a insertar el catéter en el brazo de Natasha. Lily sabía que ella y Oksana llevaban casi dos horas con Natasha, una visita mucho más prolongada de lo que solía estar permitido. Quería oír el resto de la historia, pero las enfermeras tenían unos horarios que cumplir y la salud de Natasha era lo primero.

—Vendremos a verla mañana —dijo Lily dándole una palmadita en la mano—. Y traeré a *Laika*.

La tristeza de la anciana conmovió a Lily. La entendía. ¿Cómo podían interrumpir la historia de Natasha en aquel momento crucial, como un vídeo en pausa para ir al baño?

Cuando salían del hospital, sonó el móvil de Oksana. Mientras atendía la llamada, Lily pensó en lo que les había contado Natasha. Había sido una narración trepidante y le daba vueltas la cabeza. Ella había venido a Rusia para conectar con un país que formaba parte de su legado y había recibido mucho más de lo que esperaba.

Oksana colgó el teléfono y miró a Lily.

—Era Antonia. Esta tarde ha ido a dar de comer a los gatos en las obras de Zamoskvorechie y una mujer que vive en el bloque de enfrente le ha tirado un cubo de agua. También ha encontrado varios cachorros muertos. Les habían aplastado la cabeza, probablemente con un ladrillo.

—¡Es espantoso! —dijo Lily—. ¿Antonia cree que ha sido la misma mujer?

Oksana se encogió de hombros.

—Seguramente. Ocurre todo el tiempo. La gente ve a los gatos callejeros como una plaga.

Lily sabía que los voluntarios de Animales de Moscú habían acelerado su programa de recogida por la cercanía del invierno, pero lo difícil era encontrar a gente que pudiera ocuparse de los gatos. Oksana había encontrado recientemente una casa para *Max* y *Georgy*; Lily creía que echaría de menos a los cachorros cuando se fueran a vivir con su nuevo propietario.

—Puedo acoger más gatos en mi piso —dijo.

Oksana meneó la cabeza.

—No puedo imponerte algo así. Ya has sido bastante generosa.

—Sí, sí que puedes —dijo Lily con una sonrisa—. ¡Quiero ser una loca de los gatos como tú!

Oksana se echó a reír.

—¿Qué haces esta noche? ¿Quieres venir a buscar gatos?

—¡Nada me apetece más! —respondió Lily.

No bromeaba del todo. Después de escuchar la desgarradora historia de Natasha, no quería estar sola. Seguro que Oksana comprendía cómo se sentía.

En la zona de obras, Oksana preparó la nueva trampa

que había inventado con la esperanza de engañar a *Tuz*, un gato pelirrojo que había descubierto la manera de coger comida sin quedar atrapado. Necesitaban darle caza con urgencia porque era uno de los gatos que estaban preñando a las hembras e incrementando la población.

—Habrá que tener paciencia —dijo Oksana a Lily—. No es fácil engañar a gatos callejeros como él, y Antonia ya ha dado de comer a la colonia. Normalmente no los alimentamos el día que vamos a atraparlos para que tengan suficiente hambre y muerdan el anzuelo.

Para manejar la trampa, Lily y Oksana tuvieron que colocarse a cierta distancia sosteniendo el cordel que la activaba. Mientras esperaban a los gatos, apareció una mujer junto a la valla.

—¡Están en una propiedad privada! —les dijo—. Voy a llamar a la policía.

Oksana se acercó a la mujer para explicarle lo que estaban haciendo. Por su conversación, Lily dedujo que era la mujer que había tirado el cubo de agua a Antonia y es posible que fuera la que había matado a los cachorros. Esperaba encontrarse con una anciana loca, pero se topó con una mujer de unos cuarenta y cinco años, elegantemente vestida con unos pantalones de lino y una blusa a medida. «Menuda zorra», pensó Lily, indignada por todos los voluntarios que intentaban ayudar a los animales.

—Pertenecemos a un grupo animalista autorizado y vamos a llevarnos a los gatos —oyó que le decía Oksana—. Déjenos hacer nuestro trabajo y ya no tendrá que preocuparse por ellos. ¿De acuerdo?

La mujer frunció los labios y se marchó.

—No soporto a la gente así —le dijo Oksana a Lily—. No tienen compasión.

Eran las dos de la mañana cuando algunos gatos se acercaron a la trampa. Para entonces, Lily no dejaba de mover los dedos de pies y manos para que la sangre fluyera. El primer gato que se aproximó era un atigrado que se parecía a *Mamochka* y que bien podía ser hija suya. Pero se limitó a inspeccionar la trampa desde fuera y se fue corriendo.

El siguiente en aparecer fue *Tuz*. Para asombro de ambas, entró directo en la trampa. Oksana tiró de la cuerda y la puerta se cerró. *Tuz* estaba aterrorizado. A Lily le causó lástima, pero sabía que estaría mejor cuando Luka lo esterilizara y Oksana le encontrara un nuevo hogar.

Presa del pánico, *Tuz* salió de la caja y se metió de lleno en una jaula con solo notar el tacto de Lily. Oksana cerró la puerta.

—Muy bien, *Tuz,* amigo mío —dijo antes de cubrir la jaula con una manta para que se calmara—. ¡Bienvenido a tu nueva vida!

—¡Quietas! ¡No se muevan! ¡Tírense al suelo con los brazos y las piernas abiertos!

Las enfocaron con una linterna. Al volverse, Lily y Oksana vieron a dos agentes de policía trepando la valla y corriendo hacia ellas.

—¡Mierda! —dijo Oksana.

—¡Al suelo! —gritó uno de los agentes, que estaba apuntándolas con una pistola.

Lily no tenía intención de discutir. Se tumbó junto a Oksana y uno de los agentes la agarró de los brazos para inmovilizarla. Aquello era surrealista. ¿En Australia ni siquiera le habían puesto una multa de aparcamiento y ahora la detenían?

Los agentes las pusieron de pie y las llevaron hacia la valla. Cuando estuvieron fuera, las esposaron y las condujeron a la furgoneta. Oksana intentó explicarles que *Tuz* no podía quedarse en una jaula a la intemperie, que había que soltarlo, pero uno de los agentes le dijo que se callara.

El sonido de la puerta de la furgoneta cerrándose puso nerviosa a Lily. Estaba viviendo la historia de Natasha. ¿Iban a llevarlas a ella y Oksana a Lubianka?

—Explíquenme otra vez qué estaban haciendo —dijo el fornido sargento.

Lily miró el reloj que había en la pared. Eran las cuatro de la tarde de un domingo; ella y Oksana se habían pasado el día entero encerradas en una celda pestilente con una prostituta que fumaba sin parar. Les habían dejado hacer una llamada a cada una: Lily telefoneó al número de emergencia de la embajada australiana. El funcionario que respondió dijo que se pondría en contacto con su empresa, pero hasta el momento no había recibido noticias del hotel. Oksana se había decantado por Luka, que podría aportar pruebas de su trabajo con los animales, pero la recepcionista le informó de que había salido por una visita urgente. También pidió al guardia que llamara al hospital en el que estaba ingresada Natasha y que explicara que no podrían ir a verla, pero se encogió de hombros, como diciendo que ese no era su problema. Cuando pusieron en libertad a la prostituta, les dijo que iría a recuperar sus cosas y que ella misma llamaría al hospital. Fiel a su palabra, volvió minutos después y les dijo que la enfermera que estaba de guardia le había confirmado que Natasha se encontraba bien y que había pasado gran parte del día durmiendo.

—Soy miembro del Comité de Animales de Moscú —le dijo Oksana al sargento por segunda vez—. Mi compañera es una voluntaria. Estábamos rescatando gatos de la zona de obras y buscándoles casa. Estamos intentando atraparlos antes de que llegue el invierno.

El sargento miró a los agentes que las habían detenido. Estaban junto a la puerta con los brazos cruzados y semblante serio.

—¿No encontrasteis nada? ¿Narcóticos? ¿Hierba?

Los policías negaron con la cabeza. El sargento suspiró con desgana y se volvió hacia Lily y Oksana.

—Desde el bloque de enfrente nos han informado de que os vieron vendiendo droga.

Lily pensó en la mujer que había discutido con Oksana. Luego le vino a la mente *Tuz*, aterrado y atrapado en una jaula sin comida ni agua. Era probable que aquella mujer le hubiera hecho algo terrible. Tenía ganas de llorar.

El sargento chasqueó la lengua.

—Como poco, tendré que acusaros de irrumpir en una propiedad privada.

Fuera de la sala había una actividad frenética y le dio un vuelco el corazón cuando oyó la voz de Scott pidiendo verla. Le dejaron entrar y el sargento le explicó lo sucedido. A Scott le brillaba la piel; llevaba un chándal afelpado. Por lo visto, venía del gimnasio.

—¿Os han detenido por rescatar gatos? —le preguntó a Lily con las cejas arqueadas.

Lily se sintió una estúpida, como si la hubieran arrestado por pasear desnuda por la calle Tverskaya en un monociclo y con un montón de globos en las manos.

—No, por allanamiento de una propiedad privada —terció el sargento.

—¿Porque estaban rescatando gatos? —preguntó Scott.

El sargento parecía exasperado. No era buena señal.

Entonces llegó otro policía cargando con la jaula de *Tuz*. El gato bufaba y lanzaba las zarpas como un león en un circo. Lily se sintió aliviada al ver que seguía vivo.

—Hemos encontrado esto allí —dijo el agente, que dejó la jaula en el suelo—. Pero no había drogas. Ni en el lugar ni en el coche de las sospechosas.

Oksana cubrió la jaula con su chaqueta para calmar a *Tuz*.

—Hay que taparlas siempre —le dijo al policía con desprecio—, o les entra tal pánico que pueden hacerse daño con los barrotes.

—No le falta razón —respondió el agente—. Se ha meado por todo el coche.

Lily contuvo la risa. ¿Orina de gato macho sin castrar? Aquel olor iba a tardar semanas en desaparecer.

Scott se agachó y levantó la chaqueta para ver a *Tuz*.

—¿Así que este es uno de los gatos que estabas rescatando, Lily?

Iba a meter el dedo entre los barrotes para tocar a *Tuz*.

—Por favor, no lo hagas —le dijo Lily—. Estos gatos no están acostumbrados a los humanos. Hay que esterilizarlos y socializarlos antes de que se les pueda tratar como mascotas corrientes.

Se dio cuenta de que todos la miraban: volvió la sensación de pedalear desnuda sobre un monociclo.

—Entonces, ¿este gato necesita un hogar? —preguntó Scott.

—Tenemos un grave problema aquí —interrumpió el sargento—. A estas mujeres se las ha detenido por allanamiento. Una de ellas es extranjera y empleada suya.

—Ya he dejado un mensaje a nuestro abogado del hotel —precisó Scott, que le guiñó un ojo a Lily—. Nosotros nos encargaremos de su representación, tal como me ha aconsejado la embajada.

El sargento respiró hondo; parecía aún más furioso. Lily se percató de que Scott no comprendía la insinuación del agente. Detenerlas a ella y a Oksana había sido una pérdida de tiempo y la policía quedaría como una estúpida. El sargento quería ser recompensado, no verse inundado de papeleos caóticos y mezclarse con abogados. No sabía cómo decirle a Scott que lo necesario ahora era un soborno.

Mientras buscaba la manera de llevarse a Scott aparte y explicárselo, entró otro hombre en la habitación. Era Luka. Miró a Lily y Oksana con seriedad y se dirigió al sargento.

—Creo que aquí ha habido un malentendido y me gustaría subsanarlo lo antes posible —dijo con firmeza, manteniendo contacto visual con el hombre.

Sacó un sobre del bolsillo y lo dejó sobre la mesa junto a una botella de vodka. El humor del sargento mejoró al ver que el sobre era abultado y el vodka de primera calidad.

—Bueno, son cosas que pasan —dijo con una risa ronca—. No ha habido daños. Ahora pueden irse todos a casa y no pensar mucho en ello.

—Creo que hay más gatos en la obra que necesitan que los rescatemos —añadió Luka, mirando fijamente al sargento.

Lily no salía de su asombro. Luka siempre había sido educado y considerado; no imaginaba que también pudiera mostrarse firme y decidido, con la valentía suficiente para hablar a la ley de tú a tú.

—Bien, no volveremos a arrestar a sus dos amigas —dijo el sargento refiriéndose a Lily y a Oksana—, y advertiremos a la mujer que puso la denuncia de que no se acerque al lugar.

Ahora que el asunto había sido resuelto para satisfacción de todos, Luka cogió la jaula de *Tuz* y llevó a Oksana y a Lily a su coche. Scott los siguió, impresionado por la decisiva acción de Luka.

—¿Quieres que te lleve a ti también? —preguntó Luka, que abrió las puertas del coche a las mujeres.

—No, gracias —respondió Scott al darse cuenta de que Luka le hablaba a él—. He venido en coche.

—Gracias por venir, Scott —dijo Lily—. Siento mucho las molestias.

—No pasa nada —respondió con aire distraído.

Oksana se sentó en el asiento delantero y Lily en el trasero. Luka aseguró la jaula de *Tuz* con el cinturón de seguridad.

—No me gusta recurrir a los sobornos —dijo—, pero a veces es la única manera de salir de una situación complicada. Como decimos en Rusia: «Pongámosle una vela a Dios, y al juez démosle un regalo».

Se sentó al volante y le dio a Oksana una llave que se había sacado del bolsillo.

—Lo siento. Recibí tu mensaje hace una hora. Hoy he tenido dos emergencias. El resto de las trampas estaban vacías. Las he metido en tu coche y lo he cerrado. Ahora te llevo hasta allí.

—¿La policía dejó las llaves puestas? —preguntó Oksana con incredulidad—. Me sorprende que no me lo hayan robado.

Luka estaba a punto de ponerse en marcha cuando Scott llamó a la ventanilla de Oksana. Luka la bajó para que pudieran hablar.

—¡Escuchad! —dijo Scott con los ojos irradiando entusiasmo—. Cuando volváis a buscar gatos, ¿puedo acompañaros?

Eran las seis cuando recogieron las trampas; ya era tarde para visitar a Natasha, al menos un domingo. Luka llevó a *Tuz* directamente a su consulta para esterilizarlo.

—Ya ha tenido bastante estrés en esa jaula todo el día —dijo—. Será mejor que lo hagamos ahora para poder meterlo en una más grande.

Más tarde llegó al piso de Lily, con *Tuz* todavía adormilado por la anestesia, y lo metió en una jaula de hospital que había montado Oksana en el salón de Lily.

—Si no estáis cansadas por vuestro encontronazo con la ley, ¿os gustaría venir conmigo al cine esta noche? —preguntó Luka—. Dan *El hombre de la cámara*. Es sesión nocturna, así que llegaremos a tiempo.

—Yo no —respondió Oksana—. Estoy agotada. Pero Lily debería ir. Es un clásico ruso.

—Claro —dijo Lily. Lo que había pasado ese día la había consternado tanto que necesitaba relajarse un poco antes de dormir—. Me daré una ducha rápida. He oído hablar de esa película, pero no la he visto.

—Te encantará —dijo Oksana, guiñándole un ojo.

El cine estaba en uno de los rascacielos que los extranjeros conocían como las Siete Hermanas. Lo habían construido en una mezcla de estilos barroco y gótico. Desprendía el olor almizcleño de una tienda de antigüedades y el vendedor de entradas parecía un intelectual de los años veinte, con su jersey de cuello alto y su boina. Lily se detuvo a contemplar los carteles enmarcados de las próximas proyecciones, que incluían *Ojos negros*, con Marcello Mastroianni, y *Sueños*, dirigida por Akira Kurosawa. No había ido a un cine de arte y ensayo desde su época en la universidad. A Adam le encantaban las películas de acción e ir al cine con él normalmente significa ver algo tipo *La jungla de cristal* o lo último de Arnold Schwarzenegger.

—Espero que disfrutes con la película —dijo Luka—. El director es Vertov. Era uno de los líderes de la vanguardia rusa. La película se rodó en 1929.

Lily y Luka se sentaron. En el cine había un grupo de estudiantes y varias ancianas rusas. Las luces se atenuaron y descorrieron las opulentas cortinas rojas para revelar una diminuta pantalla.

—Es una película muda —susurró Luka—. Hoy pondrán una banda sonora orquestal.

Al cabo de unos minutos, Lily estaba hipnotizada por las imágenes. En la película aparecían ciudadanos soviéticos en varias ciudades ucranianas, desde el anochecer hasta el amanecer. Las máquinas y el trabajo de la gente con ellas se convirtieron en «arte» ante sus ojos. En el largometraje no se mostraba el sufrimiento de los campesinos ni se adivinaba cómo se utilizarían las máquinas para destruir vidas en un futuro no muy lejano. Por el contrario, rezumaba vitalidad y optimismo. Era exactamente lo que necesitaba ver después de aquel fin de semana.

Cuando terminó, se volvió hacia Luka.

—¡Es una de las películas más hermosas que he visto nunca!

—Muchas de las técnicas cinematográficas que utilizaba Vertov eran experimentales para su época: doble exposición, saltos de montaje, *travellings* y demás —explicó.

Fueron a la cafetería que había en el vestíbulo del cine, encontraron una mesa y se sentaron.

—Hoy has estado fantástico con el sargento de policía —dijo Lily—. Creo que incluso has impresionado a mi jefe con tu saber hacer. ¿Has tenido muchos encontronazos con la ley?

—No —respondió entre risas—. ¿Y tú?

—Es el primero —dijo Lily—. Gracias por salvarnos, por cierto.

—No hay problema —dijo él, y le tocó ligeramente la mano—. Yo siempre saldré en tu ayuda.

Lily miró la carta, sonrojada. Era bonito que Luka expresara sus sentimientos, pero era algo que Adam también había dicho. Le prometió que siempre estaría con ella, y no lo estaba.

El lunes, a Lily le costaba concentrase. Quería que terminara el día para poder ir al hospital y volver a ver a Natasha. Albergaba la esperanza de que la mujer no se hubiera enfadado y no se cerrara en banda. Nadie sabía cuánto le quedaba. Lily creía que la anciana consideraba importante que alguien conociera la verdad sobre lo que había pasado.

—Mis pensamientos son simples y concisos.

Lily vio a Scott junto a su mesa. «Dios, ¿cuál era mi frase?», pensó. Entonces recordó que era lunes y que iban a darle una nueva para aquella semana. Scott le entregó un trozo de papel.

—Gracias —dijo ella, y lo prendió en su carpeta.

«Tengo un camino y un objetivo. Siempre sé exactamente adónde va dirigida mi vida», leyó.

¿Cómo se las arreglaba Scott para adjudicarle siempre afirmaciones que discrepaban de sus sentimientos? Pero, más que molestarla, le resultaba divertido. Por cómo había ido corriendo a la comisaría para ayudarla, era obvio que tenía buenas intenciones.

—Me gustan los gatos —anunció—. Mi mujer y yo trabajábamos de voluntarios en un refugio para animales en Washington. Echo de menos tener un gato.

Una llamada al teléfono de Lily interrumpió la conversación. Scott volvió a su despacho. Ella lo observó mientras se alejaba, sorprendida por el afecto que empezaba a sentir por él.

Tocadas las cinco de la tarde, ordenó su mesa y consultó en su agenda las citas del día siguiente. Luego se fue corriendo a casa para recoger a *Laika* y reunirse con Oksana. Antes de salir, cambió la bandeja de arena y los platos de comida de la jaula de *Tuz*. Cuando Oksana le trajo a *Mamochka*, la gata no dejaba de moverse violentamente dentro de la jaula, pero *Tuz* estaba sentado, tranquilo. Quizá se había dado cuenta de que estaba mejor allí, pensó Lily.

—¿Qué tal la película? —le preguntó Oksana cuando se subieron al coche.

Lily se puso a *Laika* en el regazo.

—Me gustó —dijo.

Oksana puso en marcha el coche.

—Luka es fantástico, ¿verdad? Lo conozco desde que era un niño —comentó al rato.

Lily asintió.

—Sí.

—¿Te cae bien?

—Pues claro.

—Bien —dijo Oksana mientras buscaban aparcamiento en el hospital—. Me parece que le gustas.

Lily frunció el ceño.

—No te entiendo. Es gay..., ¿no?

Oksana la miró como si acabara de confesar que era un alienígena del espacio exterior.

—¿De dónde has sacado eso?

Lily se incomodó. ¿De dónde lo había sacado?

—Es mono, viste bien, sabe cocinar, le gusta bailar... Sus gatos se llaman *Valentino* y *Versace*.

—¡Esos nombres los puse yo! —exclamó Oksana—. Luka no quería confundirlos si los rebautizaba.

—Ah —dijo Lily.

Oksana frunció los labios y se echó a reír.

—Mira —continuó Lily, intentando defenderse—, no es culpa mía. Los hombres australianos no llevan camisas de satén ni menean las caderas cuando bailan.

En ese momento le vino una imagen de Adam y sus amigos con las camisas desabotonadas, dando saltos en la pista al ritmo de Midnight Oil. Pero su comentario solo hizo que Oksana se riera con más fuerza.

—Luka se casó hace diez años —dijo Oksana, volviendo a ponerse seria—. Quería una familia, ser un padre joven y todo eso. Conocía a Inna desde la universidad y parecía que ella quería lo mismo. Pero, dos meses después de la boda, decidió que prefería ser soltera. Luka no se ha fijado en nadie desde entonces.

Lily recordó el comentario de Luka sobre salir en su ayuda y cómo le había tocado la mano.

—¡Espero no haberle confundido! —dijo—. Sobre

todo si todavía es reacio a tener relaciones después de su mala experiencia.

Oksana miró a Lily. Parecía contenta.

—¿Por qué no te relajas y disfrutas? —preguntó—. Prueba a ver adónde te llevan las cosas. No creo que haya un hombre mejor que Luka…, y pasas demasiado tiempo sola.

Natasha estaba sentada en una silla junto a la ventana. Parecía desolada, pero se animó al ver a *Laika*. Lily pensaba que las regañaría por no haber ido el día anterior, tal como habían prometido. Se sorprendió cuando la mujer se volvió hacia ellas con semblante pensativo y dijo:

—Durante mucho tiempo pensé que había perdido todos mis recuerdos de Svetlana. Me hice pasar por mi amiga porque tenía miedo de decir quién era en realidad. Pero al hablar con vosotras de ella, ha vuelto a vivir. Es como si mi amiga volviera estar aquí conmigo. Gracias.

Oksana y Lily se sentaron una a cada lado de la anciana y la cogieron de las manos. *Laika* se acomodó cerca de los pies de su dueña.

—¿Estáis preparadas? —preguntó Natasha.

Lily y Oksana asintieron.

Natasha miró a Lily.

—Te confié a *Laika* y no me equivocaba. Y sé que puedo confiaros esto. Por favor, prometedme que todo lo que os cuente no saldrá nunca de esta habitación.

Veintiocho

Kolimá, 1945

Junto a otros centenares de prisioneros, me vi apiñada en un tren, dentro de unos vagones para ganado, parecidos a los que habían utilizado los alemanes para transportar a sus víctimas a Auschwitz. A nosotros también se nos negó la comida y el agua durante el mes que duró el viaje hacia el este; los que eran demasiado jóvenes o demasiado mayores no lograron sobrevivir. Arrojaban los cadáveres junto a las vías para que los animales acabasen con ellos.

Las mujeres de mi vagón eran prisioneras políticas, como yo. Durante el viaje me enteré de cuáles habían sido sus «crímenes». A una concertista de piano que había estudiado en París la habían condenado por «actividades contrarrevolucionarias», igual que a una mujer que trabajaba en una tienda de ropa y que había atendido a la esposa de un diplomático extranjero. Había un ama de casa condenada por agitación antisoviética por llamar a su cachorro *Winston*, en honor al primer ministro británico; coincidí también con una bailarina que había aceptado flores de un admirador estadounidense.

—¿Y tú qué has hecho? —me preguntó Agrafena, la mujer que estaba a mi lado. Tenía el pelo gris y unos ojos castaños e inteligentes, y antaño había sido profesora universitaria.

—Me hicieron prisionera de guerra en Polonia —respondí, acercándome a la verdad todo lo que me era posible tras haberme convertido en Zinaida Rusakova—. Me han condenado por terrorismo.

Negó con la cabeza.

—No, tu delito fue encontrarte en un país extranjero. Stalin tiene pánico a que los que han salido de la Unión Soviética difundan la verdad de que se vive mejor en Occidente, incluso en medio de la guerra.

—¿Y tú? —le pregunté—. ¿Qué delito has cometido?

—Contar un chiste sobre Stalin.

—¡Debía de ser malísimo! —exclamé.

Agrafena se encogió de hombros y sonrió con ironía.

—No, era bueno. Por un chiste malo me habrían caído cinco años; aquel me costó diez.

Para llegar hasta los distintos campos de Kolimá nos apelotonaron en la bodega del carguero que nos llevó al otro lado del mar de Ojotsk. Al cabo de cinco días, con el rostro verdoso del mareo y cubiertas de vómito propio y ajeno, llegamos al puerto de Magadán. Hacía tanto viento que teníamos que pelear con él para avanzar. Soplaba cargado de sal, que nos picaba en los ojos y en la piel, y dibujaba cintas de encaje blanco en los arbustos y las cercas. Una inmensa bandera con la cara de Stalin se agitaba con la brisa: «Gloria a Stalin, padre, maestro y mejor amigo de todo el pueblo soviético». Su visión casi destruyó los últimos jirones de voluntad que me quedaban. Reconocí en ella uno de los retratos que había pintado mi madre y entonces entendí por qué su trabajo la consumía de aquella manera: sin duda sabía que Stalin era el responsable de la muerte de papá.

Hicieron que nos arrodilláramos mientras los guardias nos contaban. Si se producía alguna fuga, arrestaban a los propios guardias, por lo que nos contaban y nos volvían a contar. Tardaban tanto que muchos prisioneros se desmayaban; a quienes padecían problemas intestinales, no les quedaba más remedio que hacérselo encima.

Después del recuento nos obligaron a desfilar en fila de a cinco por delante de dos guardias. Había perdido las botas en Lubianka, por lo que había tenido que confeccionarme unos zapatos con trapos: al marchar por la empinada cuesta que conducía a la ciudad, notaba todas las piedras y los guijarros.

La calle principal estaba flanqueada de más banderas:

GLORIA A STALIN, EL MAYOR GENIO DE LA HUMANIDAD
GLORIA A STALIN, EL MÁS GRAN LÍDER MILITAR
¡MÁS ORO PARA NUESTRO PAÍS,
MÁS ORO PARA NUESTRA GLORIA!
¡BIENVENIDO A KOLIMÁ!

—No se contentan con destruirnos —susurró Agrafena—. Encima esperan que les demos las gracias.

Cuando llegamos al campo, nos enviaron a una casa de baños y nos obligaron a desnudarnos delante de los guardias, que eran hombres. Nos dieron a cada una medio cubo de agua para lavarnos los cuerpos roñosos. Mientras tanto, se llevaron nuestras ropas para hervirlas y despiojarlas; luego las amontonaron, formando una pila húmeda en el suelo. La ropa interior y el vestido que me habían dado en Auschwitz eran mis únicas posesiones y quería conservarlas. Lo primero que encontré fue la combinación. La seda se había arrugado con el calor, pero al menos no se había rasgado. Luego comprobé, con alivio, que el vestido seguía de una pieza.

Una mano me agarró del brazo. Me di la vuelta y vi a una mujer en bragas y sujetador mirándome. Tenía los enormes pechos tatuados, al igual que los hombros y los brazos. Le colgaba un cigarrillo del labio. Me miró con una mueca de desdén que le hacía mostrar los dientes torcidos.

—Ese vestido es mío —me dijo con un marcado ceceo.

—Se confunde —le repliqué.

—Ahora es mío —gruñó mientras trataba de arrebatármelo.

Lo agarré con fuerza y arremetió contra mí.

—¡Basura política! —siseó.

Otras dos mujeres se habían unido al escarnio.

—¡Pila de mierda! —dijo una—. ¡Ya ni siquiera eres ciudadana soviética!

Las demás prisioneras retrocedieron al intuir que iba a haber pelea. Me daba igual quiénes fueran aquellas mujeres, no tenía intención de permitirles que se llevaran mi vestido. No sabía qué me esperaba, quizá me viera en la necesidad de cambiarlo por algo.

—Dáselo —susurró Agrafena a mi espalda—. No vale más que tu vida.

Una de las compañeras de la primera mujer le pasó un cristal roto, con el que intentó asestarme un tajo en la cara, como si tratase de sacarme un ojo. La esquivé. El resto de las mujeres de la casa de baños empezaron a gritar.

Los guardias, que habían estado charlando entre ellos, levantaron la vista.

—¡Calma! —gritó uno—. ¡O esta noche no cena nadie!

—Déjalo estar, Katia —le dijo a mi atacante otra mujer cubierta de tatuajes—. Ya le ajustarás las cuentas luego, que tengo hambre.

Katia me miró fijamente y luego se fue.

Agrafena me empujó hacia el muro y me ayudó a ponerme el vestido.

—Cuidado con esa —me dijo—. Compartimos celda y la metieron en la cárcel por un crimen horrible.

—¿Cuál? —le pregunté.

—Atraía a niños de la calle con engaños y se los vendía a pederastas. A algunos de aquellos pobres inocentes los masacraron.

Me quedé horrorizada.

—¿A cuánto la condenaron?

—A tres años.

Miré a la mujer a la que habían detenido por ponerle *Winston* a su perro. Estaba hablando con una maquinista a la que habían condenado a Kolimá por llegar tarde al trabajo. Ambas sentencias habían sido de ocho años.

Stalin había puesto el mundo patas arriba.

Tras un periodo de cuarentena nos reconoció una médica de mediana edad con el pelo oscuro y la piel pálida. Me examinó la garganta, los oídos y los ojos, y me palpó la piel para valorar mi musculatura y mi grasa corporal. Me pellizcó las piernas y, tras leer mis papeles con atención, escribió algo en ellos. Recé para que me asignase a trabajar en una cocina o en un hospital, pero sabía que mi condena implicaba que me destinasen a una de las peores tareas.

Tras el examen médico se llevaron nuestras ropas y nos dieron vestidos, uniformes y zapatos con la suela hecha con cubiertas de neumático. Me di cuenta de lo inútil que había sido mi discusión con Katia por el vestido. Ya ni siquiera teníamos nombres, se dirigían a nosotras por los números que nos habían cosido a los uniformes.

Fue un alivio que a Katia y a su banda les asignaran otro barracón. Agrafena y yo no nos separamos, pero cualquier clase de alivio temporal que pudiera haber sentido desapareció al abrir la puerta de la edificación de madera y ver lo que teníamos ante nosotras. A lo largo de las paredes corrían dos pisos de camas hechas con planchas de madera; el centro de la sala estaba ocupado por más literas. La mayoría de ellas no tenía almohada ni colchón. Aunque el suelo no era más que tierra apisonada y olía a moho y sudor, fueron las cuatro prisioneras que se encontraban tendidas en sus literas las que nos causaron mayor impresión: sufrían una inflamación grotesca de las extremidades y tenían la piel cubierta de úlceras infectadas de pus. En Auschwitz, a las prisioneras como aquellas las llamaban *Muselmänner*. Pronto me enteraría de que en Kolimá se las llamaba *dojodiagi*: muertas vivientes.

—¡Venga, dejad paso! —Una vieja desdentada entró en el barracón y organizó a las recién llegadas con el entusiasmo propio de la jefa de un campamento de verano. Aunque iba vestida con harapos, llevaba la cabeza envuelta en un pañuelo de colores.

—¡Tú, aquí! —me dijo, señalándome la litera superior del fondo del barracón. A Agrafena le asignaron el espacio contiguo al mío.

Aquella noche nos sirvieron una sopa hecha con hojas de repollo podridas, patatas y cabezas de arenque. El tosco pan negro que la acompañaba sabía como si estuviera poco hecho. No nos dieron cuencos ni cubiertos. Las prisioneras veteranas se habían traído los suyos, hechos con latas viejas o trozos de madera. Agrafena cambió una bufanda por dos juegos, y me dio uno a mí.

—No os separéis de ellos ni un momento —nos advirtió la mujer que estaba sentada a la mesa frente a nosotras—, porque os los robarán.

Cuando me acosté en mi litera aquella noche, pensé, mientras luchaba con los mosquitos, en las *dojodiagi* que tenía tan cerca y que infestaban el aire con su fétido aliento y su carne putrefacta. ¿Acabaría así yo también? Quizá sería mejor encontrar la forma de suicidarme ya, mientras tuviera fuerzas. Sin embargo, por la mañana recuperé la determinación de seguir viviendo. Con la taza de agua que me correspondía, me lavé los dientes, frotándolos con la manga del uniforme, y luego la cara y el cuello con el jabón de brea que habían distribuido durante la inspección sanitaria. Miré hacia arriba y vi que Slava, la mujer desdentada que estaba a cargo de nuestra cabaña, me sonreía.

—Es mejor que no uses todo el jabón de una vez —me dijo—. Pártelo por la mitad y cambia un trozo por algo que necesites.

—Gracias por el consejo —respondí. Quizá sobrevivir a una guerra y a un campo eran dos cosas muy distintas. Lo primero requería no ceder al miedo; lo segundo, no ceder a la desesperación—. ¿Qué más hay que saber?

Slava sonrió.

—De todo. —Se agachó para recoger una colilla—. ¿Ves? Esto lo ha tirado una prisionera nueva. Puedes recoger colillas como esta por todo el campo y cambiar el tabaco. No importa que tengas que empezar de cero: si eres lista, puedes sacar algo de la nada.

Por su aspecto habría dicho que Slava había sido campesina en su vida anterior, pero su astucia me hizo pensar que quizá había sido ladrona.

—¿Por qué te detuvieron? —le pregunté.

Se acomodó la bufanda.

—Fui ama de llaves de una familia noble; después de la revolución, eso era razón suficiente. Me liberaron en 1932. Como no tenía adónde ir, me quedé aquí. Me pagan un pequeño salario y el trabajo no es difícil.

El desayuno consistió en la misma sopa tan poco apetecible de la noche anterior. De vuelta a los barracones noté la mirada de un hombre que estaba sentado en una cerca de madera. Tenía la nariz torcida, los ojos caídos y la barba desaliñada. Lucía unos bíceps del tamaño de sus muslos, y un torso descamisado cubierto de tatuajes. Su forma de mirarme me puso los pelos de punta. No volví a sentirme segura hasta la noche, cuando el guardia nos encerró a todas en los barracones y quedé rodeada de mujeres. Pronto descubriría que esa sensación de seguridad era falsa.

Me despertó el golpe de la puerta del barracón al abrirse de pronto. El haz de luz de una linterna recorrió la habitación. Levanté la cabeza y vi en el umbral unas caras que escrutaban el dormitorio con mirada lasciva. Al principio pensé que estaba soñando y entonces un grito atravesó el aire. Dos hombres sacaron a una mujer de su litera, arrastrándola por los pies, y se la llevaron. La luz desapareció y los gritos de la mujer se fueron atenuando. Oía los gruñidos de los hombres y me preguntaba qué estaría ocurriendo. ¿Sería una especie de interrogatorio? Me escabullí de la litera y me acerqué a una ventana.

—¡Vuelve a la cama! —me ordenó Slava con un susurro áspero—. ¿Quieres que te pase a ti lo mismo?

No le hice caso y continué hasta la ventana. Con la luz exterior de los barracones, vi que la estaban sujetando en el suelo entre varios hombres.

—¡La están violando! —grité—. ¡Llama al guardia!

Corrí hasta la puerta y había comenzado a aporrearla cuando algo me derribó y caí de espaldas. Sentí que una mano me tapaba la boca y el peso de varios cuerpos me sujetaban. Al principio pensé que aquellos hombres me habían cogido a mí también; entonces me di cuenta de que eran las demás prisioneras las que me retenían.

—¡El guardia está con ellos, puta idiota! —me espetó una—. ¡Y ahora cállate o te corto el cuello!

Se quedaron sentadas encima de mí hasta que cesaron los gruñidos y el jaleo, y hasta que los hombres se dispersaron. Agrafena se acercó y me ayudó a volver a mi litera.

Esperé a que se abriera la puerta y volviese la mujer que habían violado, pero no regresó, ni siquiera por la mañana, cuando sonó la sirena para que nos despertáramos. Me quedé mirando la litera vacía e intenté acordarme de quién era. Entonces recordé a una joven que había visto al llegar al campo y que ocupaba aquella litera; no parecía tener más de diecisiete años.

El horror me sacudió mientras marchábamos hacia los baños a la tenue luz de la mañana: la chica estaba tendida en un charco de sangre. Tenía la boca abierta en un grito silencioso y una mirada vacía en los ojos. Estaba muerta. Miré a mi alrededor para ver las reacciones de las demás mujeres, pero las únicas que parecían afectadas eran las recién llegadas. Las demás apartaron los ojos y pasaron junto al cadáver como si no estuviera. Cuando volvimos de los baños, ya se la habían llevado.

Durante el desayuno, el ambiente era sombrío, pero nadie mencionó a la chica. Aquella tarde, cuando regresamos a los barracones, nos volvió a encerrar el mismo guardia. Me pasé la noche en vela, temblando de miedo, pero no ocurrió nada.

—¿Se ha denunciado el asesinato a la administración? —le pregunté a Slava a la mañana siguiente—. ¿Van a castigar a aquellos hombres?

Me miró fijamente y suspiró.

—Aquí hay que aprender a vivir y dejar vivir. Algunos de los hombres son bestias; lo que ha pasado ya había ocurrido antes, y volverá a ocurrir. No puedes salvar a nadie más que a ti misma. Eres joven y guapa..., más te vale buscarte un marido en el campo.

—¿Qué?

—Uno de los hombres —me explicó—. Elige uno y ofrécete a él. Pero que no sea de los políticos, solo conseguirías que fuesen a por ti; elige a uno de los delincuentes comunes. Los demás no te tocarán si saben que le perteneces. Nikita estaría bien, vi que te miraba el otro día, después del desayuno.

No podía creer lo que estaba oyendo. ¿El único modo de protegerme era convertirme en la ramera de algún individuo de aspecto terrible como aquel hombre de los tatuajes?

Volví a ver a Nikita cuando pasé por delante del taller de reparaciones de regreso al barracón. Estaba jugando a las cartas con otros presos. Parecía que para los delincuentes comunes el campo no era más que un cambio de ubicación: hacían lo que querían e iban a donde querían.

—¡Eh, Rasputín! —le dijo uno de aquellos hombres a Nikita, dándole un codazo—. Ahí va tu novia.

Nikita volvió a clavarme aquella mirada intensa y comprendí por qué los delincuentes comunes lo llamaban Rasputín: tenía cierto aire con el monje funesto de la zarina Alexandra.

Una cuadrilla de mujeres pasó marchando de camino a los campos. Me quedé mirando sus rostros arrugados y sus cabezas afeitadas. No había nada femenino en ellas: el hambre y el trabajo duro les habían arrebatado los pechos y las caderas. Los hombres no les prestaron atención cuando pasaron a su lado. Se me ocurrió una idea y eché a correr hacia la barbería del campo.

—¿Puedo ayudarla? —me preguntó el barbero.

Me quité el pañuelo y me solté el pelo. A muchas de las mujeres con las que había compartido transporte a Kolimá les habían rapado toda la cabeza, como a las de Auschwitz, pero yo me las había arreglado para evitarlo, y había conseguido que no se me llenase de nudos peinándolo con los dedos a diario.

—¡Ah, ya! —me dijo, acercándome un taburete para que me sentara y cogiendo unas tijeras—. ¡Qué pena! Pero será mejor..., no te molestarán tanto los piojos.

Cerré los ojos y no volví a abrirlos hasta que el último mechón cayó al suelo, a mis pies.

Me asignaron a una cuadrilla maderera. El primer día nos reunimos con las luces del alba junto a las puertas del campo, donde nuestro brigadier, un antiguo ladrón de trenes con la boca llena de dientes de oro, pasó lista. Me vine abajo al ver que Katia formaba parte del grupo. Llevaba el vestido por el que nos habíamos peleado en la casa de baños y se pavoneaba de su victoria.

—¡Hay que ver lo que has cambiado en solo unos días! —me dijo, mirándome la cabeza afeitada.

Me pregunté cómo se las iba a apañar para trabajar con aquel vestido y los zapatos de cuero rojo con los que lo había combinado.

A nuestras espaldas se formó otra cuadrilla maderera; para mi desconcierto, Nikita formaba parte de ella. No pareció reconocerme, lo cual fue un alivio. Un acordeonista y un guitarrista, ambos prisioneros, tocaban mientras recogíamos nuestras sierras, hachas, palas y sacos. «El trabajo es honorable, glorioso, valiente y heroico», cantaban.

Como portábamos herramientas que podían utilizarse como armas, los guardias estaban armados y alerta. Nos apuntaban todo el tiempo con sus fusiles al marchar más allá de las puertas.

El jefe de los guardias gritó:

—¡Vista al frente y no rompáis las filas! Un paso a izquierda o derecha se considerará un intento de huida y dispararemos sin avisar.

Marchamos cinco kilómetros hasta el lugar de trabajo, donde nos dividieron en parejas. A mí me pusieron con otra mujer mucho más alta que yo. Por suerte, ella sabía derribar los árboles, cómo cortar los lados para que el tronco cayese en una zona despejada. Trabajábamos a buen ritmo para cumplir con nuestro cupo. Nuestras raciones de pan dependían de que alcanzásemos aquella cuota. Tuve suerte de que me emparejasen con alguien fuerte, aunque me obligase a trabajar duro para seguirle el ritmo. Hablábamos lo mínimo posible, incluso durante el descanso para comer y el camino de regreso al campo: no podíamos permitirnos desperdiciar ni un ápice de energía.

Aunque trabajar en los bosques era mejor que la mina, no me gustaba la cuadrilla maderera; me dolía tener que cortar aquellos árboles majestuosos. Me dolía cada vez que atacábamos los troncos con las sierras y las hachas. Pero los árboles se vengaban. Un día, mi compañera y yo calculamos mal la caída de un cedro y una rama enorme la golpeó y le aplastó el cráneo. Fue una forma horrible de morir y, sin embargo, yo solo podía pensar en mi ración de pan. ¿Qué me iba a pasar a mí? Cuando recuperé la cordura, me quedé horrorizada ante mi propia frialdad.

Los demás prisioneros no mostraron tantos remilgos: se apresuraron a despojar a mi camarada caída de los zapatos, los pantalones y la ropa interior antes de que el brigadier tuviera tiempo siguiera de informar de su muerte.

Todos los demás estaban asignados, así que la única persona que quedaba para emparejarme era Katia y no daba golpe. Al día siguiente se afanó proporcionando placer a nuestro brigadier y a uno de los guardias entre los arbustos en cuanto llegamos al lugar de trabajo. Le dijo al brigadier que yo era capaz de cumplir su cupo, además del mío, pero hasta él se daba cuenta de que aquello era imposible. En lugar de eso, me asignaron un cupo reducido. A partir de entonces solo tuve que cortar algún árbol de vez en cuando, pero la mayor parte del tiempo lo pasaba serrando ramas de los árboles derribados o apilando la madera para su transporte.

A medida que nos íbamos acostumbrando a la rutina nos acompañaban cada vez menos guardias; en ocasiones, no venía ninguno. El brigadier mantenía la cuadrilla a raya y, por otra parte ¿adónde iba a escapar un prisionero en medio de aquella naturaleza salvaje? Me sentí a salvo con aquel acuerdo hasta que un día en que me costó alcanzar mi cupo regresé al campo más tarde que el resto. Fue entonces cuando mi camino se cruzó con el de Nikita. De cerca parecía tan feroz como de lejos, pero no era tan feo como me había parecido al principio. La barba engañaba y me di cuenta de que incluso era posible que tuviésemos la misma edad. Miró hacia mí, tratando de verme bien a la luz del crepúsculo, y me reconoció. Eché a andar en otra dirección, pero me agarró por el brazo.

—Espera —me dijo—, quiero hablar contigo.

Su voz me sorprendió. Era ruda, pero no la de un ignorante. A juzgar por su aspecto, lo máximo que había esperado de él era un gruñido.

—Quiero hablar contigo —repitió—. Ahora no, porque tengo que volver. En otro momento.

Me quedé de piedra. No me esperaba precisamente una educada petición para hablar conmigo. Nikita asintió con la cabeza como si hubiéramos firmado un acuerdo formal, me soltó el brazo y se marchó hacia el campo a buen paso.

Aunque parecía que el corte de pelo me había puesto a salvo de las atenciones no deseadas, mantenía la guardia alta. Los delincuentes también atacaban a las ancianas y a los hombres, e incluso se violaban entre sí. Pero allí en el Ártico había una amenaza mayor para nuestra supervivencia: el invierno.

—¡Venga! ¿Qué temperatura hace? —preguntábamos con insistencia al prisionero encargado de comprobar el termómetro.

Eran las cuatro de la madrugada y estábamos reunidos en el patio nevado, esperando que empezase el recuento. Dábamos saltos y nos golpeábamos los brazos y las piernas. La ropa que nos habían dado no era apta para aquel clima. El frío helado me atravesaba la chaqueta acolchada y no tenía ninguna bufanda con qué protegerme la cabeza. Me frotaba la cara y las orejas para que no se me congelasen. Aquella misma semana, una mujer de mi barracón había perdido la nariz; se le había quedado en la mano. No se me iba la imagen de la cabeza y me aterraba que me pudiera ocurrir lo mismo.

—Estamos solo a cuarenta bajo cero —informó el prisionero.

Soltamos un quejido colectivo. El trabajo no se cancelaba si el termómetro no descendía de los cuarenta y cinco grados centígrados.

Se hizo el recuento y echamos a andar hacia el lugar de trabajo. Resbalé en la nieve y me levanté enseguida, no por miedo a los guardias, sino porque no quería congelarme. En aquel momento, las auténticas amenazas eran el frío y el hambre. La comida que nos daban no era alimento suficiente para mantenernos, y no era raro que la sopa que nos echaban en los cuencos a mediodía se congelase antes de que nos diese tiempo a comérnosla.

Una noche, Agrafena estaba mascando un trozo de pan cuando hizo un gesto de dolor y se llevó la mano a la boca. La retiró manchada de sangre. Nos miramos. Las hemorragias bucales eran el primer síntoma del escorbuto. A lo largo de las siguientes semanas se fue deteriorando antes mis ojos. Se le abría la piel en ampollas y sufría de diarrea constante.

—Tienes que ir al hospital —le dije.

Agrafena trabajaba en la lavandería del campo. Solo nos veíamos por las noches, porque los que trabajaban en el campo no tenían que levantarse tan temprano como las cuadrillas madereras. A la mañana siguiente la ayudé a levantarse a la misma hora que yo y la llevé al hospital. Solo se permitía el ingreso de dos pacientes al día, por lo que era muy importante ser las primeras en llegar. Pero cuando volví por la noche me encontré a Agrafena tendida en su litera.

—Me dijeron que no estaba suficientemente enferma para que me excusasen del trabajo —me explicó—. No tengo fiebre.

Tenía la cara pálida y llagas supurantes en el cuello. ¿A qué estado tenía que llegar para que le dieran raciones contra el escorbuto? Necesitaba suplementos de vitaminas o, por lo menos, zanahorias y nabos. Si no la ayudaba, Agrafena moriría. Mientras trabajaba en el bosque buscaba bayas o setas que llevarle, pero todo estaba cubierto por una gruesa capa de nieve. Entonces, una tarde que regresaba al campo, vi a Nikita avanzando entre la nieve por delante de mí. Apuré el paso para alcanzarlo.

—Nikita.

Se dio la vuelta y me fulminó con una mirada salvaje. Di un paso atrás, asustada.

—¿Qué? —me gruñó, sin dar muestras de recordar nuestra anterior conversación.

—¿No querías hablar conmigo?

—¿Qué es lo que quieres?

En el mundo de Nikita no cabía la charla insustancial. Fui derecha al grano.

—¿Sabes cómo puedo conseguir algún suplemento? Tengo una amiga con escorbuto y no la aceptan en el hospital. Dicen que no está tan mal.

Los labios de Nikita formaron una especie de sonrisa desagradable. Había sido una estupidez acercarme a un hombre tan peligroso estando sola en el bosque.

—Sí que puedo conseguirte esos suplementos —me dijo—. Todos los que trabajan en el hospital me deben algo.

Una parte de mí respiró aliviada, pero también era consciente de lo que él esperaría a cambio. Cuando llegué al campo, la idea de negociar con mi cuerpo me parecía inconcebible, pero la desesperación lo cambia todo. Me quedé mirándolo, sin saber muy bien cómo proceder.

—Tengo la sífilis —me dijo.

Estaba aterrada. Me había condenado a muerte a mí misma para salvar a Agrafena.

—No espero nada de ti —continuó—. Solo quiero saber a qué te dedicabas antes de la guerra.

Me sorprendió aquella petición.

—¿Por qué?

—En mi barracón hacemos apuestas sobre lo que hacían los prisioneros políticos antes de que los detuvieran; luego sobornamos a un guardia para que nos confirme quién tiene la razón. Tengo fama de no equivocarme nunca.

Los dedos de los pies se me estaban durmiendo de frío, pero tenía que escuchar lo que me dijese. Supongo que a los delincuentes se les tiene que dar bien calar a las personas para poder timarlas.

—Según tu expediente eras estudiante de Medicina —prosiguió—, pero eso no hay quien se lo trague. Así que, o lo cambiaste tú, o lo cambió el Gobierno. ¿Quién fue?

Se me congeló el aliento en la garganta.

—¿Tú qué crees?

Nikita sonrió. Era la primera vez que le veía los dientes: todos eran de oro, salvo los dos de delante.

—Desde luego no estudiabas Medicina. Si hubieras sido estudiante, mirarías las cosas como la gente corta de vista, por la costumbre de estar pegada a los libros y los apuntes. Pero caminas de un modo pausado y como oteando el horizonte. Diría que eras piloto.

No podía creérmelo. O Nikita era un genio calando a la gente, o se trataba de un truco y ya se había enterado de quién era yo por otro medio.

—No puedo decírtelo —contesté—. Me costaría la vida.

Asintió.

—No hace falta. Ya veo que tenía razón. Venga, déjame que te lleve al campo, te estás poniendo azul.

Se inclinó para ayudarme a trepar a su espalda. Tenía el torso tan ancho que casi no podía rodearlo con las piernas. Cuando llegamos al campo, pasó por delante de los guardias conmigo a cuestas y no le dijeron nada.

Me bajó y volvió a sonreírme.

—Dile a todo el mundo que estás conmigo. Así los demás hombres te dejarán tranquila.

El trayecto montada a caballito me trajo recuerdos de mi hermano, Alexánder.

—Sería una delincuente pésima —le dije—. No te había calado en absoluto.

Varias noches después, estando a la cola de la sopa, una de las delincuentes comunes me pasó discretamente una botella de polvos.

—De parte de Nikita —me dijo.

Busqué a Agrafema, pero no estaba en el comedor. Terminé la cena enseguida y volví a nuestro barracón. La encontré en su litera, respirando con gran dificultad. Mezclé los polvos que me había enviado Nikita con un poco de agua y le acerqué la mezcla a los labios agrietados.

—Para mí ya es tarde —dijo negando con la cabeza—. Tómatelo tú, sálvate.

La abracé para darle calor, pero le hacía daño, así que la cubrí con unos retales de arpillera que tenía en mi cama a modo de segunda manta. Los ojos de Agrafema se iban apagando; no duraría hasta la mañana. ¿Cómo era posible? ¿Cómo se había convertido aquella brillante profesora universitaria en una de las *dojodiagi*? Ya sabía la respuesta, pero lo que nunca entendería era el porqué.

Agrafema se volvió para mirarme.

—¿Quieres que te lo cuente? —me preguntó.

—¿El qué?

—El chiste de Stalin.

Me acurruqué más cerca de ella.

—Vale —ella sonrió.

—Stalin se está muriendo y no está seguro de si quiere ir al Cielo o al Infierno. Le ofrecen una visita guiada a ambos, y en el Cielo ve a la gente tocando el arpa y cantando, mientras que en el Infierno ve que la gente está cantando, bebiendo y bailando, así que se decide por el Infierno. Cuando muere, lo llevan a través de un laberinto hasta una gran sala en la que están quemando a la gente en la hoguera y metiéndola en calderos hirviendo. Dos secuaces del demonio lo agarran y lo arrastran a unas brasas incandescentes. «¡Pero en la visita guiada me enseñaron a un montón de gente pasándoselo en grande!», protesta Stalin. «Aquello —le responde el demonio— no era más que propaganda.»

Agrafena murió con las primeras horas del día. Su uniforme y su ropa interior estaban tan sucios y desarrapados que ni las delincuentes comunes más desesperadas querrían robárselos, pero sus mitones me los había legado a mí. Estaban en mejor estado que los míos, pero no quise usarlos; los guardaba dentro de mi colchón como una especie de recuerdo.

En el círculo polar el invierno dura nueve meses. Con el paso del tiempo, empecé a no ser capaz de alcanzar mi cupo y la ración reducida de comida iba mermando mis fuerzas. Nuestra cuadrilla perdió tres prisioneros en una semana: dos de ellos cayeron muertos en el bosque; el tercero se dirigió hacia la zona prohibida del campo, pese a las advertencias de los guardias, y le pegaron un tiro. No quedaban prisioneros con fuerzas suficientes para sustituir a los que habíamos perdido, y el comandante del campo acusó al brigadier de sabotaje por no cuidar de su equipo. A partir de ese momento, se estableció un cupo grupal para toda la cuadrilla, incluidos el brigadier y Katia.

El brigadier me odiaba y me pegaba con frecuencia.

—¡Trabaja, zorra haragana, o lo pagaremos todos!

Un día estaba serrando las ramas de un árbol, temblando intensamente por el viento helado, y se me escurrió la sierra de la mano. Intenté recogerla, pero no fui capaz de doblarme. Los músculos de las piernas se quedaron rígidos y los brazos y los hombros se me agarrotaron. La mano se había transformado en una garra y los dedos no me respondieron al intentar estirarlos. La respiración me resonaba con eco en mi cabeza. Me sentía como un reloj que se está quedando sin cuerda. «Me voy a morir congelada», pensé.

Luché con todas mis fuerzas y volví a intentar alcanzar la sierra, sin conseguirlo. Traté de pedir ayuda, pero me había quedado sin voz. El agotamiento me superó y caí boca arriba en la nieve. Al principio estaba aterrorizada: no podía morir; Valentín y mamá me estaban esperando. Pero luego me invadió una sensación de paz y acepté mi destino. Había hecho todo lo posible por sobrevivir, pero Kolimá había ganado, tal como había dicho el mayor que me había interrogado. Los últimos vestigios de calor abandonaban mi cuerpo y me sentía como si estuviese a punto de alejarme flotando de allí.

—¡Arriba, puta!

Algo afilado me golpeó en el costado, pero no sentí dolor alguno. La cara colorada del brigadier apareció junto a la mía, gritando.

—¡Arriba, puta haragana, arriba!

Me levantó por el abrigo, me zarandeó y me abofeteó la cara, pero, en cuanto me soltó, volví a caerme en la nieve.

Miré a los árboles. «Lo siento —les dije—. Sois tan hermosos. No tenía derecho a mataros.»

Oí la risa de Katia y olí el vodka en su aliento cuando se inclinó para mirarme.

—A ver cuánto tardas en morir. Que no sea mucho, mierdecilla.

Iba bien arropada, con un abrigo de piel de ciervo y botas altas, inmune al frío que me estaba matando.

—Vamos a quitarle la ropa —le dijo al brigadier—, así morirá antes.

—¡No! —exclamó él—. Ya he perdido a demasiados prisioneros por culpa del frío. Haremos que parezca que se le cayó un árbol encima.

Aunque la falta de comida y la ropa inadecuada no eran responsabilidad suya, sí se esperaba que se diese cuenta si uno de los prisioneros a su cargo se estaba muriendo por congelación.

Por el rabillo del ojo vi que el brigadier se movía no muy lejos de mí. Entonces echó a correr hacia donde yo estaba, dio un salto y aterrizó con ambos pies en mi pecho. Se me paró el corazón un instante y el dolor me recorrió todo el cuerpo. Por dentro me retorcía de dolor, pero era incapaz de moverme.

El brigadier retrocedió, dispuesto a volver a saltar sobre mi pecho. Cerré los ojos, preguntándome por qué no podía dejarme morir en paz, pero entonces oí gritos y golpes. De pronto, mi cuerpo se elevó sobre la nieve: alguien me había cogido en brazos, pero ¿quién? Intenté abrir los ojos, pero no pude.

Veintinueve

Kolimá, 1946

Nadie esperaba que sobreviviese después de que me aplastaran la caja torácica, además de la hipotermia y la malnutrición. En el archivo del hospital llegó a redactarse mi certificado de defunción, a falta solo de la firma de la doctora y la hora y la fecha de la muerte. Sin embargo, mientras que otros pacientes con lesiones menos graves iban muriendo a mi alrededor, yo sobreviví. Cuando la doctora Poliakova, que me había examinado al llegar a Kolimá, ordenó que me trasladasen a la zona donde se encontraban los pacientes cuya recuperación era probable, le pregunté quién me había sacado de la nieve cuando estaba inconsciente.

—Otro prisionero —respondió—. Ha estado dejando pan y azúcar para ti, pero, como no podías comértelo, se los he ido dando a las demás pacientes.

El que me había salvado era Nikita. Unos días más tarde vino a verme y me trajo dos libros: *Ana Karenina* y *Guerra y paz*, de Tolstói. Los libros eran robados, por supuesto; es probable que se los hubiera afanado a otro prisionero. Arrimó un taburete, se sentó a mi lado y se quedó mirándome a la cara intensamente. La enfermera le lanzó una mirada de desaprobación, pero no dijo nada.

—¿Sabes?, te pareces a como me imagino que sería

mi hermana pequeña si hubiera llegado a tener tu edad.

Entonces comprendí la auténtica razón de su interés por mí.

—¿Qué le pasó? —le pregunté.

—Murió de fiebres tifoideas.

La ruda apariencia de Nikita no se correspondía con quien era en realidad. Tuve la sensación de que luchaba por reconciliarse con su dolor.

—¿Fue durante la hambruna? —le pregunté, imaginándome que quizá proviniese de una familia campesina.

Nikita negó con un gesto.

—No, mi familia tenía una posición acomodada. Mi padre era ingeniero; lo arrestaron por sabotaje en 1929 y lo ejecutaron. A mi madre la metieron en la cárcel, y a mi hermana y a mí, en un orfanato. Allí fue donde murió.

Teníamos más en común de lo que pensaba.

—¿Tu madre sobrevivió? —le pregunté.

Nikita entrelazó los dedos con la mirada perdida en sus manos.

—Todos los días esperaba a que viniese a recogerme mi madre. Mientras los demás niños jugaban, yo me quedaba sentado en el portalón, esperándola. Una de las mujeres del orfanato se dio cuenta de lo que hacía y me dijo: «Tu madre es una enemiga del pueblo, tienes que olvidarla. Si vuelve a buscarte, échala y dile que no quieres ir con ella». La muy puta me decía lo mismo todos los días, me lavaba el cerebro. Un año después regresó mi madre, pero ya no era joven ni bonita. Estaba flaca y tenía la cara llena de arrugas, pero me sonrió con la misma expresión de amor de siempre. «He venido a llevarte a casa, cariño», me dijo con los ojos llenos de lágrimas. Seguramente ya se había enterado de lo de mi hermana. «¡No!», le grité mientras agarraba una piedra y se la lanzaba. «¡No quiero ir contigo! ¡Te odio! ¡Eres una enemiga del pueblo!»

Nikita se detuvo para tomar aliento.

—Nunca podré olvidar la cara que puso mi madre cuando le dije aquello. Fue como si se hubiera muerto una parte de ella. Más tarde, cuando me hube hecho mayor e intenté encontrarla, me enteré de que se había ahorcado. Siempre he sentido que fui yo quien la mató.

—¡Claro que no! —le dije—. La mató el Gobierno.

Nos quedamos en silencio. Esperaba que Nikita me contase más cosas de su madre y su hermana, pero, en lugar de eso, se puso en pie.

—Mañana me trasladan —me dijo—. No sé adónde.

—Espero que a un lugar mejor.

Se encogió de hombros.

—¿Quién sabe?

Miré los libros que me había dado. Aunque me gustaba tenerlos, esperaba que su propietario original estuviera muerto; no quería privar a nadie del que podría ser su único placer.

—Son mis dos historias preferidas —comenté.

—Ya te dije que se me da bien calar a la gente —replicó Nikita.

Mi extraño ángel de la guarda se marchó con una bendición mía. Unos días más tarde me enteré por una de las enfermeras del motivo del traslado de Nikita a otro campo: le habían añadido tres años de condena por matar al brigadier que me había atacado.

—Tenemos que buscarte algo que hacer —me dijo la doctora Poliakova—. ¿Sabes coser?

Asentí. Sabía que estaba intentando ayudarme porque ya no podía trabajar en una cuadrilla maderera, pero la comisión de revisión había decidido que mi estado no era tan malo como para eximirme del trabajo. Si la doctora Poliakova no me encontraba algo que hacer, me enviarían a los campos. Le dije que cosía muy bien, y desde ese momento las enfermeras me traían sábanas y ropas de la prisión para que las remendase.

Al final de la primavera entró un guardia en la sala y gritó mi número.

—Con tus cosas —añadió.

Miré a la doctora Poliakova, que se apresuró a buscarme un uniforme carcelario y unos zapatos. «Con tus cosas» era una orden que podía significar varias cosas, desde el alta hasta que te pegasen un tiro.

En mi caso significó el traslado a uno de los pocos campos solo para mujeres de Kolimá, situado cerca de Magadán. Al llegar, un guardia me llevó a una fábrica en la que unas cuarenta mujeres, sentadas a unas largas mesas, trabajaban con máquinas de coser. La capataz se presentó como Ustinia Pavlovna Kuklina.

—Muy bien —me dijo, acompañándome hasta un asiento vacío y enchufando el cable de la máquina—, ¿has utilizado una máquina de coser alguna vez?

—La de mi madre —respondí—, hace mucho tiempo.

Ustinia cogió un retal y lo colocó bajo la aguja.

—Estas máquinas tienen motores más grandes que las domésticas y cosen más rápido, pero los principios son los mismos. Te acostumbrarás pronto. Practica con este retal.

Me explicó que en la fábrica se hacían los uniformes de los prisioneros y de los guardias, además de otras prendas para la población libre de Kolimá. Mi trabajo consistía en coser los puños de las camisas y los bajos de los pantalones. Me puse a trabajar y un par de mujeres me saludaron con la cabeza. Estaba claro que el ambiente en aquel campo era mejor que en el anterior; ninguna de las prisioneras parecía estar enferma ni hambrienta.

Cuando paramos, a la hora de comer, pensé que se habían equivocado cuando me dieron dos rebanadas de pan en lugar de una. Radinka, la mujer que se sentaba a mi lado, sonrió al ver mi sorpresa.

—Ustinia es una trabajadora libre, no una prisionera

—me dijo—, no le tiene miedo al comandante del campo. Le dijo que la fábrica no puede cumplir las cuotas si las trabajadoras están enfermas.

Además de gozar de mejores condiciones de trabajo y comida, los barracones estaban limpios y no había piojos ni chinches. Teníamos colchón y almohada, y cortinas en las ventanas. No cabía duda de que aquellas condiciones eran el motivo por el que las prisioneras estaban de mejor humor e incluso tenían ánimos para entretenerse las unas a las otras por las noches. Algunas eran excelentes cuentacuentos; otras nos divertían con actuaciones de mimo. No se mencionaban los temas personales.

—No tiene sentido hablar de nuestras familias ni de nuestros hijos —me explicó Radinka—. Solo sirve para desesperarse. Nos entendemos, todas estamos en la misma situación.

—Zina, actúa para nosotras —me dijo una mujer llamada Olesia una noche. Zina era el diminutivo de Zinaida, y como me llamaba todo el mundo en la fábrica, Ustinia incluida—. ¿Cantas bien?

—Sé cantar —respondí—, pero hace mucho que no lo hago.

—Pues a desempolvar esas cuerdas vocales —replicó, sonriendo.

Hubo un murmullo general de ánimo, así que me aclaré la garganta y canté una canción sobre el río Dniéper que gustaba tanto en mi regimiento. Al terminar recibí un aplauso.

—Tendrías que haber ido al conservatorio —dijo otra mujer llamada Siuzanna—. Tienes una voz preciosa.

Aquella noche, tumbada en mi litera, pensé en todas las cosas que podría haber hecho si Stalin no hubiera firmado la sentencia de muerte de mi padre. Apreté las manos en un puño, intentando controlar la rabia. Al mismo tiempo, sabía que, por más que me enfadase, no iba a cambiar nada. Se me había dado la oportunidad de sobrevivir y tenía que sacarle el máximo provecho.

Se me apareció la cara de Valentín.

—Espérame —susurré mientras me quedaba dormida—. Espérame y volveré.

La vida en el taller de costura transcurría a ritmo monótono, pero para una prisionera con una sentencia tan larga como la mía era mejor así. No me permitían escribirme con nadie, y era capaz de sobrellevarlo mejor cuando dejaba la mente en blanco y me negaba a pensar. Viví así durante siete años: levantándome, aseándome, trabajando, comiendo y durmiendo como una autómata.

Entonces, un día de primavera de 1953, vino un guardia a la fábrica; con una expresión grave en el rostro, entregó a Ustinia un papel. Observé sus ojos mientras repasaba la nota. Palideció.

—¡Por favor, detened las máquinas! —exclamó, y se dirigió a la cabecera del taller para hablarnos.

Cesó el zumbido de las máquinas de coser. A Ustinia le temblaban las manos al leer el comunicado: «Estimados camaradas y amigos. El Comité Central del Partido Comunista de la Unión Soviética anuncia con profundo dolor al Partido y a todos los trabajadores de la Unión Soviética que el 5 de marzo, a las 9.50 de la tarde, hora de Moscú, tras una grave enfermedad, el presidente del Consejo de Ministros de la URSS y secretario del Comité Central del Partido Comunista de la Unión Soviética, Iósif Visariónovich Stalin, ha muerto».

Silencio. Todas contuvimos nuestra reacción por la presencia del guardia; sin embargo, la emoción era palpable. ¡El monstruo había muerto! Radinka apoyó la cara en los brazos y se echó a llorar. No era pena por

Stalin, lloraba por su vida anterior y la familia que había perdido. Todas las demás empezamos a llorar también.

Cuando el guardia se marchó, satisfecho por aquella reacción tan apropiada, pudimos expresar nuestros auténticos sentimientos. Syuzanna se puso a bailar por todo el taller. El resto dábamos gritos de alegría y nos abrazábamos.

—¡Estoy segura de que os van a liberar! —nos decía Ustinia, repartiendo besos en las mejillas—. Se acabó la pesadilla.

En cuestión de semanas, se produjo un cambio drástico en Kolimá. Se concedieron miles de amnistías, con sus consiguientes liberaciones: a los ancianos, a las mujeres embarazadas, a los prisioneros acusados de delitos económicos o con condenas de menos de cinco años y a los menores de dieciocho años. Frente a nuestro campo veíamos pasar un convoy tras otro de camino al puerto.

Las liberaciones se prolongaron a intervalos durante los dos años siguientes. Cuando se anunció que se otorgaría la amnistía a todos los militares acusados de traición y de colaboracionismo con los alemanes, me permití albergar esperanzas. Vinieron oficiales al campo y liberaron a algunas prisioneras, pero no me llamaron. Ustinia escribió cartas a las autoridades intercediendo por mí, hablando de mi buen comportamiento y de mi ética de trabajo, pero yo sospechaba que existían motivos especiales por los que no se me liberaba.

En 1956, Jrushchov denunció los excesos de Stalin. Se liberó a cientos de miles de prisioneros políticos; aun así, yo continué en Kolimá con otro puñado de prisioneros. Quizá Jrushchov había tomado parte en mi detención y mi liberación podría sacarlo a la luz. Entonces, en 1960, cuando ya empezaba a temer que dejarían que me pudriera en Kolimá para siempre, el comandante del campo me hizo llamar a su oficina.

—Enhorabuena —me dijo—. Han revisado su caso y es libre de marcharse si firma estos dos documentos.

¿Tras tantos años de espera insufrible me dejaban ir? Leí los documentos que el comandante había dejado frente a mí. Uno era mi formulario oficial de liberación, firmado y fechado dos años atrás. ¿Por qué motivo habían tardado tanto en llamarme? ¿Era posible que una simple chapuza burocrática me hubiera costado dos años de vida?

Estudié el otro formulario: era un acuerdo en el que aceptaba no desvelar nada de lo ocurrido desde el momento de mi arresto en Odesa y hasta mi último día de cautiverio. Si violaba esta condición, me volverían a detener y regresaría a prisión.

Observé al comandante del campo. ¿Sabía que yo no era Zinaida Rusakova? Quien fuera que hubiese redactado el documento sí que lo sabía. Si firmaba el acuerdo, tendría que continuar haciéndome pasar por otra persona.

Dudé..., pero pensé que no importaba cómo me llamase la gente. Se me permitía regresar a Moscú. Y el documento no me prohibía visitar a mis parientes y a mis antiguos conocidos.

Cuando llegué a Kolimá tenía veintitrés años. Ahora tenía treinta y ocho. Pensé en mi amado Valentín y en mamá. Si hacerme pasar por Zinaida significaba la libertad, adelante.

Al arribar de la travesía de regreso desde Magadán, esperé en la estación un tren que me llevase a Moscú. Casi todos los demás pasajeros que aguardaban en el andén eran trabajadores libres, pero también había algunos prisioneros de los campos de trabajo de Kolimá. Todavía llevaban los abrigos de la prisión, a los que les habían quitado los números de identificación, y los harapos en los pies. Las cabezas afeitadas y las extremidades escuálidas no dejaban lugar a dudas sobre su procedencia. Ustinia había insistido en que me hiciese un vestido para mí antes de dejar la fábrica. Era de algodón gris y distaba mucho de ser el atuendo que me habría gustado llevar a mi regreso a casa, pero era mucho mejor que los harapos y los uniformes de la prisión. Iba calzada con unos zapatones con cordones que me había dado la doctora Poliakova cuando me fui del hospital. Entonces tenían ya agujeros en las suelas, así que me había hecho unas plantillas de cartón para que no se me clavasen las piedras.

El viento del mar trajo lluvia y todos los que estábamos en el andén echamos a correr hacia la sala de espera para resguardarnos. Dentro había un espejo del techo al suelo; las mujeres se reunieron frente a él para arreglarse el pelo y acomodarse la ropa. Me uní a ellas y me sobresalté al verme: una mujer de aspecto ratonil con la frente llena de arrugas. Quería dar media vuelta, pero fui incapaz. No era un completo espanto: no se me habían caído partes de la cara por la congelación ni había perdido los dientes a causa del escorbuto, pero el brillo de mi juventud se había desvanecido. Era como un anillo de boda deslustrado. Me entraron ganas de llorar, pero me acordé de que mamá y Valentín me estaban esperando. «Al final todo se arreglará. El amor te curará», me dije.

Regresar a Moscú me llevó un mes de viaje, durante el que pasé tanta hambre como de camino a Kolimá. Al salir del campo me dieron una ración de pan y una pequeña cantidad de dinero, pero apenas era suficiente para comprar los huevos y los tomates que vendían las campesinas en las estaciones en las que íbamos parando. Es posible que no hubiera sobrevivido si Ustinia no me hubiera dado un paquete con frutos secos, pepinillos en vinagre y pescado salado.

A principios de junio llegué a la estación de ferrocarril Yaroslavski de Moscú, completamente agotada por el viaje. Cuando salí a la plaza Komsomolskaya, el ruido me pareció un mazazo ensordecedor. Las calles estaban llenas de coches y autobuses, y el aire era acre por los humos de los tubos de escape. Me daba miedo aquella congestión, aunque a la gente que me rodeaba no parecía asustarla.

Un policía que dirigía el tráfico se me quedó mirando. No tenía ningún motivo para detenerme, todos mis papeles estaban en regla, pero ahora los hombres como él me daban miedo. Agaché la cabeza e intenté seguir el ritmo de la multitud, aparentar que estaba integrada. Pero volver a Moscú al cabo de tantos años era como llegar a otro planeta. Me había acostumbrado al silencio y a la rutina del campo.

Los nuevos tranvías pasaban traqueteando demasiado rápido para mí. Decidí ir hasta Arbat a pie. En las calles no había torres de vigilancia ni guardias armados, pero tenía miedo. Pese al calor, caminaba deprisa, como si me persiguiera una jauría de sabuesos sedientos de sangre. Me llamaba la atención la ausencia de carteles con la cara de Stalin. En su lugar se veían unos que proclamaban los logros que había alcanzado la Unión Soviética. Mostraban a granjeros recogiendo magníficas cosechas, musculosos atletas, sonrientes trabajadores industriales, amas de casa dando a sus hijos manjares deliciosos. Uno de los carteles me llamó la atención: en la imagen aparecía un hombre de mandíbula cuadrada contemplando el espacio y acunando un cohete con dos perros dentro. «Se ha abierto el camino para el hombre», ponía. ¿Qué quería decir?

Pasé por delante de un café en el que sonaba una extraña música que me resultó estridente. Las personas de más edad seguían llevando las mismas ropas insulsas, pero las chicas iban muy guapas, con sus diademas y sus peinados ahuecados. Estaba admirando los zapatos en punta de una joven cuando pasó una madre empujando un carrito. Me senté en un portal. Me di cuenta de todo lo que me había perdido: casarme con Valentín, formar una familia, llevar ropa bonita y pasármelo bien. En lugar de eso, había pasado los mejores años de mi vida en campos de prisioneros.

Al llegar al patio de vecinos del edificio de viviendas de mamá, miré hacia su ventana y vi las cortinas de encaje blanco ondeando con la suave brisa. Me preparé para las lágrimas que recorrerían nuestras mejillas cuando se diese cuenta de que había vuelto a casa. Me temblaban las piernas al subir las escaleras. Cuando llegué a la puerta dudé antes de llamar al timbre, consciente de que estaba a punto de regresar a la vida que había dejado atrás.

Pulsé el botón. Desde dentro me llegó un ruido de pasos y la puerta se abrió. Los primeros objetos que vi fueron la silla y el buró de mamá, situados bajo la ventana, pero la mujer con el pelo lleno de rulos que me encontré en el pasillo no era mamá. Me miró de arriba abajo. Su presencia era tan inesperada que no supe qué decir. No la había visto en mi vida.

—Sofía Grigorievna —dije, casi sin resuello—. Busco a Sofía Grigorievna.

La mujer me miró con los ojos entrecerrados.

—¡Ahora el piso es mío! —exclamó—. ¡Me lo dio el Gobierno, es mío con todo derecho!

Me cerró la puerta en las narices y yo me quedé allí congelada, con el corazón aporreándome el pecho. ¿Dónde estaba mamá? ¿La habían detenido pese a mi falsa confesión?

Empezó a darme vueltas la cabeza y me senté en el primer peldaño de la escalera, sin aliento. La doctora Poliakova me había dicho que el brigadier me había provocado lesiones cardiacas al saltarme sobre el pecho y que tendría que tener cuidado el resto de mi vida.

Se abrió una puerta de la planta baja por la que salió una anciana que me miró por el hueco de la escalera. Me puse de pie por miedo a que me gritase ella también, pero, en lugar de chillarme, me hizo un gesto para que bajase a su casa.

—¿Busca a Sofía? —susurró—. ¿Y usted es...?

—Una amiga —respondí.

Parecía esperar otra respuesta, pero me invitó a pasar de todos modos.

—Hoy hace mucho calor, déjeme invitarla a un vaso de zumo —me dijo, ofreciéndome una silla—. Me llamo Arina. Me hice amiga de Sofía cuando vine a vivir aquí hace tres años.

—¿Y dónde está? —le pregunté.

Arina dudó, aunque sus ojos parecían decir que entendía lo que estaba pasando. Volvió a escrutar mi rostro como si buscase algo en él.

—Sofía está muerta. Falleció hace seis meses.

Me quedé inmóvil. Todo se volvió negro a mi alrededor, como si hubiera caído por un profundo agujero. Traté de ponerme de pie, pero me fallaron las fuerzas. Enterré la cara entre las manos.

Arina me puso la mano en el hombro.

—Siento ser yo quien le dé la noticia —me dijo—. Acaba de regresar de los campos, ¿verdad?

Asentí. Ella se fue a la cocina y me sirvió un vaso de zumo de naranja. ¡Zumo de naranja! Hacía años que no lo veía. Lo dejó a mi lado, en una mesita auxiliar, y se sentó en una silla frente a mí.

—A mi hijo lo enviaron a los campos en 1937 —me dijo—, y murió allí, en Vortuká. ¿Dónde estaba usted?

No fui capaz de contestar. Seguía sin poder reaccionar. ¡Mamá había muerto! Tenía ganas de llorar, quería liberar todo el dolor que brotaba en mi interior, pero no pude y se me hundió en el estómago como una piedra.

—La hija de Sofía fue una famosa piloto durante la

guerra —continuó Arina, estudiándome con atención—, pero desapareció en territorio enemigo. Al marido de Sofía lo ejecutaron durante las purgas y su hijo murió en un accidente. Lo único que le quedaba en el mundo era su perrito. Se moría por aquel perrillo, pero cuando *Dasha* falleció a Sofía ya no le quedaron motivos para vivir. Su salud fue de mal en peor a raíz de aquello.

Me bebí el zumo, pero no me supo a nada.

—¿Tienes donde quedarte? —me preguntó Arina.

El comandante del campo me había dado la dirección de un piso comunal, pero yo tenía la intención de quedarme con mamá. Negué con la cabeza.

—Bueno, puedes quedarte aquí hasta que te recuperes.

Nuestras miradas se encontraron.

—He firmado un documento en el que me comprometo a no hablar nunca de mis experiencias —le expliqué—. Si lo incumplo, podrían volver a detenerme... junto a cualquier persona a la que se las haya confiado.

Arina asintió.

—Lo entiendo.

Así se estableció una verdad tácita entre nosotras. Arina había adivinado que yo era la hija de Sofía y se daba cuenta de que debía mantener aquel secreto a cualquier precio.

Aquella noche, después de un baño caliente, me acosté en el sofá de Arina y me quedé mirando al techo. Moscú se había transformado en una ciudad desconocida para mí. Ahora que mamá no estaba, había perdido todo su encanto. Y, sin embargo, sabía que tenía que cumplir la promesa de buscarlo que le había hecho a Valentín. Él era lo único que me quedaba.

Al cabo de una semana de vivir con Arina, comencé a recobrar fuerzas, aunque todavía me sobresaltaban los ruidos a los que no estaba acostumbrada: pisadas en el pasillo del edificio, la radio, el rumor del extractor de la cocina de Arina... Me pasaba horas observando mi rostro en el espejo, intentando encontrar en mi reflejo a la joven aventurera que había sido en tiempos. Los años y los campos me habían cambiado lo suficiente para no temer que se me pudiera reconocer con facilidad, pese a que los periódicos más populares habían publicado una foto mía de joven. Cuando Valentín y yo estábamos en el regimiento, decíamos que, si nos separábamos y no éramos capaces de ponernos en contacto a través de la dirección de mamá, iríamos todos los domingos por la tarde al parque Sokolniki y nos buscaríamos allí. Pero no podía enfrentarme al encuentro con Valentín tan ajada y demacrada, antes tenía que mejorar mi apariencia.

—¿En qué vas a trabajar? —me preguntó Arina un día—. Para vosotros es difícil encontrar algo, incluso los que no se tragan la propaganda tienen miedo de emplear a exconvictos por si las cosas vuelven a cambiar y los detienen a ellos también.

Lo pensé un momento.

—Antes trabajaba en una fábrica de aviones.

—Voy a hablar con mi yerno —dijo Arina—. Trabaja en la refinería de petróleo. A lo mejor puede ayudarte.

El yerno de Arina me encontró un trabajo de asistente de laboratorio en su refinería y me trasladé a un piso comunal. Las paredes de mi habitación tenían grietas parcheadas con periódicos y apestaba a moho y aceite rancio de cocina. Me daba igual, era mejor que el campo. Con el salario que ganaba me compraba comida y ropa.

Todos los domingos por la tarde tomaba el metro hasta el parque Sokolniki. Nunca me permití contemplar la posibilidad de que Valentín hubiera muerto en la guerra. El parque ocupaba más de seiscientas hectáreas y en él había bosques, pabellones de baile, lagos, cafés y una piscina. En aquellos momentos de pasión, no se nos había ocurrido fijar un punto de encuentro concreto.

El año anterior se había celebrado una exposición sobre Estados Unidos y todavía quedaban algunos carteles. Estudié a las modelos estadounidenses y me volví a teñir el pelo de rubio platino. Me pintaba los ojos con un perfilador negro y los labios de rosa claro, y me peinaba con una cola de caballo alta y desmadejada, dejando unos rizos sueltos junto a las orejas. El peinado y el color me sentaban bien y desviaban la atención de los surcos de la boca y la línea del mentón, que la edad había acentuado. El maquillaje volvía a ser mi pintura de guerra: señal de que Kolimá no había podido destruirme.

—¡Oh! Aquí llega la hermosura de la refinería de petróleo de Moscú —dijo el capataz un día, al verme llegar al trabajo.

Sus palabras me recordaron a los tiempos de antes de la guerra, cuando Román me decía lo mismo en la fábrica de aviones. Aunque, por supuesto, yo ya no era ninguna belleza. Había chicas más jóvenes en la refinería que eran más bonitas y tenían un aspecto más lozano que yo, pero el cumplido hizo que caminase más ligera.

Una tarde de verano salí a pasear por el parque Sokolniki con mis zapatos nuevos y comenzaron a hacerme daño. Me senté en un banco y me puse a hojear el *Pravda* que alguien se había dejado allí. No había leído ningún periódico ni había escuchado la radio desde que había regresado a Moscú; prefería no saber nada de política. Sin embargo, la imagen de la portada me llamó la atención. Era la de dos perritas vestidas con unas chaquetas y unos collares alrededor del cuello. «¡*Belka* y *Strelka* regresan sanas y salvas!», decía el titular. Leí el artículo en diagonal y me quedé pasmada al descubrir que el Gobierno soviético había enviado perros al espacio, junto con un conejo, unos ratones, ratas, moscas y algunas plantas y hongos.

—De los perros muertos no dicen nada, ¿verdad? ¡Pobres *Dezik* y *Lisa, Bars* y *Lisichka,* o la pequeña *Laika*! Sabían que iban a morir, pero los enviaron igual.

Alcé la mirada y vi que quien había hablado era un hombre con un traje bien cortado. Hablaba buen ruso, pero su acento era extraño. Quizá fuera estadounidense. Estaba paseando dos bóxers cuyos lomos brillaban por el buen cepillado.

¿Cómo sabía aquel hombre lo de los perros que habían muerto? La Unión Soviética no se caracterizaba por dar publicidad a sus fracasos. Yo no tenía ni idea de que el Gobierno estaba explorando el espacio y me afectaba tanto como a aquel hombre la explotación de animales inocentes, pero no podía permitirme hablar con extranjeros. Me acordé de la bailarina que había acabado en Kolimá por aceptar flores de un admirador estadounidense. Sabía cuáles serían las consecuencias si un agente del NKVD me veía conversando con él, sobre todo si nos oyese criticar al Gobierno.

—Disculpe —le dije antes de escabullirme.

Continué con mis excursiones al parque Sokolniki incluso después del verano. Las magníficas masas de follaje dorado y rojo que adornaban los grandiosos arces y olmos eran una belleza. Paseaba por los caminos que rodeaban los lagos, con las hojas muertas crujiendo bajo mis pies. «Nunca abandonaré la esperanza», me decía. Entonces, una tarde, mientras paseaba por una avenida de abedules de hojas color azafrán vi a Valentín sentado en un banco, con la mirada perdida en la distancia. Había envejecido, pero conservaba todo su atractivo.

Una parte de mí deseaba echar a correr hacia él y lanzarse a sus pies: «¡Cariño, llevo esperándote tanto tiempo!». Pero me quedé quieta un momento. Llevaba el uniforme de gala de general de las Fuerzas Aéreas y el pecho cubierto de medallas. Por supuesto, estaba claro que Valentín iba a llegar lejos. Hacía diecisiete años que no nos veíamos y no sabía nada de su vida. Pero lo había encontrado y me estaba esperando, allí, en el parque Sokolniki, como nos habíamos prometido.

Eché a andar hacia él con lágrimas de alegría resbalándome por las mejillas. Él se levantó, todavía mirando a lo lejos, y levantó el brazo para saludar a alguien. Me detuve y me volví para ver a una mujer con el pelo oscuro y un vestido hecho a medida, y un niño adolescente que caminaban hacia él. Cuando se encontraron, Valentín abrazó a la mujer y se besaron en los labios. Se me rompió el corazón. ¡No! ¡Era imposible!

Valentín y la mujer se cogieron del brazo. Los tres iban bien vestidos, como si fueran a asistir juntos a un acto oficial. El niño miró hacia el cielo y vi lo mucho que se parecía a la mujer. Con un nudo en la garganta y la cabeza a punto de estallar, lo comprendí: aquella mujer era la esposa de Valentín, y el niño era su hijo. Me había convertido en un fantasma invisible que observaba la vida que debía haber sido la suya. Los recuerdos de mi juventud con Valentín me habían mantenido con vida, pero él había seguido adelante con la suya. No me había esperado.

Los observé alejarse. Parecían felices. Sentí que temblaba como un pájaro agonizante. Había perdido a Valentín para siempre.

Me tumbé en el colchón a llorar. ¿Qué me quedaba ahora? ¡Nada! El sueño de reunirme con Valentín era lo que me había dado fuerzas, pero ya no veía nada más que un vacío. Todo lo que amaba me lo habían arrebatado, ya no me quedaba ni mi nombre.

Reparé en el ejemplar de *Ana Karenina* que me había regalado Nikita. ¡Pobre Nikita! ¿Seguiría vivo? Pensé en Ana cuando se da cuenta de que Vronski ya no la ama y de que ante ella solo queda sufrimiento. Ana se arroja al tren. Me senté en la cama y comprendí lo que tenía que hacer, era la única opción que me quedaba, lo que debía haber hecho tantos años atrás, cuando le disparé a Svetlana.

Lloviznaba cuando me dirigí a la estación de metro. Moscú solo era hermoso al sol o bajo la nieve, los cielos cubiertos le robaban todo el encanto. Caminando por las calles me sentía como si me fuera abriendo paso a través de una espesa niebla. Me imaginaba cómo se desarrollarían los últimos momentos de mi vida: bajaría por la escalera mecánica, cruzaría el andén subterráneo y luego... al olvido.

Estaba a punto de entrar en la estación cuando oí unos quejidos extraños. Me detuve a escuchar. ¿Era un niño?

El ruido cesó. Me froté las sienes y me dirigí a la escalera cuando volví a escuchar el sonido. Busqué la fuente a mi alrededor y encontré, acurrucada en la entrada de un local comercial vacío, una perra con cachorros. Me acerqué. La madre estaba muerta, con el hocico y la boca cubiertos de sangre. Quizás hubiera comido algo venenoso o una persona cruel la había golpeado hasta matarla. Tres de los cachorros también habían muerto, pero, cuando levanté el cuerpo de la madre, vi de dónde provenían los quejidos: dos cachorritos blancos y negros me miraban con ojos tristes. Me recordaron a *Ponchik*, el perro callejero que mi padre había rescatado del metro cuando era una niña. Cogí uno de los cachorros, una hembra. ¡Estaba tan fría! Recogí a su hermana; también tenía las patas heladas. Si las dejaba allí, no llegarían a la noche. Me apoyé en el muro, pensando en lo que había planeado hacer, pero aquellas dos criaturas me necesitaban; muerta no les servía de nada.

Me acordé de los perros astronautas de los que me había hablado aquel extranjero. El Gobierno soviético los había utilizado y los había traicionado, igual que a mí. A aquellos perros no había podido ayudarlos, pero a estas sí que podía salvarlas.

Las arrebujé en mi cazadora y volví a mi habitación. Ya no me esperaba una vida gloriosa y feliz, pero al menos tenía una razón para vivir. En realidad, los cachorros que había decidido rescatar me habían salvado.

Treinta

Moscú, 2000

Sentada en el tren, Lily no salía de su estupor. No podía dejar de darle vueltas a todo lo que Natasha le había revelado la noche anterior. Algo se iba desenmarañando en su interior. Pensaba en la impotencia que había sentido cuando le diagnosticaron el cáncer a Adam. Cuando murió, Lily había soportado sola la pérdida. Sus amigos no podían llegar a comprender lo que estaba pasando; ninguno de ellos había perdido a su prometido, ni siquiera a un amigo cercano. No conocía a nadie de su edad que hubiera sufrido aquella clase de aflicción..., al menos hasta que murió Kate. La tragedia que había sufrido Natasha la compartían millones de personas. Ella había sobrevivido, pero muchos otros no. Y las vidas de quienes, igual que su amiga, habían regresado de los campos no volvieron a ser las mismas. Lily era incapaz de soportarlo. En cuanto llegó a la oficina, llamó a Oksana.

—¡El funeral de Estado ha sido un gran error! —susurró al teléfono—. ¡Natalia Azarova no murió en la guerra, el Gobierno se la jugó! El pueblo ruso debería saberlo.

—Es demasiado tarde para hacer justicia, Lily —replicó Oksana con serenidad—. Lo que Natasha necesita ahora es tranquilidad; no le haría ningún bien el torbellino de atención que atraería abrir esa caja de Pandora.

Oksana tenía razón, lo sabía, pero había otra cosa que la inquietaba. Por lo que había visto durante la retransmisión del funeral, no le parecía que Valentín Orlov hubiese olvidado a la mujer que amaba. El artículo del periódico decía que llevaba casi setenta años buscando el lugar del accidente. Lily se acordó de que Luka le había hablado de la caza de reliquias y de que a la gente le costaba menos cerrar las heridas si sabía qué les había pasado a sus seres queridos. ¿No merecía Valentín Orlov saber lo que había sido de la mujer que había amado?

Aquella misma tarde llegó al buzón de correo electrónico de Lily un *e-mail* de Luka.

> Hola, Lily:
>
> ¿Te apetece venir conmigo a clase de meditación al salir del trabajo? La Sociedad Filosófica está a solo cinco minutos de la oficina y podemos quedar antes en el café.
>
> Ya me dirás algo.
>
> Un abrazo,
>
> LUKA

Lily se recostó en la silla y se pasó las manos por el pelo. No se sentía cómoda quedando con Luka, ahora que sabía que no era homosexual. Si Adam nunca hubiera pasado por su vida, habría disfrutado de su compañía: meditación, películas de arte y ensayo, caza de reliquias y salsa. Luka le había abierto todo un mundo de cosas interesantes. Pero daba igual cuánto tiempo pasase, el dolor por la muerte de Adam seguía a flor de piel y nada ni nadie podía curarlo. Aun así, Luka era buena persona y merecía que le dijese la verdad.

Lily contestó que no podía ir a meditación porque tenía que ir al hospital a visitar a la amiga de la familia de Oksana, pero que podían quedar antes en el café.

Estaba sentado en el café de la Sociedad Filosófica cuando llegó Lily. Se levantó y acercó una silla para ella.

—No tomo café antes de meditar —le dijo Luka—. Te recomiendo la infusión de setas siberianas que preparan aquí... y los bocadillos vegetales.

Lily asintió y observó la sala, sus manteles estampados, los suelos de madera sin tratar y una mesa con folletos de clases de meditación y yoga. El ambiente le recordaba a los centros de terapias alternativas a los que había ido con Adam.

—¿Qué te pasa? —le preguntó Luka.

Ella sacudió la cabeza, avergonzada.

—Se te nota a la legua que estás disgustada —insistió él.

—Lo siento —replicó Lily—. No soy la persona ideal para quedar antes de una clase de meditación.

Había ensayado lo que iba a decir de camino al café, pero se encontró tartamudeando.

—No... No estoy lista para salir con nadie...

Luka parecía sorprendido. Quizás Oksana hubiera malinterpretado la situación y, en realidad, él no estaba interesado en ese tipo de relación. Ahora, encima, Lily se sentía como una imbécil.

Llegó la camarera con la tetera y unas tazas, sirvió las infusiones y se marchó.

Luka le acercó a Lily una de las tazas.

—Respira —dijo—, tienes que respirar. No estoy intentando presionarte para que hagas nada. Es que me gusta estar contigo.

—Ya lo sé. —Lily trató de sonreír—. No creas que no agradezco tu compañía.

La camarera trajo los bocadillos. Pese a la tensión del momento, a Lily se le había abierto el apetito. El relleno de tomate picado, cebolla, pimientos rojos y verdes, patata, guisantes y mayonesa le recordó sus días de estudiante.

—Mi madre me daba bocadillos como este para la hora del patio —dijo—. Los chicos australianos comían una pasta marrón que se llama Vegemite y yo me sentía un bicho raro, pero ahora me doy cuenta de lo que se perdían.

La dulce sonrisa de Luka le atravesó el corazón.

—Respeto tu sinceridad —prosiguió—. La mayoría de la gente saldría huyendo sin decir una palabra.

Lily contuvo las lágrimas que se le acumulaban en los ojos.

—Eso es lo que hizo tu exmujer, ¿verdad? —dijo—. Hay que estar loca para despreciar a alguien como tú.

—Ya la he olvidado —replicó Luka—. Oksana cree que no, porque no he salido en serio con nadie desde que nos divorciamos, pero la verdad es que he estado demasiado ocupado con los cursos avanzados y ayudando a mi tío en su consulta.

Cogió un bocadillo y frunció el ceño.

—Esto no tendrá nada que ver con que yo sea homosexual, ¿no?

—¡Ay, Dios! —Lily soltó el bocadillo—. ¿Oksana te lo ha contado?

—¿De verdad creías que iba a ser capaz de guardarse una cosa así? —le preguntó, con una sonrisa torcida en la comisura de la boca—. La he visto hoy, me ha traído un gato con una infección de oído.

Soltó una carcajada y, para su propia sorpresa, Lily también se echó a reír.

—Lo siento mucho —dijo—. Un australiano no se lo tomaría con tanto humor. Es que vistes muy bien y tienes mucho estilo.

—¿Cómo no me lo iba a tomar como un piropo? —preguntó Luka, que le dio un mordisco a su bocadillo y lo masticó durante un rato, pensativo—. Debe de haber sido extraño crecer en Australia con padres rusos.

Su interés parecía sincero. Lily acabó hablándole de su vida en Narrabeen.

—Es una cultura de playa —le explicó—, pero la verdad es que la playa no es lo mío. Mis padres me apuntaron a clases de ballet y de piano, y yo era muy estudiosa. A todo el mundo le sorprendió mucho que me enamorase de un surfista.

Luka pidió otra tetera. Lily le habló de Adam. Le contó que se habían conocido cuando su padre le había dado clases a Adam en un curso de socorrista voluntario y le habló de lo mucho que la hacía reír. Incluso le contó que cuando cumplió veintiún años, él fue a la fiesta vestido de Humphrey B. Bear, su personaje preferido de la tele cuando era una niña.

—Seguro que era un tío especial —dijo Luka—. Y me da la impresión de que Australia debe de ser preciosa. Me gustaría ir algún día y ver las zarigüeyas, los koalas y los canguros.

Lily echó un vistazo al reloj de pared y vio que era la hora de la clase de meditación de Luka, pero todavía quería preguntarle una cosa más. Le dio un sorbo a la infusión, como para tomar fuerzas.

—Cuando estuviste en la excavación…, ¿te dio la impresión de que Valentín Orlov sentía algo por Natalia Azarova o crees que solo estaba cumpliendo con su deber hacia una piloto que había servido a su mando?

Luka se lo pensó un momento antes de responder.

—Bueno, según Yefim, corrían rumores sobre una aventura amorosa entre Orlov y Natalia Azarova durante la guerra, aunque fueron muy discretos. Orlov se casó después de la guerra, pero ahora está viudo. En cuanto a lo que sentirá tantos años después… —Hizo una pausa y sonrió—. Bueno, nunca ha dejado de buscarla, así que me gusta pensar que sigue enamorado de ella. Pero es que yo soy un romántico.

Luka pagó la cuenta y se levantaron para marcharse cada uno por su lado. Pese a la tensión que había sentido antes, Lily había pasado un buen rato.

—Mira —dijo él—, no voy a volver a llamarte, pero tú puedes hacerlo siempre que quieras. Sin malos rollos. Pero quiero que sepas una cosa, Lily: la vida no se ha acabado. Creo que no has venido a Moscú para huir de Sídney, creo que has venido buscando algo. Tu espíritu sabe que hay una aventura esperándote.

De vuelta a casa, en el tren, Lily pensó en las palabras de Luka y sintió que una semilla de esperanza germinaba en su interior: quizás el futuro tuviera algo reservado para ella, aunque todavía no fuera capaz de verlo.

Treinta y uno

Moscú, 2000

Varias semanas después del funeral de Estado, cuando Lily y Oksana se estaban despidiendo de Natasha al final de una visita, la anciana cogió a Lily de la mano.

—Tengo que pedirte una cosa —le dijo, mirándola a los ojos—. Quiero ir a la tumba..., para ver dónde está enterrada mi querida amiga.

—Claro, podemos ir —intervino Oksana—. Se lo diré a Polina. Iremos el domingo por la mañana temprano, cuando no haya mucha gente en el cementerio.

La enfermera les dio permiso. Al domingo siguiente, a primera hora, Oksana llevó a Lily y a Natasha al cementerio Novodévichi.

—¿Os parece que me adelante y busque la tumba? —sugirió Lily al ver la cara de cansancio de Natasha—. Así nos ahorraremos paseos innecesarios.

—Buena idea —replicó Oksana.

Lily había estado una vez en el cementerio, cuando llegó a Moscú por primera vez, pero entonces nevaba y los árboles estaban desnudos. En aquella ocasión, cuando cruzó las puertas y le pidió al guardia que le indicara dónde estaba la tumba de Natalia Azarova en el mapa del cementerio, los arces y los abedules estaban todavía llenos de hojas cuyas puntas apenas habían comenzado a tornarse doradas.

A Lily le habían cautivado los románticos cementerios de Père Lachaise y Montmartre de París, cuando estuvo allí junto con Adam como estudiantes de intercambio, y los monumentos de Novodévichi le resultaron toscos en comparación con los querubines y las palomas de los cementerios franceses. Durante la era de Stalin se habían destruido las tumbas de los nobles; en su lugar, se habían erigido lápidas con esculturas realistas de los fallecidos.

En aquella primera visita, a Lily le había parecido que, aparte de alguna que otra de bailarinas o actrices, las estatuas eran casi todas masculinas: un médico en bata con un recién nacido en brazos, un tanque sobre la tumba de un general de división... Ahora, suavizadas por el follaje, las miradas vacías de las esculturas parecían menos severas, y los gorriones salían revoloteando al paso de Lily mientras caminaba hacia la sección donde estaba enterrada Svetlana.

Vio a una pareja de novios e imaginó que estaban presentando sus respetos a un antepasado en aquel día tan especial para ellos. También vio a una artista con un caballete, pintando una vista de un sendero cubierto de musgo, pero, aparte de eso, el cementerio estaba tranquilo. Lily dobló una esquina, pasó un bosquecillo de abedules y se encontró ante la tumba de Natalia Azarova. La escultura, de tamaño natural, representaba a una joven Natasha mirando al cielo, protegiéndose la vista con la mano. Llevaba una túnica suelta y el único homenaje a su carrera militar lo constituían las medallas prendidas en su pecho y la gorra de piloto que sujetaba en la otra mano. A Lily le pareció la escultura más hermosa que había visto.

La tumba estaba cubierta de ramos de jacintos, rosas, lirios y claveles. Lily se echó a llorar al verlos. No importaba si el Gobierno contaba con algún registro o no del destino de Natalia Azarova, porque había quedado inmortalizada. Personas de todo el mundo verían aquella tumba y sabrían de su vida heroica y audaz.

—Es preciosa —dijo Lily a Natasha y Oksana al volver al coche—. Venid a verla.

Oksana había traído una silla de ruedas, pero, cuando se la ofreció a Natasha, la anciana fingió que no la había oído, tomó a cada una de un brazo y les permitió que la guiaran por el cementerio. Lily no dejó de notar que, aunque el paso de Natasha era lento, caminaba con los hombros erguidos y el mentón alto.

—Me alegro mucho de que Svetlana esté enterrada aquí —dijo—. Se merece los honores, era la más valiente de todas.

Pasaron junto a la artista que había visto Lily antes y se acercaron al rincón de los abedules. Cuando la tumba se hizo visible, Lily se dio cuenta de que había un hombre al pie, contemplando la escultura con el mismo anhelo que un amante mira a una mujer de carne y hueso. Lily lo reconoció de inmediato: era Valentín Orlov.

Se volvió hacia Natasha. Su cara decía que ella también lo había reconocido. Temblaba de los pies a la cabeza y, soltando el brazo con que se sujetaba a Lily, se llevó la mano a los labios, como para acallar un grito.

—¡No me ha olvidado! —exclamó con voz queda—. ¡Mirad, nunca me olvidó!

Lily miró a Oksana que, por primera vez, parecía no saber qué hacer.

—¿Quiere hablar con él? —le preguntó a Natasha.

Lily tragó saliva. ¿Iban a reunirse Natasha y Valentín?

Natasha dudó y luego dio un paso al frente. Su rostro parecía cruzado por innumerables emociones. Se detuvo y cerró los puños.

—No —dijo, en voz tan baja que Lily tuvo que acercarse a ella para oírla—. No puedo hacerle eso. —Los ojos se le llenaron de lágrimas—. ¡Miradlo! Piensa que me ha dado sepultura y ha reivindicado mi nombre. ¿Qué efecto le causaría saber que no morí en la guerra? ¿Que durante todos estos años perdidos hemos estado viviendo en la misma ciudad?

Lily veía la lucha interna de Natasha, entre la joven que había sido y la mujer, más sabia, en que se había convertido.

—Dejémosle que me recuerde como era entonces —continuó—, que conserve el placer de saber que una mujer hermosa lo amó con toda su alma en medio de una guerra horrible. Que aquellos jóvenes permanezcan unidos para siempre, no destrozados por las personas rotas que somos ahora.

Natasha miró a Valentín. Lily deseó que él se volviese y viese a las tres mujeres que lo observaban, una de las cuales había sido el amor de su vida; pero él continuó con los ojos fijos en la estatua.

—Te amo, mi querido Valentín —susurró Natasha—. Volveremos a encontrarnos en el Cielo. —Luego se volvió hacia Lily—. Vámonos, por favor.

La determinación que se marcaba en la mandíbula de la anciana no dejaba lugar a dudas sobre sus deseos. Lily caminó junto a Natasha y Oksana hacia las puertas del cementerio con el corazón lleno de pena. Natasha tenía la vista fija en el sendero, como si cada paso que la alejaba de su amado fuese una tortura. Cuando llegaron al coche se derrumbó sobre él, sin fuerzas ya para sostenerse, mientras Oksana buscaba las llaves en los bolsillos. Lily abrazó a la anciana, sabiendo que sobraban las palabras.

—¡Las llaves! —dijo Oksana, rebuscando en el otro bolsillo—. Se me deben de haber caído en el cementerio.

Lily observó a su amiga. ¿Era una especie de estratagema para que Valentín y Natasha se encontraran? No,

Oksana estaba colorada y extrañamente aturullada. Era verdad que había perdido las llaves.

—Espera aquí con Natasha mientras yo vuelvo a buscarlas —sugirió Lily.

«Es el destino», se dijo Lily mientras regresaba corriendo al cementerio. El destino de Valentín y Natasha era volver a encontrarse. Buscaría las llaves y a él. Sus ojos recorrían el suelo buscando las llaves, pero su mente volaba a toda velocidad. «Le diré que Natasha lo está esperando en la puerta del cementerio.» Lily sabía que el amor verdadero era una fuerza indestructible. Si ella pudiese pasar otro día con Adam, aun sabiendo que volvería a perderlo, lo aceptaría; daría lo que fuera por volver a besar sus suaves labios una vez más.

Sin embargo, cuando llegó a la tumba de Natalia Azarova, Valentín ya no estaba. Se agachó para recuperar el aliento con los ojos llenos de lágrimas. Volvió a doblar la esquina para mirar junto al bosquecillo de abedules, revolviendo las hojas enlodadas con el pie, buscando las llaves. Vio algo brillante y se agachó para recogerlo, pero era solo un tapón de botella.

—¿Está buscando esto?

Al levantarse, Lily se encontró mirando a Valentín, que llevaba las llaves de Oksana en la mano. El corazón se le salía del pecho. Su voz y su aspecto desprendían formalidad; sin embargo, la invadió una sensación de complicidad con él. Valentín le devolvió la mirada con cierta curiosidad. Era como si él también la conociese de algo, aunque, evidentemente, eso era imposible. Quizá era el peso del poder que descansaba sobre ellos: Lily podía cambiarle la vida con solo unas palabras.

Sentía la verdad en la punta de la lengua, pugnando por salir. Sin embargo, lo que le había parecido tan claro hacía un instante ahora la hacía dudar. ¿Aquella revelación cambiaría la vida de Valentín para mejor o para peor? No lo sabía. Podía tomar una decisión como aquella para sí misma y aceptar las consecuencias, pero ¿tenía derecho a imponer su voluntad a los demás? Le vino a la memoria la expresión agridulce de Natasha y sus palabras: «Te amo, mi querido Valentín. Volveremos a encontrarnos en el Cielo». Entonces comprendió que Natasha había elegido el mejor camino, o al menos el mejor posible tras tantos crueles giros del destino. Ella ya se había despedido, y Valentín también lo había hecho, en el funeral que él creía que se había celebrado por Natasha. El amor que habían compartido Natasha y Valentín había desaparecido. No era posible resucitarlo, igual que no era posible resucitar a Adam. No sería Lily quien reabriese antiguas heridas.

—Gracias —dijo, cogiendo las llaves.

Sus ojos se encontraron durante unos segundos más. Luego Lily se dio la vuelta y se dirigió a la salida del cementerio con paso tembloroso y con lágrimas en los ojos.

Varias noches más tarde, Lily estaba en casa, vigilando a *Tuz*, que comenzaba a aventurarse fuera de su jaula y a explorar el piso. No había sido capaz de dejar de pensar en Natasha y en Valentín. Habían encontrado el amor de sus vidas y lo habían perdido. «Como Adam y yo», pensó.

Aun así, a veces, cuando abría el correo electrónico por las mañanas o pulsaba el botón del contestador automático, deseaba que Luka hubiera dado señales de vida. Pero él había cumplido su palabra. Se dio cuenta de que era lo mejor. «Se acabó. A mí tampoco me queda la posibilidad del amor», se dijo.

Sonó el teléfono. El sonido la sobresaltó e hizo que *Tuz* volviese a su jaula como una flecha. Descolgó el aparato y oyó la voz de su madre.

—¡Hola, cariño!

—¡Mamá! ¿Ha pasado algo? —preguntó Lily, mirando el reloj: en Sídney era de madrugada.

Su madre solo la llamaba cuando tenía algo importante que contarle; normalmente le escribía cartas. Llamar a Rusia desde Australia era caro, pero Lily sospechaba que el auténtico motivo por el que su madre prefería escribirle era que tenía miedo de que las líneas telefónicas todavía estuviesen pinchadas.

—No, cariño. Solo llamaba para ver qué tal estás. Hemos ido a bailar con Vitali e Irina, y se me ha ocurrido llamarte antes de acostarme.

A Lily le encantaba que sus padres siguieran activos, pero darse cuenta de que tenían más vida social que ella le pintó una expresión amarga en la cara.

—Mira —continuó su madre—, hoy ha venido a verme Shirley.

La mención de la madre de Adam entristeció a Lily más de lo que ya estaba.

—¿Sí?

—Quería saber tu dirección y si te parecería bien que te escribiese.

La madre de Lily hizo una pausa, esperando su respuesta. Claro que le parecía bien que le escribiese, pero la intrigaba por qué lo había preguntado ahora, cuando no había querido volver a verla después del funeral de Adam.

Ante el silencio de Lily, su madre continuó:

—Me ha dicho que no puede perdonarse lo que te dijo al morir Adam, que sabe lo mucho que te dolió.

A Lily se le llenaron los ojos de lágrimas al recordar las palabras de Shirley: «Tú seguirás con tu vida y, dentro de un año o dos, conocerás a otra persona. Pero, para nuestra familia, la tristeza durará para siempre». Le había hecho muchísimo daño. Cada vez que hacía alguna cosa que la alegraba, recordaba aquello y se sentía culpable.

—¿Lily?

—Dime, mamá, te estoy escuchando —dijo con lágrimas recorriendo sus mejillas. ¿Cómo había sabido su madre que necesitaba que la llamase en aquel momento, cuando más falta le hacía su apoyo?

—Lily... —Su madre hizo otra pausa—. Lo que teníais Adam y tú era especial. No solo estabais prometidos, erais amigos de la infancia y almas gemelas. Has sufrido un golpe tremendo, pero quiero que sepas que puedes ser feliz sin Adam y que un día volverás a serlo.

Aquella noche, Lily no dejó de dar vueltas en la cama. Las palabras de su madre la habían alterado: «... quiero que sepas que puedes ser feliz sin Adam y que un día volverás a serlo». Pero ¿cómo? No quería dejar de sentir dolor. Eso sería como olvidar a Adam..., algo que jamás haría.

Natasha no volvió a hablar de su pasado después de la visita al cementerio. Parecía como si al volver a contar la historia le hubiera puesto su punto final. Parecía vivir en el presente: saboreando las comidas; admirando el amanecer y el atardecer desde la ventana del hospital; disfrutando de las visitas de *Laika*, Oksana y Lily.

Por sus responsabilidades con los animales, Oksana no siempre podía prolongar demasiado sus visitas. Cuando Natasha y Lily estaban solas, Lily le leía a la anciana. Ya no le interesaba Tolstói; prefería que le leyera Turguéniev y Pushkin. Un día, Lily acababa de terminar *Eugene Oneguin* y Natasha le acarició el brazo.

—Antes me preguntaba cómo sería tener una hija y nietos —le dijo con una sonrisa—, pero ahora ya lo sé. Oksana es como mi hija y tú eres como mi preciosa nieta.

Aunque Natasha no tenía nada de la típica *ba-*

bushka, Lily también sentía que había encontrado una nueva abuela.

—Te quiero —le dijo a Natasha cuando se despidieron con un beso.

Los ojos de Natasha se animaron con una hermosa expresión, como si los años se hubieran esfumado y fuera la joven piloto quien la miraba.

—Yo también te quiero —replicó, apretándole la mano.

Ahora Lily tenía once gatos en el piso, además de *Laika*. *Pushkin* era demasiado viejo para que lo adoptasen y, aunque *Mamochka* ya no gruñía ni bufaba sin que la provocasen y permitía que Lily la cogiera en brazos, todavía huía de los desconocidos, así que aún faltaba un tiempo para que se le pudiera buscar una familia. El resto de los ocupantes eran *Tuz* y algunos gatitos adolescentes. Todo iba más deprisa ahora que Scott se había ofrecido voluntario para organizar la búsqueda de familias para los gatos rescatados. Lily había tenido que acelerar el proceso de socialización de los felinos. Dejaba el televisor encendido cuando salía a trabajar para que se acostumbrasen a las voces humanas, y les enseñaba a disfrutar de los mimos, empezando con abrazos en el suelo y progresando poco a poco hasta mecerlos en su pecho. Le puso un nuevo nombre a su piso: «la escuela felina de modales de Lily».

Por las mañanas se levantaba una hora antes para dar de comer a los animales, jugar con ellos y limpiar las cajas de arena antes de ir a trabajar. Por las tardes sacaba a *Laika* a pasear, antes de visitar a Natasha, y después volvía a casa para jugar con los gatos. Su transformación de salvajes y asustadizos a cariñosos y amigables hacía que se preguntara si de verdad eran posibles los milagros.

Una tarde, al regresar del hospital, abrió el buzón y encontró una carta con la letra de su madre en el sobre. Se preguntó si dentro estaría la carta que Shirley había querido enviarle. Ya había perdonado a la madre de Adam —la pena confunde a la gente y le hace decir cosas que no piensa de verdad—, pero aún se sentía frágil y no quería que le volviese a hacer daño con algún comentario insensible.

Se sentó en el sofá con *Pushkin* en el regazo y *Laika* a los pies, y se armó de valor. Abrió el sobre, pero la única carta que había era de su madre.

Querida Lily:

¿Te acuerdas de la llave con un lazo que tengo guardada en el joyero, la que encontraste cuando eras pequeña? Entonces te dije que era la de mi casa de Harbin, pero no es verdad. Cuando era muy joven me casé con un hombre llamado Dimitri y la llave pertenece a nuestro piso de Shanghái. Él era el gerente de Moscú-Shanghái, la discoteca más elegante de la ciudad, y yo lo quería con todo mi corazón. Murió intentando salvar a otra persona y durante muchos años creí que no volvería a enamorarme nunca. Por ese motivo rechacé la primera declaración de tu padre, pero casarme con Iván fue la mejor decisión que he tomado. Tengo una vida maravillosa con un hombre al que amo con todo mi corazón y una hija de la que no puedo estar más orgullosa. Lo que quiero que sepas es que, cuando conoces a otra persona, no estás dejando atrás a tu primer amor: lo llevas siempre contigo, en el corazón. Es posible vivir en ambos mundos, con tu antiguo amor y con el nuevo, y ser fiel a ambos.

Lily volvió a leer la carta, incapaz de creer lo que decía. Ya le había impactado bastante enterarse, antes de venir a Rusia, de que su padre había estado casado antes y que su esposa y sus hijas habían sido víctimas de un brutal asesinato. ¿Qué más secretos guardaba su familia?

Repasó la carta por tercera vez: «... cuando conoces a otra persona, no estás dejando atrás a tu primer amor: lo llevas siempre contigo, en el corazón. Es posible vivir en ambos mundos, con tu antiguo amor y con el nuevo, y ser fiel a ambos».

Se quedó un rato sentada sin moverse, preguntándose si aquello podía ser verdad. Luego pensó en Luka en la comisaría, cuando las rescató a Oksana y a ella. Se dio cuenta de que siempre había sabido que no era homosexual, de que solo había intentado convencerse a sí misma de que lo era. Le había gustado desde el momento en que se conocieron, pero no era capaz de reconocerlo sin sentirse culpable por Adam.

Dos noches más tarde, Lily y Oksana volvieron al solar en construcción de Zamoskvorechye. Scott las acompañaba también y llevaba sillas de camping y termos con té caliente para todos. Aquella noche era crucial: se habían enterado de que las obras comenzarían en diciembre, así que tenían que haber rescatado a todos los gatos para entonces. Sin embargo, al cabo de varias horas sentados al frío, no habían visto a ningún miembro de la colonia.

—¿Habéis utilizado alguna vez las afirmaciones? —le preguntó Scott a Oksana.

—No. ¿Qué son, premios para gatos? —preguntó con un gesto de sorpresa.

Lily le lanzó una mirada, pero ella no se dio cuenta.

—Consiste en centrar tus pensamientos en aquello que deseas conseguir —explicó Scott, acercando su silla a la de Oksana—. Tal vez, nuestro propio miedo a no lograr atrapar a todos los gatos a tiempo es lo que está haciendo que no se acerquen.

Oksana frunció el ceño y luego asintió.

—Sí, podría ser. Los gatos, sobre todo los callejeros, notan hasta los cambios más pequeños en su entorno. Se dan cuenta de todo, hasta de nuestros pensamientos, diría yo.

—¡Exacto! —dijo Scott—. Podemos intentar pensar una afirmación los tres a la vez: «Esta noche vamos a coger a todos los gatos fácilmente y sin esfuerzo».

—¡Gran idea, vamos a hacerlo! —exclamó Oksana.

Lily no podía creer lo que estaba oyendo; sin embargo, si Oksana estaba dispuesta a seguirle la corriente a Scott, no sería ella la que se resistiese. Así que los tres centraron sus pensamientos en la afirmación.

—¿Qué ha sido eso? —preguntó Lily.

—Ha saltado una trampa —respondió Oksana.

Intentaron ver lo que había ocurrido en la oscuridad.

—¡Sí, hay un gato dentro! ¡Corre, Lily, ve a taparla!

Lily echó a correr hacia la trampa con una manta. Aún no había llegado cuando se cerró otra trampa y Scott se lanzó hacia ella para cubrirla. Dejaron a los gatos en el todoterreno de Oksana y montaron más trampas.

—¡Que buena suerte! —dijo Oksana—. ¿Estáis dispuestos a esperar al resto?

Lily y Scott asintieron.

Nunca habían sido capaces de atrapar más de un gato por noche, pero aquella vez capturaron todos los que quedaban antes de medianoche. Cargaron el todoterreno de Oksana con las trampas cubiertas con mantas. Como no quedaba sitio dentro, Scott acercó a Lily a su casa. Cuando pararon delante de la entrada del edificio, Scott salió del coche para abrirle la puerta.

—Me encantan los gatos —dijo—. He investigado y parece ser que se puede uno llevar un gato a los Estados Unidos sin problemas, siempre que tenga los certificados necesarios y haya pasado todos los controles. ¿Crees que *Tuz* sería un buen gato para mí?

—*Tuz* todavía es un poco nervioso —le explicó Lily—. No sé qué tal se llevará con tus hijos, pero en casa tengo más gatos que son muy tranquilos y cariñosos. ¿Te gustaría venir un día a verlos?

Scott levantó la vista hacia el edificio y Lily se dio cuenta de que quería verlos en aquel momento, así que lo invitó a subir, preguntándose qué pensaría de la decoración hortera.

Abrió la puerta y encendió la luz, pillando a *Mamochka* de camino a la caja de arena del baño. Se quedó petrificada, mirándolos como un ciervo a los faros del coche.

—¡Qué gata tan bonita! —dijo Scott.

Lily estaba a punto de advertirle de que no la tocara, pero él ya la había cogido en brazos antes de que pudiera decir nada. Ella sintió una descarga de adrenalina, estaba segura de que su próxima parada sería en urgencias, después de que *Mamochka* le arrancase a Scott un pulgar de un mordisco. Pero, para su sorpresa, la gata le devolvió a Scott la cara de adoración que él estaba poniendo. Había sido amor a primera vista.

—¡Guau! —Lily estaba alucinada—. Creo que *Mamochka* ha elegido a su nueva familia.

—¿Me la puedo llevar ahora? —le preguntó Scott, jugando con una pata de *Mamochka*.

Lily sonrió.

—Mejor que te la lleve yo a ti, así no sentirá que la he abandonado.

—¿Cuándo?

Lily pensó que parecía un niño esperando a Papá Noel.

—El domingo te la llevaré a tu casa —respondió.

Cuando Scott se marchó, *Mamochka* se quedó mirando a la puerta como esperando que volviese a aparecer. Lily se agachó para darle unas palmaditas.

—¡Qué suerte tienes, *Mamochka*! La vida te ha dado

una segunda oportunidad, has encontrado un buen hombre que te adorará siempre.

Mientras se preparaba para acostarse, volvió a pensar en la carta que le había escrito su madre. Sus padres habían sufrido tragedias, pero habían vuelto a encontrar el amor. Mientras se quedaba dormida, pensó que quizá fuera cierto que a todos nos llega una segunda oportunidad.

El domingo a primera hora, recibió la llamada que tanto había temido: hacía más frío, Natasha estaba más débil y cada vez eran más los días que no era capaz de levantarse de la cama. El doctor Pesenko les dijo a Lily y Oksana que, aunque la buena alimentación y los cuidados habían mejorado la calidad de vida de Natasha, las radiografías mostraban que su corazón había empeorado.

—Se acerca el momento —le dijo a Lily la matrona del turno de noche—, es mejor que venga. Ya ha estado con ella un sacerdote.

Lily llamó a la puerta de Oksana, pero recordó que después de llevarse a casa a los gatos del solar, su amiga había vuelto a salir para dar de comer a otras colonias de la zona. Lily deslizó una nota por debajo de la puerta. Junto con *Laika*, cogió un taxi en dirección al hospital.

—Me temo que le ha llegado la hora —le dijo a Lily la misma matrona—, pero, en cierto modo, es una bendición. Anoche estaba animada después de su visita, pero empezó a apagarse tras el cambio de turno.

Lily encontró a Natasha dormitando. De vez en cuando entreabría los ojos y volvía a cerrarlos. *Laika* se subió a la cama de un salto y apoyó la cabeza en el hombro de la anciana. Al principio la reconoció: le dedicó a Lily una sonrisa y acarició la cabeza de *Laika*. Pero poco a poco fue perdiendo la lucidez. Parecía que su espíritu trascendía su cuerpo y se preparaba para emprender el vuelo. Lily ya lo había visto antes: había acompañado a Adam y a su abuela hasta que fallecieron. En aquella etapa sobraban las palabras; Natasha sabía que *Laika* y ella estaban allí.

Lily le sostuvo la mano y se quedó a su lado hasta que el sol asomó a través de las persianas y apareció Polina. La matrona comprobó las constantes vitales de Natasha y le dio a Lily un apretón en el hombro.

—Ya falta poco. Se le han ralentizado el pulso y la respiración. ¿Quieres que haga algo?

—No sufre dolores, ¿verdad?

—No —le aseguró Polina—, ya nos hemos encargado de eso. No lucha, simplemente se está dejando ir.

—Te agradecería que llamases a Oksana —dijo Lily—. Anoche salió y no pude avisarla. No estoy segura de que haya visto mi nota.

—Acaba de llamar —la tranquilizó Polina con otro apretón en el hombro—. Está en camino.

Polina salió y Lily continuó con su vigilia. Pensaba en el día en que había visto a Natasha por primera vez en la plaza Pushkin, y después, el día del atentado. Entonces se acordó de aquel momento en el cementerio Novodévichi, cuando Natasha se había negado a hablar con Valentín. Ahora veía claro que habían tomado la decisión correcta: no perturbarlo. El amor había durado más que la vida física. Natasha siempre estaría con Valentín.

De pronto, el pecho de la anciana se hinchó y volvió a hundirse rápidamente. La habitación se llenó de quietud, aunque estaba puesta la televisión del pasillo y llegaban los sonidos de la cocina, donde se estaban preparando los desayunos. Lily se acercó a Natasha y se dio cuenta de que ya no respiraba.

Laika levantó la vista para mirar a Lily, pero no se movió de donde estaba.

—Tu ama se ha ido —susurró—, pero su amor seguirá siempre con nosotras.

Se inclinó para abrazar a Natasha y a *Laika*. Le besó la frente y volvió a ver a la joven piloto, rodando por la pista antes de elevarse hacia el cielo.

Treinta y dos

Moscú, 2000

El funeral de Natasha se celebró en una pequeña iglesia cerca del hospital. Polina había puesto a Oksana y Lily en contacto con un sacerdote de la Iglesia ortodoxa rusa dispuesto a celebrarlo tras una cremación, porque Natasha les había dicho específicamente lo que deseaba que se hiciese con sus cenizas.

El día era soleado, pero de un frío glacial; y los asistentes que se reunieron alrededor de la puerta estaban enfundados en abrigos, bufandas y guantes. Oksana y Lily habían traído a *Laika*, y también habían acudido el doctor Pesenko, Polina y otras dos enfermeras que habían cuidado de Natasha. Lily estaba a punto de entrar en la iglesia cuando vio llegar a Luka en la furgoneta del hospital veterinario Yelchin. Verlo le levantó el ánimo, aunque le extrañó que hubiera venido en la furgoneta en vez de en su coche. Entonces abrió las puertas y vio que había traído a seis ancianas que llevaban ramos de claveles rojos. Reconoció a Alina, del edificio donde vivía Natasha, y supuso que las otras mujeres también eran vecinas.

Al ver a Alina, Lily recordó que a Natasha la iban a despedir como a Zinaida Rusakova. Cuando le había explicado esto a Polina, sintió un gran alivio al ver que la matrona no se inmutaba. En un país de revoluciones, purgas y guerras que habían dejado millones de huérfanos y viudos, de gente separada de su familia, donde había habido tanto dolor, había muchísimas razones que justificaban haberse cambiado el nombre y ser incinerada con otro.

Lily y Oksana se acercaron para ayudar a las ancianas a entrar en la iglesia.

—Gracias —le dijo a Luka—. No sabía que Oksana lo había organizado todo para que las trajeses.

Luka sonrió.

—Ya deberías saber que cuando hay una tarea que hacer, no hay nadie como Oksana para encontrar a alguien que la haga.

Pese a la tristeza que le oprimía el corazón, Lily le devolvió la sonrisa.

Cuando todo el mundo se hubo sentado, el sacerdote comenzó la ceremonia con cánticos de oraciones y haciendo oscilar un incensario. Los ojos de Lily se posaron sobre Natasha, en su ataúd. Sabía que lo que veía no era más que un cascarón, que la chispa que animaba aquella vida humana había desaparecido. ¡Y menuda chispa, la de Natasha! Había conservado su valentía y la fuerza de su voluntad hasta el final.

Lily recordó la sensación del tacto del cuerpo de Adam cuando su corazón había dejado de latir. Las enfermeras les habían permitido a Shirley y a ella quedarse a su lado hasta que vinieron a llevárselo. Al verlo en su ataúd, durante el funeral, no podía comprender que aquel hombre, que había estado tan lleno de vida, estuviese ahora silencioso y encerrado en una caja. Se sentía igual con Natasha. Aquella idea la hizo llorar. Oksana la abrazó y Luka le lanzó una mirada de comprensión.

Los presentes formaron una guardia de honor al paso del ataúd de Natasha, cubierto de claveles rojos, hacia el crematorio. Las ancianas lloraban, pero Lily era la que más sollozaba. La ceremonia había sido distinta del suntuoso funeral de Estado, con toda su pompa, pero Lily sabía que Natasha habría preferido este. Oksana y ella lo habían dispuesto todo como si hubiera sido pariente de ellas de verdad. Y lo habían hecho amorosamente, con cariño, incluso habían lavado el cuerpo de la anciana y la habían vestido de blanco. Para ella, las medallas y la gloria no habían significado gran cosa, pero el amor lo había sido todo.

El velatorio se celebró en el piso de Arbat del doctor Pesenko. Mientras Oksana conducía por las calles del barrio, Lily observaba los edificios y las tiendas, y se imaginaba a Natasha de joven, mirando los escaparates y arreglándose el pelo.

La madre del doctor Pesenko había hecho *blintzes*, unas tortas parecidas a las *crêpes*, rellenas de queso dulce, típicas de los funerales; todos se reunieron en la sala de estar para probarlas. Pese a su tristeza, Lily disfrutó escuchando a Alina y a las demás mujeres hablar sobre «Zina» y sus perros.

—Mi favorita era *Mushka* —dijo una de las ancianas—. Una vez le mordió a mi marido en el trasero. ¡Bien sabía ella que era un borracho inútil!

Las demás se rieron con la historia.

Lily fue a la cocina para ayudar a la madre del doctor Pesenko con el té; se encontró a Oksana y a Luka charlando.

—Oksana me ha contado que ahora tienes un montón de gatos en el piso —dijo Luka, con un guiño que le encendió a Lily el corazón.

—No estarán mucho tiempo —respondió—. *Laika* y *Pushkin* se quedarán conmigo, pero Scott y su mujer han encontrado familias para todos los demás.

—Tendríamos que haberlos reclutado hace mucho —dijo Oksana—. Han sido un regalo del Cielo.

Lily se llevó una bandeja llena de tazas para las señoras; cuando volvió a la cocina, Luka estaba a punto de marcharse. Se despidió de ella y de Oksana con un beso en la mejilla.

—Esta tarde tengo una operación de cadera de un rottweiler —explicó—. El perro está sufriendo mucho y no podía retrasar la intervención.

Ya estaba saliendo por la puerta cuando Oksana lo agarró por el brazo.

—Ahora que Scott les ha encontrado casa a los gatos que estaba cuidando Lily, quiero renovar su piso. Ya es hora de quitar ese papel anticuado y pintarlo todo de blanco. Ya pondrá Lily su toque de color con unos cojines y unas lámparas.

Lily se sorprendió. Estaba encantada, pero Oksana no le había comentado nada de sus planes.

—Lily y yo podemos pintarlo todo —continuó Oksana—, pero los azulejos de la cocina son un horror y va a costar sacarlos. Tu tío me ha dicho que tu piso lo habías reformado tú solo. ¿Te importaría venir a enseñarnos cómo hacerlo?

Lily notó que se sonrojaba. Luka tenía razón: a Oksana se le daba muy bien encontrar a la persona adecuada para cada tarea, aunque sabía que aquel encargo tenía segundas intenciones. Por eso le dio un vuelco el corazón cuando Luka contestó:

—Será un placer. No tenéis más que llamarme cuando necesitéis que os ayude.

—Se te ha visto el plumero —dijo Lily a Oksana después de cerrar la puerta.

—Bueno, ahora es cosa tuya —replicó ella con una sonrisa—. No voy a hacer yo todo el trabajo…

El domingo siguiente al funeral, Lily tuvo un sueño precioso. Estaba sentada a una mesa al aire libre, en una dacha. La casa daba a un lago y estaba rodeada de una huerta rebosante de pepinos, cebollas y remolachas, y bordeada de macizos de ásteres rosas y rojos, tulipanes y crisantemos. A la mesa estaban todas las personas queridas de Lily, tanto las vivas como las muertas. Su abuela rebosaba buena salud y fuerza, sentada entre los padres de Lily, que parecían completamente relajados. También estaba Adam, fuerte y bronceado como había sido siempre, hasta que enfermó. Lily vio a la joven Natasha, sentada frente a ella, frunciendo los labios perfectamente pintados de rojo. No faltaba ni su viejo gato, *Honey*, que se le restregaba por las piernas bajo la mesa. Aparecieron Vitali e Irina, con Betty y sus hermanos, y Oksana y Luka salieron de la casa con bandejas llenas de porciones de sandía y melocotones. Del bosque llegaron unas personas que Lily no había visto nunca, pero que reconoció: un pelirrojo muy guapo y dos niñas con lazos blancos en el pelo.

Se sentía llena de gozo y la sensación no desapareció cuando despertó y se quedó mirando al techo. No sabía cómo era posible, pero comprendió que todas las personas que había amado y que habían muerto seguían con ella, viviendo a su lado.

Aquel mismo día fue al metro para visitar algunas de las estaciones que no había visto nunca. Todavía sentía el cansancio que le había dejado la pena por Natasha, pero en su interior se agitaba una sensación de ingravidez, algo que no recordaba haber sentido nunca. Ni siquiera se había sentido tan ligera antes de que Adam enfermase. Era como si se hubiera apartado de la trágica historia familiar que la había perseguido siempre para entrar en un plano de luz.

Acababa de sentarse en el tren cuando entró en el vagón un perro color caramelo que se subió de un salto al asiento de enfrente. Apoyó la cabeza en las patas y se quedó dormido. Los viajeros lo esquivaban para no despertarlo.

La mujer que estaba sentada al lado de Lily miró a su alrededor con una expresión preocupada en el rostro.

—Ese perro se debe de haber separado de su dueño —dijo con acento australiano. Era evidente que albergaba la esperanza de que hubiera alguien en el vagón que entendiese inglés—. Sería mejor llamar a un guardia o no lo encontrarán nunca. Podría terminar en cualquier parte.

—Es un perro del metro —le explicó Lily.

—¿Qué? —preguntó la mujer, sorprendida de encontrar a una australiana sentada justo a su lado.

—Un perro callejero —añadió Lily—. Se los ve bastante en los trenes y hay quien jura que saben moverse por ellos perfectamente. A veces los guardias los espantan, o alguna persona cruel les da una patada o un bocadillo envenenado, pero la mayoría de la gente los deja en paz o les da de comer.

La señora se quedó atónita y Lily soltó una risita. Aquella mujer era tan australiana…, acostumbrada al orden, la seguridad pública y las reglas. En Rusia esas cosas se contradecían. Lily se preguntó si ahora era más rusa o australiana. Volvió a mirar al perro. Una mujer vestida con un abrigo con estampado de leopardo sacó una salchicha de la bolsa de la compra que llevaba, la cortó en pedacitos con dedos de cuidadas uñas y se la dio al animal.

Rusia era todo contrastes, pensó Lily: la belleza impresionante junto al horror; era brutal, pero compasiva; ajada, pero grandiosa. Era un país de traumas tan profundos que pasaban de generación en generación. Ni siquiera Lily, que había nacido en Australia, había salido indemne de los vacíos de su árbol genealógico. Pero quizá Rusia le había enseñado a levantarse cuando la vida la golpeaba, y que no hay mal tan grande que pueda aniquilar la esperanza.

Lily recordó lo que le había dicho Oksana cuando habían llevado a Natasha a ver al doctor Pesenko: que creía que los animales moribundos que habían venido a ella eran ángeles disfrazados, porque al cuidarlos se había dado cuenta de que le habían hecho un regalo.

Lily se preguntó si aquella sensación de renovación era el regalo que le había dejado Natasha.

Lily vio a Luka caminando hacia ella por el bulevar Tverskói y se levantó del banco de hierro en el que estaba sentada.

—Me alegro de que hayas podido venir —le dijo—. Quiero enseñarte la casa donde vivía mi abuelo.

Señaló la mansión blanca y amarilla del otro lado de la calle e invitó a Luka a sentarse con ella.

—Es magnífica —exclamó—. Y la restauración es preciosa.

—Solo por fuera. Por desgracia, ahora el interior es ultramoderno.

—Aun así —dijo Luka—. Al menos no la han demolido, como han hecho en otras zonas de la ciudad.

—Se me ocurrió que te gustaría verla —dijo Lily, aflojándose la bufanda. Pese a que había empezado a nevar, tenía calor—. Sé que te gusta la historia.

—Toda esta zona me encanta —dijo él—. Durante la invasión napoleónica, los soldados franceses montaron sus tiendas aquí y colgaban a los miembros de la resistencia rusa de las farolas. Cortaban los árboles para hacer fuego. Pero cuando los franceses se retiraron, los moscovitas devolvieron su antigua gloria a su amado bulevar.

Lily volvió a mirar la casa.

—Me gustaría que mis padres vinieran a visitarme. Quiero que mi madre la vea en persona, pero tiene miedo.

—¿En serio? —Luka la miró con interés.

Lily le contó el viaje que habían hecho sus padres en 1969 para sacar a la abuela de Rusia.

—¡Menuda historia! —exclamó él—. Pero el miedo de tu madre es frecuente entre los emigrantes rusos, sobre todo por lo que pasó aquí en la época de Stalin.

Lily se encogió al pensar en Natasha. Luka le dio un empujoncito cariñoso.

—Se me ocurre una manera de hacer que tus padres vengan aquí, seguro.

—¿De verdad? —preguntó Lily, intrigada por lo que iba a sugerirle.

Él le pasó el brazo por detrás de la espalda para apoyarlo en el respaldo del banco.

—Por ejemplo, imagínate que conocieses a un ruso al que le gustases mucho y que él te gustase a ti. Si tus padres se parecen en algo a los míos, estoy seguro de que lo querrían conocer enseguida.

Lily se revolvió un poco en su asiento.

—He pensado que podríamos ir despacio. Esto es un gran paso para mí.

—Ya lo sé —dijo Luka, agachando la vista. Luego la volvió a mirar, con una sonrisa luminosa en la cara—. Pero para mí no. Supongo que cuando una persona es la adecuada te das cuenta, ¿no?

—¿Es eso lo que sientes? —le preguntó Lily.

Él asintió y la miró fijamente.

«No pienso seguir luchando con esto», se dijo Lily. Así, cuando Luka la besó, no se apartó y besarlo fue tan bonito como se había imaginado.

—Bueno —dijo después—, ahora que mis padres van a venir a Moscú, más vale que me ayudes a reformar el piso.

Luka la miró a los ojos.

—Tengo toda la intención. ¡Los gays podemos con todo!

Lily le dio un puñetazo cariñoso en el brazo.

—No se te va a olvidar nunca, ¿verdad?

Él negó con la cabeza, sonriendo.

—No, eso es lo que pienso contarles a nuestros nietos cuando pregunten cómo nos conocimos.

Lily se rio. Luka le dio la mano y caminaron juntos hasta el metro. Ella se paró a echarle un último vistazo a la casa de su abuelo y pensó en Adam y en las palabras de su madre: «... cuando conoces a otra persona, no estás dejando atrás a tu primer amor: lo llevas siempre contigo, en el corazón. Es posible vivir en ambos mundos, con tu antiguo amor y con el nuevo, y ser fiel a ambos».

Se volvió hacia Luka y sonrió. «Esto va a salir bien. Va a salir genial, me espera una aventura y tengo la intención de vivirla», pensó sin dudarlo.

Treinta y tres

Moscú, 2000

La tarde empezaba a oscurecer y a enfriarse cuando Lily llegó al cementerio Novodévichi. Oksana la estaba esperando junto a la puerta, sujetando un bolso enorme. A aquella hora hacía demasiado frío y el cementerio resultaba demasiado sobrecogedor para los turistas, tal como habían planeado. Cuanta menos gente hubiera, mejor.

—Le he echado un ojo a la tumba —le dijo Oksana a Lily—, y tiene un hueco en la base de la estatua que da a la propia fosa. Podemos meter la caja por ahí. Es un plan mucho mejor que el de esparcir las cenizas alrededor y estoy segura de que a Natasha le parecería bien.

Lily se conmovió al llegar a la tumba de Natalia Azarova y ver que el número de ramos de flores de vivos colores no había menguado con la llegada del frío.

Oksana abrió el bolso y sacó la caja de madera que contenía las cenizas de Natasha. Lily y ella la sujetaron entre las dos y rezaron un padrenuestro. Luego besaron la caja con reverencia. Oksana mostró a Lily el hueco que había encontrado.

—Declaro que la teniente Azarova ya no está desaparecida —declaró Lily mientras Oksana y ella deslizaban la caja, que aterrizó en la tumba con un ruido sordo.

—Ya está —dijo Oksana—. Svetlana y Natasha se han reunido otra vez. Ahora, cuando la gente visite esta tumba, las estará honrando a las dos.

Poco después, las dos mujeres se cogieron del brazo y regresaron al coche de Oksana encantadas y algo sorprendidas de haber podido cumplir su sagrada tarea sin que los cuidadores del cementerio las hubieran visto o alguien se lo hubiera impedido.

—Seguro que Natasha estaba vigilando —dijo Oksana.

Valentín Orlov había visitado el cementerio Novodévichi todos los días desde el funeral. Le gustaba llegar por la mañana temprano o a última hora de la tarde, para evitar a los estudiantes, los turistas y otros visitantes. Aquella tarde, al bajar del taxi, sintió que hacía mucho frío. Se cruzó con dos mujeres que caminaban absortas en su conversación. Reconoció en la más joven de las dos a la chica que había perdido las llaves cerca de la tumba de Natasha. Se preguntó a qué se debería su interés por el gran amor de su vida. Se sintió tentado de seguirla y preguntárselo, pero faltaba poco para que se cerrasen las puertas del cementerio.

Colocó la rosa que siempre traía entre los ramos que los muchos admiradores de Natasha habían dejado. Había albergado la esperanza de que, una vez recuperados el avión y el cuerpo de Natasha, y alcanzado al fin el reconocimiento oficial que merecía como heroína de la Gran Guerra Patria, sentiría que había alcanzado un fin. Sin embargo, no había sido así. Aunque se dice que el tiempo cura todas las heridas, él seguía llevando dentro un agujero negro. Allí descansaba el esqueleto que Ilia y él habían descubierto en Orël Oblast, pero, no obstante, la esencia de Natasha no estaba presente. «La encontré, pero en realidad no», pensó.

Sin embargo, la escultura había logrado captar la feminidad y la fuerza de Natasha. Era algo tangible que podía tocar, como la fotografía de los dos junto a su Yak que guardaba en casa. Por eso visitaba el cementerio a diario: buscaba su contacto. Esperaba que su vida continuase con la misma rutina de melancolía hasta que fuera demasiado viejo y débil para seguir visitándola. Entonces ocurrió una cosa que lo cambió todo.

Estaba junto a su tumba, contemplando las flores, cuando vio un destello de luz. Los ramos de flores centelleaban con vivos colores, lo envolvió una sensación cálida y sintió una presión suave a su lado. ¡Era ella, Natasha! ¡Lo sabía!

No la veía, pero la oía. Le decía algo, aunque no utilizaba palabras conocidas por ninguna lengua humana. Luego se echó a reír. Orlov se encontró riendo con ella. Todo su ser pareció elevarse sobre la tierra y expandirse de gozo.

Recordó que cuando se había unido al regimiento en Stalingrado había ocurrido exactamente lo mismo: ella había entrado en su vida y lo había liberado. «¿En ningún momento se ha planteado la posibilidad de que pueda sorprenderlo?», le había preguntado ella. Y lo había conseguido. Después de todos aquellos años de separación, había regresado a él.

Orlov se palpó el costado.

—¿Natasha?

Entonces ella le habló con claridad, directamente al corazón.

—Te amo, mi querido Valentín. Volveremos a encontrarnos en el Cielo.

—Yo también te amo —dijo en voz alta—. Nunca dejé de esperarte.

—Lo sé.

Y desapareció.

Orlov se sentó en un banco junto a la tumba, intentando asimilar lo que había ocurrido. El peso que le oprimía el pecho desde hacía tanto tiempo se había evaporado. Los remordimientos se habían desvanecido. El mundo parecía ajustarse a un nuevo patrón y se sintió lleno de optimismo. Si no se hubiera sentido tan en paz, habría dudado de su cordura.

«Tengo ochenta y tres años. Quizá me quede un año, quizá diez. ¿Por qué desperdiciarlos?», se preguntó.

Su mente voló hacia Leonid e Irina, y a sus hijos, Nina y Antón. Eran unos seres maravillosos que le habían dicho que querían conocerlo mejor. «Tal vez sea posible —pensó—. La verdad es que he llevado una vida muy interesante.»

Se puso en pie y acarició la lápida una vez más. Sabía que no volvería al cementerio. Natasha no estaba allí: estaba en su corazón, donde siempre había estado y donde siempre estaría.

—Te amo, Natasha —dijo—. Volveremos a encontrarnos en el Cielo.

Dio media vuelta y echó a andar hacia las puertas del cementerio.

Este libro utiliza el tipo Aldus, que toma su nombre
del vanguardista impresor del Renacimiento
italiano Aldus Manutius. Hermann Zapf
diseñó el tipo Aldus para la imprenta
Stempel en 1954, como una réplica
más ligera y elegante del
popular tipo
Palatino

***
**
*

Bajo los cielos de zafiro
se acabó de imprimir
un día de otoño de 2015,
en los talleres gráficos de Egedsa
Roís de Corella 12-16, nave 1
Sabadell (Barcelona)

***
**
*